Milea Lee

DIVIDED

Empires of Light and Shadow

Für Yasmin

Wo Schatten ist,
ist immer auch Licht!

Milea Lee

DIVIDED

Empires of Light and Shadow

MILEA LEE

ROMAN

VAJONA

Dieser Artikel ist auch als E-Book erschienen.

FSC
www.fsc.org
MIX
Paper from responsible sources
FSC® C115691

DIVIDED – Empires of Light and Shadow

info@vajona.de

Druck und Verarbeitung: TOTEM.com.pl, ul. Jacewska 89,
88-100 Inowrocław
Printed in Poland
Lektorat und Korrektorat: Patrizia Spanke
Umschlaggestaltung: Julia Gröchel unter Verwendung von Motiven von Rawpixel
Satz: VAJONA Verlag, Oelsnitz

ISBN: 978-3-948985-17-2

VAJONA Verlag

Widmung

Wie alles an diesem Buch
ist unsere Widmung zweigeteilt.

Für Tony und für Tini

& für alle, denen es manchmal
schwerfällt, das Licht im Leben zu
sehen.

Denkt immer daran: Wo Schatten ist,
ist immer auch Licht.

5 Jahre zuvor

PROLOG

Arely

Die Dunkelheit hatte sich wie ein dichter Schleier um uns gelegt und nur der Schein der Fackeln erleuchtete das Unterholz vor unseren Füßen.

»Was war das? Hast du das gehört?« Nervös blickte ich mich um, während ich mich durch das Gestrüpp kämpfte.

»Da war nichts. Hast du etwa Angst, Arely?« Meine Schwester Noreia zog auffordernd eine Augenbraue in die Höhe.

»Natürlich nicht!«, protestierte ich. Wie konnte sie es wagen, mir das vorzuwerfen?

Entschlossen heftete ich mich an ihre Fersen und behielt dabei wachsam unsere Umgebung im Auge. Der Große Wald des Ismars barg unzählige Gefahren, die in den düsteren Schatten der Bäume lauerten. Ich spürte förmlich, wie die wilden Bestien um uns herumschlichen und unsere Spur aufnahmen. Dennoch durfte ich keine Angst haben. Eine Kriegerin sollte sich nicht fürchten. Niemals.

Denn wir schützten unser Volk vor den Monstern, die sich tief im Wald verbargen. Sie kamen der Legende nach durch eine jahrhundertealte Kraft zu uns, die selbst unsere erfahrensten Kämpfer zurückschrecken ließ. Noreia und ich waren auf der Suche nach ebendieser alten Macht. Zwei junge Frauen, die für jedes Wagnis bereit waren.

»Ich denke, es ist nicht mehr weit«, raunte Noreia nach einer Weile. Im Licht der Flammen sah ich, dass sie die Stirn runzelte. »Vielleicht noch ein paar Minuten. Der Wald endet dort.«

Ich trat an ihre Seite und konnte erkennen, wie sich einige Meter von uns entfernt das Dickicht lichtete. Bei dem Anblick stellten sich meine Nackenhaare auf und Gänsehaut überzog meine Arme. Es war nicht mehr weit, dann hatten wir sie erreicht. Die Grenze zwischen Gut und Böse. Zwischen Dunkelheit und Licht, Leben und Tod. Langsam spürte ich das Unbehagen, welches sich gegen meinen Willen in mir ausbreitete, und umklammerte fieberhaft den Griff meines Schwertes.

»Komm, lass uns weitergehen«, forderte Noreia mich auf, die meinen inneren Kampf glücklicherweise nicht bemerkt zu haben schien.

Die Zweige knackten unter unseren Füßen und ein Rascheln zu meiner Linken ließ mich innerlich zusammenzucken. Ich streckte den Arm mit der Fackel in die Richtung, konnte jedoch keine Gefahr ausmachen.

Wenn wir an der Grenze auf die Bestien Jagd machten, verließ ich mich stets auf meinen Instinkt. Und genau dieser sagte mir jetzt, wie falsch es war, nur zu zweit, ohne jede Verstärkung hier zu sein. Wenn ich ehrlich zu mir selbst war, würde ich spätestens in diesem Augenblick am liebsten davonlaufen, so schnell mich meine Beine trugen. Doch schon so oft hatte ich das Gefühl vermittelt bekommen, meine gesellschaftliche Stellung als Fürstentochter in die Wiege gelegt bekommen zu haben. Ich wollte ein für alle Mal beweisen, dass ich meinen Platz in der Truppe verdiente, indem ich etwas tat, wovor sich die anderen fürchteten.

Als wir schließlich hinter dem letzten Baum hervortraten, erblickten wir das vom Mondlicht hell erleuchtete Grenzgebiet. Der mit Moos bedeckte Boden wurde durch einen sandigen Untergrund abgelöst. Vor uns erstreckte sich ein ausgedörrtes Stück Land mit nichts als Felsbrocken und kahlen Zweigen. Dazwischen erahnte ich sogar Skelettfragmente und erschauderte.

Noreia bemerkte es dieses Mal und ihre Mundwinkel zuckten schelmisch. »Willst du lieber einen Rückzieher machen?«

Herausfordernd hob ich mein Kinn und straffte die Schultern. »Warum sollte ich? Wir waren mit der Truppe schon oft genug hier am Waldrand. Immerhin war es mein Vorschlag, dass wir einen Schritt in den Großen Nebel hineinwagen.«

»Du möchtest dich einfach nur vor all den anderen beweisen. Wenn du dir schon jetzt fast ins Höschen machst, was wirst du dann erst tun, wenn du in den Nebel hineingehst?«

»Du bist doch diejenige, die immer eine Ausrede sucht, wenn wir zum Patrouillieren an der Grenze eingeteilt werden. Obwohl wir dabei nur am Waldrand bleiben.«

»Unsinn!« Noreias Augenbraue zuckte. »Warum begnügst du dich nicht einfach damit, vor den anderen damit angeben zu können, dass du unmittelbar vor dem Nebel gestanden hast? Das ist schon mehr, als alle von dir erwarten. Ich werde auch niemandem erzählen, wie du vor Angst geschlottert hast.«

»Oh«, machte ich erstaunt. Nun war ich es, die grinste.

»Schlag mit Worten um dich, so viel du möchtest, aber ganz offensichtlich fürchtest du allein den Gedanken, hineinzugehen.«

»So ein Schwachsinn. Als wärst du tapferer als ich. Wer von uns beiden hat denn heute zwei Bestien besiegt und wer keine einzige?«

»Das war nichts als Glück«, erwiderte ich gekränkt und trat einen Schritt nach vorn. »Warte ruhig hier, ich werde jetzt in den Nebel gehen.«

Noreia schnaubte. »Du glaubst tatsächlich, dass du etwas Besseres bist.«

»Und du, dass du die Mutigste bist!«

Sie antwortete nicht. Schweigend schlichen wir durch das trockene Land. Ich hielt meinen Blick stur geradeaus gerichtet, aber insgeheim war ich froh, dass Noreia bei mir war. Ungefähr hundert Schritte lang geschah nichts, dann jedoch erschauderte ich. Obwohl wir dieses Phänomen schon mehrfach gesehen hatten, ließ es uns jedes Mal wieder erstarren. Wie aus dem Nichts erschienen immer mehr Nebelschwaden vor uns, schlossen sich zusammen und türmten sich auf.

Wir sahen uns kurz an, ehe wir unseren Weg fortsetzten. Ich wagte nicht, hinter Noreia zurückzufallen, und hielt mit ihr Schritt, obwohl sich alles in mir dagegen sträubte. Eine eisige Kälte umgab mich und schien immer tiefer in jede Faser meines Körpers zu kriechen, je weiter wir in das Grenzgebiet vordrangen. Die weiße Wand kam immer näher und ich sah mich nervös um.

»Der Große Nebel«, hauchte ich, als wir schließlich unmittelbar vor der wabernden Masse zum Stehen kamen.

»Ach, ich dachte, das sei nichts weiter als Wasserdunst? Wo ist die starke Arely hin, die in ihn hineingehen wollte?«, zog Noreia mich auf. »Ich würde behaupten, die Einzige hier, die ganz offensichtlich den Mut dazu hat, bin ich.«

Es machte mich wütend, dass sie die Ruhe in Person war, während ich meine zitternden Hände kaum unter Kontrolle bringen konnte. Nicht einmal jetzt war in ihren Augen das kleinste Anzeichen von Furcht erkennbar, auch wenn sie allen Grund dazu gehabt hätte. So wie wir alle.

»Dann beweise es doch!«

Nun war es Noreia, die ihren Schwertgriff so fest umklammerte, dass ihre Fingerknöchel weiß hervortraten. »Im Gegensatz zu dir habe ich es nicht nötig, etwas zu beweisen.«

»Glaubst du das wirklich? Ich als leibliche Nachfahrin des Fürsten muss ständig meine Fähigkeiten demonstrieren, weil mir nachgesagt wird, ich hätte meine Stellung nicht verdient. Aber was ist mit dir? Du bist nur eine zurückgelassene Waise, die von meiner Familie aufgezogen wurde. Wenn es jemand nötig hat, dann ja wohl du.« Ich bereute das Gesagte bereits in dem Moment, in welchem ich es ausgesprochen hatte.

Noreia zuckte merklich zusammen. Meine Worte hatten das Ziel getroffen. Mitten in ihr Herz.

»Es … es tut mir leid«, stammelte ich, erschrocken über mich selbst.

Doch sie hatte mir bereits den Rücken zugekehrt. »Lieber bin ich eine Waise als ein überhebliches Miststück. Jetzt stehen wir schon hier und du bist es, die kneift.«

»Das tue ich nicht!«

»Ach nein? Dann beweis es mir und geh ohne mich.«

Ich starrte sie perplex an und sah die Herausforderung in ihren Augen aufblitzen. So sehr ich mich auch dagegen wehrte, sie hatte recht. Ich hatte schlicht und ergreifend zu viel Angst, um mich zu regen.

»Wusste ich es doch«, schnaubte meine Schwester.

»Als ob du dich trauen würdest, ganz allein ins Ungewisse zu gehen«, hielt ich dagegen.

»Das wirst du schon sehen! Wenn ich zurückkomme, wirst du nie wieder behaupten, dass du mutiger und besser wärst!«

Mit diesen Worten rannte sie, ohne zu zögern, auf die dichte Nebelwand zu und durchbrach sie mit ihrem Körper. Die helle Masse verschluckte sie augenblicklich. Sie war einfach verschwunden.

Wie erstarrt blickte ich einige Sekunden fassungslos auf die Stelle, an der ich sie zuletzt gesehen hatte.

»N-Noreia?«

Ich schluckte schwer.

»Noreia?«

Mein eigener, panischer Atem war das Einzige, das ich hörte. Erst in diesem Moment wurde mir das Ausmaß dessen bewusst, was ich getan hatte.

»Komm zurück!«, brüllte ich, warf meine Fackel achtlos zur Seite und stolperte nach vorn. »Noreia!«

Der Schleier kam immer näher, während ich einen Fuß vor den anderen setzte. Heller Dunst umgab mich, hüllte mich vollkommen ein. Starr vor Angst blieb ich stehen. Um mich herum war nichts als dichtes Weiß.

Meine Hände begannen, unkontrolliert zu zittern. Ich wollte weitergehen, aber ich konnte nicht. Und so wenig ich es mir eingestehen wollte, wusste ich doch, dass es sinnlos sein würde. Niemals würde ich sie hier drin finden. Mit einem hilflosen Aufschrei stolperte ich einige Schritte rückwärts und atmete erleichtert auf, als ich aus dem Nebel heraustrat und der Dunst um mich herum allmählich verschwand.

Mir traten Tränen in die Augen, die ich nicht aufhalten konnte. Ich hatte meine Schwester in den sicheren Tod geschickt. Egal wie furchtlos und stark sie auch war, die Krieger hatten nicht umsonst Angst vor dem Großen Nebel. Noch nie war jemand von dort zurückgekehrt.

»O nein«, hauchte ich immer wieder verzweifelt zwischen meinen Schluchzern, während ich weiter zurücktaumelte. »Nein. Nein. Nein.«

Schließlich gaben meine Beine unter mir nach und ich sank zu Boden. Nur wegen eines dämlichen Streits war Noreia fort. Angst und Entsetzen überfluteten mich. Wie eine große Welle, die mich in die Tiefe riss, nach unten drückte und mich zu ertränken drohte.

Ich kniff meine Augen zusammen. Noreia durfte nicht tot sein. Das war nicht möglich. Sie würde jeden Moment wieder aus den Schwaden treten und mich damit aufziehen. Es würde alles wieder gut werden.

Doch das wurde es nicht. Noreia kehrte nicht zurück.

Auszug aus den Chroniken des Lichts, Band I: Der Dunkle Tag

Die Grenze unterteilt seit jeher unseren großen Kontinent Wynentia in zwei Teile.

Auf der einen Seite befindet sich das Schattenreich, umhüllt von Finsternis, Kälte und dunkler Magie. Die andere Hälfte gehört unserem strahlenden Lichtreich. Einst waren sie miteinander verbunden und ergänzten sich in jeglicher Hinsicht.

Am Dunklen Tag jedoch wurde unser Land durch einen schrecklichen Fluch unwiderruflich in zwei separate Reiche zerrissen und dazu verdammt, einander auf ewig zu hassen. Wo früher ein fruchtbarer Wald die Teile des Kontinents miteinander verband, befindet sich nun ein Nebelschleier, der sie voneinander trennt. Laut der Legende entstanden an diesem Tag die abscheulichen Kreaturen, die wir Bestien nennen. Seither leben sie im Schattenreich, von wo aus die Angriffe auf uns kontrolliert werden.

Fürst Lodan, der erste Anführer des neuen Lichtreichs nach dem Dunklen Tag, schickte immer wieder Truppen durch den Nebel, um das Schattenreich zu vernichten. Es ist nicht bekannt, ob sie im Nebel verschollen sind oder dahinter durch die Hand der Schattenkrieger starben – es kehrte nie jemand zurück, der davon hätte berichten können. Nach zahlreichen fehlgeschlagenen Versuchen erklärte Fürst Lodan diese Mission unumstößlich für gescheitert.

Auch die Schattenkrieger haben immer wieder versucht, unser Reich zu stürzen. Sie konnten jedoch bei ihren Angriffen stets im Grenzgebiet zurückgeschlagen und getötet werden. Seit Hunderten von Jahren haben sie es nicht wieder versucht.

Jetzt

Arely

Mit einem lauten Schrei erwachte ich aus meinem Traum und bemühte mich, in der Dunkelheit die Orientierung wiederzufinden. Panisch tastete ich auf meinem Nachttisch nach der Streichholzschachtel, um die Kerze anzuzünden. Ich atmete erleichtert auf, als ich sie endlich fand. Die Flamme tanzte vor meinen Augen und erleuchtete das Zimmer mit ihrem sanften Licht. Seufzend ließ ich mich zurück in meine Samtkissen sinken. Mein gesamter Körper fühlte sich schweißnass an. Nur mit Mühe konnte ich das Zittern meiner Hände unterdrücken.

Es war ein Albtraum gewesen. Bloß ein Traum. Weiter nichts. Ich war nicht an diesem entsetzlichen Ort an der Grenze, sondern in meinem Bett. Dieser Tag lag schon so viele Jahre zurück. Und dennoch suchten mich nach wie vor diese Bilder heim.

Mit pochendem Herzen konzentrierte ich mich auf das große Gemälde an der Wand gegenüber. Es zeigte eine Lichtung mit einem glitzernden See. Die Sonne tauchte die Szenerie in warme, goldene Farben und wirkte beruhigend auf mich.

Ich lächelte wehmütig, als ich an die zehnjährige Noreia zurückdachte, die von Kopf bis Fuß mit Farbklecksen übersät vor mir gestanden und mir stolz das Gemälde überreicht hatte. Selbst nach all den Jahren tat es noch unerträglich weh, an sie zu denken. Vermutlich würde es immer so bleiben.

Denn ihr Tod haftete an mir, als hätte ich sie eigenhändig umgebracht. Ich hatte die Person verloren, die mich besser gekannt hatte als jeder andere. Die Person, mit der ich all meine Geheimnisse geteilt hatte. Meine eigene Arroganz hatte sie getötet. Voller Verzweiflung krallte ich meine Finger in die Samtdecke und biss mir auf die Lippe, bis ich Blut schmeckte.

Hastig sprang ich auf. Es gab nur eine Möglichkeit, den Schmerz und die Gedanken an Noreia zu verdrängen.

Ich tappte zu meinem massiven Kleiderschrank und öffnete die Türen, hinter denen nichts als Kleider, Tuniken und feine Stoffhosen zu finden waren. Aber in der hintersten Ecke, verborgen unter einem großen Tuch, lagen meine goldene Kampfausrüstung, ein mit Smaragden verziertes Schwert, ein Köcher mit Pfeilen sowie ein Bogen, in den Jasminblüten eingraviert waren. Diese Dinge in meinem Geheimversteck waren die letzten Überbleibsel von meiner Zeit als Kriegerin. Eine Zeit, in der ich frei gewesen war und mit Noreia Seite an Seite gekämpft hatte.

Ich legte die kostbaren Sachen auf mein Bett. Nachdenklich strich ich mit meinen Fingern über die Rüstung, die ich schon seit so vielen Jahren besaß. Sie bestand aus magisch hergestelltem Leder, welches sich wie eine zweite Haut an den ganzen Körper schmiegte. Der Brustpanzer sowie die Schulterpolster waren aus dünnem Metall gefertigt, das vor schweren Verletzungen schützen sollte. Sie waren mein wertvollster Besitz.

Doch niemand durfte erfahren, dass ich all das noch besaß. Hätte mein Vater davon gewusst, hätte er es sofort beschlagnahmt und mich danach vermutlich keine Sekunde mehr aus den Augen gelassen. Schon jetzt wachte er über jeden meiner Schritte. Nur in den dunklen Nächten konnte ich mich hinaus in den Wald schleichen und meinem goldenen Käfig für ein paar Stunden entfliehen. Vaters panische Angst, mich ebenfalls zu verlieren, hatte dazu geführt, dass es mir verboten war, allein einen Fuß vor die Schlosstore zu setzen. Seine Krieger verfolgten mich überall hin, um mögliche Gefahren abzuwehren. Aber ich fühlte mich von ihnen eingeengt und hatte das Gefühl, keine Luft zum Atmen zu haben. Vater benahm sich, als wäre ich noch ein Kind, dabei war ich inzwischen zweiundzwanzig Jahre alt. Ich konnte gut auf mich selbst aufpassen.

Entschlossen schüttelte ich die Gedanken daran ab und wandte mich mit einem Gähnen zu meinem Wandspiegel. Meine blonden Haare band ich zu einem Pferdeschwanz zusammen, damit die Locken nicht mehr wild über die Schultern hingen. Seufzend betrachtete ich mein sonnengebräuntes Gesicht mit der schmalen Nase und den vollen Lippen. Die dunklen Schatten unter meinen hellblauen Augen ließen es geradezu geisterhaft wirken. Mit den Fingerspitzen strich ich über die goldenen Tätowierungen auf den Armen, die sich wie zierliche Ornamente über meine Haut schlängelten: das Zeichen der Lichtkrieger.

Jeder von uns absolvierte im Anschluss an die Ausbildung zum Krieger eine Prüfung. Wenn ein Anwärter oder eine Anwärterin sie bestand, wurden ihnen diese Zeichnungen in einer heiligen Zeremonie unter die Haut gestochen. Der Gott des Krieges verlieh den Würdigen während des Rituals einen magischen Segen, welcher die Sinne des jeweiligen Menschen schärfte und ihn im Kampf unterstützte. Die Prozedur war sehr schmerzhaft, aber es gab keine größere Anerkennung als diese. Die Tätowierungen waren nach wie vor ein Teil von mir, obwohl ich selbst eigentlich nicht mehr zu den Lichtkriegern gehörte.

Ich wandte mich von meinem Spiegelbild ab und ließ mein elfenbeinfarbenes Nachthemd zu Boden gleiten. Anschließend zog ich mit geübten Handgriffen die Kampfausrüstung inklusive der Arm- und Beinschienen an. Das Schwert steckte ich in die dafür vorgesehene Hülle und hing mir Bogen sowie Köcher über die Schulter. Mit einem kräftigen Hauch löschte ich das Licht der Kerze, dann ging ich zur Tür meiner Gemächer. Vorsichtig horchte ich an dem massiven Holz, doch ich konnte keine Geräusche von vorbeilaufendem Personal oder Wachen vernehmen. Wenigstens reichte Vaters Paranoia noch nicht so weit, mir innerhalb des Schlosses Leibwächter hinterherzuschicken.

Auf Zehenspitzen betrat ich den Flur und legte den Weg zu der schmalen Falltür einige Gänge weiter zurück, die mich hinaus in die ersehnte Freiheit bringen würde. Schon in meiner Vergangenheit hatte ich mich oft gemeinsam mit Noreia auf diese Weise hinausgeschlichen, um auf unserer Lichtung vertraute Gespräche zu führen oder zu diversen geheimen Feiern zu gelangen.

Sobald ich sie wie schon unzählige Male zuvor öffnete und mich in den scheinbar endlosen Tunnel hinabgleiten ließ, seufzte ich auf. Durch meine geschärften Sinne war ich dazu in der Lage, im Dunkeln besser zu sehen als andere, sodass ich zumindest wusste, in welche Richtung ich laufen musste. Da ich den Weg in- und auswendig kannte, benötigte ich kein zusätzliches Licht. Meine Schritte hallten in dem schmalen Gang wider und auch mein leiser Atem war zu hören.

Es waren exakt 3250 Schritte bis zum Ende des Geheimgangs. Er führte mich unter dem Garten und der Schlossmauer hindurch in die Nähe des Großen Waldes des Ismars, der an das Gelände grenzte. Am Ende des Wegs befand sich eine schmale Leiter, welche mich zurück an die Oberfläche brachte. Mit etwas Kraft drückte ich die Holzplatte darüber aus der Halterung. Nachdem ich sie zur Seite geschoben hatte, sah ich hinauf in den Himmel, wo sich lauter Sterne tummelten. Mit Sicherheit war Noreia jetzt irgendwo dort oben und rief mir zu, dass ich heute mindestens eine Bestie erlegen soll. Der Gedanke brachte mich zum Schmunzeln, auch wenn ich nie weit genug in den Wald hineinging, um überhaupt einer zu begegnen.

Von außen war die Abdeckung des Ausgangs mit Moos überwachsen, weshalb man sie nur erkannte, wenn man wusste, wonach man suchte. Für gewöhnlich patrouillierten an dieser Stelle keine Wachen. Dennoch lugte ich vorsichtig über den Rand hinweg und hielt nach herannahenden Gestalten Ausschau. Niemand war zu erkennen, also stieg ich aus dem Tunnel. Daraufhin schob ich die Platte wieder an die richtige Stelle zurück. Obwohl sich zurzeit niemand in der Nähe befand, eilte ich schnellstmöglich zwischen die Bäume.

Ich genoss die Stille um mich herum, als ich über den mit Unkraut bedeckten Boden schritt, und behielt dabei aufmerksam meine Umgebung im Auge. Dank der guten Arbeit unserer Krieger hatte es zwar noch nie eine Bestie geschafft, sich dem Schloss so weit zu nähern, doch das bedeutete noch lange nicht, dass ich unaufmerksam sein durfte. Meine Zeit als Kämpferin hatte mich immer wieder gelehrt: Nur eine Sekunde der Achtlosigkeit konnte den Tod bedeuten.

Das leise Knacken von Zweigen unter meinen Füßen begleitete mich auf meinem Weg, während ich dem kaum erkennbaren Trampelpfad folgte. Ein Windhauch strich durch die Baumkronen und ihr vertrautes Rascheln beruhigte mich etwas. Nach kurzer Zeit wurde der Pfad schließlich breiter, Noreias und meine Lichtung war nahe.

Plötzlich vernahm ich ein lautes Knirschen, zuckte zusammen und wirbelte herum. Jeder Muskel spannte sich an. Lautlos zog ich das Schwert aus der Scheide an meinem Gürtel. Für einen Moment hielt ich den Atem an, um besser lauschen zu können, aber ich hörte nichts als meinen eigenen Herzschlag. Dann erklang ein Geräusch, als würde etwas die vertrockneten Blätter vom Waldboden aufwirbeln.

Die Klinge hielt ich kampfbereit vor meinen Körper. Eigentlich war es unmöglich, doch in meiner Vergangenheit hatten diese Geräusche immer bedeutet, dass eine Bestie in der Nähe war. Sie waren wolfsähnliche Monster, jedoch mindestens dreimal so groß und definitiv um einiges gefährlicher.

Es gab keine andere Möglichkeit. Ich musste diesem Ungeheuer zuvorkommen, sonst würde ich unweigerlich getötet werden. Auf Zehenspitzen schlich ich in die Richtung, aus der das Knacken gekommen war, wobei ich darauf achtete, einen großen Bogen zu gehen und hinter den Bäumen verborgen zu bleiben. Schnell erreichte ich die Stelle und stürzte mich, ohne zu zögern, mit einer fließenden Bewegung nach vorn. Ich erwartete die gefletschten Zähne und Klauen des Monsters, das sogleich über mich herfallen würde. Nichts dergleichen geschah.

Noch bevor ich überhaupt reagieren konnte, spürte ich einen harten Stoß von der Seite, der mich umwarf. Erschrocken schrie ich auf und versuchte, mich aus dem Griff meines Angreifers zu befreien. Unbarmherzig wurde ich auf den Waldboden gedrückt. Dann fühlte ich kaltes Metall an meinem Hals.

»Arely?«

Zu meinem Erstaunen blickte ich geradewegs in Coels vertraute, grüngraue Augen, die mich völlig schockiert fixierten. Rasch löste er die Klinge seines Schwerts von meiner Haut. Sein schwerer Körper presste mich nach wie vor schmerzhaft nieder und der Köcher bohrte sich in meinen Rücken.

»Was zum Teufel machst du hier?«

»Das gleiche könnte ich dich fragen! Du hast mich zu Tode erschreckt«, stieß ich hervor.

»Und du mich erst!« Coels Verwirrung wich nun Entrüstung. »Bist du von allen guten Geistern verlassen? Was tust du hier ganz allein im Wald?«

»Das hat dich nicht zu interessieren«, knurrte ich mit zusammengebissenen Zähnen. So ein Mist. Jetzt steckte ich definitiv in Schwierigkeiten. Hätte es nicht lieber eine Bestie sein können? »Geh endlich von mir runter!«

Coel schüttelte energisch seinen braunen Haarschopf und ich sah, wie sich seine Kiefermuskeln anspannten. Mit der empörten Miene, die seine markanten Gesichtszüge betonte, sah er aus wie ein Krieger, den die Götter höchstpersönlich geschickt hatten.

»Was ist nur in dich gefahren?«, zischte er mit bebender Stimme. »Was, wenn ich tatsächlich eine Bestie gewesen wäre?«

»Warst du aber nicht.«

»Zu deinem Glück. Ich hätte aber verdammt noch mal eine sein können!«

Mein Herz schlug noch immer wild gegen meine Rippen. Trotz allem war sich mein Körper der unmittelbaren Nähe von Coel mehr als bewusst. Wären wir in einer anderen Situation, allein im Schloss, hätte ich meine Hand in seinen wuscheligen Haaren vergraben und ihn zu mir hinuntergezogen, um mich ganz in ihm zu verlieren.

»Können wir das bitte ausdiskutieren, wenn ich nicht mehr zwischen deinen Beinen eingeklemmt bin?«, bat ich ihn mit einem scharfen Unterton.

Wie in Trance blickte er auf mich hinab, bevor er mich freigab. Erleichtert stöhnte ich auf und erhob mich. Dann klopfte ich mir den Dreck von meiner Rüstung und sah mich nach meinem Schwert um. Es lag einige Meter entfernt von uns. Ich fluchte leise. Das hätte mir nicht passieren dürfen. Nicht als ehemalige Kriegerin. Coel folgte meinem Blick, wobei sich seine Miene noch mehr verfinsterte.

»Siehst du.« Der Vorwurf in seiner Stimme war beinahe greifbar. »Du bist völlig aus der Übung. In dem Fall ist es nicht nur leichtsinnig, allein nachts umherzuschleichen, sondern auch töricht.«

Er hob meine Klinge auf, um sie mir zu reichen. Ich blickte ihn ebenso mürrisch an, während ich sie entgegennahm.

»Coel, ist alles in Ordnung?«, rief plötzlich eine Stimme hinter mir. Kurz darauf erschienen zwei weitere Männer zwischen den Bäumen. Sobald sie mich entdeckten, blieben sie wie angewurzelt stehen und starrten mich an.

Gedanklich schrie ich verzweifelt auf. Das durfte doch nicht wahr sein!

»P-Prinzessin«, stotterten sie zeitgleich und verneigten sich.

Alle Krieger hatten von meinem Vater genaueste Anweisungen hinsichtlich meiner Begleitungspflicht außerhalb der

Schlossmauern erhalten. Dazu gehörte auch, ihn über jegliche Verstöße meinerseits zu informieren. Vater würde mir die Hölle heiß machen und seine Drohung in die Tat umsetzen, mir Tag und Nacht Leibwächter zur Seite zu stellen.

Die beiden Männer sahen erwartungsvoll zu Coel. Dieser musterte mich nachdenklich. Als Führer der fürstlichen Garde war er weisungsbefugt, da er einen höheren Rang als sie bekleidete. Er koordinierte die Einsätze seiner Truppe und führte wichtige Aufträge meines Vaters persönlich aus. Coels Männer und Frauen beschützten das Lichtschloss sowie die Fürstenfamilie selbst. Diese schloss meinen Vater Meduris – den Fürsten des Lichtreichs – sowie meine Mutter Aislinn, meine beiden Brüder und mich ein. In unserem Reich gab es zusätzlich mehrere Einheiten, welche die einzelnen Dörfer und Städte vor den Bestien und anderen Gefahren beschützten.

Coel räusperte sich. »Ich werde mich um Prinzessin Arely kümmern und sie zurück ins Schloss geleiten. Geht zurück zu den anderen. Sagt ihnen, dass ich kurzfristig eine wichtige Aufgabe für den Fürsten zu erledigen habe.«

Die beiden nickten gehorsam, warfen mir noch einen letzten, forschenden Blick zu und verschwanden dann wieder zwischen den Bäumen.

Coel musterte mich einen Moment lang schweigend, bevor ich Erkenntnis in seinen Augen aufblitzen sah. »Du wolltest zur Lichtung. Du … also, du hast wieder von ihr geträumt, nicht wahr?«

Kurz überlegte ich, es zu leugnen, aber es hatte ohnehin keinen Sinn. Er hatte mich längst durchschaut. Als ich nickte, konnte ich ihn nicht ansehen.

»Es muss dir nicht peinlich sein. Du weißt doch, dass du

mir gegenüber nichts verbergen musst.«

Seine Worte brachten meine zuvor mühsam wiedererlangte Kontrolle ins Wanken und ich trat einen Schritt zurück. Ich konnte jetzt nicht darüber sprechen. Nicht hier und vor allem nicht mit ihm.

»Wirst du mich verraten?«, fragte ich Coel stattdessen, um das Thema zu wechseln.

Er seufzte. »Ich weiß es nicht. Eigentlich ist es meine Pflicht.«

Mein Herz sank und ich biss mir, erfüllt von schlechtem Gewissen, auf die Unterlippe. Ich hatte Coel in eine schreckliche Zwickmühle gebracht. Er war meinem Vater unterstellt und zugleich mein Partner. Egal, was er wählte, er würde sich falsch entscheiden.

»Verdammt, Arely«, brummte er und raufte sich die Haare. »Dir muss doch klar sein, welcher Gefahr du dich aussetzt, wenn du allein im Wald herumschleichst. Ich hätte es mir niemals verziehen, wenn dir etwas zugestoßen wäre.«

Ich sah betreten zu Boden.

»Ich bin für dich verantwortlich. Nicht nur, weil du meine Partnerin bist, sondern auch, weil es meine Aufgabe ist, dich zu beschützen. Das Lichtreich ist nicht mehr so sicher, wie es mal war.«

»Ich weiß, dass die Bestienangriffe in letzter Zeit wieder zugenommen haben. Aber unsere Krieger sind bestens ausgebildet. Was soll mir hier schon geschehen?«

»Sag so etwas nicht«, entgegnete Coel und verzog das Gesicht, sodass in meinem Kopf Alarmglocken zu schrillen begannen.

»Warum denn nicht?«

»Arely, es kann immer etwas passieren, ganz egal, wie gut wir aufpassen. Und du bist völlig aus dem Training. Dein

Vater möchte dich doch nur beschützen. Du bist die dritte Thronfolgerin und außerdem seine einzige Tochter. Nach … nach dem, was mit Noreia …« Coel räusperte sich. »Er will dich nicht auch noch verlieren. Wir Krieger tun alles in unserer Macht Stehende, um die Menschen zu beschützen. Gerade du solltest dich nicht so leichtfertig unnötigen Gefahren aussetzen.«

Ich ballte meine Hände zu Fäusten. Er hatte gut reden. Nach Noreias Tod war er ja auch nicht derjenige gewesen, der eingesperrt wurde.

»Na schön«, sagte er schließlich. »Ich werde es deinem Vater vorerst nicht verraten. Aber ich warne dich. Sollte ich dich noch einmal erwischen, muss ich es melden. Und ich werde den Fürsten in allem unterstützen, was er danach als angemessene Folgen für dich erachtet.«

»Danke. Das bedeutet mir sehr viel. Ich … ich mache mich auf den Heimweg.«

Coel legte die Hand auf meine Schulter. »Glaubst du etwa, ich lasse dich allein zurückgehen?«

Widerwillig verdrehte ich die Augen, als er mich mit sich zog. Ich war wütend. Mehr auf mich als auf Coel – immerhin setzte er mit seiner Loyalität mir gegenüber nicht nur seine Arbeit, sondern auch sein Leben aufs Spiel. Aber ich hatte mich erwischen lassen, und dann war ich nicht einmal dazu in der Lage gewesen, mich zu verteidigen. Bisher hatte ich immer wieder versucht, heimlich in einer der Trainingshallen der Krieger zu trainieren, um mich fit zu halten. Doch mir war klar, dass das allein nicht viel brachte. Ich benötigte einen Trainingspartner.

»Ich möchte, dass du mit mir trainierst«, sagte ich in die Stille zwischen uns hinein.

Er lachte überrascht auf. »Was meinst du damit?«

»Ich gebe zu, dass ich etwas aus der Form bin. Ich brauche jemanden, der mir hilft.«

»Arely«, begann er zögernd. »Ich weiß nicht, ob das eine gute Idee ist.«

»Komm schon, Coel! Du hast selbst gesagt, dass es hier draußen gefährlich ist. Was ist, wenn ihr mal nicht da seid, um mich zu beschützen? Dann wäre ich einem Angriff schutzlos ausgeliefert. Also seid ihr es, die mich einer unnötigen Gefahr aussetzen, wenn ich nicht richtig trainieren darf.«

Coel schwieg. Ich sagte ebenfalls nichts, denn ich wusste, dass er Bedenkzeit benötigte. Nachdenklich strich er über seine Wangen, die von den Stoppeln seines Dreitagebarts übersät waren.

»Du hast mich überzeugt«, erwiderte er schließlich, legte seinen Arm um meine Schultern und zog mich zu sich heran. »Deine Argumente sind nachvollziehbar und ich gebe dir recht. Aber ich werde Fürst Meduris darüber informieren müssen. Ich werde es nicht ohne seine Erlaubnis tun. Das würde nicht nur dich, sondern auch mich in Schwierigkeiten bringen.«

»Er wird es niemals erlauben!«

Coel blieb stehen und drehte sich zu mir herum. Seine Lippen hatten sich zu dem wundervollen Lächeln verzogen, das ich an ihm so liebte. »Was glaubst du denn, wen du hier vor dir hast? Ich kenne deinen Vater mindestens ebenso gut wie du selbst.« Ich verschränkte die Arme und hob meine Augenbraue, aber Coel nickte aufmunternd. »Wir bekommen das hin. Gemeinsam, Ares.«

Ein Grinsen stahl sich nun auch auf meine Lippen.

»Ich liebe dich, Coel.«

All meine Zuneigung floss in meine Worte hinein. Sein

Blick wurde weicher. Ehe er etwas erwidern konnte, legte ich meine Hand in seinen Nacken, stellte mich auf die Zehenspitzen und presste meine Lippen sanft auf seine. Coel schlang die Arme um mich. Er erwiderte den Kuss stürmisch, wobei er mir leicht auf die Unterlippe biss. Ein süßer Schmerz durchfuhr mich, doch ich genoss ihn und verlor mich vollkommen in Coel. Ich vergaß alles andere. Nur wir beide zählten in diesem Augenblick.

Als wir uns nach einigen Minuten wieder voneinander lösten, blickte er mir tief in die Augen. Mein Herz schlug dadurch noch schneller.

»Und ich liebe dich. Auch, wenn du mich immer wieder in den Wahnsinn treibst.«

Auszug aus den Chroniken des Lichts, Band II: Der Kontinent

Um vom nördlichsten zum südlichsten Punkt unseres Kontinents Wynentia zu gelangen, benötigt man ungefähr zwei Wochen Fußmarsch, ebenso von Westen nach Osten.

Es ist durchaus möglich, dass es auf unserer Welt noch weiteres Festland gibt. Allerdings kehrten alle Erkundungsschiffe zurück, ohne jemals andere Völker gefunden zu haben. Es konnten lediglich vereinzelte unbewohnte Inseln ausfindig gemacht werden.

Im Westen Wynentias liegt das Schattenreich. Dort befinden sich die kühlen Klimazonen und die Sonne scheint ausschließlich durch einen immerwährenden Wolkenschleier. Im Norden des Reichs unserer Feinde erheben sich Berge, deren Gipfel mit Schnee bedeckt sind und zwischen denen sich Flüsse schlängeln. Der Süden besteht aus grünbewachsenem Land, Seen und Wasserfällen. Vor dem Dunklen Tag waren an besonderen Nächten magische bunte Lichter zu sehen, die über den Gipfeln am Himmel tanzten. Aber seither scheint es dort nur noch das Böse zu geben.

Das Lichtreich auf der östlichen Hälfte verfügt dagegen über warme Klimazonen. Im Osten befinden sich riesige Sandstrände am Meer sowie trockene Ländereien mit Kakteen. Der Norden und der Süden des Reichs sowie das Landesinnere sind von mit Wäldern gesäumten Hügeln durchzogen und überall blühen

Bäume und Pflanzen. Im Westen des Lichtreichs werden die Wälder immer dichter. Nur an wenigen Tagen verdecken Wolken die Sonne oder den Mond.

Arely

Als ich die Flügeltüren des geräumigen Esszimmers öffnete und meinen Vater mit seinen Beratern am Tisch sitzen sah, wäre ich am liebsten sofort wieder umgekehrt. Ihre nachdenklichen Mienen bedeuteten nichts Gutes. Sobald ich in den Raum mit den hohen Decken trat, warfen sich die drei einen nervösen Blick zu.

Ich ärgerte mich, dass ich nicht direkt in die Küche gegangen war, um dort zu frühstücken. Ehrlich gesagt war ich nicht besonders erpicht darauf, schon am Morgen mit meinem Vater zu diskutieren. Einige Tage nach dem nächtlichen Zusammentreffen mit Coel hatte er mich in aller Herrgottsfrühe zu sich zitiert, um über meinen Vorschlag zu sprechen. Wie nicht anders zu erwarten, endete dies in einer hitzigen Diskussion. Im Anschluss daran hatte er mich aus seinem Büro geworfen. Seither hatte es zwei weitere Gespräche gegeben, die beide mehr oder weniger ebenso geendet hatten.

»Guten Morgen, Vater«, begrüßte ich ihn daher recht steif und nickte den beiden Beratern zu. »Dian, Bron.«

Ihre Augen sahen beunruhigt zu meinem Vater, dessen nachdenkliche Miene in ein sanftes Lächeln überging. Er ließ sich seinen Ärger nicht anmerken. »Guten Morgen, mein Kind. Bitte iss doch gemeinsam mit uns.« Scheinbar gelassen lehnte er sich in seinem gigantischen Ledersessel zurück.

Das Gesicht meines Vaters war von wulstigen Narben früherer Kämpfe durchzogen, die nicht einmal durch seinen buschigen Bart und seine schulterlangen Haare verdeckt werden konnten. Seine azurblauen Augen, die ich von ihm geerbt hatte, sahen in diesem Moment förmlich durch mich hindurch. Manchmal hatte ich Angst, er könnte meine Gedanken lesen. Ich konnte es den Bürgern unseres Reichs nicht verübeln, wenn sie vor Ehrfurcht in die Knie gingen. Lediglich die vereinzelten grauen Strähnen verrieten sein Alter.

»Sollte Arawn nicht längst zurück sein, Vater?«, fragte ich unverfänglich, während ich auf den Esstisch zuging. Für gewöhnlich war mein ältester Bruder Arawn dabei, wenn Vater und seine Berater etwas besprachen.

»Er wird sich vermutlich um einige Tage verspäten.«

Seit einigen Wochen war Arawn zwar auf Reisen, doch eigentlich hätte er gestern Abend zurückkehren sollen.

Ich ließ mich auf einem Platz neben Vater nieder und sah ihn verwundert an. »Warum?«

Als Thronfolger repräsentierte Arawn den Fürsten. Deshalb übernahm mein Bruder in den letzten Jahren immer öfter Aufträge, die ihn quer durch das Lichtreich führten. Die Ausflüge waren minutiös geplant und dienten dazu, verschiedene Orte unseres Reichs zu besuchen, um Präsenz bei unserem Volk zu zeigen, in Notsituationen zu helfen oder Audienzen zu gewähren. Vor einigen Wochen beispielsweise war das Dorf Talia hoch im Norden abgebrannt und Arawn war mit einem großen Teil des Heeres dorthin gereist, um beim Wiederaufbau zu helfen. Vor Noreias Verschwinden hatte ich Arawn und Vater bei solchen Reisen unglaublich gerne begleitet. Mir gefielen die Nähe zum Volk sowie die Möglichkeit, aktiv etwas tun zu können.

Mein Vater verschränkte die Arme. »Auf Arawns Rückweg kam etwas Unvorhergesehenes dazwischen. Nichts, worüber du dir Gedanken machen müsstest. Jetzt iss und stell keine unsinnigen Fragen, Arely.«

Ich unterdrückte ein Augenrollen. Immer, wenn ich mit meinen Fragen zu nahe an etwas kam, das in den Augen meines Vaters gefährlich war, gab er mir eine solche Antwort. Aus Erfahrung wusste ich allerdings, wie unklug es war, weiter nachzuhaken. Es würde ihn nur noch verschlossener machen.

Für ihn war das Thema vielleicht beendet, aber noch lange nicht für mich. Ich ahnte, dass es mit dem zusammenhing, was Coel über die Bestien und gefährlichere Zeiten angedeutet hatte. Sobald Arawn wieder hier war, würde ich nicht lockerlassen, bis er mir verriet, was hinter seiner verzögerten Rückreise steckte. Seufzend schüttelte ich die Gedanken ab und griff nach dem Krug mit Milch.

Dian und Bron beobachteten mich während meines Frühstücks ununterbrochen, und bis auf ein gelegentliches Blinzeln hätte man denken können, sie wären völlig erstarrt. Am liebsten hätte ich sie darauf angesprochen. Vater hingegen schien vollkommen gelassen zu sein und studierte ein Stück Pergament, welches vor ihm auf dem Tisch lag. Ich konnte bedauerlicherweise nicht genau erkennen, worum es sich handelte, aber die Striche darauf sahen verdächtig nach einer Art Angriffsstrategie aus. Solche Pläne hatte ich des Öfteren bei Coel im Zimmer auf dem Schreibtisch liegen sehen. Minuten vergingen, ohne dass irgendjemand ein Wort verlor.

Schließlich ertrug ich das Schweigen nicht länger. »Vater. Lass uns bitte noch einmal über das Training sprechen.«

»Ich halte es für keine gute Idee, dich unnötigen Gefahren auszusetzen. Ich bin der Meinung, dass du durch die fürstliche Garde mehr als genug Schutz erhältst. Das habe ich dir bereits mehrfach erklärt, Arely.«

Ich schnaubte verächtlich. »Denkst du das wirklich? Was, wenn einmal niemand da ist, um mich zu beschützen? Dann bin ich völlig hilflos und kann mich nicht verteidigen.«

»Das wird nicht passieren, dafür sorge ich«, erwiderte Vater stur. Er beugte sich mit prüfendem Blick zu mir hinüber. »Du hast nichts zu befürchten.«

»Wie kannst du dir da so sicher sein?«, fauchte ich ungehalten und sprang von meinem Stuhl auf. »Es reicht, Vater. Verkauf mich nicht für dumm. Ich weiß, was hinter vorgehaltener Hand erzählt wird. Die Bestien kommen wieder näher und es ist gefährlicher denn je.«

Ich hatte eine Grenze überschritten, das wusste ich. Es war unklug gewesen, Vater zu erzählen, dass ich die Gerüchte kannte. Eine unheimliche Stille breitete sich im Frühstückssaal aus. Die Augen des Lichtfürsten verdunkelten sich. Er presste die Lippen zu einer schmalen Linie zusammen. »Genug.«

»Ich verstehe es einfach nicht. Warum willst du nicht zulassen, dass ich mich fit halte? Ich bin eine Kriegerin! Und wenn ich mich recht erinnere, dann warst du es, der Noreia und mich damals dazu ermutigt hat. Du warst stolz auf uns!« Ich blinzelte die Tränen der Wut fort. »Und nun darf ich nicht einmal mehr allein vor die Tür. Früher haben Noreia und ich gegen zwei Bestien auf einmal gekämpft. Und wir haben gesiegt, Vater. Ich war gut. Heute bin ich nur noch ein Schatten davon. Du verrätst mir nichts mehr darüber, was in unserem Reich vor sich geht. Warum tust du mir das an? Was ist an Arawn und Bress anders? Sie sind ebenfalls deine Kinder, aber offenbar traust du ihnen mehr zu als mir.«

»Die Diskussion ist beendet. Deine Zeit als Kriegerin ist

vorbei und du musst dich nicht mehr selbst verteidigen. Du bist hier in Sicherheit.«

»Nicht, wenn ich mich nicht selbst beschützen kann!«

»Wenn du nicht planst, dich unerlaubt hinauszuschleichen, warum sollte es dann überhaupt notwendig sein?«, fuhr Vater mich anklagend an und erhob sich ebenfalls von seinem Stuhl. »Wie oft hast du schon gesagt, du würdest es nicht mehr machen? Ich habe dir bereits angedroht, dass du es bereuen wirst, solltest du noch einmal dabei erwischt werden.«

Ich überlegte einen Moment. »Was wäre, wenn ich mich nie wieder unerlaubt hinausschliche und du dir darüber keine Sorgen mehr machen müsstest?«

Vater verzog skeptisch das Gesicht.

»Ich verspreche, mich dir nicht mehr zu widersetzen, wenn du erlaubst, dass Coel und ich zusammen trainieren.«

Für einen kurzen Moment hatte ich das Gefühl, in seinen Augen eine Spur von Überraschung zu erkennen. Doch dieser Ausdruck verschwand ebenso schnell, wie er erschienen war. Stattdessen begann er dröhnend zu lachen. »Das soll ich dir glauben?«, fragte er kopfschüttelnd. »Du hast mir schon unzählige Male etwas versprochen und es niemals gehalten.«

Unmut machte sich in mir breit. Er nahm mich nicht ernst. In seinen Augen war ich nichts weiter als ein lästiges Kind, das sich nicht zu benehmen wusste.

»Für diesen Kompromiss wäre ich bereit, mich deinem Willen zu fügen«, erklärte ich mit fester Stimme.

»Warum sollte es dieses Mal anders sein, Arely?«

»Ich weiß, worauf ich mich einlasse. Dieses Privileg würde ich nicht aufs Spiel setzen.«

Vater wirkte nach wie vor nicht überzeugt. Fieberhaft

überlegte ich, welchen Trumpf ich noch im Ärmel haben könnte. Irgendwie musste ich ihn doch überzeugen können. »Und … und ich stelle keine unsinnigen Fragen mehr. Ich werde dir künftig vertrauen, mich nicht einmischen und dich nicht mehr darum bitten, wieder eine Kriegerin sein zu dürfen.«

Selbstverständlich war dies gelogen. Jedenfalls zum Teil. Denn selbst wenn ich dem Fürsten keine Fragen mehr stellen würde, galt das noch lange nicht für andere Personen. Ich bezweifelte allerdings stark, dass es ihn umstimmen könnte.

Nach einer gefühlten Ewigkeit seufzte Vater. Zu meinem Erstaunen tat er das Unmögliche: Er nickte. »Nun gut. Ich stimme dem Training unter der Bedingung zu, dass du dich an alle Regeln hältst. Keine Ausflüge ohne meine ausdrückliche Erlaubnis, keine Fragen und kein Wort mehr über das Kriegerdasein. Haben wir uns verstanden?«

»Natürlich«, antwortete ich, darum bemüht, meine Freude nicht zu sehr zu zeigen.

Vater sah mich durchdringend an. »Verstößt du auch nur gegen eine einzige Regel, wird das Training nicht mehr stattfinden.«

»Abgemacht.« Ich ergriff Vaters Hand und schüttelte sie.

Bereits am darauffolgenden Nachmittag traf ich mich mit Coel auf dem Hauptplatz des Schlossgartens, um mit dem Training zu beginnen.

Er wartete bereits auf mich. Als ich auf ihn zusteuerte, konnte ich kaum meine Augen von ihm abwenden. Coel war der perfekte Anführer der fürstlichen Garde – klug, scharfsinnig und ebenso stark. Das kurzärmlige Stoffoberteil gab die Sicht frei auf seine goldenen Zeichnungen, welche im Sonnenlicht glitzerten. Aufgrund seines Rangs besaß er deutlich mehr Tätowierungen als ich. Die Selbstsicherheit, die er ausstrahlte, war fast schon unheimlich. Niemand würde es je wagen, seine Fähigkeiten als Krieger infrage zu stellen oder sich ihm zu widersetzen. Und er gehörte mir. Auch wenn wir bereits seit vier Jahren zusammen waren, breitete sich bei dem Gedanken daran immer noch eine Gänsehaut auf meinem Körper aus.

»Hallo«, sagte er leise und lächelte mich liebevoll an.

Ich sah mich um. »Wo sind denn die Waffen?« Eigentlich hatte ich mich auf einen hitzigen Schwertkampf mit ihm gefreut.

Stattdessen zog er die Stirn kraus. »Du glaubst doch wohl selbst nicht, dass wir heute sofort gegeneinander kämpfen. Wir beginnen erst mal mit Konditionstraining.«

»Das ist nicht dein Ernst!«

»Jetzt jammere nicht. Du wolltest schließlich, dass wir zusammen trainieren«, entgegnete er. »Kondition ist eine der wichtigsten Eigenschaften eines Kriegers.«

»Oh, danke. So etwas habe ich natürlich nicht in meiner Grundausbildung gelernt.«

»Entweder machen wir das auf meine Weise oder gar nicht.« Er wies mit einer Kopfbewegung zum Rundweg, der um das Schloss herumführte. »Aber wir können das Konditionstraining gern später in meinen Gemächern beenden, wenn du willst.«

Ich konnte nicht anders, als sein süffisantes Grinsen zu erwidern. Motiviert rückte ich mein eng anliegendes Trainingsoberteil zurecht und zog die Lederhose ein Stück nach oben. »Na, dann los! Und wehe, du fällst absichtlich hinter mir zurück, damit du eine bessere Sicht auf meinen wundervollen Hintern hast.«

Der Rundweg führte uns an dem Rosengarten und den

Obstbäumen vorbei, von denen die Bediensteten gerade die reifen Früchte pflückten. Danach liefen wir neben dem angrenzenden Festpavillon vorbei und überquerten die Brücke des Schlossteichs, an dessen Ufer ich mich so gern sonnte.

»Ich fasse noch immer nicht, dass du mich Runden laufen lässt!«, keuchte ich atemlos, als wir bereits die zehnte durch den Schlossgarten drehten.

»Dein Hecheln klingt ganz so, als würdest du jeden Moment vor Erschöpfung umkippen«, entgegnete Coel und ich wusste, dass er ein Lachen unterdrückte.

Ich setzte gerade zu einer bissigen und für eine Prinzessin absolut unangebrachten Erwiderung an, als ein lauter, panischer Schrei durch den Schlossgarten hallte. Wir warfen uns im Lauf einen schnellen Blick zu und beschleunigten unsere Schritte in Richtung des Hauptweges, der uns bis zum Schlosstor bringen würde. Kurz nachdem wir einen Teil der Strecke zurückgelegt hatten, stolperte uns ein Mann entgegen. Gleich hinter ihm erschienen zwei Wachen der fürstlichen Garde, die ihm wohl Zutritt zum Gelände gewährt hatten.

Erstaunt riss ich meine Augen auf, als der keuchende Krieger näherkam, ins Taumeln geriet und zu Boden sank. Das Leder der Rüstung an seinem rechten Arm war völlig zerfetzt. Es gab die Sicht auf eine klaffende Wunde frei, aus welcher ein blanker Knochen hervorstach. Mir drehte sich der Magen um. Solch eine schreckliche Verletzung hatte ich schon lange nicht mehr gesehen. Es bestand kein Zweifel, dass sie von einer Bestie verursacht worden war. Die tiefen Spuren der messerscharfen Krallen waren unverkennbar. Ein Kampf mit einem solchen Untier war zwar nicht ungefährlich, doch in den letzten Jahren waren die Krieger bei den wenigen Angriffen nur selten schwer verletzt worden. Jedenfalls soweit ich wusste. Normalerweise wurden die Verwundeten direkt an Ort und Stelle versorgt. Es musste also etwas Schlimmes passiert sein, wenn er schwerverletzt hier ganz allein auftauchte.

»Der Prinz!«, keuchte der Krieger panisch auf, als wir ihn endlich erreichten.

»Was ist mit ihm?« Coel beugte sich besorgt zu ihm hinunter.

Jetzt konnte ich das weiße Wappen mit dem goldenen Posthorn auf seiner Brust erkennen. Er gehörte zum Kommunikationstrupp, dessen Aufgabe es war, wichtige Nachrichten zu überbringen. Mein zweitältester Bruder Bress gehörte ihm bereits seit vielen Jahren an und war heute Morgen mit seinen Kameraden zu einem Routineeinsatz aufgebrochen.

»Der Prinz ist lebensgefährlich verletzt«, keuchte der Krieger und presste gequält die Augen zusammen. »Wir haben versucht, ihn hierherzutragen. Ich bin vorausgelaufen, um Hilfe zu holen.«

Mir stockte der Atem. Bress war schwer verletzt, schwebte in Lebensgefahr. Ich wollte den Krieger fragen, was geschehen war. Ob Bress es schaffen würde. Aber ich brachte kein Wort heraus.

Coel packte mich an der Schulter und drehte mich zu sich, sodass ich ihn ansehen musste. »Du bleibst hier im Schloss. Keine Dummheiten. Lauf los und informiere die Heiler. Ich werde der Truppe entgegenlaufen und ihnen helfen. Wir werden Bress finden, versprochen.«

Ich nickte abwesend. Meine gesamte Welt begann, sich zu drehen. Noch bevor ich etwas erwidern konnte, war Coel bereits den Weg entlanggerannt und aus meinem

Blickfeld verschwunden.

Auf keinen Fall durfte ich jetzt die Beherrschung verlieren, sondern musste handeln. »Ihr bleibt hier und helft ihm«, wies ich die Männer schroff an.

Während meine Gedanken weiter um meinen Bruder kreisten, bewegten sich meine Beine wie von selbst im Sprint auf das Schloss zu. Hektisch sah ich mich um. Wo waren denn nur die vielen Wachen und Bediensteten, wenn man sie einmal benötigte? Als endlich die Eingangstür und die davorstehenden Kriegerinnen in Hörweite waren, begann ich, um Hilfe zu schreien. Meine Stimme klang fremd in meinen Ohren. Glücklicherweise stellten sie keine Fragen, sondern stürmten sofort ins Schloss. Unterdessen rang ich nach Luft und stemmte die Hände in meine schmerzenden Seiten. Kurz darauf kehrten die Wächterinnen mit mehreren Kriegern der fürstlichen Garde sowie zwei Heilern zurück, die eine Trage in der Hand hielten.

»Ein Verletzter liegt auf dem Hauptweg und Bress ist schwer verwundet«, rief ich ihnen zu. Mit der Hand deutete ich in die Richtung.

Ohne zu antworten, hasteten sie an mir vorbei. Erst jetzt bemerkte ich die Tränen, die über meine Wangen liefen. Beschämt wischte ich sie fort. Als Kriegerin durfte ich nicht weinen. Ich musste stark bleiben.

Ehe ich den anderen mit schnellen Schritten folgte, atmete ich einmal tief durch. Ich holte sie auf der Höhe des verwundeten Mannes ein, der von einem der Heiler versorgt wurde, und lief mit den anderen weiter den Hauptweg entlang. Es dauerte eine gefühlte Ewigkeit, bis das Tor der Schlossmauern endlich in Sicht kam. Kurz darauf wurde dieses geöffnet und ich sah, wie Coel mit den teils stark verwundeten Kriegern des Kommunikationstrupps hindurchging. Zwei von ihnen trugen eine reglose Gestalt. Bress. Ich erkannte ihn bereits aus weiter Ferne.

Wie angewurzelt blieb ich stehen. Ich konnte nichts anderes tun, als zuzusehen, wie Coel Anweisungen brüllte und dabei half, ihn auf die Trage der Heiler zu hieven. In dem Moment, in dem sie meinen Bruder an mir vorbeitrugen, wurde mir das Ausmaß seiner Verletzungen bewusst. Er war blutüberströmt, seine Rüstung hing nur noch in Fetzen an ihm herab.

»Bress!«, flüsterte ich. Ein Schluchzen überkam mich, sobald ich zwischen all dem Blut die tiefen Fleischwunden in seinem Körper wahrnahm. Es waren so viele, dass ich sie nicht auf einen Blick zählen konnte.

Bress' Lider flatterten. »Arely«, antwortete er mit schmerzverzerrtem Gesicht, die Stimme kaum mehr als ein Hauchen.

Zwei Wachen stellten sich mir in den Weg, als ich ihnen folgen wollte. »Lasst mich zu ihm!«, fauchte ich und versuchte, mich an ihnen vorbeizudrängen. Doch sie ließen mich nicht durch. »Bress!«

Aber mein Bruder antwortete nicht mehr. Zwischen den Wachen hindurch konnte ich sehen, dass seine Augen geschlossen blieben. Nicht einmal sein Brustkorb bewegte sich noch.

Mein Herz zog sich zusammen. Ich musste mich irren. Sicher hatte der Eindruck nur getäuscht. Es durfte einfach nicht sein.

»Beeilung!«, brüllte Coel plötzlich und ich hörte eine Panik in seiner Stimme, die mein Herz zerriss. Es klang so schrecklich wie an dem Tag, an dem er von Noreias Verschwinden erfahren hatte. Ich hatte das Gefühl, der Boden würde unter meinen Füßen weggerissen werden.

Bress durfte nicht auch noch sterben. Ich hatte doch schon meine Schwester verloren. Übelkeit überkam mich und ich vernahm ein lautes Rauschen um mich herum, ehe meine Beine unter mir nachgaben und ich zu Boden sank.

Es war, als würde mich ein dichter Nebelschleier umhüllen. Ich konnte nichts mehr sehen, nichts hören. Dann versank alles in völliger Dunkelheit.

5 Jahre zuvor

Noreia

Das Herz schlug mir bis zum Hals, mein keuchender Atem ging stoßweise. Die Arme hatte ich um mich geschlungen, während ich blindlings und wie betäubt einen Fuß vor den anderen setzte. Ich stolperte mehr, als dass ich ging, mein Schwert hing nutzlos in der Gürtelschlaufe.

Blut tropfte unermüdlich aus der klaffenden Wunde an meinem rechten Arm und immer wieder flimmerte es gefährlich am Rand meines Sichtfeldes. Ich stand kurz vor einer Ohnmacht, doch ich durfte nicht stehen bleiben. Denn dann würde ich sterben.

Der dichte Nebel strich unangenehm über meine inzwischen durchweichte und eiskalte Haut. Ich sah kaum die eigene Hand vor Augen, das stetig dumpfe Geräusch meiner Schritte klang weit entfernt. Meine sonst so geschärften Sinne waren nutzlos. Es war nur noch eine Frage der Zeit, bis mich die nächsten Untiere wittern würden. Ich war von den vorigen Begegnungen mit ihnen bereits stark geschwächt, einen weiteren Angriff würde ich wohl kaum überleben. Mittlerweile hatte ich die Hoffnung aufgegeben, jemals wieder aus dem Großen Nebel herauszufinden. Deshalb betete ich unermüdlich zu den Göttern, dass Arely mir nicht gefolgt war.

»Arely.« Es war nicht mehr als ein Flüstern, das durch

meine Lippen drang.

Wir hatten uns schon unzählige Male in Gefahr gebracht, weil wir uns gegenseitig hatten beweisen wollen, wer die Mutigere oder Stärkere war. Wenn ich ehrlich zu mir war, hatte ich damit einfach nur verdrängen wollen, was ich wirklich war: eine nichtsnutzige Waise. Als Arely diesen dunklen Gedanken vor wenigen Stunden zum ersten Mal ausgesprochen hatte, war etwas in mir zerbrochen. Denn so sehr ich mir immer eingebildet hatte, wir wären richtige Schwestern, so war ich letztlich bloß das vor den Schlosstoren zurückgelassene Findelkind.

Es hatte nie einen Unterschied gemacht, wie stark, mutig, tapfer oder entschlossen ich war. Arely war immer die Bessere gewesen. Das Lichtvolk liebte und verehrte die Erbin des Fürsten. Unsere – nein, ihre – Eltern hatten immer darauf geachtet, dass sie von allem nur das Beste erhielt. Sie hatten mich zwar liebevoll behandelt, aber ich war nun einmal nicht ihr eigenes Kind. Somit war ich eine nette Spielgefährtin für Arely gewesen und genau genommen kein wahres Mitglied der Fürstenfamilie.

Völlig in meine Grübeleien versunken bemerkte ich kaum, wie sich der dichte Nebel allmählich veränderte. Er verblasste immer mehr und erste Sonnenstrahlen drangen durch die Masse. Erst, als ich einen warmen Lufthauch auf meiner Haut spürte, sah ich hoffnungsvoll auf. Mein Herz machte einen Satz. Das war nicht möglich, oder doch? Hatte ich es tatsächlich geschafft, den Weg zurückzufinden?

So schnell ich konnte, ging ich dem Licht entgegen, stolperte jedoch auf einmal und fiel vornüber auf die Knie. Spitze Steine bohrten sich in meine Haut. Die Welt vor meinen Augen begann, sich unheilvoll zu drehen. O nein, nicht jetzt! Ich würde ganz bestimmt nicht auf den letzten Metern ohnmächtig werden! Entschlossen rappelte ich mich wieder auf und taumelte einige Schritte vorwärts. Ich musste es schaffen!

Und dann trat ich aus der Nebelwand hervor. Das schwache Tageslicht irritierte mich und ich versuchte, mich zu orientieren. Wieder schwankte mein Körper bedrohlich, doch dieses Mal hatte ich keine Kraft mehr, mich aufrecht zu halten. Ich fiel zu Boden, meine Sinne schwanden.

Das Letzte, das ich sah, war eine Gruppe von Männern, die auf mich zustürmten. Männer mit schwarzen Rüstungen.

Das hier war nicht das Lichtreich.

Ich musste im Schattenreich sein.

Auszug aus den Chroniken des Lichts, Band III: Das Schattenreich

Nachdem das Schattenreich am Dunklen Tag vom Lichtreich getrennt wurde, begannen für uns düstere Zeiten. Der Fluch brachte unseren ersten Lichtfürsten Lodan dazu, das Schattenreich eliminieren zu wollen, damit den Angriffen der Bestien ein Ende gesetzt werden konnte.

Denn diese sollten, vom Schattenreich geschickt, um unser Volk auszulöschen, jeden Einzelnen töten und uns vernichten. Unsere Feinde schickten uns das Grauen, welches seither immer wieder unsere Dörfer und Städte attackiert und uns den Tod bringen soll.

Unsere Krieger kämpfen tapfer gegen die Bestien, beschützen unser Reich vor ihnen. Denn wir geben nicht auf.

Jetzt

Noreia

Der Morgen dämmerte bereits, während ich nachdenklich aus dem Fenster in den Schlosshof blickte. In der Ferne erkannte ich die Gipfel des Schneegebirges und musste unweigerlich an den eisigen Nebel denken, der sich in ihrer Nähe auftürmte. Bei der Erinnerung daran überzog eine Gänsehaut meine Arme. Obwohl ich ihn von meinem Schlafzimmer aus nicht sehen konnte, verfolgten mich die Bilder noch immer bis in meine Träume.

Mein Blick fiel auf meinen rechten Oberarm. Die Wunde war natürlich längst verheilt, aber die schwarze Tinte auf meiner Haut konnte die große Narbe nicht gänzlich verbergen. Seufzend strich ich mit einem Finger über die unebene Haut, dann straffte ich meine Schultern und verdrängte die Gedanken.

Einen Moment lang erwog ich, mich zurück unter die warme Decke zu kuscheln. Aber mir war klar, dass es nichts bringen würde. Ich wandte mich vom Fenster ab, machte mich kurz frisch und zog mir ein Hemd, eine Lederhose sowie die dazu passende Jacke an. Bevor ich mich auf den Weg machte, griff ich nach dem Messer unter meinem Kopfkissen. Dieses schob ich in die Halterung an meinem Oberschenkel.

Ich begegnete einigen Wachen, während ich durch den Flur lief und anschließend die Treppen hinabstieg, aber sonst war es erstaunlich ruhig im Schloss. Plötzlich erklang hinter mir ein Geräusch. Wie von selbst fuhr meine Hand zu dem Messer an meinem Bein. Ich lauschte mit gespitzten Ohren, wartete darauf, dass der Angreifer einen falschen Schritt machte. In dem Moment, in dem ich seinen leisen Atem hinter mir vernahm, schnellte ich herum.

Er fing meinen Arm nur knapp einen Zentimeter vor seiner rechten Halsseite ab. Obwohl er seinem sicheren Tod nur knapp entronnen war, grinste er mich mit hochgezogenen Augenbrauen an.

»Mach das noch einmal und du bist tot«, fauchte ich.

Aber anstatt zurückzuschrecken, machte er einen Schritt auf mich zu und sah mir ungeniert von oben herab in meinen offenherzigen Ausschnitt. »Du bist begehrenswert, wenn du wütend bist.«

»Du kannst mich mal!« Ich stieß ihn mit aller Kraft zurück. Mit Genugtuung sah ich, wie er tatsächlich ins Straucheln geriet. Das gelang mir nicht besonders häufig. »Ich schwöre dir, Ronan, nächstes Mal mache ich Ernst.«

Ich wirbelte herum und schritt davon.

»Wir sehen uns heute Nachmittag beim Training«, rief er mir hinterher.

Ohne ihm eine Antwort zu geben, setzte ich meinen Weg fort. Er sollte besser aufpassen, was er tat. Ich würde ihn nachher beim Training unmissverständlich in die Schranken weisen. Nur, weil er mein Trainer war und ich gelegentlich mit ihm schlief, bedeutete das noch lange nicht, dass er mich nach Belieben auf die Probe stellen durfte.

Aufgebracht stieß ich die Tür zum Speisesaal auf. Wie erwartet saß der Fürst des Schattenreichs schon an einem Ende der Tafel. Er schien soeben sein Frühstück beendet zu haben. Als sein Blick auf meinen traf, stahl sich ein seltenes Lächeln auf sein sonst so ernstes und faltenzerfurchtes Gesicht. »Guten Morgen, Noreia, Liebes.« Er deutete auf den Platz zu seiner Rechten. »Setz dich zu mir.«

Ein Schnauben von der anderen Seite der Tafel offenbarte mir Nessas Anwesenheit. Die Fürstin des Schattenreichs ignorierte mich völlig, während ich auf ihren Mann zuging. Noch bevor ich mich auf dem mir zugewiesenen Stuhl niederlassen konnte, war von einem Bediensteten bereits ein Teller mit belegten Broten sowie ein wenig Obst auf dem Platz abgestellt worden.

»Guten Morgen, Vater«, sagte ich und nahm mir eine Traube.

Ich beobachtete ihn einen Moment lang und wunderte mich wieder einmal darüber, wie sehr ich ihm glich. Wir hatten das gleiche ovale Gesicht mit einer etwas breiteren, aber geraden Nase, leicht geschwungenen Lippen und ausgeprägten Brauen. Vater sah auf und ich blickte zurück in seine großen, graublauen Augen, die ich von ihm geerbt hatte. Unsere Ähnlichkeit war der Grund gewesen, weshalb mich die Schattenkrieger, die mich vor fünf Jahren an der Grenze zum Nebel gefangen genommen hatten, nicht sofort getötet, sondern zu ihm gebracht hatten.

»Warum bist du schon so früh auf?«, wollte mein Vater wissen. »Ich hatte nicht vor Mittag mit dir gerechnet.«

»Ich habe schlecht geschlafen. Es lag aber nicht an der Reise.«

Mein Vater nickte. »Ich habe noch nicht mit Heerführer Lir sprechen können. Wie ist es verlaufen?«

»Es hat uns einiges an Überzeugungsarbeit gekostet, aber am Ende war der Anführer der nordischen Rebellen einverstanden, Lir und mich auf neutralem Gebiet zu treffen. Ich hatte das Schlimmste befürchtet, aber sie haben uns nicht angegriffen. Stattdessen haben wir lange miteinander diskutiert. Er hat uns seine Sicht der Dinge erklärt. Tatsächlich konnte ich sie zum Teil nachvollziehen und habe ihm Gegenvorschläge gemacht.«

Der Fürst sah mich eindringlich an. Schließlich nickte er, während Nessa demonstrativ aus dem Fenster schaute. »Ich bin beeindruckt, Noreia. Es ist erstaunlich, wie viel von mir in dir steckt. Konntest du dich mit ihnen einigen?«

»Ja.« Ich lächelte zufrieden. »Ich habe den Anführer und einige seiner Gefolgsleute in unser Schloss eingeladen, damit sie direkt mit dir sprechen und ihre Forderungen an dich stellen können. Sie haben mir im Gegenzug versprochen, bis dahin keine Angriffe mehr auf unser Schloss, unsere Krieger oder die Dörfer zu verüben.«

»Es war eine gute Entscheidung, ihnen dieses Angebot zu machen. Wir haben so schon genügend Probleme durch die Überfälle der Bestien und die übrigen Rebellenvereinigungen. Wir werden in der nächsten Versammlung weiter darüber sprechen. Ich möchte, dass du dieses Mal daran teilnimmst.«

Ich starrte ihn ungläubig an. »Es wäre mir eine Ehre«, antwortete ich so schlicht wie möglich, während mein Herz vor Freude und Aufregung zu hüpfen schien.

Das erneute Schnauben vom anderen Ende der Tafel konnte ich jedoch nicht länger ignorieren. »Nessa, benötigst du vielleicht ein Taschentuch?«

Trotz der Entfernung konnte ich sehen, wie ihr wutverzerrtes Gesicht errötete. Einen Moment lang starrte sie mich aus verengten Augen an. Dann sprang sie auf, wobei sie ihren Stuhl so heftig zur Seite stieß, dass er umfiel und mit einem lauten Knall auf dem Boden aufschlug.

»Ich kann nicht glauben, dass du das zulässt, Arvalus«, keifte sie aufgelöst. »Erst schickst du deinen Bastard auf wichtige Reisen, bei denen Gespräche mit den Rebellen geführt werden müssen. Und nun das! Was sollen die Heerführer denken?«

»Es reicht«, entgegnete mein Vater mit scharfem Unterton.

Doch die Fürstin dachte gar nicht daran, klein beizugeben. Sie stemmte entrüstet ihre Hände in die Hüften.

»Nessa, wenn ich meine Tochter zu der Versammlung mitnehmen möchte, dann tue ich das. Deine Meinung ändert nichts daran. Es ist einzig und allein meine Entscheidung als Schattenfürst gewesen, Noreia als meine Tochter anzuerkennen. Es ist an der Zeit, dass du es endlich einsiehst.«

Nessa zischte empört. Mein darauffolgendes selbstzufriedenes Grinsen stachelte sie noch weiter an.

»Wie du willst, Arvalus«, fauchte sie. »Nimm diesen Bastard ruhig als dein eigenes Kind an. Aber verlang nicht von mir, sie als Teil unserer Familie anzusehen, denn das ist sie nicht.« Mit diesen Worten machte sie auf dem Absatz kehrt und rauschte mit wehendem Haar aus dem Speisesaal. Ich sah ihr mit hochgezogenen Augenbrauen hinterher.

Natürlich konnte ich Nessas Reaktion bis zu einem gewissen Grad nachvollziehen. Zweifellos musste sie sich schrecklich gefühlt haben, als der Fürst des Schattenreichs seinem Volk vor fünf Jahren verkündet hatte, seine verlorene Tochter sei nach sechzehn Jahren zu ihm zurückgekehrt. Schlimm genug, dass er seine Ehefrau und Fürstin mit einer anderen Frau betrogen hatte. Doch dass aus dieser Affäre ausgerechnet das entstanden war, wonach Nessa sich so sehr sehnte und was sie nie bekommen würde, musste sie unsagbar verletzt haben.

Ich schob mir ein Stück Brot in meinen Mund. Dieses kaute ich bedächtig und schluckte es hinunter, ehe ich das Gespräch wieder aufnahm. »Du willst also wirklich, dass ich an der nächsten Versammlung teilnehme? Soll ich dich irgendwie unterstützen?«

Hoffnungsvoll blickte ich ihn an. Die Sitzung war nur den wichtigsten Personen des Schattenreichs vorbehalten. Abgesehen von meinem Vater waren dort lediglich seine drei engsten Berater und die fünf Heerführer anwesend. Ich fühlte mich geehrt, weil er mich nun dort mit einbeziehen wollte. In den letzten Jahren hatte ich alles gegeben, um ihm zu beweisen, dass ich eine geeignete Nachfolgerin sein würde. Denn nachdem ich die ersten sechzehn Jahre meines Lebens im Lichtreich aufgewachsen war, hatte ein Zufall mich nach Hause ins Schattenreich zurückgeführt. Zu meiner wahren Bestimmung. Als einzige Nachfahrin des Herrschers machte mich das unweigerlich zu seiner Thronfolgerin.

Mein Vater räusperte sich. »Du hast mich beeindruckt. Wie ich dir schon gesagt habe, wirst du also in drei Tagen die Chance haben, endgültig unter Beweis zu stellen, dass du eine würdige Kriegerin und künftige Fürstin bist. Ich zähle auf dich, Noreia. Also enttäusche mich nicht.«

Vor Stolz begannen meinen Wangen zu glühen. Er hatte bereits vor einigen Wochen angedeutet, dass mich eine bedeutsame Aufgabe erwartete.

»Natürlich, was immer du verlangst, Vater. Ich werde dich nicht enttäuschen.«

Der Schattenfürst nickte. Damit schien das Gespräch für ihn beendet zu sein. Schweigend aß ich das Obst von meinem Teller. Dabei grübelte ich darüber nach, was wohl auf mich zukommen könnte. Ich hatte bereits mit den anderen Kriegern aus dem Grenzheer gegen wilde Bestien gekämpft, hatte Städte und Dörfer verteidigt und dadurch zahlreiche Leben gerettet. In den letzten Monaten hatte ich dann die Heerführer auf wichtige Missionen begleitet, bei denen wir mit den Rebellen verhandelten und im schlimmsten Fall gegen sie kämpften. Ich konnte mir nicht vorstellen, welche Angelegenheit noch wichtiger sein sollte, als mein Volk zu beschützen.

Nachdem ich mein Frühstück beendet hatte, verbeugte ich mich vor meinem Vater. »Ich werde jetzt trainieren gehen.«

»Bestens.« Der Fürst musterte mich. »Sei fleißig und streng dich an.«

»Immer, Vater.«

Sobald ich meine Gemächer wieder erreicht hatte, machte ich mich bereit für das anstehende Training. Dafür zog ich meine Rüstung an, die bis auf die Farbe der des Lichtreichs glich – anstatt golden war sie pechschwarz. Meine langen, dunkelbraunen Haare band ich zu einem straffen Dutt. Anschließend machte ich mich auf den Weg nach draußen in den kleinen Wald, welcher das Schattenschloss wie eine Art Schutzring umgab.

Ich richtete meinen Blick auf den wolkenverhangenen Himmel. Die wärmende Sonne war eines der vielen Dinge, die ich schmerzlich vermisste, seit ich das Lichtreich verlassen hatte. Der Himmel hier war stets verschleiert, sodass es mir durchgehend vorkam, als stünde ich in einem dunklen Schatten. An guten Tagen wie heute war die Sonne gerade einmal hinter den Wolken zu erahnen. Bei meinen Reisen in die nördlichen Regionen des Schattenreichs hatte ich im Winter meterhohen Schnee miterlebt, den es im

Lichtreich nirgendwo gab. Er sah zwar schön aus, aber so richtig hatte ich mich noch nicht mit der Kälte anfreunden können. Dafür hatten die wunderschönen Nordlichter mir vollkommen den Atem geraubt.

Seufzend wandte ich mich ab und fokussierte mich auf das bevorstehende Konditionstraining. Mit zielstrebigen Schritten ging ich den Pfad entlang, der mich mitten in den Wald der Katla führte.

Schon immer hatte ich beim Ausdauerlauf am liebsten auf Gesellschaft verzichtet. Während des Rennens konnte ich mich ganz auf mich selbst konzentrieren und meine Gedanken verschwammen zu einem leisen Summen. Einatmen. Ausatmen. Ich sog die kühle Morgenluft gierig in mich auf, hieß die Anstrengung willkommen. Hierbei verlor ich jegliches Zeitgefühl, und als ich schließlich völlig erschöpft zum Schloss zurücklief, waren sicher ein oder zwei Stunden vergangen. Bald wurde es schon Zeit für den Nahkampf.

Nach einer kurzen Wäsche ging ich in die Küche, um mir dort eine Kleinigkeit zu essen zu holen. Andernfalls würde ich das kraftzehrende Training mit Ronan definitiv nicht durchstehen.

»Prinzessin Noreia!«, rief die junge Köchin Aventia und winkte mir zu, sobald ich den Raum betrat. Sofort reichte sie mir ein vorbereitetes Brot, in das ich dankbar hineinbiss.

»Wie geht es dir?«, fragte ich mit vollem Mund.

»Es ginge mir wesentlich besser, wenn Ihr Manieren zeigen würdet, Prinzessin«, schalte sie mich, doch durch das verräterische Zucken ihres Mundwinkels wusste ich genau, dass sie es nicht böse meinte.

»Und mir ginge es wesentlich besser, wenn du endlich aufhören würdest, mich Prinzessin zu nennen.«

Aventia lachte. »Aber Ihr seid nun einmal unsere Prinzessin. Darauf bin ich sehr stolz.«

Ich verdrehte die Augen, woraufhin sie sichtlich verstimmt die Arme verschränkte.

»Ich meine es ernst. Viele sind sehr glücklich, dass wir Euch wiederhaben, und setzen große Hoffnung in Euch.« Sie sah sich um, bevor sie leise hinzufügte: »Ganz davon abgesehen sind die meisten Leute froh, dass die Fürstin keinen eigenen Nachfolger zur Welt gebracht hat. Niemals hätte sie ein so mutiges Kind aufziehen können, wie Ihr es seid.«

Ich spürte, wie ich vor lauter Verlegenheit rot anlief. Durch die vielen Einsätze außerhalb des Schlosses wusste ich natürlich, wie hinter vorgehaltener Hand über die Fürstenfamilie gesprochen wurde. Mein Vater galt als kühl und unnahbar. Im Gegensatz zu Nessa wurde er jedoch respektiert, da er immer im Sinne des Volkes handelte. Mir begegneten nach wie vor viele mit Skepsis, aber durch meine Einsätze konnte ich immer mehr von ihnen überzeugen.

»Danke, Aventia«, brachte ich hervor.

Sie strich mir über die Wange, ehe sie sich umdrehte und mit einem Holzlöffel eine köchelnde Suppe umrührte. Da ich mein Brot mittlerweile aufgegessen hatte, machte ich mich auf den Weg in den Trainingsraum.

Ich war die Erste, deshalb dehnte ich mich ausführlich, bevor ich zum Schießstand ging. Natürlich hatte ich meinen eigenen Bogen mitgebracht. Er war meine liebste Waffe, denn ich vermied es so gut wie möglich, meinen Opfern zu nahe zu kommen und damit Verletzungen zu riskieren. Auch heute fiel es mir nicht schwer, die weit entfernt stehenden Zielscheiben mittig zu treffen.

Abermals surrte mein Pfeil durch die Luft. Er verfehlte den mittleren Ring nur um wenige Zentimeter. Das Geräusch von Schritten hatte mich aus der Konzentration gebracht. Verärgert runzelte ich die Stirn und umklammerte meine Waffe fester.

»Das kannst du besser«, hörte ich Ronan hinter mir sagen.

Natürlich konnte ich das. Er wusste genau, dass er mich abgelenkt hatte. Ich spannte einen neuen Pfeil ein und zielte. Dieses Mal ließ ich mich nicht aus der Ruhe bringen und schoss ihn ab. Er traf die Scheibe perfekt.

Mit einem spöttischen Grinsen auf den Lippen drehte ich mich zu Ronan um und ließ den Bogen sinken. »Besser?«

»O ja«, raunte er. Kaum eine Sekunde später stand er genau vor mir.

Ich spürte seinen heißen Atem auf meiner Haut. Eine Welle der Lust durchflutete mich. Ronan war sicher nicht das, was ich mir als langfristigen Partner vorstellte, doch es gefiel mir, dass er mich um fast einen Kopf überragte und ein beinahe doppelt so breites Kreuz besaß wie ich. Das gab ihm im Nahkampf sowie bei gewissen anderen Dingen einen Vorteil. Ronan trieb mich immer wieder zur Weißglut, aber ich musste zugeben, mich erregte das ziemlich. Dazu kamen seine schokoladenbraunen Augen, in denen ich mich zu gern verlor, und seine kurz geschnittenen braunen Haare, die sich zu kleinen Locken kräuselten.

»Es dauert noch eine Weile, bis die anderen kommen.« Er zog mich zu sich heran. »Vielleicht willst du mir ja zeigen, wie wütend dich mein Angriff heute Morgen gemacht hat?«

Mit der Faust schlug ich ihm gegen die Schulter. Ich

hoffte, dass es ihm wenigstens ein bisschen wehtat. Stattdessen lachte er nur. Wieder keimte Wut in mir auf, aber er erstickte sie, indem er seine Lippen auf meine presste. Es war keine romantische Liebe zwischen uns, kein sanfter Funke. Nur reine Leidenschaft, brutal und rücksichtslos. Aber genau das wollte ich. Brauchte ich.

Ronan drückte mich rückwärts, bis ich gegen die Wand in meinem Rücken stieß, und hielt mich umklammert, ließ mir keine Bewegungsfreiheit. Ich konnte es kaum noch erwarten, ihn endlich zu spüren. Er unterbrach unseren Kuss, lehnte sich zurück und sah mich an. Nur dieser eine Moment reichte aus. Mit einem Schlag kam alles zurück.

Ich sah seine grüngrauen Augen vor mir. Wie er mich berührte und sagte: »Ich liebe dich.« Seine Worte hallten tief in meinem Inneren nach, drangen in jede noch so kleine Pore meines Ichs.

Mit aller Kraft stieß ich Ronan von mir. In seiner vor Überraschung geweiteten Miene erkannte ich Verwirrung und Unglauben. Hals über Kopf floh ich aus der Halle, während ich hektisch meine Rüstung richtete.

Das durfte nicht sein! Warum musste ich genau jetzt an ihn denken? Es war inzwischen fünf Jahre her. Fünf verdammte Jahre! Eine lächerliche Jugendliebe, nichts von Bedeutung, nichts von Dauer. Warum konnte er nicht endlich verschwinden?

Er und Arely und all die anderen. Ich musste sie ein für alle Mal aus meinem Kopf verbannen. Und aus meinem Herzen.

Auszug aus den Chroniken des Lichts, Band IV: Das Lichtreich

Wir wissen nicht, was zuerst da war, die Götter oder die Magie. Doch eines wissen wir genau: Die Götter erschufen unsere Welt mithilfe der uralten Zauberkunst. Aus dem Chaos wurde Leben. Und auch wir – erschaffen von den Göttern des Lebens, des Todes, des Schicksals, der Liebe, des Lichts und des Schattens – dürfen auf dieser Welt existieren.

Jede Gottheit gab der Welt einen Teil ihrer selbst. Der Gott des Lebens erschuf uns und all die anderen Lebewesen auf unserer Welt. Der Tod bildete den Gegenpol, um das Gleichgewicht zu wahren. Das Schicksal bestimmte unser Sein, ebenso wie die Liebe. Licht und Schatten ließen unsere Welt erleuchten und verdunkeln.

Die Zauberkunst der Götter existiert immer noch unter uns. In einer heiligen Zeremonie können ein Gott und seine Magie durch einen Priester beschworen und auf Gegenstände oder Personen übertragen werden. Dies ist nur den würdigen Kriegern und Kriegerinnen vorbehalten, denn es schenkt ihnen besondere Fähigkeiten – Stärke, Willenskraft und geschärfte Sinne. Gebändigt wird sie in Rüstungen, Waffen sowie in Form von goldener Tinte. Diese wird unter die Haut gestochen, damit die Krieger unser Reich vor Gefahren beschützen können.

Die Götter helfen uns durch ihre Magie, doch nur die Göttin des Schicksals hat wirklich Einfluss auf das, was geschieht. Sie sprach jedoch nur ein einziges Mal zu uns, vor Tausenden von Jahren. Ihre Worte wurden in den sagenumwobenen Alten Schriften festgehalten. Im Laufe der Zeit sind diese verschollen, möglicherweise aus Angst. Denn alle von der Göttin des Schicksals gesagten Worte sind eine Prophezeiung. Einmal ausgesprochen, gibt es keinen Weg daran vorbei. Jede einzelne von ihnen wird sich erfüllen.

Arely

Der Sandsack vor mir schwang wieder auf mich zu. Ich schlug mit voller Wucht dagegen, sodass meine Knöchel knirschten. Wieder. Und wieder. Mit jedem Schlag jagte mir ein weiterer Satz durch den Kopf.

Bress.

War er am Leben?

Was, wenn er starb?

Wann würde ich es erfahren?

Er durfte nicht tot sein.

Ich konnte ihn nicht auch noch verlieren.

Nicht nach Noreia.

Bress musste es schaffen!

Keuchend stützte ich mich mit den Händen auf den Knien ab. Ich konnte meine eigenen Gedanken kaum ertragen.

Die Angst um meinen Bruder brachte mich schier um den Verstand. Ich fühlte mich fünf Jahre zurückkatapultiert. Das würde ich nicht noch einmal durchstehen können.

Man sagt, Zeit heilt alle Wunden, aber wie konnte man ohne die wichtigste Person weiterleben und nicht daran zerbrechen?

Für mich war Noreias Verschwinden unerträglich gewesen, doch am schlimmsten hatte es meine Mutter getroffen. Ich betete zu den Göttern, dass sie noch nichts von Bress erfahren hatte. Ihr ohnehin schon labiler Zustand hatte sich, seit Noreia in den Nebel gegangen war, zunehmend verschlechtert. Wenn Bress starb, würden wir sie sicher gänzlich verlieren.

Das durfte nicht geschehen. Ich richtete mich auf. Mit voller Wucht prügelte ich erneut auf den Sandsack ein, stieß ihn mit jedem Schlag heftiger von mir, legte meine gesamte Kraft in meine Hiebe. Ließ meinem Frust und meinen Gefühlen freien Lauf.

Niemand wollte mich zu Bress lassen oder mir verraten, was genau passiert war. Inzwischen waren drei Tage vergangen. Drei verdammte Tage, in denen sie mich mit meiner quälenden Ungewissheit und der Angst um meinen Bruder allein ließen. Wäre Noreia noch hier, hätte sie bestimmt gewusst, was zu tun war. Aber ich war allein.

Nicht einmal Coel hatte ich sprechen können, denn er war völlig in seine Pflichten eingebunden. Immer, wenn ich ihn in den Fluren gesehen hatte, war er von anderen Kriegern umringt gewesen und hatte mir ein Zeichen gegeben, dass er keine Zeit für mich hatte. Jeden Abend hatte ich vor seinen Gemächern auf ihn gewartet. Aber in weiser Voraussicht hatte er stets jemanden geschickt, um mir zu sagen, er könnte nicht zu mir kommen. Ich war unfassbar wütend auf ihn. Am liebsten hätte ich auf ihn eingeschlagen – wenn ich nur endlich nah genug an ihn herankäme. Wie konnte mein Partner mich derart links liegen lassen, obwohl er genau wusste, wie dringend ich ihn sprechen musste? Wie sehr ich verdammt noch mal auf seine Hilfe angewiesen war?

»Na, da ist aber jemand wütend.«

Sofort wirbelte ich herum. Mein fünf Jahre älterer Bruder Arawn lehnte an der Wand des Trainingsraums.

»Du bist zurück«, rief ich ihm erleichtert entgegen.

Arawn stieß sich von der Wand ab, kam auf mich zu und umarmte mich lang und fest, ohne sich an der Tatsache zu stören, dass ich am gesamten Körper nass geschwitzt war.

Den Göttern sei Dank war er im Gegensatz zu Bress wohlbehalten zurückgekehrt. Wenigstens einen Bruder hatte ich wieder. »Geht es dir gut? Wie war deine Reise?«

Arawn lächelte, doch es erreichte seine grünen Augen nicht. »Mir fehlt nichts. Es gab keine Zwischenfälle. Die Bürger im Süden, am Wald der Somir, fühlen sich benachteiligt. Ich habe mit ihnen verhandelt und Lösungen erarbeitet. Außerdem fordern die Dörfer in der Nähe der südlichen Grenze besseren Schutz durch die Krieger.«

»Warum das denn?«

»Kurz vor unserer Abreise gab es dort einen Angriff von Bestien«, erwiderte mein Bruder. Als ich erschrocken die Augen aufriss, hob er beschwichtigend die Hände. »Niemand war in Gefahr. Die Bestien wurden schnell außer Gefecht gesetzt. Trotzdem habe ich den Dörfern Schutz versprochen und werde weitere Krieger aussenden. Im Übrigen natürlich auch in Orte an der Grenze des Nordens.«

Also war der Überfall auf Bress kein Einzelfall gewesen. Was hatte das zu bedeuten? »Hast du schon von Bress gehört? Weißt du, wie es ihm geht?«

»Ja, Vater hat mir gerade davon erzählt.«

»Mit dir redet er also? Hat er dir denn auch gesagt, wie es Bress geht?«

Mehrmals täglich war ich zum Krankenflügel gegangen und jedes Mal von den Wachen aufgehalten worden. Sie teilten mir lediglich mit, dass mein Bruder noch lebte, bevor sie mich wegschickten. Keiner sagte mir Genaueres. Die Wächter vor Vaters Arbeitszimmer hatten mich ebenso oft fortjagen wollen, bis dieser irgendwann wutentbrannt auf den Flur getreten war. Er hatte mich angeschrien, ich solle mich nicht wie ein Kind aufführen und endlich auf hören, mich seinem Befehl zu widersetzen.

»Dazu kann ich dir nichts sagen. Ich könnte dir …«

»Das glaube ich einfach nicht. Niemand erzählt mir etwas, nicht einmal du! Ich dachte, ich könnte mich auf dich verlassen.« Kopfschüttelnd wandte ich mich von meinem Bruder ab. Ich begann erneut damit, auf den Sandsack einzuprügeln. Die Vibration des Aufpralls spürte ich bis in meine Zehenspitzen.

»Deine Schläge sind unkontrolliert«, bemerkte Arawn trocken.

Ohne innezuhalten, schlug ich weiter zu. »Das kümmert mich nicht.«

»Perfektion sollte dir niemals gleichgültig sein, Arely. Es ist wichtig für uns Krieger.«

»Ich bin aber keine richtige Kriegerin mehr!«, fauchte ich. Dann wirbelte ich zu ihm herum. »Ihr schließt mich kontinuierlich aus! Ich darf nicht einmal wissen, wie es meinem Bruder geht!«

Sogleich keimte das schlechte Gewissen in mir auf. Arawn war gerade erst zurückgekehrt, schon fuhr ich ihn an. Trotzdem ging er einen Schritt auf mich zu und legte mir beruhigend eine Hand auf die Schulter.

»Wenn du mich gerade hättest ausreden lassen, dann hättest du dich gar nicht erst aufregen müssen«, sagte mein Bruder mit einem strengen Unterton, wobei er eine blonde Augenbraue in die Höhe zog.

»Ach ja?«

»Ich darf dir zwar nicht sagen, wie es Bress geht, aber das schließt nicht aus, dass ich es dir zeigen könnte.«

Nun zog ich eine Augenbraue in die Höhe – ein Ausdruck, den ich mir schon als Kind von ihm abgeschaut hatte. »Und wie willst du das anstellen? Die Wachen hätten mich beim letzten Mal fast eigenhändig weggetragen. Außerdem wird Vater das niemals zulassen. Er ist ohnehin wütend auf mich.« Die Provokation in meiner Stimme war unüberhörbar. »Sicher, dass du dich mit ihm anlegen willst, Lieblingskind?«

»Er muss es ja nicht erfahren.«

Ein breites Grinsen stahl sich auf Arawns schmale Lippen und ich erwiderte es unwillkürlich. Es erinnerte mich an unsere Kindheit, in der mich Arawn zu allem möglichen Unfug angestiftet hatte. Doch inzwischen war er so sehr in seine Aufgaben als Thronfolger eingespannt, dass es mir nicht in den Sinn gekommen war, er könne etwas gegen Vaters Willen tun.

»Was ist mit der Fürstengarde hier im Schloss? Oder den Wachen vor dem Krankenflügel? Sie haben die strikte Anweisung, mich nicht reinzulassen. Sicher werden sie nicht gegen Vaters Befehl handeln. Nicht einmal für dich.«

»Mach dir darüber keine Sorgen.« Gedankenverloren kratzte er sich an seinem Bart. »Niemand wird etwas davon mitbekommen.«

»Nun sag schon, wie willst du das anstellen?«

»Sei um Mitternacht im Geheimgang«, erwiderte er mit einem Zwinkern. Als ich erstaunt die Augen aufriss, fügte er hinzu: »Bist du wirklich überrascht? Natürlich weiß ich davon, Ares. Und ich weiß auch, dass du dich regelmäßig nachts rausschleichst.« Ich setzte zu einer Erwiderung an, doch er schüttelte mit einem verschmitzten Grinsen den Kopf. »Keine Sorge, es bleibt unser Geheimnis.«

Mit diesen Worten verließ er die Trainingshalle. Stirnrunzelnd sah ich ihm nach. Ich konnte mir beim besten Willen nicht vorstellen, was mein Bruder vorhatte. Wohl oder übel blieb mir nichts anderes übrig, als abzuwarten. Daher machte ich mich auf den Weg zur fürstlichen Therme. Eine Erfrischung würde mir sicher guttun.

Ich streckte meine Hand dem lauwarmen Wasserfall entgegen, der hoch oben über die Natursteinwand sprudelte und in einem Becken mündete. Vorsichtig setzte ich einen Fuß hinein, um zu prüfen, ob die Temperatur angenehm war. Dann stellte ich mich unter das wohltuende Nass. Als das Wasser mir den Rücken hinablief, schloss ich meine Augen. Ich legte den Kopf in den Nacken und ließ meinen Gedanken freien Lauf.

Das Rauschen erinnerte mich an die unvergesslichen Sommertage, die wir als Familie am Strand der Blauen Lagune verbrachten. Versteckt in einer kleinen Bucht befand sich ebenfalls ein Wasserfall, an dessen Fuß Noreia und ich bis in die Abendstunden hinein planschten. Meine Mutter saß währenddessen stets mit einem Buch am Ufer. Sie musste uns jedes Mal regelrecht aus dem Wasser zerren, wenn es Zeit war, zu gehen.

»Arely, Noreia! Wir müssen uns langsam auf den Rückweg machen, bevor es dunkel wird.«

»Jetzt schon? Wir wollen noch gar nicht gehen. Können wir nicht noch länger bleiben?«, bettelte ich.

Mutter erhob sich. »Muss ich euch etwa selbst rausholen?«

Noreia blickte mich mit großen Augen an. »Glaubst du, sie macht das wirklich? Sie trägt doch noch ihr schönes Kleid.«

Aber da setzte Mutter bereits den ersten Fuß ins Wasser.

»Fang uns doch! Wir sind schneller als du!«, riefen wir beide ausgelassen.

»Na, das werden wir ja sehen.« Lachend rannte Mutter auf uns zu, sodass es in alle Richtungen spritze.

Ihr glückliches Gelächter hallte auf dem Weg in mein Zimmer in meinen Ohren wider, während die Bilder langsam verblassten. Bei dem Gedanken an die unbeschwerte Frau, die meine Mutter einmal gewesen war, zog sich mein Herz schmerzhaft zusammen. Sie war stets mein Vorbild gewesen, aber seit Noreias Verschwinden war sie nur noch ein schwaches Abbild ihrer selbst. Mit jedem Tag schien sich ihr Zustand zu verschlechtern. Sie verlor nicht nur ihren Verstand, sondern auch ihre körperliche Verfassung wurde zusehends kränklicher.

In diesem Augenblick wurde mir wieder bewusst, wie sehr der Schmerz eine Person verzehren konnte. Wie eine entsetzliche Flamme, die alles mit sich riss und nur noch elende Überreste zurückließ.

Mit pochendem Herzen saß ich in dem Sessel in meinem Zimmer. Ungeduldig starrte ich auf das weiße Zifferblatt der Wanduhr und trommelte mit meinen Fingern auf die Armlehne. Quälend langsam bewegten sich die Zeiger auf Mitternacht zu. Von Sekunde zu Sekunde wurde ich unruhiger.

Sobald die Uhr endlich zwölf zeigte, sprang ich auf, lief zur Tür und löschte im Vorbeigehen das Kerzenlicht. Genau wie einige Nächte zuvor schlich ich auf Zehenspitzen zu der Falltür am Ende des Flurs. Dabei begleiteten mich die gedämpften Glockenschläge der Turmuhr, die vom Marktplatz der Hauptstadt Luceta zum Schloss herüberschallten. Auch dieses Mal war das Glück auf meiner Seite: Ich begegnete niemandem und ließ mich kurz darauf in den dunklen Tunnel gleiten.

»Da bist du ja«, flüsterte Arawn, als ich fast lautlos neben ihm landete.

Ich blickte in sein vertrautes Gesicht. Es wurde vom schwachen Schein der Fackel erhellt, die er in seiner rechten Hand trug. Wir waren nicht allein. Hinter meinem Bruder stand ein hochgewachsener Mann, den ich im flackernden Licht sofort erkannte. Es war Coel.

»Was machst du hier?«

»Er wird uns zu Bress bringen«, antwortete Arawn an seiner Stelle. »Es war seine Idee. Wir sollten uns aber beeilen, der Schichtwechsel im Krankenflügel steht kurz bevor.«

»Ich möchte mein Verhalten der letzten Tage wieder gutmachen«, erklärte Coel mir mit hörbarer Reue in der Stimme.

Am liebsten hätte ich ihm hier und jetzt all meine Wut und Verzweiflung an den Kopf geworfen. Er hatte keine Ahnung, wie es sich angefühlt hatte, so von ihm im Stich gelassen geworden zu sein. Von meinem Vater hatte ich nichts anderes erwartet, aber von ihm?

Doch bevor ich ein Wort herausbringen konnte, setzten sich die beiden bereits in Bewegung und ich folgte ihnen notgedrungen. Nach ungefähr vierzig Schritten hielten sie abrupt inne, sodass ich fast in Coel hineingelaufen wäre.

Ich runzelte irritiert die Stirn, da auch nach mehreren Sekunden keiner von ihnen Anstalten machte, den Weg fortzusetzen. »Warum geht ihr nicht weiter?«, zischte ich.

Arawn tastete mit der freien Hand an der Wand entlang. Er schien nach etwas zu suchen.

»Dieser Tunnel verbirgt noch viel mehr, als du ahnst«, antwortete mir Coel.

»Da ist es«, raunte dieser nach einer Weile. Er drückte

gegen einen kleinen Stein in der Wand.

Es ertönte eine Art Klicken, dann konnte Coel die schwere Felswand zur Seite drücken. Er schob sie knirschend, Zentimeter für Zentimeter, über den Boden, bis sie schließlich die Sicht auf einen schmalen Gang freigab.

Ich hatte immer angenommen, dass Noreia und ich sämtliche Geheimgänge und verborgene Türen des Schlosses entdeckt hatten. Offenbar hatte ich mich geirrt. Von diesem hier hatte ich definitiv nichts gewusst. Beeindruckt folgte ich meinem Bruder und Coel den engen Abzweig entlang. Er war so schmal, dass uns nichts anderes übrigblieb, als hintereinanderzugehen. Meine Arme streiften auf beiden Seiten an der feuchten Mauer entlang. Ich erschauderte.

Arawn drehte sich zu mir um. »Es ist nicht mehr weit. Der Gang führt direkt zum Krankenflügel.«

Minutenlang marschierten wir weiter und endlich erkannte ich eine schwache Lichtquelle vor uns. Ich bemühte mich, keinen Laut von mir zu geben, bis wir schließlich stehen blieben. Das Ende des Tunnels wurde von einem Tuch verborgen. Coel streckte die Hand aus, um danach zu greifen. In diesem Moment bemerkte ich einen Schatten dahinter, sodass ich zurückzuckte.

»Kein Grund zur Panik«, beruhigte mich Arawn. »Das ist Jolana von der Fürstengarde. Du kennst sie doch. Coel hat sie darum gebeten, uns zu helfen.«

Ich nickte erstaunt. Mein Vater hielt viel von Jolana. Sie war eine derjenigen, die mich stets auf Schritt und Tritt verfolgten, wenn ich offiziell das Schlossgelände verließ. Dass Coel sie dazu gebracht hatte, meinen Vater zu hintergehen, rechnete ich ihm hoch an.

»Schnell, beeilt euch!« Jolana schob das Tuch zur Seite,

während Arawn ihr die Fackel übergab. »Ihr habt genau zehn Minuten.«

Coel ging voraus und führte uns ohne Umwege in den Krankenflügel hinein. Ich war erst wenige Male hier drin gewesen, um meine Mutter zu besuchen, wenn es ihr mal wieder besonders schlecht ging. Sonst hatte für mich als Prinzessin nie die Notwendigkeit bestanden, ihn zu betreten, da meine Wunden in der Regel in meinen Gemächern behandelt wurden.

Ein ungutes Gefühl beschlich mich. Am liebsten wäre ich umgekehrt und davongerannt. Der Teil des Spitals ließ schreckliche Erinnerungen an die Sorge um meine Mutter wach werden. Trotzdem folgte ich Coel tiefer in den verwinkelten Raum hinein. Wir gingen an den Betten vorbei, einige von ihnen besetzt und hinter weißen Vorhängen verborgen.

»Hier ist es«, sagte er schließlich, als wir vor einem verhangenen Krankenbett stehenblieben.

Ich schluckte den Kloß in meinem Hals hinunter und versuchte, das mulmige Gefühl in meinem Bauch zu ignorieren. Vorsichtig zog ich den Stoff beiseite. Da lag mein Bruder, beinahe vollständig in dicke Verbände eingewickelt. Seine Augen waren blutunterlaufen, die geschwollenen Lider halb geschlossen. Sobald er mich bemerkte, bedachte er mich mit einem kurzen Lächeln.

Erleichterung durchströmte mich. Am liebsten hätte ich ihn in eine Umarmung gezogen. »Bress, du lebst!«

»Natürlich lebe ich«, erwiderte mein Bruder trocken. Mir fiel ein Stein vom Herzen. Er war zwar schwer verletzt, aber ansprechbar. Das war mehr, als ich gehofft hatte. »Mir wurde von den Wachen versichert, dass dir das mitgeteilt wurde.«

»Nein. Aber wie kam es überhaupt zu dem Angriff?«

Mir blieb nicht verborgen, wie sich meine Brüder und Coel verstohlene Blicke zuwarfen. Ich musterte sie argwöhnisch. Bress blieb zunächst stumm und ich befürchtete schon, er würde mir nicht antworten.

»Es ist besser, wenn du es nicht weißt«, wich er mir schließlich mit schwacher Stimme aus.

Ich schnaubte empört. »Sag mir, was passiert ist!«

»Arely«, mahnte Arawn, wobei er mir beschwichtigend seine Hand auf die Schulter legte.

Energisch schüttelte ich sie ab. Bress war lebensgefährlich verletzt, darauf musste ich Rücksicht nehmen. Trotzdem machte mich das Verhalten meiner Brüder rasend. Sie behandelten mich wie ein Kind.

»Bress«, begann ich betont ruhig. Doch sie alle kannten mich gut genug, um zu wissen, wie sehr der Zorn in mir loderte. »Ich bin nicht dumm. Ich habe die Wunden des anderen Kriegers gesehen. Die Bestien sind zurück in den Wäldern, nicht wahr? Seit wann haben wir sie nicht mehr unter Kontrolle? Sagt mir bitte die Wahrheit, denn wenn nicht, werde ich es selbst herausfinden.«

Mein Bruder schloss die Augen. Ich sah den Schmerz darin, den er verzweifelt zu verbergen versuchte. Es tat mir leid, ihn in seinem Zustand damit zu bedrängen, allerdings brauchte ich dringend Antworten.

»Sie wird nicht verschwinden, ehe sie hört, was sie wissen möchte«, seufzte Coel schließlich. »Sagt es ihr einfach.«

Ich war froh, dass Coel in diesem Moment für mich einstand. Dankbar lächelte ich ihm zu und nickte dann, um seine Worte zu bekräftigen.

Bress seufzte ebenfalls. Als er sich daraufhin bewegte,

verzog er das Gesicht zu einer schmerzhaften Grimasse. »Na schön. Du hast recht. Wir wissen nicht, warum, aber es scheint, als kehrten die Bestien nach Jahren der Schwäche jetzt umso stärker zurück. Sie haben sich trotz der Patrouillen unbemerkt durch das Grenzgebiet an unsere Dörfer und Städte herangeschlichen. Dort trafen sie die wenigen Krieger vor Ort vollkommen unvorbereitet, weil sie durch die andauernde Ruhe unvorsichtig geworden sind.« Er machte eine kurze Pause und holte tief Luft. »Wir waren mit einem kleinen Trupp im Wald, nahe des Flusses Ismar, um nach weiteren Bestien zu suchen. Dabei wurden wir angegriffen.«

Ich sog scharf die Luft ein. Der Fluss, den Bress erwähnt hatte und dem unser Großer Wald an der Grenze seinen Namen verdankte, befand sich nur einen halben Tagesmarsch von unserem Schloss entfernt. Die Bestien mussten also nicht nur den Grenzpatrouillen entwischt sein, sondern unbemerkt bewohntes Land durchquert haben.

Früher hatte ich gegen sie gekämpft, war mit den anderen Kriegern durch die Wälder patrouilliert, um sie aufzuspüren und zu töten. Ich hatte aktiv mein Volk beschützt, Seite an Seite mit Noreia. Und jetzt durfte ich nicht einmal mehr erfahren, dass die Ungeheuer erneut unsere Städte und Dörfer bedrohten.

Es hatte sich in den letzten fünf Jahren so viel verändert.

Auszug aus den Chroniken des Lichts, Band V: Das Schattenreich

Vor dem Dunklen Tag waren das Licht- und das Schattenreich Verbündete.

Das Lichtreich sorgte immer für ausreichend Nahrung, da diese im warmen Klima am besten gedieh. In den Minen des Schattenreichs hingegen kamen alle wichtigen Rohstoffe vor, welche wir für den Bau oder die Herstellung von Waffen benötigten.

Seit der Trennung können wir nicht mehr auf diese Ressourcen zurückgreifen, doch wir haben Alternativen gefunden. Aufgrund der weiterhin hervorragenden Versorgung und der vorbildlichen Herrschaft unserer Fürsten hat es bisher nie Aufstände oder Rebellenvereinigungen gegeben.

Inzwischen kommen wir sehr gut ohne das Schattenreich zurecht.

Noreia

Die drei Tage bis zu der lang ersehnten Sitzung waren wie im Flug vergangen. Vater hatte am gestrigen Abend das vereinbarte Treffen mit den Rebellen wahrgenommen und sich mit ihnen auf einen Waffenstillstand einigen können. Es waren noch nicht alle Punkte geklärt, aber das würden sie in den kommenden Monaten in Angriff nehmen.

Ich war sehr stolz darauf, dass mein Vater gewillt war, die Gräueltaten der vorherigen Fürsten-Generationen wieder gutzumachen, und alles daransetzte, den Frieden in unser Reich zurückzubringen. In den letzten Jahrzehnten war es ihm gelungen, sich mit drei der fünf bekannten Rebellenvereinigungen zu einigen. Es machte mich stolz, ein Teil der Friedensbewegung zu sein. Konnte die Aufgabe, welche Vater mir bei der heutigen Versammlung zuweisen wollte, womöglich mit all dem zusammenhängen?

Die Aufregung davor hatte sich in den letzten Stunden immer weiter in mir ausgebreitet, und jetzt, kurz vor Sonnenuntergang, ging ich auf das Amtszimmer zu. Ich hatte das Gefühl, hören zu können, wie mein Herz gegen meine Rippen schlug. Um mich zu beruhigen, atmete ich tief durch. Kurz zögerte ich, ehe ich um die letzte Ecke bog und vor den Schattenkriegern haltmachte, die den Raum bewachten. »Ich erbitte Einlass. Der Fürst erwartet mich.«

Meine Worte klangen fest, das genaue Gegenteil von dem, wie es in mir aussah. Doch ich hatte gelernt, meine Emotionen unter Kontrolle zu halten. Niemals schwach oder verletzlich wirken, war die oberste Priorität.

Wortlos schoben die Wachen die schweren Türen für mich auf und mit klopfendem Herzen betrat ich das

Zimmer. Die meisten Geladenen waren bereits dort. Einige von ihnen wandten sich mir zu, als ich mit erhobenem Kopf auf meinen Vater zuschritt. In seine raspelkurzen, schwarzen Haare waren Runen rasiert, sodass er in dem schummerigen Kerzenschein fast schon geheimnisvoll wirkte.

Die anwesenden Heerführer standen in zwei Gruppen beim großen Versammlungstisch und unterhielten sich leise. Neben meinem Vater stand seine Beraterin Leda. Sobald ich mich zu ihnen gesellte, brachen sie unverzüglich ihr Gespräch ab. Ich musterte die beiden argwöhnisch. Ehrlich gesagt wurde ich das Gefühl nicht los, dass sie über mich gesprochen hatten, was das Ganze nicht unbedingt angenehmer für mich machte.

»Noreia«, sagte der Fürst mit gesenkter Stimme. »Ich freue mich, dich heute an meiner Seite zu haben. Wir werden gleich beginnen.«

»Ich freue mich genauso.«.

Kurz darauf betraten die zwei noch fehlenden Heerführerinnen den Raum. Mein Vater räusperte sich vernehmlich und wies mit einer überschwänglichen Geste auf den Tisch des Amtszimmers. »Wir sind vollzählig. Bitte, nehmt Platz.«

Danach bedeutete er mir, mich auf den Stuhl zu seiner Rechten niederzulassen. Ich sah jedem einzelnen in die Augen und hielt ihren forschenden Blicken stand. Inzwischen kannte ich sie alle, besonders natürlich Lir, der mich ermutigend anlächelte. Er war der Führer des Grenzheeres, welchem ich in unregelmäßigen Abständen diente. Schon so oft hatten wir Seite an Seite gegen die Bestien gekämpft, dass ich aufgehört hatte zu zählen. Wir vertrauten einander unser Leben an.

Schließlich erhob sich mein Vater und sprach mit klarer,

fester Stimme: »Seid herzlich willkommen, Heerführerinnen und Heerführer der ehrenwerten Heere des Schattenreichs. Wie bereits bei der letzten Versammlung beschlossen, wohnt unserem Kreis heute ein neues Mitglied bei: meine Tochter, Prinzessin Noreia.«

Lir stand ebenfalls auf. »Fürst Arvalus, ich möchte Prinzessin Noreia gerne im Namen aller Anwesenden meinen Dank für ihre Teilnahme aussprechen. Wir freuen uns, dass wir uns jederzeit auf sie verlassen können.«

Meine Wangen begannen vor lauter Freude zu glühen. So unauffällig wie möglich wandte ich mein Gesicht ab, damit es niemand bemerkte.

»Dem kann ich nur zustimmen«, schloss sich mein Vater an und setzte sich zurück auf seinen Ledersessel. »Ich möchte dich auch nicht länger auf die Folter spannen, was den Grund unserer Zusammenkunft betrifft. Als du aus dem Lichtreich hergekommen bist, haben wir durch deine Erzählungen zum ersten Mal erfahren, wie es nach all den Jahrhunderten dort aussieht. Außerdem werden sie zu unserem Erstaunen ebenso wie wir von den Bestien angegriffen.«

Ich nickte. »Ich konnte kaum glauben, dass die Legenden und Chroniken des Lichtreichs nicht wahr sind. Von klein auf an wurde uns eingebläut, die Kreaturen würden vom Schattenreich geschickt werden, um das Lichtreich zu vernichten.«

»Laut unseren Legenden ist es genau umgekehrt. Dadurch wurde unser tief verwurzelter Hass auf das andere Reich weiter gestärkt. Es kam uns nie in den Sinn, dass unsere Geschichten nicht der Wahrheit entsprechen könnten. Wir vermuten den Ursprung der Bestien inzwischen im Großen Nebel. Mit Sicherheit hat auch der Fluch etwas damit zu tun. Und dann hast du mir noch von einer Prophezeiung erzählt, die der Lichtfürst besitzt.«

Ich dachte daran zurück, wie ich als kleines Kind eine alte Schriftrolle im Arbeitszimmer meines Ziehvaters gefunden hatte. Nur noch vage konnte ich mich daran erinnern. Es war eine Art Weissagung gewesen, aber ich hatte keine Chance gehabt, sie genauer anzusehen. Meduris hatte mich dabei erwischt und sie mir zornig aus der Hand gerissen. Er war so wütend gewesen, dass ich mich nie getraut hatte, ihn darauf anzusprechen.

»Es kann sich nur um die verschollenen Schriften der Schicksalsgöttin handeln«, fuhr Vater fort. »Scheinbar weiß der Anführer des Lichtreichs mehr, als er alle glauben lässt. Überlieferungen zufolge gibt es unter ihnen eine bestimmte Prophezeiung über die Zukunft Wynentias. Ich befürchte nun, dass der Lichtfürst diese besitzt und gegen uns verwenden wird. Unter allen Umständen müssen wir erfahren, was diese Prophezeiung besagt, und Meduris aufhalten. Wir haben lange darüber debattiert, es gedreht und gewendet, doch letztlich gibt es nur eine einzige Lösung.«

Vaters Blick wurde intensiver, er taxierte mich regelrecht. Sämtliche Augenpaare in dem Raum waren auf mich gerichtet. Meine Hände begannen zu schwitzen. In diesem Moment verstand ich endlich, warum ich hier war. Ich war diese Lösung. Das war die große Aufgabe, meine Chance, mich zu beweisen. Kurzzeitig hielt ich den Atem an und hatte den Eindruck, sämtliches Blut wiche aus meinem Gesicht.

»Ich soll als Spionin ins Lichtreich zurückkehren, um diese Prophezeiung zu finden, nicht wahr?« Meine Stimme war ruhig und fest, doch in meinem Inneren tobte ein Sturm.

»Ja, Noreia. Du hast den Nebel bereits zweimal durchquert.«

Zählte er gerade ernsthaft die Zeit mit, bei der ich als Fötus im Bauch meiner Mutter gewesen war?

»Wir sind uns sicher, dass du es noch einmal schaffen wirst. Inzwischen bist du bestens im Kampf ausgebildet und die Heerführer sowie ihre verfügbaren Krieger werden alles Erdenkliche tun, um dich im Vorhinein zu unterstützen. Außerdem bist du die Einzige, die diese Prophezeiung finden könnte. Nur du kennst dich im Lichtreich und im Schloss des Fürsten aus. Sie vertrauen dir.«

Er hatte natürlich Recht. Trotzdem fiel es mir nicht leicht, meinen Schock darüber zu verbergen. Alle warteten auf meine Reaktion. Ich zwang ein Lächeln auf meine Lippen, was hoffentlich einigermaßen überzeugend rüberkam. Als ich meinen Blick durch die Runde schweifen ließ, erkannte ich in den Gesichtern der Anwesenden Anerkennung für meine offenbar gut gespielte Gelassenheit. Lirs Mundwinkel zuckten.

Ich räusperte mich. »Danke, Vater. Ich fühle mich geehrt, dass du mir diese wichtige Aufgabe anvertraust und werde dich nicht enttäuschen.«

»Dessen bin ich mir absolut sicher.« In Vaters Augen glänzte unverhohlener Stolz. »Nun, da das geklärt ist, sollten wir uns gemeinsam einen Überblick über die Informationen verschaffen, die du sonst noch für uns herausfinden sollst.«

Der nächste Morgen dämmerte bereits, als wir nach endlos langen Stunden schließlich den Raum verließen. Wir hatten alles bis ins kleinste Detail besprochen. Ich fühlte mich bestmöglich vorbereitet.

Mit erschöpften Schritten ging ich durch das Schloss. Sobald ich in meinen Gemächern ankam, schaffte ich es kaum, mir die Kleider vom Leib zu streifen, bevor ich in das kuschelige Bett fiel.

Entgegen meiner Erwartung konnte ich trotz der bleiernen Müdigkeit nicht sofort einschlafen. Bis zu diesem Moment hatte ich meine Gedanken erfolgreich auf die Prophezeiung gelenkt, die ich beschaffen sollte. Jetzt aber konnte ich mein schlechtes Gewissen angesichts meiner Mission nicht länger ausblenden. Immerhin sollte ich keine fremden Menschen ausspionieren, belügen und betrügen, sondern meine frühere Familie. Das Fürstenpaar, das mich als Neugeborenes vor den Schlosstoren gefunden und aufgenommen hatten. Ich war zwar nicht ihre leibliche Tochter, allerdings hatten sie mich liebevoll aufgezogen. Auch zu Arely, meiner wundervollen Ziehschwester, hatte ich eine unsagbar tiefe Verbindung gehabt. Wir hatten einfach alles zusammen getan. Ich liebte sie, als wäre sie meine leibliche Schwester. Genau wie Bress und Arawn, Arelys chaotische, herzensgute Brüder, die auch mich stets beschützt und geärgert hatten. Bei dem Gedanken an sie alle brannten meine Augen und ich verbot mir strikt, zusätzlich noch an die eine Person zu denken, die ich fast so sehr vermisste wie Arely.

Fluchend setzte ich mich auf. Das war der Grund, warum ich all die Jahre so wenig wie möglich an sie gedacht hatte. Was hätte es schon gebracht, in alten Zeiten zu schwelgen, wenn ich sowieso niemals zurückgekonnt hätte? Ich gehörte ins Schattenreich. Es war meine Heimat, mein Zuhause. Hier hatte ich endlich ich selbst sein können und war für alle Außenstehenden nicht mehr nur ein Anhängsel der Fürstenfamilie. Und nun hatte sich innerhalb weniger Minuten meine Welt erneut auf den Kopf gestellt.

Wie würden sie wohl reagieren, wenn ich plötzlich wieder im Lichtreich auftauchte? Vorausgesetzt natürlich, ich überlebte den Weg durch den Großen Nebel überhaupt ein weiteres Mal. Mit Sicherheit glaubten sie, ich wäre vor fünf Jahren ums Leben gekommen. An Arelys Stelle würde ich sicherlich in Ohnmacht fallen, wenn meine totgeglaubte Ziehschwester plötzlich quicklebendig vor mir stehen würde. Wie sollte ich ihnen mein plötzliches Auftauchen nur erklären? Dass ich von den mir damals fremden Kriegern zum Fürsten des Schattenreichs gebracht worden war, nachdem ich schwer verletzt in ihr Reich getreten war? Er mich nur kurz angesehen und sofort als sein verschollenes Kind erkannt hatte? Dass mein Vater durch mich endlich verstanden hatte, wohin seine Geliebte verschwunden war, nachdem sie ihn aus Angst vor Nessas Reaktion auf das Ungeborene verlassen hatte?

Ich seufzte. Immer wieder hatte ich mir eingeredet, es wäre besser für alle im Lichtreich, wenn sie glaubten, ich wäre an diesem Tag gestorben. Galle stieg in mir auf, als ich daran dachte, welch schreckliche Schuldgefühle Arely nach wie vor plagen mussten, weil ich nach diesem unsinnigen Streit davongestürmt und niemals zurückgekehrt war. Aber wenn sie wüsste, wie mein Leben nun aussah, würde sie mich ohne jeden Zweifel hassen.

Verzweifelt vergrub ich den Kopf in den Händen. Der Zwiespalt zerriss mich. Obwohl ich Arely und die anderen vermisste, durfte ich nicht so über sie denken. Sie waren ein Teil der wichtigsten, aber gewiss auch schwierigsten Aufgabe meines Lebens. Ich musste endlich aufhören, sie als meine Familie zu sehen, sonst würde ich diese Prüfung niemals bestehen. Mein Volk und mein Vater waren nun das Wesentliche für mich. Und ich konnte diese Aufgabe meistern. Schon immer war ich eine hervorragende Schauspielerin gewesen, hatte es vor allem in den letzten fünf Jahren perfektioniert, meine Gefühle zu verbergen.

Ich musste nur Fürst Meduris und Fürstin Aislinn, Bress und Arawn sowie Arely von meiner Lüge überzeugen.

Arely

»Arely, warte!«, hörte ich Coels Stimme über den Flur schallen, als ich nach unserem Besuch bei Bress gerade im Begriff war, wieder in meinen Gemächern zu verschwinden.

Für einen Moment verweilte meine Hand auf dem Türgriff. Ich zog kurz in Erwägung, nicht zu reagieren. Obwohl ich dankbar war, dass er und Arawn mir geholfen hatten, konnte ich meinen Frust über Coels Verhalten nicht gänzlich unterdrücken.

»Bitte«, flüsterte er, während ich den Knauf herunterdrückte, ohne mich umzudrehen.

»Was ist denn?«

»Lass uns bitte reden. Es tut mir leid. Ich verstehe, dass du wütend bist, aber du weißt, dass ich keine andere Wahl hatte.«

Mit ausdrucksloser Miene wandte ich mich ihm zu. Unsere Beziehung war wahrlich nicht unkompliziert. Manchmal hatte ich das Gefühl, er stellte seine Aufgaben sowie seine Kriegerinnen und Krieger grundsätzlich über mich. Zumindest in der Notsituation meines Bruders hätte ich mir gewünscht, dass Coel für mich da gewesen wäre.

»Nicht hier draußen«, sagte ich schließlich.

»Danke.«

Er schien erleichtert zu sein, als er über die Schwelle trat und die Tür hinter sich schloss. Dann standen wir uns eine Weile schweigend gegenüber.

»Wie schon gesagt, es tut mir sehr leid. Ich wollte dir helfen, aber meine Position erlaubt es mir nicht, deinem

Vater den Gehorsam zu verweigern. Damit würde ich nicht nur meine Stellung gefährden, sondern auch mein Leben.«

Ich nickte beschämt. Das hatte ich nicht bedacht. Mein Vater hielt viel von Coel, doch er würde nicht zögern, ein Exempel an ihm zu statuieren, sollte er ihm nicht gehorchen. Etwas anderes könnte er sich gar nicht erlauben. Und ich hatte nur an mich gedacht. »Trotzdem hast du mich die ganze Zeit vollkommen ignoriert. Du hast mich mit meiner Sorge allein gelassen.«

»Ich habe alles in meiner Macht Stehende getan, um dir zu helfen, ohne dass der Fürst davon erfährt. Das war von Anfang an mein Plan. Du weißt, ich würde alles für dich tun.«

Selbstverständlich war mir das klar, aber es änderte nichts daran, dass er mich verletzt hatte.

»Arely«, sagte Coel eindringlich. »Verzeihst du mir?«

»Natürlich«, antwortete ich und ging einen Schritt auf ihn zu. »Ich danke dir, dass du meinen Vater trotz allem für mich hintergangen hast. Aber du hättest ja wohl eine einzige Minute erübrigen können. Ein paar Worte oder eine Nachricht hätten ausgereicht. Stattdessen lässt du mich von deinen Kriegern wie ein lästiges Anhängsel an deinen Gemächern abfangen und wegbringen.«

»Das war nicht möglich, denn dann hätte ich riskiert, dass du dabei alle Details aus mir herausquetschst und dich auf eigene Faust auf den Weg machst. Du wärst mit Sicherheit dabei erwischt worden und hättest den Zorn deines Vaters zu spüren bekommen.«

Ich konnte nicht verhindern, dass mir die Röte in die Wangen stieg. »Das hätte ich bestimmt nicht gemacht«, murmelte ich, aber ich wusste, er hatte recht.

»Sicher hättest du das. Leugnen ist zwecklos. Trotzdem,

es tut mir leid, dass ich dich alleingelassen habe. Jetzt bin ich aber da. Möchtest du reden?«

»Da gibt es nichts zu reden«, entgegnete ich, wobei meine Stimme eisiger klang als beabsichtigt.

Seit Noreia nicht mehr bei mir war, fiel es mir schwer, über meine Gefühle zu sprechen. Ich wollte vor niemandem schwach wirken, nicht einmal vor Coel. Außerdem würde es ohnehin nichts bringen. Darüber zu sprechen, machte Bress auch nicht gesünder.

»Ich sehe doch, wie schlecht es dir geht. Rede mit mir, Ares.«

»Es geht mir gut. Vergiss es einfach.«

Selbstsicher legte ich meine Hand auf seine Brust, um sie dann ganz langsam nach unten gleiten zu lassen. Ablenkung brauchte ich viel dringender als ein Gespräch.

Ein irritierter Ausdruck huschte über Coels Gesicht, aber dann zog er mich mit seinen starken Händen zu sich. »Das willst du also?«, hauchte er direkt an meinem Ohr.

Sein heißer Atem kitzelte auf meiner Haut, sodass mir ein wohliger Schauer über den Rücken lief. Ehe ich antworten konnte, legten sich seine weichen Lippen auf meine. Er begann, mich zu küssen, stürmisch und wild. Ich vergrub meine Hand in seinem Haar, dabei erwiderte ich den Kuss ebenso leidenschaftlich. Begierig drängte ich meinen Körper dichter an ihn und spürte seine Erektion durch unsere Kleider hindurch. Mein Atem ging schneller. Ich ließ meine Hand zu seinem Gürtel wandern, um ihn zu öffnen. Plötzlich stieß Coel mich von sich.

»Nein«, presste er hervor und wich zurück.

Ich starrte ihn schockiert an. Wie bitte?

»Das geht so nicht. Du musst mir sagen, was in dir vorgeht.«

Ich senkte den Kopf. Noch nie war ich von jemandem zurückgewiesen worden. Schon gar nicht von Coel. Tränen stiegen mir in die Augen und ich fuhr mir mit zitternden Fingern durch die Haare.

»Nicht weinen«, bat Coel mich mit gequälter Stimme. Er kam wieder näher, um mich in den Arm zu nehmen. »Ich wollte dich nicht verletzen. Bitte glaub mir, ich würde dir am liebsten die Kleider vom Leib reißen und dich auf der Stelle nehmen.« Er wies auf die unübersehbare Beule seiner Hose. »Aber es geht so nicht mehr weiter. Das gilt auch für mich. Wir müssen anfangen, über alles zu sprechen. Es ist wichtig, die Dinge zu verarbeiten, statt sie zu verdrängen. Sonst lässt es uns niemals los, Ares.«

Ich vergrub mein Gesicht in seinem Oberteil und lehnte mich an ihn. Die Tränen benetzten den Stoff seiner Kleidung. »Ich weiß nicht, ob ich das kann.«

»Natürlich kannst du.« Coel strich mir sanft über die Haare.

»Das sagt der Richtige.«

Immerhin kam er selbst oft genug zu mir, wenn er Trost benötigte. In den meisten Fällen in Form von dem, was er mir soeben versagt hatte.

Coel atmete tief durch. »Du hast recht. Es hilft für den Moment. Aber es staut sich lediglich mehr und mehr an, wenn du deine Trauer nicht rauslässt. Ich bin dein Partner, Arely, und ich liebe dich. Vor mir musst du dich niemals schämen, ganz gleich, was ist. Du weißt, dass du immer mit mir reden kannst. Über deine Familie. Über das, was mit Bress geschehen ist. Und … und auch über Noreia.«

»Ich weiß«, flüsterte ich erschöpft.

»Bitte sag mir, was du auf dem Herzen hast, Liebste.«

Ich schlang meine Arme um ihn. Coel war mein Fels in

der Brandung. Meine Konstante trotz aller Höhen und Tiefen. Nichts würde uns mehr trennen können, dessen war ich mir sicher.

Dann begann ich zu erzählen, was ich so lange verzweifelt verborgen hatte. Davon, wie sehr mich Noreias Tod nach wie vor aus der Bahn warf. Wie sehr ich es hasste, nicht mehr ich selbst sein zu dürfen. Dass ich von Vater und Arawn ausgeschlossen wurde, obwohl ich mir sicher war, sie bestens unterstützen zu können.

Wir lagen eng umschlungen auf meinem Bett, während ich mir all den Frust von der Seele redete. Coel hörte mir zu. Er versuchte, mir die Sichtweise meiner Familie näherzubringen, ohne mich zu belehren. Ich fragte mich, warum wir unsere Sorgen einander schon so lange nicht mehr auf diese Weise anvertraut hatten. Immerhin hatten wir nach Noreias Verschwinden dadurch überhaupt erst zueinandergefunden. Mit jedem Geständnis fühlte ich mich befreiter, auch wenn die Probleme längst nicht gelöst waren. Wir spendeten uns gegenseitig Trost, den ich dringender benötigte als gedacht und der zweifellos länger anhalten würde als die vorübergehende körperliche Zuflucht.

An diesem Abend schliefen wir nicht miteinander. Doch ich hatte das Gefühl, dass sich unsere Verbindung so viel mehr gestärkt hatte, als jegliche Art von physischer Zuneigung es je hätte vollbringen können.

Noreia

»Verdammt!«

Wütend schleuderte ich den Bogen durch mein Zimmer, den ich soeben aufgrund meiner Nervosität in zwei Teile zerbrochen hatte. Ich konnte mich gerade noch davon abhalten, ein für eine Thronfolgerin absolut unpassendes Schimpfwort zu rufen, und atmete tief durch. Auch wenn ich es niemals vor jemand anderem zugegeben hätte: Ich war ein nervliches Wrack.

In den Nächten der letzten Wochen hatte ich mich stundenlang im Bett hin- und hergewälzt, ohne wirklich Schlaf zu finden. Zwischenzeitlich war ich immer mal wieder kurz eingenickt, doch jedes Mal aus wirren Träumen von Nebelschwaden und einer weinenden Arely aufgeschreckt. Die Tage hatte ich mit Training verbracht, mich dabei selbst so weit an meine Grenzen getrieben wie irgend möglich. Abends hatte ich mit Vater und seiner Beraterin meine Strategien durchgesprochen, um durch den Nebel zu gelangen. Außerdem hatten wir darüber diskutiert, welche Lügen ich meiner früheren Familie erzählen musste. Nun war alles geklärt. Ich wusste genau, was ich zu tun hatte. Heute war der Tag der Abreise gekommen.

Ein Blick in den Spiegel verriet mir, dass mein blasses Gesicht von dunklen Augenringen gezeichnet war. Sicherlich sah man mir die unzähligen schlaflosen Nächte aus hundert Schritten Entfernung an. Ich seufzte und strich über das schwarze Leder und die filigranen Ketten meiner Rüstung. Nachdenklich betrachtete ich die feinen Zeichnungen auf meinen Armen. Sie kennzeichneten mich als das, was ich war: eine Schattenkriegerin.

Früher waren an diesen Stellen andere, hellgoldene Tätowierungen zu sehen gewesen. Arely und ich hatten nach der Zeremonie voller Begeisterung unsere durch die Magie gesteigerte Kraft sowie die bessere Sehfähigkeit ausgetestet. Anschließend hatten wir mit unseren engsten Freunden gefeiert und sogar heimlich den Weinkeller von Aislinn und Meduris geplündert. Es war natürlich herausgekommen. Aber zum Glück waren die beiden so stolz darauf gewesen, dass ihre Tochter und ihre Ziehtochter es mit Bravour in das Heer geschafft hatten, dass sie uns nicht bestraft hatten.

Was würde Arely wohl sagen, wenn sie mich so sah? Mit den schwarzen Kennzeichnungen des Schattenreichs auf meiner Haut, wofür die goldenen bis auf eine winzig kleine, verborgene Stelle unter meiner linken Brust hatten weichen müssen. Sie würde bestimmt vollkommen schockiert sein. Ich war überzeugt, sie würde keine Sekunde zögern, mir zu glauben, wenn ich ihr meine scheinheilige Geschichte auftischte. Von den bösen Schattenkriegern, die mich jahrelang gefangen gehalten und gefoltert hatten. Mein Magen krampfte sich schmerzhaft zusammen, als ich daran dachte, mein Volk, meinen Vater und meine Mitstreiter in dem Heer so derart verleugnen zu müssen.

Das Schattenreich war zwar durch die Rebellen gebeutelt, welche trotz Vaters Überzeugungsversuchen fest davon überzeugt waren, wir würden den Bewohnern unseres Reichs die raren Nahrungsmittel vorenthalten. Davon abgesehen waren die Menschen aber nicht weniger liebenswert als die des Lichtreichs. Seit ich gemeinsam mit den Heerführern nach und nach aktiv die Rebellenstützpunkte im gesamten Reich aufgesucht und Interesse daran gezeigt hatte, eine gemeinsame Lösung zu erarbeiten, mussten wir nicht mehr ständig Angriffe ihrerseits fürchten. Es war schlimm genug, gegen die Bestien zu kämpfen, doch egal, wie sehr mir die Ansichten der Rebellen missfielen, sie gehörten ebenso zum Volk des Schattenreichs. Daher waren wir für sie genauso verantwortlich wie für alle anderen Menschen.

Ein lautes Klopfen riss mich jäh aus meinen Gedanken. Schnell straffte ich die Schultern.

»Herein?«

Ehrlich gesagt hatte ich bereits mit ihm gerechnet. Ronan betrat meine Gemächer, blieb jedoch unsicher im Türrahmen stehen. Das passte überhaupt nicht zu ihm. Erstaunt hob ich die Augenbrauen.

»Hallo, Prinzessin.«

Innerhalb kürzester Zeit war seine Verlegenheit verschwunden und er kam auf mich zu. Statt wie erwartet über mich herzufallen, blieb er in gebührendem Abstand stehen.

»Was?«, fauchte ich ungehalten.

Einerseits war ich froh, dass er mich nicht sofort küsste. Ich hätte nämlich nicht gewusst, ob ich ihn dann hätte zurückweisen sollen oder nicht, da ich momentan nicht den Kopf dafür hatte. Andererseits beunruhigte mich das enorm, denn ich konnte mich nicht daran erinnern, dass Ronan jemals eine Chance, mit mir zu schlafen, nicht augenblicklich genutzt hatte.

»Der große Tag ist gekommen«, begann er, wobei er mich aufmerksam musterte. »Du siehst müde aus. Willst du wirklich heute aufbrechen?«

»Sieht wohl so aus, oder?«

»Sei nicht so eine Kratzbürste«, tadelte er mich mit einem kleinen Lächeln.

»Aber das erregt dich doch sonst so sehr.«

In seinen Augen flackerte etwas Dunkles auf, sicherlich konnte er sich nur mit Mühe beherrschen. Aber warum tat er es überhaupt? Bevor ich weiter darüber nachdenken konnte, ging er zu meinem Bett hinüber. Ohne zu fragen, nahm er Platz, machte jedoch keine Anstalten, mich zu sich zu holen.

»Ich versuche seit Wochen, es anzusprechen. Ist es zu viel verlangt, wenigstens am Tag deiner Abreise darüber zu reden?«, fragte er anklagend. »Du ziehst nicht einfach nur in einen Kampf. Du gehst nicht fort, um dein Volk zu beschützen oder mit den Rebellen zu verhandeln. Du willst durch den Großen Nebel. Noreia, du gehst verdammt noch mal zurück ins Lichtreich! Oder … oder stirbst auf dem Weg dorthin.«

Ich verdrehte die Augen. »Und?«

»Hast du denn keine Angst?«

Verlegen senkte ich den Kopf. Was hatte es schon für einen Sinn, Ronan anzulügen? Er war zwar nicht mein Partner, aber mein Trainer und mein Liebhaber. Somit kannte er mich besser als irgendjemand sonst im Schattenreich. Wahrscheinlich sah er mir meine Furcht sowieso an.

»Natürlich habe ich das. Eine Heidenangst sogar.« Ich verschränkte die Arme und hielt seinem sorgenvollen Blick stand. »Aber was habe ich für eine Wahl? Ich muss diese Aufgabe erledigen, um uns alle vor einer Bedrohung zu schützen. Ich muss es einfach versuchen.«

»Oder bei dem Versuch sterben?«, gab Ronan knurrend zurück. »Allein, dass du noch mal den Großen Nebel durchqueren sollst … Ja, du hast einmal überlebt. Ganz knapp, wenn ich mich recht erinnere, und das war reines Glück. Wärst du nicht zufällig in die richtige Richtung gelaufen, wärst du elendig verblutet. Wie kannst du es bloß trotzdem machen wollen? Und welcher Vater würde seine Tochter ein weiteres Mal in diese Hölle schicken, nur um ein paar Informationen zu erhalten?«

Ich starrte ihn völlig perplex an. Er wusste nichts von der Prophezeiung und einer möglichen Gefahr für unser Reich, von deren Erfüllung sie handelte. Dennoch, so etwas zu sagen, hätte die meisten Menschen den Kopf gekostet.

»So darf ich nicht darüber denken, Ronan«, erwiderte ich daher sanft. »Und du auch nicht. Der Fürst hat es mir befohlen, also habe ich keine andere Wahl. Wenn ich so meinem Volk helfen und mich zusätzlich beweisen kann, dann ist es das Risiko wert. Ich schaffe das schon.«

Ronan atmete tief ein und aus. »Selbst, wenn du überlebst, was dann? Wirst du wirklich den Leuten gegenübertreten, die dich aufgezogen haben, und sie derart hintergehen? Das könnte nicht einmal der stärkste Krieger.«

Ich zuckte lediglich mit den Schultern. »Ich bin ja auch eine Kriegerin.«

Das brachte Ronan tatsächlich zum Lachen. »Wenn ich mir deinen Bogen so anschaue«, begann er und wies auf die Stücke, die von der kunstvoll gefertigten Waffe übriggeblieben waren, »dann denke ich, dass selbst Kriegerinnen nicht immer so stark sind, wie sie es gern wären.«

»Es reicht!« Entschlossen trat ich zu ihm, stemmte die Hände in die Hüften und sah mit funkelnden Augen zu ihm herunter. »Ich werde gehen. Nichts, was du sagst, wird etwas daran ändern. Ich werde es schaffen und zurückkehren, so, wie ich es schon einmal getan habe.«

Mit einer schnellen Bewegung packte er mich am Handgelenk, dann zog er mich auf sich. Er hatte verstanden, dass meine Entscheidung längst gefallen war. Wenn mich nicht alles täuschte, hatte er es bereits vorher gewusst. Vielleicht hatte er mir lediglich ins Gewissen reden wollen, damit ich keinen leichtfertigen Entschluss fasste.

Doch als sich sein Mund fast schon brutal auf meinen presste, verflogen meine Gedanken im Nu. Da war nichts mehr außer grober Leidenschaft zwischen uns. Seine Zunge teilte ungestüm meine Lippen. Ich erwiderte den Kuss ebenso hart, klammerte mich wie eine Ertrinkende an diesen Augenblick, in dem all meine Verzweiflung lag.

Plötzlich löste er sich von mir. »Hast du deine Kräuter eingenommen? Ich weiß, es reicht, wenn ich meine gekaut habe, aber ich möchte kein Risiko eingehen.«

»Habe ich. Und jetzt hör endlich auf zu reden.« Meine Stimme klang rau vor Erregung.

Bei allem, was wir taten, war kein Platz für Zärtlichkeit oder Sanftheit. So war es immer schon zwischen uns gewesen. Wir hatten unseren Spaß und genossen dabei die Freiheit, die keiner von uns missen wollte.

Ein Stöhnen drang aus meiner Kehle. Mein Unterleib zog sich angenehm zusammen, als Ronan mir die Rüstung vom Leib streifte.

Minuten vergingen, vielleicht Stunden, während wir uns ineinander verloren. Auch, wenn wir es beide nicht aussprachen, wussten wir: Es war das letzte Mal gewesen, dass dies hier zwischen uns geschehen war.

Irgendwann hatte Ronan ohne ein Abschiedswort meine Gemächer verlassen. Obwohl ich ihn nicht auf eine romantische Art liebte, war er mir in den letzten Jahren dennoch ans Herz gewachsen. Er hatte mich stets herausgefordert, das Beste in mir zum Vorschein gebracht. Bei ihm musste ich mich nie verstellen. Es schmerzte mich, ihn vielleicht nie mehr wiederzusehen.

Ein einsamer, kleiner Beutel lag auf meinem Bett, welchen ich mir nun um die Schultern hängte. Er enthielt Wasser und Nahrung für knapp zwei Tage. Außerdem trug ich meine volle Kriegermontur.

Es sollte den Eindruck erwecken, ich wäre aus dem Schattenreich geflohen. Daher durfte ich nicht mehr als das mitnehmen, was ich am Körper trug. Wenn ich überhaupt lebend aus dem Nebel herauskam, würde ich trotz der Rüstung und der Waffen wahrscheinlich ohnehin so aussehen, als wäre ich tagelang umhergeirrt.

Ich atmete tief durch. Zeit, zu gehen.

Es war nicht besonders kalt, trotzdem rieb ich fröstelnd über meine Arme. Ich warf einen letzten Blick zurück in meine Gemächer, ehe ich mich auf den Weg zu den Schlosstoren machte. Dort warteten bereits Lir sowie die anderen Heerführer mit einem kleinen Gefolge auf mich. Sie wollten die bedeutungsvolle Aufgabe, mich zum Großen Nebel zu begleiten, selbst übernehmen, was mich außerordentlich ehrte. Sogar mein Vater erwartete mich. Zu meinem Bedauern stand Nessa neben ihm. Sie kniff ihre Lippen zu einem schmalen Lächeln zusammen, während ich auf die Gruppe zuging.

»Pünktlichkeit hat noch niemandem geschadet«, zischte sie, sobald ich in Hörweite war.

Doch das außergewöhnliche Grinsen auf ihrem Gesicht sagte mir alles, was ich wissen musste: Für sie fühlte sich der Abschied von mir an, als wären ihr Geburtstag, das Fest der Jahreszeiten und der Winterball auf einen Tag gefallen. Wenn sich ihr innigster Wunsch erfüllte, würde ich auf dem

Weg durch den Nebel genau dort landen, wo ich ihrer Meinung nach hingehörte – mausetot in der Versenkung.

Zögernd blieb ich vor der Gruppe stehen. Mein Vater bemerkte meine Unsicherheit. »Noreia, es schmerzt mich, dich gehen zu lassen. Zugleich bin ich unsagbar stolz auf dich und vertraue auf deine Fähigkeiten. Wir alle wissen, du bist mehr als fähig, die Aufgabe zu meistern.«

Ich konnte nicht verhindern, dass mir vor Stolz die Röte in die Wangen stieg. Das blieb Nessa nicht verborgen, die geräuschvoll schnaubte. Ich ignorierte sie geflissentlich, als ich auf meinen Vater zuging und ihn, ohne zu zögern, in die Arme schloss. Dies hatte ich höchstens zwei- oder dreimal in all den Jahren getan.

Er erwiderte die Umarmung herzlicher als erwartet und drückte mich fest an sich. Bevor wir uns voneinander lösten, küsste er mich sanft auf den Kopf. »Sei achtsam, Noreia. Wir zählen auf dich und hoffen, dich schnellstmöglich wieder bei uns zu haben.«

Ich blinzelte die Tränen fort, die sich in meine Augenwinkel gestohlen hatten. Was dann geschah, konnte ich kaum fassen: Fürst Arvalus verneigte sich vor mir. Vor Überraschung fiel mir die Kinnlade herunter. Er hatte sich noch nie vor irgendjemandem verbeugt. Während er sich wieder aufrichtete, grinste er mich frech an. Anschließend hob er die Hand zum Gruß. Ich tat es ihm gleich.

»Prinzessin Noreia, sollen wir uns auf den Weg machen?«, fragte Lir.

Ich nickte einmal. Dann ließ ich schweren Herzens das Schloss und meinen Vater samt Nessa zurück und folgte den Heerführern in Richtung des Großen Nebels.

Ich sah nicht mehr zurück.

Die nächsten Stunden verbrachte ich schweigend zwischen meinen Begleitern. Wir behielten unsere Umgebung aufmerksam im Blick, doch weder in den Dörfern noch im dichten Wald war etwas Ungewöhnliches zu sehen. Als Letzterer sich lichtete und der sandige Untergrund unter unseren Füßen knirschte, wurde die aufkeimende Unruhe der Krieger deutlich spürbar. Nicht einmal die Heerführer konnten ihre Besorgnis verbergen. Schritt für Schritt näherten wir uns dem Großen Nebel. Je weiter wir gingen, desto karger und ausgedörrter wurde das Land, bis wir nur noch über festgetretene Erde gingen. Es war, als hätten wir eine unsichtbare Grenze überschritten. Jeder Laut ließ uns herumfahren, jedes unbekannte Geräusch zusammenzucken. Der Tod hing unheilvoll in der Luft, die Stille drückte wie Watte auf unsere Ohren.

Obwohl wir damit gerechnet hatten, ja, sogar danach gesucht hatten, türmten sich die vereinzelten Dunstschwaden vor uns so plötzlich zu einer dichten Wand auf, dass einige der sonst so tapferen Krieger gedämpft aufkeuchten. Sie alle hatten dieses Phänomen schon mehrfach mit eigenen Augen gesehen. Doch ich konnte nachvollziehen, wie es ihnen erging. Obwohl ich den Nebel einst durchquert hatte, raubte es auch mir den Atem.

Erhobenen Hauptes trat ich aus der Gruppe hervor und schritt ihm entgegen.

»Prinzessin Noreia!« Lir folgte mir. Er hielt mich sanft an der Schulter fest, wodurch ich stehen bleiben musste. »Den restlichen Weg müsst Ihr allein fortsetzen. Dafür möchten wir Euch etwas überlassen, von dem wir hoffen, dass es Euch in dunklen Momenten erleuchtet oder Trost spendet.« Er reichte mir eine feingliedrige, kurze Kette mit Perlenelementen.

Einen Augenblick lang fragte ich mich, wie ich dieses

Ding um meinen Hals bekommen sollte, denn für mein Handgelenk war sie eindeutig zu lang.

Lir grinste mich an, als er meine gerunzelte Stirn bemerkte. »Sie gehört an Euren Fuß, Prinzessin«, teilte er mir mit einem amüsierten Unterton mit.

Ich schnaubte, als hätte ich das natürlich längst gewusst, und band das goldene Kettchen um mein rechtes Fußgelenk. Es rutschte in meine halbhohen Stiefel, sodass es nicht mehr zu sehen war.

»Danke«, flüsterte ich mit belegter Stimme.

»Ihr müsst mir nicht danken. Sie ist Euer rechtmäßiges Eigentum. Ich konnte Fürst Arvalus überzeugen, dass er es Euch überlässt, aber er wollte es Euch nicht vor Nessa geben. Es hat einst Eurer Mutter gehört.«

Ein dicker Kloß bildete sich in meinem Hals. »M… meiner Mutter?«

Lir nickte. »Ja. Ihr Name war Sirona. Ich habe mit ihr zusammen die Grundausbildung absolviert und später an ihrer Seite gekämpft. Die Kette ist das Einzige, das sie zurückgelassen hat, als sie aus dem Schattenreich floh. Euer Vater hat sie gehütet wie einen Schatz.«

Vater hatte sich in all den Jahren, die ich bei ihm war, stets bemüht, meine Mutter mit keiner Silbe zu erwähnen. Es schien ihn noch immer zu verletzten, dass sie ihn ohne ein Wort des Abschieds verlassen hatte. Aber so, wie er mich behandelte und wie sein Blick sich veränderte, wenn die Sprache trotzdem einmal auf sie kam, wusste ich, wie sehr er sie geliebt hatte. Mit diesem Schmuckstück würde ich sie nun immer bei mir tragen. Ebenso wie meinen Vater, der mir seinen kostbaren Schatz überlassen hatte. Die Geste sagte mir alles, was ich wissen musste.

»Danke.« Meine Stimme war kaum hörbar, doch Lir verstand mich trotzdem.

Er verbeugte sich tief vor mir und legte mir die Hand auf die Schulter.

»Passt auf Euch auf, Prinzessin. Wenn Ihr zurückkehrt, werdet Ihr niemals allein sein. Es wird immer jemand hier im Grenzgebiet auf Euch warten, das verspreche ich.«

Bevor ich darüber nachdenken konnte, vielleicht zu bleiben, kehrte ich meinen Begleitern den Rücken und stürmte fluchtartig davon. Ich hörte hinter mir ein Stimmengewirr aus Verabschiedungen losbrechen, aber ich blieb nicht stehen.

Die Nebelwand vor mir wirkte wie eine dichte, undurchlässige Masse. Fast schon mühelos durchdrang ich sie mit meinem Körper. Dabei legten sich die Tröpfchen unangenehm kalt auf meine Haut. Die Temperatur sank schlagartig. Eine Gänsehaut breitete sich von Kopf bis Fuß aus.

Ich schloss die Augen, hielt einen Moment inne und atmete tief durch. Nun gab es kein Zurück mehr.

Mit zitternden Fingern zog ich mein Schwert aus der Gürtelschlaufe und umklammerte es mit beiden Händen. Dann setzte ich einen Schritt vor den anderen. Ich spitzte die Ohren, damit mir kein noch so kleiner Laut entging, obwohl ich wusste, dass es eigentlich sinnlos war. Genau wie in meiner Erinnerung klang selbst das Geräusch meiner eigenen Schritte dumpf und weit entfernt. Ich würde eine sich anschleichende Bestie niemals hören, bis es zu spät war. Nichtsdestotrotz beruhigte mich das Gewicht der Waffen ein wenig. Inzwischen hatte ich deutlich mehr Erfahrung im Kampf gegen die Bestien. Außerdem war ich nicht zum ersten Mal in dieser Situation.

Entgegen meiner Erwartung geschah lange Zeit nichts. Die Muskeln schmerzten furchtbar von der ununterbrochenen Anspannung, aber ich wagte es nicht, auch nur einen Sekundenbruchteil unaufmerksam zu sein. Viel zu deutlich waren die Bilder vom letzten Mal in meinem Kopf. Auch mein Magen begann allmählich zu knurren, der Hunger wurde immer beißender. Abgesehen von wenigen Schlucken Wasser hatte ich mir bisher keine Auszeit gegönnt. Ich wusste nicht einmal, ob die Sonne inzwischen untergegangen war oder ob ich in die richtige Richtung lief. Der helle Dunst war so dicht, dass alles gleich aussah.

Plötzlich registrierte ich eine Bewegung rechts von mir. Blitzschnell wirbelte ich herum und stach blindlings auf den Schemen ein, der sich vor mir abzeichnete. Der Nebel nahm mir die Sicht, aber der unverkennbar süßliche Geruch nach Verwesung stieg mir in die Nase. Es konnte nur eine Bestie sein. Mit der Schwertspitze erwischte ich das Monstrum. Zuerst spürte ich den Widerstand, dann hörte ich das ekelerregende Geräusch, als die Klinge durch sein Fleisch schnitt. Blut spritzte auf meine Rüstung, aber das hielt mich nicht davon ab, weiter auf seinen Körper einzustechen. Auf einmal fuhr eine behaarte Pfote mit gewaltigen Krallen so nah an meinem Gesicht vorbei, dass ich sie trotz der schlechten Sicht klar erkennen konnte. Erschrocken stolperte ich rückwärts. Ich brachte mein Schwert reflexartig erneut in Position vor meinen Körper, doch das Biest war schneller. Mit einem einzigen Hieb schlug es mir die Waffe aus der Hand. Dabei riss es die Armschiene mit fort und mein Handgelenk verdrehte sich schmerzhaft.

»Nein!«, kreischte ich entsetzt. Hektisch griff ich nach einem der Dolche in meiner Gürtelschnalle.

Und das keine Sekunde zu früh. Ich hatte meinen Arm noch nicht ganz hochreißen können, da stürzte sich das

Tier schon auf mich. Mit einem gurgelnden Geräusch senkte sich die scharfe Spitze des Stiletts direkt in seine Kehle. Meine Beine gaben unter dem Gewicht des Ungetüms nach. Ich wurde von dem leblosen Körper begraben.

»Na, wunderbar«, fluchte ich, während ich mich bemühte, den Kadaver von mir herunterzuschieben.

Ich benötigte einige Anläufe, bis ich mich endlich befreien und wieder aufrichten konnte. Gerade, als ich meinen Körper nach etwaigen Wunden absuchen wollte, wurde ich erneut zu Boden geschleudert.

Wie hatte ich nur so unachtsam sein können?

Mein Kopf schlug unsanft auf dem steinigen Untergrund auf. Ich sah blinkende Sterne. Wie durch ein Wunder hatte ich das Heft meiner Stichwaffe instinktiv fester umklammert und sie dadurch nicht verloren. Ich spürte widerlich knochige Klauen auf mir, die mich niederdrückten. Hörte den rasselnden Atem einer neuen Bestie über mir. Das Vieh war bestimmt nicht besonders erfreut darüber, dass ich soeben seinen Kumpel zur Strecke gebracht hatte.

Doch auch dieses Exemplar hatte wohl nicht damit gerechnet, sich als Opfer eine ausgebildete Kriegerin ausgesucht zu haben. Es machte den Fehler, einen Augenblick lang unaufmerksam zu sein. Sofort wand ich mich aus seinen Pranken und sprang auf die Füße. Mit aller Kraft stieß ich den Dolch in meiner Hand dorthin, wo ich seinen Kopf vermutete. Das Untier gab ein widerliches Kreischen von sich.

Ich wich einige Schritte zurück. In dem Moment hörte ich die Schreie weiterer Bestien. Das Blut gefror mir in den Adern.

Der beste Kampf ist der, der nicht geführt werden muss.

Lirs Worte, die er mir wieder und wieder eingetrichtert hatte, hallten in mir wider. Das hier war kein normaler Kampf. Ich musste nicht mein Volk verteidigen, musste diese Bestien nicht aufhalten, ich musste ihnen nur entkommen! Also nahm ich die Beine in die Hand und rannte davon.

Mein Schwert hatte ich bei dem Angriff verloren, doch mein Stilett umklammerte ich nach wie vor. Ich zwang mich dazu, nicht zurückzublicken. Jetzt machte sich das harte Training der letzten Jahre besonders bezahlt. Mein Kopf pochte noch von dem Aufprall, auch mein Handgelenk schmerzte. Davon abgesehen fehlte mir, den Göttern sei Dank, nichts.

Verfluchte Mistviecher!

Das Adrenalin trieb meine Beine an, schneller als je zuvor. Ich hörte nicht einmal auf zu rennen, als mein Sichtfeld bereits unheilvoll zu flimmern begann. Es war mir egal, wohin ich rannte. Die Orientierung verließ jeden, der einmal vom Nebel umgeben war. Ohnehin würde ich das Lichtreich nur mit purem Glück finden. Wenn ich Pech hatte, würde ich wieder im Schattenreich ankommen. Wenn ich überhaupt hier rauskam.

Irgendwann, als die Ohnmacht mich schon zu überwältigen drohte, wurde ich endlich langsamer. Schließlich blieb ich keuchend stehen. Völlig erschöpft stützte ich mich mit den Händen auf meinen Oberschenkeln ab. Mein Magen knurrte inzwischen so laut, dass ich Angst hatte, die Bestien könnten das Geräusch wahrnehmen. Widerwillig griff ich nach meiner Tasche und erlaubte mir, einige Schlucke Wasser zu trinken. Dann nahm ich mir mehrere Stücke Trockenfleisch, die ich mir nacheinander in den Mund schob. Das Kauen und der würzige Geschmack taten gut.

Mehr als diese kurze Rast erlaubte ich mir allerdings nicht. Erneut setzte ich mich in Bewegung, verließ mich ganz auf meinen Instinkt, wobei ich einfach darauf hoffte, in die richtige Richtung zu laufen.

Nach einer gefühlten Ewigkeit spürte ich, dass meine Energie mich endgültig zu verlassen drohte. Ich wusste nicht, wie viel Zeit vergangen war. Nach dem ersten Angriff waren mir noch drei weitere Bestien begegnet, aber ich hatte sie zum Glück rechtzeitig abwehren können. Nichtsdestotrotz hatte ich aufgrund meiner schwindenden Energie immer häufiger eine Pause einlegen müssen und mir sogar ein wenig Schlaf zwischen einigen Felsen gegönnt. Von Erholung konnte natürlich keine Rede sein. Wer konnte schon ruhig schlafen, wenn man durchgängig Angst haben musste, von dem nächsten Monster angegriffen zu werden? Die Vorräte waren inzwischen gänzlich aufgebraucht. Es war wohl nur noch eine Frage der Zeit, bis meine Kräfte komplett schwinden würden. Jeder Schritt schmerzte, meine Muskeln protestierten bei der kleinsten Bewegung. Selbst meine Füße schlurften nur noch über den harten Boden.

Seufzend ließ ich die Schultern kreisen, hielt dabei jedoch den Dolch in meiner Hand nicht eine Sekunde lockerer.

Dann nahm ich es wahr. Die Masse um mich herum schien sich zu verändern, wurde mit jedem Schritt ein wenig blasser. Mein Herz machte einen Satz und begann zu rasen.

War es möglich? Hatte ich es tatsächlich geschafft?

Die Energie kehrte in meine müden Glieder zurück, freigesetzt von dem Adrenalin, das nun durch die Adern schoss. Mein Atem wurde schneller, lauter.

Und dann trat ich in gleißenden Sonnenschein.

Ich hatte es geschafft! Ich war zurück im Lichtreich.

Schützend hob ich die Hand über meine Augen und kniff sie zusammen, um sie vor dem grellen Licht zu schützen. Nur langsam gewöhnten sie sich an die blendend helle Sonne. Ich blinzelte heftig. Die plötzliche Hitze brannte auf meiner Haut. Ich hatte vergessen, wie wunderschön und gleichzeitig gefährlich die Strahlen waren.

Ich hielt das Gesicht nach oben, genoss das kitzelnde Gefühl der leichten Brise. Heiße Tränen liefen über meine Wangen. Egal, wie sehr ich das Schattenreich liebte, wie gern ich dort zu Hause war – das hier hatte ich schmerzlich vermisst. Und so sehr es mir auch widerstrebte, ein Teil von mir war in diesem Moment heimgekehrt.

Eine Minute. Ich erlaubte mir eine einzige Minute lang, dieses Gefühl zu genießen. Dann zwang ich mich, mich daran zu erinnern, warum ich hier war. Entschlossen griff ich an meinen Gürtel und entfernte alle Waffen. Ich schleuderte sie in den dichten Nebel hinter mir, ebenso die Provianttasche. Einzig den Dolch behielt ich, mehr gestattete ich mir nicht. Es würde merkwürdig aussehen, wenn eine Flüchtige mit einem ganzen Arsenal an Waffen und Proviant gefunden werden würde. Ich ließ die Freudentränen weiterhin fließen, doch verzerrte dabei mein Gesicht. Ich schlang die Arme um mich und stolperte über die kahle Fläche in Richtung des Waldes.

Ich wusste nicht, wo genau ich im Lichtreich gelandet war, hoffte jedoch, dass ich nicht allzu weit vom Fürstensitz entfernt war. Normalerweise sollten Krieger in der Nähe sein, die am Waldrand Patrouille liefen. Sicher nicht so viele wie nachts, aber genug, um irgendwann auf einen zu treffen. Betont schwerfällig stapfte ich durch das Grenzgebiet auf die angrenzenden Bäume zu.

Sobald ich sie erreicht hatte, dauerte es wie erwartet nicht lange, bis ich die ersten Schritte im Dickicht vernahm. Ich ignorierte sie und humpelte weiter.

»Lady?«

Gespielt erschrocken hob ich den Kopf, ließ meinen Blick scheinbar gehetzt und panisch in alle Richtungen fliegen.

»Wer ist da?«, kreischte ich mit zitternder Stimme. O ja, das gelang mir wirklich gut.

Erst während sie bereits auf mich zugingen, tat ich so, als würde ich sie endlich entdecken. Es waren zwei weibliche und ein männlicher Krieger, der Mann war ungefähr in meinem Alter. Volltreffer!

»Hilfe!« Ich begann, auf sie zuzuhumpeln. Sie waren nur noch knapp dreißig Schritte von mir entfernt. »Bitte helft mir!«

Erst jetzt schienen die drei zu bemerken, dass etwas mit mir nicht stimmte. Eine der Frauen blieb abrupt stehen und hielt die anderen zurück.

»Ihre Kleidung!« Die ängstlichen Worte wurden zu mir herübergeweht und alle richteten die Waffen auf mich.

»Bitte!« Ich fiel auf die Knie und hielt den Kopf gesenkt. Ergeben hob ich meine Arme. »Ich bin geflohen. Sie sind hinter mir her.«

Ein leises Knirschen verriet mir, dass zumindest einer von ihnen seinen Weg fortsetzte. Ich vergrub das Gesicht in den Händen und sammelte mich noch einmal, ehe ich aufsah. Direkt in das Gesicht von Calatin.

»Noreia?« Er erstarrte mitten in der Bewegung, seine Augen waren weit aufgerissen.

Indessen konnte ich mein Glück kaum fassen. Calatin hatte

damals mit mir zusammen die Grundausbildung absolviert.

»Ca… Calatin? Bist du es?«, hauchte ich und sah ihm direkt in die Augen.

Seine Kinnlade klappte herunter, der Blick wanderte von seiner Waffe zu mir und wieder zurück, unschlüssig, ob er das Schwert weiterhin auf mich gerichtet halten sollte.

»Ich … Das kann nicht sein. Noreia? Wir dachten, du seist tot!«

Ich schluchzte herzzerreißend auf. »Wäre ich das nur gewesen.«

Calatin und seine zwei Begleiterinnen schauten sich verunsichert an. »Was ist denn passiert?«

»Vor fünf Jahren habe ich den Nebel durchquert. Dabei wurde ich schwer verletzt, aber ich habe es geschafft. Zuerst dachte ich, ich sei wieder zu Hause. Doch ich merkte schnell, dass etwas anders war. Es waren Schattenkrieger, die mich an der Grenze abfingen.« Wieder schluchzte ich auf. »Ich … Sie haben mich gefangen genommen. Ausgefragt. Ge… gefoltert! Nur durch einen Zufall habe ich es geschafft, zu entkommen. Ich kann nicht glauben, dass ich es hierher geschafft habe.«

Kurzzeitig waren alle drei sprachlos. Calatin fing sich als erster wieder. »Wir müssen dich sofort ins Schloss bringen.«

»Annea sollte sie erst einmal durchsuchen«, warf die eine der Frauen skeptisch ein, die selbst Calatin fast um einen Kopf überragte.

Er nickte daraufhin und trat zur Seite, um der anderen Kriegerin Platz zu machen. Annea warf ihr leuchtend orangefarbenes Haar über die Schulter, während sie mit schnellen Schritten auf mich zu kam.

»Ich trage nur einen Dolch bei mir«, sagte ich und stand mit erhobenen Händen auf.

Sie griff nach dem Stilett an meinem Gürtel, das sie Calatin übergab. Anschließend tastete sie mich routiniert nach weiteren Waffen ab. »Alles in Ordnung, wir können losgehen.«

Calatin reichte mir eine Feldflasche mit Wasser. Dankbar nahm ich sie an, bevor wir uns auf den Weg machten. Wie erwartet waren die Krieger nach wie vor misstrauisch und hielten die Hände kampfbereit an den Schwertgriffen.

Nachdem wir einige Zeit ohne ein Wort zu sagen durch den Wald marschiert waren, überquerten wir den Fluss Ismar. Etwa zwei Stunden später lichtete sich der Forst langsam. Die Stadt, die nun vor uns lag, kam mir bekannt vor, daher fragte ich matt: »Wie weit ist es noch bis zum Schloss?«

»Ungefähr ein halber Tagesmarsch«, brummte die große Kriegerin und bedachte mich mit einem argwöhnischen Blick. »Wir machen eine kurze Rast in Taya. Ab da übernehmen die Krieger des Kommunikationstrupps. Wir haben unseren Posten schon viel zu lang verlassen.«

Kurz darauf passierten wir die Stadtmauern und betraten eine Taverne, die offenbar als Treffpunkt für die in der Umgebung stationierten Krieger diente. Dort wurde ich an zwei Männer übergeben, von denen ich argwöhnisch beäugt wurde. Im Gegensatz zu den Frauen blieb Calatin, um uns zum Schloss zu begleiten.

Nach einer kurzen Pause, in der ich eine Kleinigkeit essen durfte, brachen wir auf. Da ich nicht noch mehr Misstrauen schüren wollte, entschied ich mich, für den restlichen Weg zu schweigen.

Wir durchquerten einige kleine Dörfer und erreichten irgendwann endlich Luceta, die Hauptstadt des Lichtreichs. Mein Herz schlug schmerzhaft schnell gegen meine Brust, als ich schließlich die Turmspitzen des Lichtschlosses sah. Sie ragten in der Ferne in den Himmel. Erst jetzt wurde mir die Tragweite meiner Aufgabe so richtig bewusst. Ich war tatsächlich wieder im Lichtreich, war quasi von den Toten wieder auferstanden. Schon bald würde ich meinen Zieheltern wieder gegenübertreten. Und Bress. Arawn. Arely. Und …

»Noreia, ist bei dir alles in Ordnung?«

»Ja«, antwortete ich Calatin nur erschöpft.

Inzwischen hatten wir den Hügel erklommen, auf dem das Lichtschloss erbaut worden war. Wir waren nicht mehr weit von der Schlossmauer und dem Eingangstor entfernt. Ich versuchte zu schlucken, doch mein Mund war zu trocken. Meine Hände begannen zu zittern. Ich sah auf sie hinab, verschlang meine Finger ineinander, um die Bewegung zu unterdrücken. Aus den Augenwinkeln nahm ich wahr, wie wir durch das Schlosstor traten und durch den Garten gingen. Nun gab es kein Zurück mehr.

»Prinzessin!«

Calatins Ausruf ließ meinen Kopf ruckartig hochfahren. Wir waren mittlerweile fast am Hauptplatz vor dem Schloss angekommen. Suchend sah ich mich um. Und da war sie.

Sie saß mit dem Rücken zu mir auf einer Bank am Teich, völlig vertieft in ein Buch. Calatin rief erneut nach ihr. Dieses Mal stand sie auf und drehte sich zu der Stimme um. Ihr Blick fiel auf mich.

Es war, als wäre die Welt stehen geblieben. Sie starrte mich an, ungläubig, schockiert. Das Buch rutschte ihr aus der Hand und ihre Lippen formten einen stummen Schrei.

Mehrere Sekunden lang konnte ich nur zurückstarren, ehe ein einziges Wort meine Lippen verließ: »Arely.«

Arely

Es schien, als stünde die Zeit still. Das Buch landete mit einem dumpfen Aufprall auf dem Boden. Wie gelähmt starrte ich in ihr vertrautes Gesicht. Ich konnte nicht atmen. Mein Herz machte einen gewaltigen Satz und mein Gehirn weigerte sich, zu verstehen, wen ich sah.

Noreia.

Meine Ziehschwester stand wahrhaftig einige Meter entfernt vor mir. Mitgenommen, in einer eigenartigen, schwarzen Rüstung, aber lebendig. Ihre graublauen Augen blickten mich an und sie wusste scheinbar nicht recht, was sie sagen oder tun sollte. Sie sah fast aus wie in meiner Erinnerung. Die gleichen braunen Haare, die ihr zerzaust in die Stirn fielen, dieselben schmerzlich vertrauten Gesichtszüge.

Ich begriff nicht, wieso sie hier war. Das konnte nicht sein. Noreia war für tot erklärt worden. Ich musste den Verstand verloren haben.

Mein Körper begann zu beben und ein tobendes Gefühlschaos breitete sich in mir aus. Jede Faser in mir widersetzte sich der Tatsache, dass eine lebendige Noreia vor mir stand. Die Götter mussten meinen Sinnen einen Streich spielen.

»Arely«, flüsterte sie mit brüchiger Stimme.

Es war eindeutig ihre Stimme. Noreia machte einen vorsichtigen Schritt auf mich zu.

Erschrocken wich ich zurück und wäre dabei fast über meine eigenen Füße gestolpert. Die Härchen auf meinen Armen stellten sich auf. Übelkeit stieg in mir hoch, während sich mein Magen schmerzhaft verkrampfte. »Nein«, hauchte ich fassungslos.

Alles in mir drehte sich. Eine Welle panischer Angst drohte mich zu überrollen. Die drei Krieger, die Noreia begleitet hatten, sahen mich besorgt an.

»Du brauchst keine Angst zu haben«, wisperte sie und machte einen weiteren unsicheren Schritt nach vorne.

»Das … das kann nicht sein. Du bist tot!« Das letzte Wort schrie ich fast.

Dennoch stand sie hier vor mir, in ihrer abgewetzten Lederrüstung, völlig erschöpft, mit Verletzungen im Gesicht und an den Händen. Abgesehen davon schien sie unversehrt.

»Nun ja, wie du siehst, bin ich das ziemliche Gegenteil von tot«, versuchte sie zu scherzen, wobei sich ein leichtes Lächeln auf ihre Lippen stahl.

Beinahe hätte ich es erwidert. Dieser Spruch war so typisch für Noreia, dass es wehtat. Doch ich konnte meine Mundwinkel nicht bewegen. Fünf Jahre lang war ich davon überzeugt gewesen, sie wäre tot.

Mein Unglauben schlug in Verzweiflung um. Ich hatte nach ihrem Verschwinden so viel durchmachen müssen. Hatte fest daran geglaubt, dass ich sie in den Tod getrieben hatte. Und da stand sie plötzlich. Quicklebendig.

»Wie konntest du mich nur denken lassen, du seist tot? Wo warst du all die Jahre?« Die Härte in meiner Stimme erschreckte mich selbst.

Erstaunt riss sie ihre Augen auf. Nun war sie es, die zurückwich. Ihre Unterlippe begann zu beben und Tränen rannen über ihre Wangen.

Stumm starrte ich sie an, unfähig, etwas zu sagen, aber die widersprüchlichen Gefühle tosten wie ein Sturm in mir. Es war so wie damals an der Grenze. Schon wieder hatte ich sie unbedacht verletzt.

»Es tut mir leid«, flüsterte ich eilig. »Ich meinte es nicht so.«

»Ich weiß.« Ihre Stimme klang erschöpft, als hätte sie plötzlich keine Kraft mehr.

Sie so zu sehen, versetzte mir einen tiefen Stich. Nun stiegen auch mir Tränen in die Augen. Noreia stand dort so einsam und verloren. Am liebsten wäre ich ihr um den Hals gefallen und hätte sie umarmt, mich vergewissert, dass sie wirklich echt war. Doch ich konnte nicht. Es musste ein neuer, irrer Albtraum sein, aus dem ich jeden Moment schreiend erwachen würde.

Schier unendlich lange Sekunden vergingen, in denen wir uns nur gegenüberstanden, unfähig, etwas zu sagen oder uns zu bewegen. Mittlerweile hatten sich mehrere Schaulustige um uns herum versammelt. Ihre aufgeregten Stimmen nahm ich nur am Rande wahr.

»Darf ich zu dir kommen?«, fragte Noreia schließlich zögernd.

Ich nickte langsam, wobei ich mich innerlich wappnete. Mein Instinkt befahl mir zu fliehen. Etwas in mir weigerte sich, Noreia nicht als Gefahr anzusehen. Aber ich musste sie berühren, um wirklich begreifen zu können, dass sie lebte. Dass sie nicht tot war und es ihr gut ging.

Zögernd kam sie auf mich zu. Ich zwang mich, ihr entgegenzugehen. War sie tatsächlich zurückgekehrt? Meine Noreia, meine Seelenschwester?

Als sich ihre vertrauten Arme um mich schlossen, lächelte ich breit und ließ den Tränen freien Lauf. Verzweifelt klammerten wir uns aneinander. Ihr warmer, verwirrend vertrauter und gleichzeitig fremd gewordener Körper an meiner Haut. Ich vergrub meine Finger in ihrer Kleidung, zog sie noch enger an mich heran.

Sie war es wirklich. Noreia war wieder hier.

»Wie sehr ich dich vermisst habe«, schluchzte ich. »Ich werde dich nie wieder gehen lassen. Es tut mir alles so leid, Noreia.«

Der tiefe, bittere Schmerz brach aus meinem Herzen hinaus, bis ich mich kaum noch aufrecht halten konnte. Es war eine unfassbare Erleichterung. Sie lebte. Ich war keine Mörderin, war nicht schuld an ihrem Tod. Vielleicht würde nun doch alles gut werden.

»Ich habe dich auch vermisst.«

»Wo bist du bloß gewesen? Wieso bist du nicht schon eher zurückgekommen?«

»Das ist eine lange Geschichte«, seufzte sie und schob mich sanft von sich, um mir in die Augen zu blicken. »Ich werde dir alles erklären, das verspreche ich.«

In diesem Moment keuchten die Krieger hinter ihr plötzlich erschrocken auf.

»Prinzessin!«, rief Calatin aufgebracht und ich erkannte, dass sie auf Noreias Arm zeigten.

Ich folgte ihren Blicken. Noreias Armschiene fehlte und der lederne Ärmel darunter war ein Stück verrutscht, sodass man ihre Haut sehen konnte. Schlagartig versiegten meine Tränen, als mir bewusst wurde, was sich darauf befand. Eigentlich hätten goldene, schimmernde Zeichen ihren Unterarm verzieren müssen. Doch sie waren nicht mehr da. Stattdessen schlängelten sich dort tiefschwarze Linien entlang.

Entsetzt sog ich die Luft ein und wich angewidert einen Schritt zurück. »Nein!«

Deswegen trug sie auch diese merkwürdige schwarze Rüstung! Galle stieg in mir hoch, alles in mir schrie vor Panik.

Die drei Krieger zogen ihre Waffen und traten bedrohlich auf Noreia zu. Calatins Schwertspitze deutete direkt auf ihren Hals. »Auf die Knie!«

Unmittelbar folgte sie seinem Befehl, wobei sie kapitulierend die Hände hob. »Ich kann es erklären.«

Ich hatte die schwarzen Zeichnungen noch nie mit eigenen Augen gesehen, allerdings kannte ich aus den Chroniken die Beschreibungen über die Schattenkrieger, die unser Reich angegriffen hatten. Noreia trug die Zeichen unserer Feinde. Sie ähnelten den goldenen Linien, besaßen hingegen aber deutlich verschnörkeltere Ornamente.

Konnte meine Schwester wirklich eine Verräterin sein? War sie etwa übergelaufen und wollte uns nun hinterrücks angreifen? Ein widerlich stechender Schmerz pochte in meiner Brust. Die Ungewissheit fraß mich von innen auf.

»Sag mir, dass es nicht wahr ist. Dass du keine Verräterin bist«, stieß ich hervor und verschränkte die Arme abwehrend vor der Brust.

»Es ist nicht so, wie du denkst.«

Ihre Verzweiflung war fast greifbar. Aber falls sie tatsächlich übergelaufen war, durfte ich mir meine Verletzlichkeit nicht anmerken lassen. Ich entschied mich dafür, die unnahbare Kriegerin zu spielen. Mit ausdrucksloser Miene blickte ich zu den drei Kriegern. »Holt meinen Vater.«

Calatin stürmte auf der Stelle in Richtung der Eingangstür des Schlosses davon. Noreia blickte ihm verzweifelt hinterher, doch sie machte keine Anstalten, sich zu erheben. Stattdessen wandte sie sich wieder mir zu.

»Arely!« Sie streckte ihre Hand nach mir aus.

Ich wich zurück. Versuchte, mir meine Gefühle nicht anmerken zu lassen. Ihr Verrat war wie ein Schlag ins Gesicht. Wie konnte sie bloß die Seite gewechselt haben?

So hinterlistig und kaltblütig hätte ich sie nie eingeschätzt. Ich dachte, ich hätte sie gekannt.

»Hör mir doch zu!«

»Spar dir deine Worte.« Selbstbewusst reckte ich mein Kinn in die Höhe.

»Was ist hier los?«, donnerte plötzlich die Stimme meines Vaters aus der Richtung des Schlosses.

Schnellen Schrittes eilte er zusammen mit Arawn und Calatin auf uns zu. Die Schaulustigen machten ihnen auf der Stelle Platz, sodass die Drei freie Sicht auf Noreia hatten. Als mein Vater und mein Bruder erkannten, wer vor mir kniete, blieben sie abrupt stehen.

»Das kann nicht sein!«, hörte ich Arawn keuchen.

Vater hingegen blieb still. Er stand einfach nur da und musterte Noreia von oben bis unten. Sein Blick war durchdringend. Inzwischen hatte Noreia ihren Ärmel wieder gerichtet, sodass man ihre verräterischen Tätowierungen nicht mehr sehen konnte.

»Wie gesagt, ich kann es erklären«, setzte sie abermals an. Sie schaute meinen Vater mit flehendem Blick an. »Glaubt mir doch bitte.«

Ich lachte verbittert. »Wieso sollten wir dir glauben?«

»Arely!«, schalte Vater mit strengem Unterton. »Ich werde mit ihr reden, nicht du!«

Wütend kniff ich die Lippen zusammen. Nach wie vor sprach er kein Wort mit Noreia, sondern betrachtete sie stumm. Seine ausdruckslose Miene verriet nichts darüber, was in seinem Kopf vorging.

»Wo habt ihr sie gefunden?«, fragte er Calatin nach einer Weile, ließ sie dabei jedoch keine Sekunde aus den Augen.

»An der Grenze. Sie kam aus dem Nebel gestolpert.«

»Und warum behandelt ihr sie wie eine Verbrecherin?«

»Sie trägt die Zeichen unseres Feindes.«

Wieder war es für einen Moment ruhig, bis Vater sich Noreia zuwandte. »Ich möchte hören, was du zu sagen hast.«

»Ich habe vor fünf Jahren unfreiwillig den Nebel durchquert und bin im Schattenreich gelandet. Dort wurde ich gefangen genommen und gefoltert. Mir wurden dabei … gegen meinen Willen diese Zeichen tätowiert.«

Mit diesen Worten schob sie den Ärmel wieder ein Stück hoch, sodass wir die schwarze Tinte erkennen konnten. Sie stand in einem starken Kontrast zu Noreias blasser Haut und ich verzog angewidert das Gesicht. Ich wusste nicht, ob ich ihr glauben konnte.

»Sie haben mich gefangen gehalten. Es ist mir jedoch vor Kurzem gelungen, ihnen endlich zu entkommen.« Nun begann Noreia zu schluchzen und wischte sich mit ihrem Handrücken die Tränen aus den Augen. »Du musst mir glauben, Meduris. Bitte.«

Einige Sekunden vergingen, in denen er sie unschlüssig anstarrte. Schließlich straffte er seine Schultern. »Wir klären alles Weitere in meinem Arbeitszimmer. Doch zuerst: Willkommen zu Hause, Kriegerin.«

Entsetzt starrte ich die beiden an. Er hatte mich seit Jahren nicht mehr als Kriegerin bezeichnet und nun tat er es einfach so bei ihr. Eifersucht machte sich in mir breit. Warum begegnete er ihr nicht mit der gleichen Skepsis wie wir anderen? Meine Unterlippe begann zu beben.

Ganz egal, ob Noreia die Wahrheit sagte oder nicht: Es würde sich alles verändern. Meine Gedanken huschten zu Coel. *Meinem* Coel. Mein Herz sank bei dem Gedanken, was wohl geschehen würde, wenn er und Noreia sich wiedersahen.

Noreia

Arelys stechender Blick bohrte sich in meinen Rücken, während ich an der Seite von Lichtfürst Meduris durch das Schloss ging. Seine Hand ruhte nach wie vor auf meiner Schulter, als wollte er sich vergewissern, dass ich nicht einfach so wieder verschwand. Arawn war zurückgeblieben, um die durch mich entstandene Aufregung im Schlosshof zu beruhigen.

Ich schluckte schwer. Arelys Reaktion hatte mich völlig überraschend getroffen. Zuerst hatte sie sich genau so verhalten, wie ich es vorhergesehen hatte – wie ich an ihrer Stelle reagiert hätte. Doch in dem Moment, in welchem sie die schwarzen Zeichnungen auf meiner Haut erblickt hatte, hatte ich das Misstrauen gespürt. Ich hatte mich auf mehrere mögliche Szenarien vorbereitet, aber ich hatte niemals auch nur einen Gedanken daran verschwendet, dass meine Ziehschwester mir unterstellen könnte, ich wäre übergelaufen. Das schlechte Gewissen überrollte mich wie eine Welle, die mich in die Tiefe zu reißen drohte.

Sie hatte sich verändert. Die liebevolle, gutherzige Arely von früher hätte nie auch nur eine einzige Sekunde an mir gezweifelt.

Es beeindruckte mich, wie schnell sie die Wahrheit begriffen hatte. Vielleicht nicht die ganze Wahrheit, aber zumindest einen Teil davon. Deshalb glaubte sie mir nicht. Ich hatte es in ihren Augen gesehen. Und zu meinem Leidwesen konnte ich es ihr nicht einmal verdenken. Immerhin hatte sie damit recht.

Viel zu schnell erreichten wir den Gang, der zum Arbeitszimmer des Fürsten führte. Zwei davor postierte

Wachen ließen uns mit gesenkten Köpfen passieren. Obwohl sie krampfhaft versuchten, es sich nicht anmerken zu lassen, sah ich den Schrecken in ihren Gesichtern, sobald sie mich erkannten. Kurz darauf betraten wir den schmerzlich vertrauten Raum, in dem Meduris den Großteil seiner Zeit verbrachte. Er forderte mich mit einer Handbewegung dazu auf, mich auf einem der Stühle vor seinem gewaltigen Schreibtisch niederzulassen.

Ich tat wie geheißen. Als das weiche Leder des Stuhls auf eine meiner Schürfwunden drückte, hielt ich nur mit Mühe ein Stöhnen zurück. Das Sitzen tat meinen Muskeln unglaublich gut und ich lehnte den Kopf entkräftet gegen die Lehne. Bisher hatten das Adrenalin und die Aufregung des Wiedersehens meine Erschöpfung verdrängt, die nun mit voller Wucht wiederkehrte.

Arely zögerte einen Moment, aber der strenge Blick ihres Vaters brachte sie dazu, sich auf den Stuhl neben mich zu setzen. Sie schaute stur geradeaus. Ich musste mir ein kleines Grinsen verkneifen. Ein wenig erkannte ich mich selbst in ihr wieder.

Gedankenverloren strich meine Schwester ihr schlichtes, beigefarbenes Tageskleid glatt und erst jetzt fiel mir auf, dass sie gar keine Rüstung trug. Ich fragte mich, was das zu bedeuten hatte.

»Also«, begann mein Ziehvater. »Kind, wir alle haben dich für tot gehalten. Bitte verzeih Arely daher ihr Benehmen. Dein Erscheinen trifft uns milde ausgedrückt etwas unvorbereitet.«

Meine Lippen verzogen sich zu einem leichten Lächeln. »Selbstverständlich. Es ist bestimmt ein riesiger Schock für euch. An eurer Stelle hätte ich auch geglaubt, dass ich eine Verräterin bin, und wahrscheinlich deutlich feindseliger reagiert.«

Arelys Kopf wirbelte zu mir herum. Wir starrten uns an. Sie musterte mich von Kopf bis Fuß, allerdings schien sie zu ihrem offensichtlichen Missfallen nichts zu finden, was mich entlarven könnte. Abgesehen von den schwarzen Zeichen natürlich.

»Ich … Also, ich erzähle euch alles, was ihr wissen möchtet.« Theatralisch holte ich Luft. »Das … Es ist nicht leicht für mich, entschuldigt bitte.«

Meduris räusperte sich. »Wir verstehen das, aber es ist wichtig für uns zu wissen, was mit dir passiert ist.«

»Ja, ich weiß.« Mit zittrigen Fingern klemmte ich mir eine Haarsträhne hinter das Ohr. Dann wandte ich mich an Arely. »Hoffentlich verstehst du dann, warum ich diese schwarzen Schandflecke tragen muss, Ares.«

Ihre Augen verengten sich, als ich den Kosenamen verwendete.

Ehe sie etwas erwidern konnte, fuhr ich fort: »Ihr habt sie ja bereits gesehen. Ich wollte es euch sagen, ehrlich, aber ich wollte euch vorher von meiner schrecklichen Zeit im Schattenreich erzählen, damit ihr mich besser verstehen könnt. Bitte … bitte verzeiht mir. Ich bin keine Verräterin.«

Die Lüge kam viel zu leicht über meine Lippen und es fiel mir nicht schwer, mein Gesicht das schlechte Gewissen und die Trauer widerspiegeln zu lassen. Arely fing meinen Blick mit merklich verzerrter Miene auf. Ich war mir sicher, sie wollte mir die Geschichte gern abnehmen. Also kam es nun ganz darauf an, wie glaubwürdig ich die Erzählung darstellte. Gespielt beschämt zog ich den Ärmel wieder zurecht, sodass die Zeichen gänzlich verdeckt wurden. Ein Kloß bildete sich in meinem Hals. Ich wollte meine Heimat nicht verraten, wollte meine Tätowierungen in Ehren tragen. Doch ich musste es tun. Für sie.

»Also … Nachdem ich aus dem Nebel getreten bin, dachte ich erst, ich hätte es wieder zurückgeschafft. Aber dann waren plötzlich die Schattenkrieger da.« Ich schlang die Arme um meinen Körper, als würde ich versuchen, mich selbst zu beruhigen. »Ich war verletzt, deswegen hatte ich keine Kraft mehr, mich gegen sie zu wehren. Sie … haben mich gefangen genommen und befragt, um mehr über das Lichtreich zu erfahren.«

Mein Ziehvater umklammerte mit seiner Hand die Schreibtischplatte so fest, dass seine Fingerknöchel weiß hervortraten. »Was hast du ihnen erzählt?«

»Nichts! Ich schwöre, ich habe nichts verraten. Monatelang haben sie mich immer wieder verhört und gefoltert, aber ich habe keinen Ton gesagt. Immer wieder haben sie meine Wunden auf magische Weise geheilt, nur um wieder neue hinzufügen zu können.« Schluchzend vergrub ich das Gesicht in den Händen. »Ich … ich glaube, sie haben das mit den Tätowierungen gemacht, weil sie mich mit ihrer dunklen Magie kontrollieren wollten. Mehrere Schattenkrieger haben mich für die Prozedur festgehalten. Ich habe mich gewehrt, so gut ich konnte. Aber zu diesem Zeitpunkt war ich bereits zu schwach.« Mit feuchten Augen hob ich meinen Kopf wieder. »Es passierte gefühlt Jahre nach meiner Gefangennahme. Jahre, die ich in Kerkern, Verhörräumen und dunklen Kammern verbracht habe und in denen sie nichts aus mir herausbekommen haben. Sie haben sämtliche Zeichen des Lichtreichs mit ihrer schwarzen Tinte überstochen, haben weitere an meinem ganzen Körper hinzugefügt. Ihr könnt euch nicht vorstellen, wie schlimm es für mich war. Als sie nach so vielen Stunden endlich fertig waren, habe ich verzweifelt versucht, sie von meiner Haut zu kratzen, bis ich blutete.« Wieder schluchzte ich. »Aber sie haben diese Wunden wieder geheilt, damit nicht einmal die Zeichen meines Widerstands blieben. Danach haben sie weiterhin versucht, Informationen über das Lichtreich aus mir herauszuholen. Sie wollten mir durch die Magie der Tinte befehlen, auf die Fragen zu antworten. Aber das Überstechen der alten Tätowierungen hat nichts gebracht. Die neuen hatten keine Macht über mich.«

Der Fürst hob erwartungsvoll die Brauen. »Was geschah dann?«

Ich sah wieder zu Arely hinüber. Sie hatte ihren Blick abgewandt, schien mit sich zu ringen, ob sie mir die Geschichte abnehmen sollte oder nicht. Daher fuhr ich fort: »Als sie merkten, dass es nicht funktionierte, war der Schattenfürst außer sich vor Wut. Er hat seinen Frust persönlich an mir ausgelassen und dann befohlen, mich … mich umzubringen.« Mit verzerrter Miene starrte ich auf meine Füße. »Offensichtlich wollte er ein Exempel an mir statuieren. Ich wurde auf den Versammlungsplatz der Hauptstadt gebracht und sollte vor den Augen der ganzen Stadt hingerichtet werden.«

Es herrschte drückende Stille, die weder der Fürst noch Arely zu unterbrechen wagten.

»Ich verstehe immer noch nicht, warum, aber das Glück war genau im richtigen Moment auf meiner Seite. Als die Schattenkrieger mich zur Richtstätte brachten, brach plötzlich Tumult aus. Von überall her stürmten Rebellen den Platz und griffen an. Der Henker und die Wachen wurden dadurch abgelenkt, sodass ich im allgemeinen Chaos fliehen konnte.« Ich rieb mir über die Schläfen. »Auf meiner Flucht konnte ich mir ein wenig Essen, Waffen und Kleidung beschaffen. Ich brauchte mehrere Tage, bis ich den Nebel erreichte. Lieber wollte ich bei dem Fluchtversuch im Nebel sterben, als ihnen noch einmal in die Hände zu fallen.«

Als mein letztes Wort im Raum verhallte, traute ich mich kaum, Arely anzusehen. Mein Herz schlug mir bis zum Hals. Dies war die einzige Chance, sie und Fürst Meduris von meiner Geschichte zu überzeugen. Wenn sie mir nicht glaubten, war ich so gut wie tot. Und was noch viel schlimmer war: Arely würde mich hassen.

Die Stille zog sich schrecklich lang. Weder der Fürst noch seine Tochter gaben einen Laut von sich und ich traute mich nicht, als Erste zu sprechen.

»Ist das wahr?«, flüsterte Arely schließlich.

Vor Schreck wäre ich beinahe zusammengezuckt. Ich hatte nicht damit gerechnet, dass sie zuerst das Wort ergreifen würde.

»Ja. Ich schwöre dir, ich würde euch niemals verraten. Würde dich niemals verraten. Ihr seid meine Familie.«

Jedes Wort brannte wie Gift in meinem Mund. Ich verdiente ihr Vertrauen nicht.

Als Arely mir endlich in die Augen sah, wusste ich, dass ich es geschafft hatte. Das Misstrauen war verschwunden. Jetzt war ihr Blick gequält.

»Vielen Dank, Noreia«, sagte der Fürst schließlich und fuhr sich mit der Hand nachdenklich über seinen Vollbart. »Das ändert einiges. In den nächsten Tagen werde ich eine Versammlung einberufen. Wir müssen uns beraten, wie es weitergehen soll. Ich bitte dich, daran teilzunehmen und deine Geschichte noch einmal zu erzählen. Bist du dazu bereit?«

»Natürlich«, erwiderte ich sofort. »Ich möchte helfen, wo ich kann.«

»Das dachte ich mir. Du bist eine wahre Kriegerin. Fürs Erste bist du hiermit entlassen. Ich werde veranlassen, dass die Bediensteten dein altes Zimmer wieder herrichten. Währenddessen wird dich ein Heiler im Krankenflügel untersuchen, um deine Wunden zu versorgen. Danach kannst du dich stärken. Ruh dich aus, mein Kind. Ich werde nach dir schicken, wenn ich dich benötige.«

»Ich muss nicht jetzt sofort zu einem Heiler«, erwiderte ich abwehrend. »Ehrlich gesagt verdurste ich und würde lieber zuerst etwas trinken und essen. Der Heiler kann ja vielleicht anschließend zu mir kommen, wenn das in Ordnung ist?«

»Gut, dann wird Arely mit dir ins Speisezimmer gehen.«

Ich nickte und stand auf. Meine Schwester erhob sich ebenfalls.

»Moment bitte.« Meduris sah mich aus leicht verengten Augen an. »Sei mir nicht böse, aber diese Situation ist für uns alle außergewöhnlich. Du verstehst sicher, dass ich daher zumindest fürs Erste eine Wache abstelle, die dich überallhin begleiten wird. Es sei denn natürlich, du bist bei einem von uns. Außerdem kann ich dir vorerst nicht erlauben, Waffen zu tragen.«

Verdammt, so etwas hatte ich bereits befürchtet. »Natürlich, das kann ich absolut nachvollziehen.«

Meduris betätigte eine Glocke, kurz darauf erschienen die zwei Wachmänner, an denen wir zuvor vorbeigegangen waren. Einer von ihnen übernahm meine erste Wache.

Mit steifen Schritten verließ ich also hinter ihm und Arely das Arbeitszimmer in Richtung des Speisezimmers. Der Krieger hielt einen gebührenden Abstand, aber ich spürte seinen stechenden Blick die ganze Zeit auf mir liegen. Arely ging schweigend vor mir her und ich wagte es nicht, zu ihr aufzuschließen. Zu groß war die Sorge, von ihr zurückgestoßen zu werden.

Plötzlich blieb sie so ruckartig stehen, dass ich fast in sie hineinlief.

»Was ist?«, keuchte ich erschrocken.

»Du warst fünf Jahre lang bei diesen schrecklichen Monstern gefangen, wurdest gefoltert und verletzt. Ich … Es tut mir leid. Ich wusste vorhin nicht, wie ich reagieren sollte. Um ehrlich zu sein, weiß ich es immer noch nicht. Noreia, ich dachte, du bist tot. Und es ist meine Schuld. Nur wegen mir bist du in diesen verdammten Nebel gegangen.« Ihre Worte klangen seltsam abgehackt.

Ganz offensichtlich hatten sie jahrelang in ihr geschlummert, ohne jemals ihre Lippen verlassen zu haben. Jetzt brachen sie ungefiltert aus ihr heraus.

»Es ist nicht deine Schuld«, stammelte ich völlig überfordert. »So etwas darfst du doch nicht denken! Ich war es, die starrköpfig war und wie ein bockiges Kind in den Nebel gerannt ist. Ich ganz allein.«

Ohne Vorwarnung fiel sie mir in die Arme. Ihr Körper bebte unter hemmungslosen Schluchzern. Meine Schwester krümmte sich zusammen, während die psychischen Schmerzen sie übermannten. Ich konnte nichts anderes tun, als sie festzuhalten. Meine Wunden brannten unter ihren Berührungen wie Feuer, aber ich ignorierte es. Ich weinte mit ihr. Beweinte die Qualen, die ich Arely zugefügt hatte, und hasste mich gleichzeitig dafür, da ich ihr mit meiner Anwesenheit erneut wehtat. Ich machte es nur noch schlimmer, denn letztlich würde ich sie wieder verlassen müssen. Arely würde zwar immer mein Fels in der Brandung sein, meine Seelenschwester, aber ich gehörte einfach nicht hierher. Nein, ich egoistisches Monster stach ein

Messer in Arelys Herz, ohne dass sie es überhaupt bemerkte.

Nach einer gefühlten Ewigkeit löste sie sich von mir. Sie warf dem Wachmann einen betretenen Blick zu und strich sich eine verirrte Haarsträhne aus der Stirn, als wäre ihr der Moment der Schwäche peinlich.

»Bitte entschuldige«, sagte sie leise. »Du bist am verdursten und ich halte dich unnötig hin.«

Ich schüttelte den Kopf. »Schon in Ordnung, Ares.«

Ihre Miene war unergründlich und ich überlegte, ob es vielleicht ein Fehler gewesen war, ihren Kosenamen erneut auszusprechen. Da nahm sie mich aber schon bei der Hand und zog mich sanft mit sich. Im Speisesaal angekommen drückte sie mich wortlos auf einen Stuhl an der Speisetafel, die mich viel zu sehr an die des Schattenreichs erinnerte. Der Krieger stellte sich ganz in meiner Nähe auf, seine linke Hand fest um den Schwertgriff gelegt. Arely verschwand für einige Minuten, in denen ich nicht wagte, mich auch nur einen Millimeter zu bewegen.

Immer wieder sah ich mich verstohlen nach meinem Bewacher um. Ich würde mich so schnell wie möglich vor Meduris beweisen müssen, damit ich diese lästigen Anhängsel los wurde.

Ein wenig später kam Arely endlich mit einem Bediensteten zurück, der ein Tablett mit einem großen Krug Wasser sowie mehreren belegten Broten trug. Mein Magen knurrte augenblicklich und Arely warf mir ein zögerliches Lächeln zu, ehe der Angestellte alles vor mir abstellte.

Das Herfallen darüber war keineswegs gespielt. Trotzdem nahm ich alles mit Bedacht zu mir. Ich konnte nämlich gut darauf verzichten, meinen leeren Magen zu sehr zu beanspruchen. Es dauerte lange, bis ich alles verzehrt hatte.

Arely beobachtete mich mit nachdenklich gerunzelter Stirn. Zu gern hätte ich gewusst, was in ihrem Kopf vorging, doch ich zog es vor, zu schweigen.

Während ich bedächtig die letzten Schlucke trank, räusperte sich Arely plötzlich. »Hast du … also, ging es dir sehr schlecht?«

Ich biss mir auf die Unterlippe und unterdrückte ein Gähnen. »In der ersten Zeit besonders.«

Das war nicht gelogen. In den ersten Monaten waren alle skeptisch gewesen. Davon abgesehen, dass niemand so recht die Geschichte der verschollenen Tochter des Schattenfürsten glauben wollte, hielten mich die meisten aufgrund meiner goldenen Zeichen für eine Verräterin.

»Es gab immer mal wieder Phasen, in denen ich nicht verhört wurde und sie mich tatsächlich in Ruhe ließen. Ich hatte eine Zelle für mich allein. Wann immer es mir körperlich möglich war, habe ich versucht, meine Fähigkeiten durch Schattenkämpfe beizubehalten. Dadurch verlor ich nicht die Hoffnung, mich irgendwann gegen sie wehren zu können oder zu fliehen.« Ich starrte auf den leeren Teller. »Die Wächter unterhielten sich oft über Kämpfe. Einige Gefangene hofften wohl auch auf einen Angriff auf unser Verlies. Es gab Gerüchte, dass einige der Insassen mächtige Verbindungen zu bestimmten Vereinigungen hatten, die ihnen zu einer Flucht verhelfen würden. Ich bezweifelte zwar, dass mir jemand von ihnen helfen würde, doch die Hoffnung stirbt bekanntlich zuletzt.«

»Warum gab es überhaupt Kämpfe?«, horchte Arely nach.

Ich runzelte die Stirn und dachte kurz darüber nach, ob ich ihr in diesem Punkt die Wahrheit sagen sollte. Meduris ließ sein Volk nach wie vor in dem Glauben, die Bestien würden vom Schattenreich durch den Nebel geschickt werden. Ich war mir sicher, er wusste durch die von ihm geheim gehaltenen Prophezeiungen genau, dass das nicht stimmte. Wenn er Arely inzwischen in seine Machenschaften eingeweiht hatte, konnte ich meine gesuchten Informationen vielleicht sogar direkt von ihr erhalten.

»Das Schattenreich kämpft gegen Rebellen. Bestien. Alles Mögliche.«

Arelys Augen weiteten sich leicht. »Bestien?«

Ich nickte. »Ja. Es ist ähnlich wie hier. Die Viecher kommen aus dem Nebel, durchstreifen die Wälder. Und wenn sie nicht aufgehalten werden, greifen sie Dörfer an.«

Ihr Erstaunen war fast greifbar. Sie begann, auf ihrer Unterlippe zu kauen. Erst eine volle Minute später antwortete sie: »Interessant. Im Lichtreich hat es seit Jahren kaum noch Angriffe auf Dörfer gegeben. Wir hatten das Gefühl, dass die Bestien schwächer geworden sind. Jedenfalls bis vor Kurzem.« Bei diesen Worten klang sie bitter. »Komisch, dass es im Schattenreich nicht ähnlich ist. Und das mit den Rebellen ist ebenfalls interessant.«

»Was meinst du mit *interessant*?«, fragte ich vorsichtig, während ich mir die Augen rieb, die immer wieder gegen meinen Willen zufielen. Am liebsten hätte ich jetzt auf der Stelle geschlafen und das Gespräch am nächsten Tag fortgesetzt.

»Nicht so wichtig.« Bevor ich antworten konnte, sprang Arely von ihrem Stuhl auf. Sie forderte mich mit einer Handbewegung auf, ihr zu folgen. »Du fällst ja fast um vor Erschöpfung. Ich begleite dich lieber mal in deine Gemächer. Sie sollten inzwischen einigermaßen hergerichtet worden sein, dann kannst du dich dort ausruhen.«

Mit dem Krieger unangenehm in meinem Rücken lief ich

an Arelys Seite durch die unzähligen Gänge zum Teil des Schlosses, in denen sich die Gemächer des Fürsten und seiner Familie befanden. Mir kam es wie eine endlos lange Reise vor und ich konnte es kaum erwarten, mich in die weichen Daunen meines Bettes fallen zu lassen.

Trotzdem konnte ich nicht umhin, die wundervoll geschmückten Wände der Gänge zu bewundern, die sich so sehr von denen im Schattenschloss unterschieden. Hier hingen überall bunte Gemälde, die Teile des Lichtreichs zeigten. Einige davon stammten sogar von mir persönlich. In den Nischen standen verschiedene goldene Statuen von ehemaligen Kriegshelden. Die Fenster gewährten zu einer Seite den Blick auf den kleinen Schlosshof im Inneren des Gebäudes und zu der anderen Seite auf die Ländereien. Während wir durch die Flure gingen, begegneten wir einigen Kriegern und Bediensteten, die versuchten, meinem Blick auszuweichen. Keiner von ihnen wagte es, ein Wort zu sagen. Gewiss hatte sich die Nachricht meines Auftauchens am Hof bereits wie ein Lauffeuer verbreitet.

Als wir den privaten Abschnitt der Fürstenfamilie endlich erreicht hatten, betrachtete ich im Vorbeigehen die Bilder, die nun die vergangenen Herrscher des Lichtreichs zeigten. Sie begannen bei dem ersten Fürsten Lodan und seiner Familie und reichten bis zur derzeitigen Generation.

Meduris und Aislinn sowie ihre drei Kinder wurden darauf sehr passend dargestellt. Arely war zu dem Zeitpunkt vielleicht fünf Jahre alt gewesen.

Viel zu sehr in meine Gedanken vertieft bemerkte ich erst, dass wir angekommen waren, als Arely vor der vertrauten Tür meines einstigen Zimmers stehen blieb. Der Wachposten stellte sich wortlos gegenüber dem Eingang und beobachtete mich argwöhnisch. Nichtsdestotrotz machte sich in mir ein kribbelndes Gefühl der Freude breit. Ich hatte mein Zimmer mit dem Ausblick auf den Rosengarten immer sehr gemocht.

»Ich lasse dich jetzt allein«, sagte Arely leise. »Der Heiler kommt sicher gleich zu dir.«

»Danke«, murmelte ich, nahm ihre eiskalte Hand und drückte sie. »Ich danke dir, Arely.«

»Wenn du mich benötigst – nun ja, du weißt sicher noch, wo du mich findest.«

Das brachte mich zum Lächeln. »Wie könnte ich das vergessen?«

Arely erwiderte mein Grinsen, entzog mir sanft ihre Finger, dann ging sie davon. Bevor sie um die nächste Ecke verschwand, sah sie sich noch einmal um und winkte mir zu.

Ich bemerkte erst, dass ich meine Luft angehalten hatte, als mir schwindelig wurde. Erschöpft lehnte ich mich an die Tür, zwang mich dazu, tief ein- und auszuatmen.

»Alles in Ordnung, Lady Noreia?«, fragte der Wachmann besorgt.

»Ja, alles gut. Ich benötige nur einen Moment.«

Nachdem das Ohnmachtsgefühl gänzlich nachgelassen hatte, fasste ich mir schließlich ein Herz. Ich stieß die Tür auf.

Tränen stiegen mir in die Augen und wieder waren sie nicht gespielt. Alles sah genauso aus, wie ich es hinterlassen hatte. Das dunkelrote Himmelbett, die hellen Möbel, die bunten Gemälde an den Wänden, die ich selbst gemalt hatte. Ich war wie eingefroren, konnte mich nicht bewegen. Minutenlang starrte ich in diese Gemächer. Meine Gemächer. Kein Staubkorn war zu sehen, so als wäre ich nie weg gewesen. Erst nach einer gefühlten Ewigkeit konnte ich meine Beine dazu bringen, sich in Bewegung zu setzen. Langsam durchquerte ich den Raum, streifte mit den Fingerkuppen über das Holz der Einrichtung, den weichen Samt der Bettdecke und über die Rahmen meiner Leinwände. Vor dem Abbild von Arelys und meiner Lichtung blieb ich kurz stehen. Das passende Gegenstück dazu hatte ich Arely geschenkt. Ich fragte mich, ob sie es noch immer besaß.

Gedankenverloren ging ich weiter zu dem kleinen Erker, der sich neben meinem Schreibtisch befand, und ließ mich auf die knarzende Fensterbank sinken. Die Sonne begann bereits unterzugehen. Der Blick hinunter in den Garten mit den unzähligen Rosenbüschen verursachte ein warmes Gefühl in meiner Brust. Ich hatte es geliebt, hier stundenlang mit einer kleinen Staffelei zu sitzen und zu zeichnen. Es war mein kleiner Rückzugsort gewesen. In Erinnerung schwelgend schloss ich für einen kurzen Moment die Lider. Genoss die warmen Sonnenstrahlen, die durch das Fenster fielen und den süßlichen Geruch der Rosen.

Plötzlich klopfte es, wodurch ich jäh aus meinen Gedanken gerissen wurde. Alarmiert sprang ich auf. Die wohltuende Ruhe war so schnell vorbei gewesen, wie sie gekommen war. Ich seufzte, dann lief ich eilig zur Tür. Ein Mann mit dem unverkennbaren weißen Kittel der Heiler lächelte mich freundlich an, als ich öffnete.

»Ich soll nach Euch sehen und Eure Wunden versorgen, Lady Noreia. Ich bin Heiler Cian« Er bemühte sich um eine neutrale Miene, seine Augen musterten mich jedoch mit unverhohlener Neugier.

Mit einer einladenden Geste ließ ich ihn eintreten. Auf seine Bitte legte ich mich auf die weichen Bettlaken. Am liebsten hätte ich sofort der bleiernen Müdigkeit nachgegeben und die Augen geschlossen. Der Heiler untersuchte meinen Körper, reinigte und versorgte meine Verletzungen mit einer schmerzlindernden Salbe und verband sie. Anschließend schmierte er eine Paste auf mein Handgelenk, welche die Verstauchung darin schneller abklingen lassen würde.

»Habt Ihr noch weitere Beschwerden?«, fragte er, während er seine Sachen wieder zusammenpackte.

Ich schüttelte den Kopf.

»Gut. Falls Euch in der nächsten Zeit schwindelig wird oder Ihr Euch allgemein unwohl fühlen solltet, dann lasst mir bitte eine Nachricht zukommen. Ihr kennt ja sicher noch die Glocke an Eurer Zimmertür, mit der ihr nach einem der Bediensteten rufen könnt.«

Nachdem er gegangen war, war ich endlich wieder allein. Ich streifte im Liegen meine verschmutzte Rüstung ab und ließ sie neben das Bett fallen. Dann sank ich in die flauschigen Kissen. Nachdenklich strich ich über die feine Fußkette, die mir Lir übergeben hatte. Ich hatte es tatsächlich bis hierher geschafft. Jetzt gab es kein Zurück mehr. Mit dem Gedanken an das Schattenreich und meine Mutter schlief ich ein.

Als ich wieder erwachte, benötigte ich einen Moment, um mich zu orientieren und mich daran zu erinnern, was geschehen war. Wirre Träume hatten mich verfolgt, ich war völlig durchgeschwitzt. Außerdem klebte der Dreck meiner Reise immer noch an meiner Haut. Mit Sicherheit stank ich erbärmlich.

Die Uhr an der Wand wurde vom schwachen Mondlicht

erleuchtet. Sie verriet mir, dass es später Abend war und ich vier Stunden geschlafen hatte. Ich benötigte jetzt dringend eine Wäsche sowie frische Kleidung.

Das an mein Schlafzimmer angrenzende Badezimmer war mit allem ausgestattet, was ich benötigte. Natürlich war es nicht so luxuriös wie die großen Thermen, die es im Schloss gab, doch mit den Verletzungen und Verbänden hätte ich ohnehin kein Bad nehmen können.

Eine halbe Stunde später fühlte ich mich wie neugeboren. Ich hatte meine Haut mit einem Waschlappen von dem Schmutz befreien können und duftete nun nach der Rosenseife, die ich immer so geliebt hatte. Die weiche Stoffhose sowie das hübsche, aber etwas zu weit ausgeschnittene Oberteil, die ich mir aus dem Schrank genommen hatte, saßen locker. Somit drückten sie zum Glück nicht auf meine Wunden.

Kurz überlegte ich, mich wieder schlafen zu legen, aber dann entschied ich mich, Arely zu suchen. Ich musste mich vergewissern, dass ich sie nicht zu sehr erschreckt hatte. Also verließ ich meine Gemächer. Der Wachposten davor schreckte auf und sah mich fragend an.

»Ich möchte Arely sehen«, erklärte ich verunsichert. »Wäre das möglich?«

»Selbstverständlich. Ich begleite Euch, Lady Noreia.«

Leise schloss ich die Tür hinter mir und ging einige Schritte voraus. Plötzlich ließ mich ein Geräusch hinter mir herumfahren.

Er stand einfach nur da und starrte mich an. Ich hatte das Gefühl, die Welt würde aus ihren Fugen geraten. So lange hatte ich es erfolgreich verdrängt, hatte bewusst nicht an diesen Moment gedacht, aus Angst davor, was es mit mir machen würde. Jetzt traf es mich mit voller Wucht.

In all den Jahren hatte ich nicht damit aufgehört, ihn zu lieben. Ganz im Gegenteil. Jede Intimität mit einem anderen Mann hatte mir bewusst gemacht, wie sehr ich mich nach Coel sehnte. Er war schlicht und ergreifend der einzige, den ich je wirklich geliebt hatte. Den ich je lieben würde. Und in seinem Blick, in dieser einen Sekunde, erkannte ich, dass trotz all der Jahre seine Gefühle zu mir ebenfalls nicht vergangen waren.

Coel und ich starrten einander einfach nur an.

»Es stimmt also«, hauchte er schließlich, die Augen vor Schock weit aufgerissen.

Ich schluckte schwer. Dann nickte ich langsam.

Wieder breitete sich Schweigen zwischen uns aus. Einige Sekunden später setzte Coel sich in Bewegung und kam verunsichert auf mich zu.

»Sollen wir …?«, fragte ich, wobei ich in Richtung meiner Gemächer deutete.

Er nickte. Wie in Zeitlupe ging ich zurück zur Tür, öffnete sie und hielt sie für Coel auf.

Bevor er mir folgte, wandte er sich an den Wachmann. »Du kannst gehen, Neto. Ich übernehme ab jetzt.«

Dieser nickte gehorsam, vollführte eine kleine Verbeugung und ging davon.

Bedächtig folgte Coel mir in den Raum. Einige Schritte von mir entfernt blieb er stehen. Ich schloss die Zimmertür mit zitternden Fingern hinter uns, bevor ich mich zu ihm umdrehte.

»Du lebst«, sagte er mit bebender Stimme. »Du … Ich … ich dachte, ich hätte dich verloren.«

Es war schlimmer, als ich es mir vorgestellt hatte. Auf eine andere Art schrecklicher als die Begegnung mit Arely. Ihre Gefühle hatten ein Chaos in mir ausgelöst. Aber bei

Coel war es wie ein Schwert, das sich langsam durch meine Rippen schob, direkt auf mein Herz zu.

Ich betrachtete den jungen Mann, den ich so sehr liebte und der nun so unglaublich erwachsen wirkte. Coels Wangen waren nicht mehr so voll wie früher, wodurch sein Gesicht markanter aussah. Seine grüngrauen Augen jedoch waren immer noch dieselben. Dieselben Augen, die mich in den letzten fünf Jahren Tag für Tag verfolgt hatten.

»Du … du siehst … anders aus«, stieß ich hervor, um irgendetwas zu sagen.

»Du auch.« Seine Mundwinkel zuckten.

Ich biss mir auf die Unterlippe, wusste nicht, was ich tun oder wie ich reagieren sollte. Was das hier zwischen uns war. Was es werden würde.

Mein Blick glitt an seinem Körper hinab. Er war schon immer groß gewesen, aber nun war er dazu noch unglaublich muskulös.

»Du hast einen höheren Rang?« Lächelnd deutete ich auf seine Rüstung, an deren Brust ein dunkelblaues Abzeichen mit einer goldenen Krone befestigt war.

»Ja, ich bin jetzt der Führer der Fürstengarde.«

Überrascht hob ich meine Brauen. In seinem jungen Alter? Er war doch gerade einmal vierundzwanzig!

»Erstaunt?«, fragte er breit grinsend. »Das hättest du wohl nicht von mir erwartet.«

»Stimmt, aber ehrlich gesagt weiß ich nicht, warum ich mich überhaupt darüber wundere.«

Ich dachte daran zurück, wie Coel mir damals gebeichtet hatte, dass es sein größter Wunsch sei, der Fürstengarde beizutreten. Er hatte die Grundausbildung zum Krieger zwei Jahre vor mir abgeschlossen. Seitdem hatte er härter trainiert als alle anderen. Ich hatte ihn stets darin ermutigt, sein Ziel zu verfolgen, und regelmäßig zusammen mit ihm trainiert. Es freute mich sehr, dass er es innerhalb von nur fünf Jahren vom normalen Krieger zum Führer des wichtigsten Heeres geschafft hatte.

»Ich hatte ehrlich gesagt einen Ansporn. Nach … also, nach deinem Verschwinden war ich am Boden zerstört. Ich wusste nicht mehr, was ich tun sollte. Deswegen habe ich mir geschworen, niemals wieder zuzulassen, dass jemandem aus der Fürstenfamilie etwas geschieht.« Dabei ließ er den Blick noch tiefer sinken. Seine Kiefermuskeln zuckten. »Ich habe kaum noch geschlafen, war in jeder freien Minute hier im Schloss, um freiwillig meine Dienste anzubieten. Der ehemalige Anführer der Fürstengarde, Nechtan, prüfte meine Fähigkeiten im Kampf und hielt mich für talentiert. Mein Wille beeindruckte ihn ebenfalls. Deshalb setzte er sich dafür ein, dass ich einen Platz in seiner Garde bekomme.«

Ich erinnerte mich noch genau an Nechtan. Er hatte unzählige Male mit Arely und mir geschimpft, weil wir uns nicht an seine Regeln gehalten oder uns heimlich aus dem Schloss geschlichen hatten. Doch er hatte uns allzu oft damit davonkommen lassen. Ich hatte ihn sehr gemocht.

»Vor zwei Jahren wurde Nachtan ehrenvoll entlassen«, erzählte Coel weiter. Jetzt sah er mir endlich wieder in die Augen. »Kurz davor hatten einige Krieger und ich den Fürsten bei einer Mission begleitet. Es hatte eine schlimme Naturkatastrophe in Rila gegeben. Bei unserem Eintreffen am Unglücksort gab es einen Erdrutsch, vor dem ich den Fürsten im letzten Moment retten konnte.«

Meduris war zwar ein sehr nachtragender Mann, genauso wenig vergaß er allerdings heldenhafte Taten. Davon abgesehen kannte er Coel natürlich als guten Freund unserer Brüder und später auch als meinen Partner. Coel hatte zusammen mit Bress die Grundausbildung absolviert und durch ihn Arawn kennengelernt. Arawn und er hatten sich sofort bestens verstanden. Seither war Coel während seiner freien Zeit fast täglich im Schloss gewesen, um Arawn Gesellschaft zu leisten. Dadurch waren wir uns begegnet. Ich hatte mich auf den ersten Blick in ihn verknallt und Coel hatte mich einige Wochen lang zappeln lassen, bis er mich endlich um eine Verabredung gebeten hatte. Mein Herz schlug bei dem Gedanken daran schneller, als es für mich gut war.

»Du hast dir diese Position mehr als verdient«, sagte ich daher. »Meduris hätte keinen besseren Krieger auswählen können.«

»Danke.«

Ich konnte nicht umhin, Coels Lächeln zu erwidern. Meine aufkeimenden Gefühle für ihn waren töricht, denn ich durfte mich nicht zu sehr von der Aufgabe ablenken lassen. Ich befürchtete, dass die Zuneigung zu ihm dieser im Weg stehen könnte. Aber ich konnte nicht umhin, jeden einzelnen Moment mit ihm zu genießen.

»Wie geht es deinen Eltern?«, wollte ich wissen.

Ich mochte die beiden sehr. Soweit ich wusste, lebten sie in Luceta und besaßen eine eigene Schmiede. Wahrscheinlich war Coel daher mit dem Wunsch groß geworden, ein Krieger zu werden. Sie waren immer sehr herzlich gewesen und hatten darauf bestanden, dass Coel mich als seine Partnerin regelmäßig zu ihrem Familienessen am Sonnabend mitbrachte.

»Gut«, erwiderte er. »Sehr gut sogar. Seit ich in der Fürstengarde bin und hier im Schloss lebe, hat sie hier nichts mehr gehalten. Sie haben die Schmiede meinem Bruder

Charan überlassen. Dann haben sie ein Haus erstanden, ganz in der Nähe der Blauen Lagune. Ich besuche sie einmal im Jahr. Es ist wunderschön dort.«

Ich grinste. »Das war schon immer ihr Traum gewesen.«

»Und du hast sie dazu ermutigt, wenn ich mich recht erinnere. Ich muss ihnen heute Abend sofort schreiben, dass du noch lebst und dass es dir gut geht. Sie waren sehr traurig, als du verschwunden bist.«

Mein Lächeln verrutschte ein wenig, doch ich bemühte mich, es aufrecht zu erhalten. »Für mich war es ebenfalls schrecklich. Alles, was ich in meiner Zeit im Schattenreich wollte, war, zu euch allen zurückzukommen. Vor allem zu dir und Arely.«

Eigentlich hatte ich mich zurückhalten wollen, doch ich konnte es nicht. Auch, wenn ich freiwillig im Schattenreich geblieben war, hatte es viele Momente gegeben, in denen ich am liebsten zu Arely, Coel und den anderen zurückgekehrt wäre. Dennoch, ich würde das Schattenreich trotz allem immer wieder wählen.

»Es war ...« Coel unterbrach sich und verzog seine Lippen. »Es ging mir auch nicht gut. Ich habe mich mehrere Male auf den Weg zum Großen Nebel gemacht, um nach dir zu suchen. Aber ich wurde immer wieder von den anderen aufgehalten. Es war Arely, die mich letztlich davon überzeugte, dass es keinen Sinn hat und ich dabei nur selbst sterben würde.«

Ich ballte meine Hände zu Fäusten. Dabei krallte ich die Fingernägel in meine Haut, bis es wehtat. Zum Glück hatte Arely ihn davon abgehalten, mir nachzulaufen. Nicht auszudenken, was passiert wäre, wenn es ihr nicht gelungen wäre …

Vorsichtig trat Coel auf mich zu, ergriff meine Hand und

löste meine verkrampften Finger. Seine Berührung schickte einen Schauer durch meinen Körper. Ich hatte ihn so schrecklich vermisst.

Alles an ihm zog mich an. Ich wollte mich dagegen wehren, wollte ihn nicht mehr lieben, aber ich wusste nicht, was ich dagegen tun sollte.

Es war egal, wie sehr ich meinen Gefühlen zu entkommen versuchte.

Ich würde es niemals können.

Arely

Seit Stunden saß ich bereits in der Teestube und versuchte verzweifelt, mich auf das Buch in meinen Händen zu konzentrieren. Immer wieder wanderte mein Blick zu dem Gemälde an der Wand, das den Rosengarten zeigte. Ich hatte damals neben Noreia gesessen, während sie die Pinselstriche auf der Leinwand gezogen hatte.

Ich konnte es immer noch nicht glauben. Noreia war wieder da. Sie lebte, wirklich und wahrhaftig. Wie durch ein Wunder hatte sie diese schreckliche Folter im Reich unserer Feinde überlebt und konnte entkommen. Das Volk würde sie als Heldin feiern. Nach wie vor wusste ich nicht recht, ob ich ihr vertrauen konnte. Ihre Geschichte klang irgendwie zu rund, um wahr zu sein.

In den letzten Stunden hatte ich viel über ihre Worte nachgedacht, hatte sie wie ein Blatt Papier im Kopf hin- und hergewendet. Aber eigentlich sollte ich bloß froh sein, sie wieder bei mir zu haben. Gesund und wohlauf.

Über das, was sie nur nebenbei erwähnt hatte, machte ich mir jedoch fast noch mehr Gedanken: die Bestien. Von klein auf wurde uns durch die Chroniken eingetrichtert, dass sie von den Schattenkriegern zu uns geschickt wurden. Aber warum hatte Noreia dann von Kämpfen gegen diese Monster berichtet? Jeder Erwachsene hatte uns vor der Gefahr des Schattenreichs und des Großen Nebels gewarnt. Vater hielt immer wieder Reden für das Volk, in denen er diese Geschichten bekräftigte und ihm versprach, alles in seiner Macht Stehende zu tun, um unsere Feinde zu vernichten. Auch die Chroniken entsprachen der Wahrheit, oder etwa nicht? Ich fand allerdings keinen Grund, warum

Noreia sich diese Kämpfe hätte ausdenken sollen. Irgendetwas an dieser Sache war faul.

Meine Gedanken brachten mich nicht weiter. Ich musste handeln. Bevor ich das tat, musste ich allerdings erst einmal herausfinden, was Noreia noch in Erfahrung gebracht hatte.

Kurz entschlossen legte ich das Buch beiseite, um mich auf den Weg zu Noreias Zimmer zu machen, das sich nur ein paar Gänge von meinem entfernt befand. Nach ihrem Verschwinden war ich unzählige Male dorthin zurückgekehrt. Es hatte mir ein wenig Trost gespendet und mir geholfen zu verarbeiten, was geschehen war.

Als ich es erreicht hatte, verharrte ich einen Augenblick vor ihrer Tür. Es stand kein Wachposten mehr davor, aber im Inneren des Raumes vernahm ich leise Stimmen. Ich runzelte die Stirn. Ihre Rückkehr hatte sich am Hof gewiss in Windeseile herumgesprochen, doch es gab meines Wissens nur wenige, die ihr nahe genug gestanden hatten, um sie sofort aufzusuchen. Der fehlende Wächter sagte mir, dass es eigentlich nur einer sein konnte.

Sofort begann mein Herz, schmerzhaft gegen meine Brust zu schlagen. Übelkeit stieg in mir hoch. Ich betete zu den Göttern, dass er es nicht war.

Ich wusste nicht, ob ich klopfen oder lieber verschwinden sollte. Also blieb ich minutenlang unschlüssig auf der Stelle stehen. Das Herz schlug mir bis zum Hals. Nervös zupfte ich an dem goldenen Armband herum, das ich an meinem Handgelenk trug. Es war ein Geschenk von Coel gewesen. *Meinem* Coel. Was, wenn er mich nun plötzlich nicht mehr wollte und zu Noreia zurückkehrte? Ich wusste, sie hatten sich mehr als alles andere geliebt. Vor meinem inneren Auge erschien ein Bild, wie sie sich eng umschlungen küssten.

Entschieden schüttelte ich meinen Kopf. Nein, das war albern! So war Coel nicht. Und feige hier draußen herumzustehen und sich verrückte Dinge auszumalen, brachte mich auch nicht weiter.

Ich nahm all meinen Mut zusammen, um an die Tür zu klopfen. Das Geräusch hallte durch den leeren Flur, schien doppelt so laut zu sein wie üblich. Eine Weile tat sich nichts. Unruhig trat ich von einem Bein auf das andere, dann wurde mir geöffnet. Noreia starrte mich aus großen Augen an. Hinter ihr stand Coel.

Ich hatte es gewusst! Er war hier bei ihr. Allein. Mir wich jegliche Farbe aus dem Gesicht.

»Hallo«, sagte ich dumpf und wandte mich direkt an ihn. »Was machst du denn hier?«

»Er hat mich begrüßt«, antwortete Noreia lächelnd an seiner Stelle. Sie ging einen Schritt zur Seite, sodass ich eintreten konnte. »Komm doch herein.«

Wie betäubt trat ich in ihr Zimmer. Es sah noch genauso aus wie vor fünf Jahren, als wir so viele Abende gemeinsam hier verbracht hatten. Noreia stellte sich wieder an Coels Seite. Eifersucht kroch in mir hoch, als ich die beiden zusammen dort sah. Noreia konnte nicht ernsthaft erwarten, dass sich seit ihrem Verschwinden nichts verändert hatte und er sie noch immer liebte. Aber vielleicht tat er es ja doch.

Coel wich meinem Blick nervös aus. Offensichtlich hatte er ihr noch nichts von uns erzählt. Ich zuckte zusammen, als der Schmerz durch meine Brust schoss. Ich fühlte mich wie vor den Kopf gestoßen.

Mein Partner biss sich leicht auf die Unterlippe und brachte kein Wort hervor.

»Coel hat dich also begrüßt?«, begann ich zögerlich. Um nicht laut zu schreien, krallte ich die Fingernägel in meinem Arm. Wer wusste schon, worüber die beiden geredet hatten. Oder was sie getan hatten.

»Genau«, erwiderte Noreia zurückhaltend. »Irgendwie … ist es für uns beide sehr merkwürdig.«

Ich erkannte sofort, dass Noreia noch etwas für ihn empfand. Diesen Ausdruck hatte ich so oft bei ihr gesehen, als sie und Coel noch ein Paar gewesen waren. Wahrscheinlich fragte sie sich, ob sie immer noch, oder eher gesagt wieder, mit Coel zusammen war.

Ich krallte meine Nägel noch fester ins eigene Fleisch. Sie konnte nichts dafür. Woher sollte Noreia auch von unserer Beziehung wissen? Natürlich hatte sie, nach all diesen Jahren im Kerker, ihre Gefühle für ihn nicht einfach vergessen. Ich war naiv.

Da ich nicht wusste, was ich sagen sollte, schaute ich die beiden schweigend an. Es verstrichen einige Sekunden, bevor Noreia ihr Lächeln entglitt. Verunsichert sah sie zwischen uns hin und her. »Was ist hier los?«

Sollte ich es ihr sagen? So kurz nach ihrer Rückkehr schien es der völlig falsche Zeitpunkt zu sein, um ihr mitzuteilen, dass ich ihr die große Liebe ausgespannt hatte. Ich hatte etwas getan, was ein absolutes Tabu unter Schwestern war. Aber was hätte ich tun sollen? Es war nicht geplant gewesen, mich in Coel zu verlieben. Ich hatte verdammt noch mal gedacht, sie wäre tot!

Coel sah mich an. Auch er wusste offenbar nicht, was er tun sollte. Dann seufzte er tief und trat einen Schritt auf mich zu. Er ließ Noreia nicht aus den Augen, als er langsam seine Hand nach meiner ausstreckte und sie ergriff.

»Oh. Ach so. Ich verstehe.« Noreia strich sich verlegen

eine Haarsträhne hinter das Ohr. »Natürlich.«

»Es … es tut mir leid«, stammelte ich mit brüchiger Stimme. »Wir wollten das nicht. Es ist … einfach passiert.«

Es war eine lahme Ausrede, doch was hätte ich ihr sagen sollen? Es war die Wahrheit. Am liebsten hätte ich sie umarmt, aber ich konnte mich nicht bewegen. Tränen glitzerten in ihren Augen und es brach mir das Herz. Es war meine Schuld.

»Seit wann?«, war alles, was sie hervorbrachte.

»Ein Jahr nach deinem Verschwinden«, antwortete Coel ihr, dann sah er Noreia endlich in die Augen. Ich erkannte Schmerz in seinem Blick.

Bereute er unsere Beziehung? Zweifel begannen, mich von innen aufzufressen. In diesem Augenblick stellte ich alles in Frage. Noreias Wiederkehr fegte wie ein Tornado durch mein Leben und stellte alles auf den Kopf.

»Es tut mir leid«, wiederholte ich. »Wirklich.«

Ich hatte nicht mit dem wehmütigen und verständnisvollen Lächeln von Noreia gerechnet, das jetzt auf ihre Lippen trat und uns wohl signalisieren sollte, dass alles in Ordnung war. Es war beim besten Willen nicht zu erkennen, ob es nur gespielt oder ehrlich gemeint war.

»Nein, nein. Entschuldige dich nicht. Es hat sich vieles verändert. Wir haben uns verändert. Ich habe kein Recht dazu, böse auf euch zu sein. Ihr konntet doch nicht wissen, dass ich noch lebe.«

»Danke«, flüsterte ich erleichtert, ging auf sie zu und schloss sie in meine Arme. Ich hatte das dringende Bedürfnis, mich trotzdem zu erklären. »Du glaubst gar nicht, wie froh ich bin, dass du wieder hier bist. Es tut mir leid, dass du es auf diese Weise hast erfahren müssen.«

»Es tut mir ebenfalls leid, Noreia.« Coel klang niedergeschlagen. »Wir haben beide um dich getrauert. Es war einfacher, die Last zu teilen. Wir wollten niemals Gefühle füreinander entwickeln.«

»Es ist wirklich in Ordnung. Bitte macht euch keine Vorwürfe deswegen.«

Erleichterung durchflutete mich. Sie war uns also nicht böse. Ich konnte jedoch nicht umhin mich zu fragen, ob Noreia uns tatsächlich vergeben hatte oder nur so tat.

»Ich bin so aufgeregt«, sagte Noreia und wippte mit ihren Füßen nervös auf und ab, als wir am nächsten Tag vor der großen Tür des Krankenflügels standen. »Ich freue mich so sehr, ihn wiederzusehen.«

Ich nickte. Auch ich war nervös, denn ich wusste nicht, wie Bress auf Noreia reagieren würde. Nachdem Coel gegangen war, hatte ich Noreia von Bress' Unfall erzählt, der nun schon einigen Wochen zurücklag. Sofort hatte Noreia darauf bestanden, ihn mit mir zu besuchen. Am heutigen Morgen hatte ich sie also in Begleitung des Wächters zu Vater gebracht. Ich war in der festen Überzeugung gewesen, dass er uns den Besuch bei Bress verwehren würde. Doch er hatte es uns – nein, ihr – wie selbstverständlich erlaubt. Er hatte uns lediglich gewarnt, weil Mutter die meiste Zeit bei ihm am Krankenbett saß. Seit Wochen hatte ich Vater angefleht, mich meinen Bruder besuchen zu lassen, was er mir jedes Mal verwehrt hatte. Ich wusste, er tat es zum Teil, damit ich nicht zu viele Fragen stellte. Arawn und Coel hatten mich an zwei weiteren Tagen heimlich zu meinem Bruder gebracht, wofür ich ihnen sehr dankbar war. Doch es linderte nicht die Wut auf meinen Vater. Ich hatte das dumpfe Gefühl, er vertraute darauf, dass Noreia im Gegensatz zu mir nicht weiter nachbohrte. Möglicherweise wollte er, dass ich mich von ihr beeinflussen ließ, mich seinem Willen zu beugen.

Wie immer folgte uns einer der Wächter. Als ich die Tür zum Krankenflügel öffnete und in den Vorraum trat, hielt ich unwillkürlich die Luft an. Ich wagte vor Nervosität kaum zu atmen.

»Da seid ihr ja«, begrüßte uns Heilerin Epona aufgeregt. Sie warf Noreia einen langen Blick zu. »Heiler Cian hat mich gebeten, nach Euren Wunden zu schauen, Lady Noreia. Soll ich das jetzt machen oder nach Eurem Besuch?«

Noreia sah mich fragend an. Ich zuckte mit den Schultern, daher sagte sie: »Am besten jetzt sofort. Dann habe ich es hinter mir.«

Epona bat meine Schwester, auf einem Stuhl Platz zu nehmen. Zuerst untersuchte sie die Wunden, die nicht verbunden worden waren, dann entfernte sie die einzelnen Bandagen und schaute nach den größeren Verletzungen.

»Das sieht sehr gut aus«, murmelte sie, während sie erneut Salbe auf einzelne Bereiche tupfte. »Die meisten Verbände können wir schon weglassen.«

Kurz darauf war Epona fertig und bedeutete uns, ihr durch die langen Gänge des Krankenflügels zu folgen.

»Dem Prinzen geht es schon viel besser. Meine Kräutertinkturen haben gut angeschlagen und die Heilung geht zügig voran.«

Noreia sagte kein Wort, aber ich konnte ihre Anspannung spüren.

»Da wären wir«, eröffnete Epona uns kurz darauf, als wir um eine Ecke bogen. Ich entdeckte Bress in einem der hinteren Betten.

Dieser war noch immer völlig in Verbände gewickelt, begann aber zu strahlen, sobald er Noreia neben mir erkannte. In seinen Augen standen Freude und Unglauben. Er grinste. »Nicht zu fassen. Du bist es wirklich.«

Auf Noreias Gesicht breitete sich ebenso ein Lächeln aus. »Natürlich«, erwiderte sie kokett. Sie setzte sich zu ihm auf die Bettkante. »Was hast du nun schon wieder angestellt?«

»Ach, ich war wieder einmal auf geheimer Mission«, antwortete er zwinkernd und musterte Noreia eindringlich, als wolle er jedes Detail von ihr aufnehmen. »Du hast dich verändert.«

»Das haben wir doch alle. Schwere Zeiten fordern ihren Tribut.«

Mein Bruder sah nun mich an. »Endlich seid ihr zwei wieder vereint.«

»So ist es.«

Einen Moment lang herrschte Schweigen, ehe Bress die Hand nach Noreias Gesicht ausstreckte. »Lass mich dich anfassen.« Sanft strich er mit seinen Fingerkuppen über ihre Wange. Wie ich musste er sich vergewissern, dass sie echt war, kein Geist oder Hirngespinst. Auch mein Verstand hatte noch damit zu kämpfen. Ich hatte Angst, bald aufzuwachen und feststellen zu müssen, alles wäre nur ein Traum. Zur Abwechslung mal kein Albtraum, aber dennoch nur ein Traum.

Schlurfende Schritte holten mich aus meinen Gedanken. Ich entdeckte Mutter, die in einem weißen Kleid um die Ecke bog und auf uns zuging. Ihre schneeweißen Haare waren nachlässig zusammengebunden, doch die Augen wirkten ungewöhnlich klar. Sie schien einen guten Tag zu haben.

»Aislinn!«, rief Noreia erfreut und sprang auf.

Ich beobachtete, wie sich ihre Augen vor Schreck weiteten, als sie Mutters Gestalt richtig wahrnahm. Es musste ein Schock für sie sein, Mutter so zu sehen. Spindeldürr, mit unsicherem Gang.

»Da bist du ja endlich, mein Kind«, sagte diese. Zum ersten Mal seit einer Ewigkeit lächelte sie. Ich blinzelte irritiert, sobald ich realisierte, was sie eben gesagt hatte. Wie selbstverständlich ging sie auf die erstaunte Noreia zu. Aus dem Augenwinkel sah ich, dass auch Bress das Spektakel ungläubig beobachtete.

»Ich habe lange auf dich gewartet, Noreia.« Mit ihrer rechten Hand fuhr sie ihr sachte über den Kopf. »Ich habe mich immer gefragt, wann der Zeitpunkt deiner Rückkehr endlich kommen würde.«

Ich runzelte meine Stirn und fragte mich, weshalb Mutter nicht im Mindesten über Noreias Rückkehr überrascht schien.

»Die Großen Mächte haben recht behalten«, flüsterte sie zufrieden.

Schon wieder faselte sie von diesen großen Mächten. Das hatte sie in der Vergangenheit schon häufiger getan.

»Unsere Zukunft liegt jetzt in euren Händen.«

Dann brach sie vor unseren Augen zusammen.

Noreia

»Aislinn!« Erschrocken machte ich einen Satz nach vorn, und nur dank meines Reaktionsvermögens schaffte ich es, meine Ziehmutter aufzufangen, ehe ihr Körper auf dem Boden aufschlug. »Bei den Göttern, wo sind die Heiler?«

Ein Blick nach hinten reichte aus, um die Situation einzuschätzen. Bress hatte versucht, sich zu bewegen, und presste nun mit schmerzverzerrtem Gesicht seine Hand auf eine Wunde am Bauch. Arely schien nicht recht zu wissen, ob Bress oder ihre Mutter mehr Hilfe benötigten, entschied sich dann aber für ihren Bruder. Heilerin Epona eilte auf uns zu.

»Nicht schon wieder.« Sie hatte so leise gesprochen, dass ich mir nicht sicher war, ob ich sie richtig verstanden hatte.

»Ist das schon mal passiert?«, hakte ich daher nach.

Die Heilerin nickte, während sie mir dabei half, die Fürstin ein paar Schritte entfernt auf ein weiteres Krankenbett zu heben. Aislinn war so dürr, ich hätte sie durchaus allein hochheben können.

»Was ist bloß mit ihr passiert?« Meine Worte waren kaum mehr als ein Flüstern.

Ich erinnerte mich an eine fröhliche und fürsorgliche Lichtfürstin. Sie hatte mich liebevoll behandelt, mit ihren Kindern Fangen gespielt oder uns abends Gutenachtgeschichten erzählt. Jetzt war sie nur noch ein Schatten ihrer selbst.

»Es steht nicht besonders gut um die Fürstin«, erklärte die Heilerin mit gedämpfter Stimme. Sie warf einen nervösen Seitenblick auf Arely und ihren Bruder, ehe sie weitersprach. »Sie ist äußerst labil. Ehrlich gesagt hat sie nur noch sehr wenige klare Momente. Seit Eurem Verschwinden hat sich der Zustand der Fürstin drastisch verändert. Sie ist kaum noch ansprechbar, und wenn sie doch mal spricht, dann ist es zusammenhangslos. Sie redet von den Großen Mächten und Bestien. Wir haben alles Erdenkliche versucht, doch wir können einfach nichts tun, um ihr zu helfen.«

Ich sah auf meine Ziehmutter herab, um mich zu vergewissern, dass es ihr gut ging. Sie wirkte friedlich, ein leichtes Lächeln umspielte ihre Lippen. Ihre Atmung ging gleichmäßig, als würde sie schlafen. Epona wuselte um sie herum und verabreichte ihr irgendwelche Kräutermischungen, die ich nicht kannte. Den Umständen entsprechend beruhigt drehte ich mich wieder zu Arely und Bress um. Die beiden starrten mich an. »Ist bei dir auch alles in Ordnung, Bress?«

Er nickte, woraufhin sich Arely am Fußende seines Bettes niederließ. Ich ging auf sie zu und blieb kurz vor ihnen stehen, unschlüssig, was ich sagen sollte.

Bress ergriff als erster das Wort. »Gut reagiert, Schwesterchen. Ich wäre ja vor dir dort gewesen, aber …« Er deutete auf seine Verbände, was mich zum Lachen brachte.

»Du hast dich nicht im Geringsten verändert.«

Bress zog die Augenbrauen hoch. »Wie bitte? Du verletzt mich. Ich hatte auf Komplimente gehofft. Zum Beispiel, wie sehr du mich vergötterst, weil ich mich unerschrocken in den Kampf geworfen habe und meine Verletzungen heldenhaft ertrage.«

Ich schnaubte. »Dein Keuchen eben klang aber nicht besonders heldenhaft, tut mir leid.«

»Hört auf!« Arelys Worte klangen schneidend scharf und sofort verschwanden Bress' und mein Lächeln.

Ich senkte reumütig den Kopf. »Entschuldige. Ich … Es tut mir leid.«

Arelys Blick wurde weicher. »Ihr beide könnt das Flirten nicht einmal in solchen Momenten lassen. Ihr seid schrecklich!«

Ihre Worte brachten tief vergrabene Erinnerungen zurück. Erinnerungen an Kampfstunden, Ausflüge und Familienessen. Bress und ich hatten uns stets nahegestanden. Selbstverständlich nicht so, wie es mit Arely war, aber er hatte mich schon als Kind immer beschützt, mir beim Trainieren geholfen, mich geärgert und mich eben wie eine richtige Schwester behandelt. Fast so, wie es bei Arely und Arawn war. Doch je älter wir wurden, desto mehr war das Necken ins Flirten übergegangen. Er war wie mein bester Freund und ich wäre nie auf den Gedanken gekommen, mehr in ihm zu sehen. Aber wir hatten den Spaß daran nie verloren, was Coel übrigens immer ein Dorn im Auge gewesen war. Bei dem Gedanken daran musste ich grinsen. Es war schön zu wissen, dass sich daran nichts verändert hatte.

Mein Herz krampfte sich schmerzhaft zusammen. Ich machte mir bloß etwas vor. Denn wenn ich ehrlich war, hatte sich etwas Entscheidendes verändert – nämlich ich.

Zum ersten Mal seit meiner Rückkehr hatte ich das Gefühl, mir wurde alles zu viel. Ich musste hier raus. »Ehrlich gesagt bin ich ziemlich müde. Wäre es in Ordnung, wenn wir dich wieder allein lassen?«

»Was ist denn das für eine Frage?«, schnaubte dieser.

Arely erhob sich langsam vom Bett, dann wandte sie sich an die Heilerin, welche sich immer noch um Aislinn kümmerte. »Epona? Würdest du uns bitte Bescheid geben, wenn es einem der beiden schlechter geht oder du Hilfe benötigst?«

Diese nickte knapp. »Selbstverständlich, Prinzessin. Macht Euch bitte keine Sorgen.«

Arely wirkte bedrückt, als wir die Krankenstation gemeinsam verließen. Wir gingen schweigend nebeneinanderher. Ohne ein Wort zu verlieren, folgte uns mein täglicher Begleiter mit einem kleinen Abstand. Ich wusste nicht, was ich sagen konnte, um sie aufzumuntern. Es war schon schwierig genug, die Gewissensbisse zu unterdrücken, die fortwährend auf meinem Magen lasteten.

Ich hatte genau verstanden, was die Heilerin mir vorhin durch die Blume mitgeteilt hatte: Mein Verschwinden hatte ausgelöst, dass Aislinn Wahnvorstellungen bekommen hatte und zusammenhangslose Dinge erzählte.

»Möchtest du dich ein paar Stunden ausruhen?«

Ohne es zu bemerken, hatte ich den Weg zu meinen Gemächern eingeschlagen. Wir liefen bereits durch meinen Gang. Arely schaute mich fragend an.

»Gern.« Ich nickte ein wenig zu heftig. »Kommst du so lange ohne mich zurecht?«

Ich bemerkte zu spät, dass ich etwas Falsches gesagt hatte.

Arely verschränkte die Arme und ihr Blick wurde hart. »Ich bin in den letzten fünf Jahren ohne dich zurechtgekommen.«

»Bitte, Ares, so war das nicht gemeint. Mir ist klar, dass du mich nicht benötigst. Ich wollte dir nur sagen, dass … also, dass ich für dich da bin, wenn du reden möchtest.«

Der Ausdruck meiner Schwester wurde weicher und ich atmete innerlich auf. Ich hätte im Vorhinein wissen müssen, dass ich mit solchen Worten zu weit ging. Sie war nicht mehr das liebe, kleine Mädchen von damals.

»Ich lasse dir Bescheid geben, wenn es einem der beiden schlechter gehen sollte«, versprach Arely mir.

Ich streckte meine Hand nach ihr aus und zog sie in eine Umarmung. »Es tut mir leid, dass es Aislinn so schlecht geht. Ich wünschte sehr, ich könnte ihr helfen.«

Arely drückte mich an sich, löste sich kurz darauf sanft, aber bestimmt von mir und ging davon. Als sie sich vor der nächsten Abbiegung noch einmal umsah, lächelte sie. Und ich erwiderte es.

Ein dumpfes Klopfen ließ mich aus einem tiefen, traumlosen Schlaf schrecken. Innerhalb weniger Sekunden sprang ich vom Bett auf und stellte mich kampfbereit in Richtung der Tür. Es war noch hell – oder war es schon wieder hell? Die Uhr zeigte acht an. Hatte ich tatsächlich bis zum nächsten Morgen durchgeschlafen? Wirklich erholt fühlte ich mich nicht, die Erschöpfung spürte ich noch immer tief in meinen Knochen.

»Wer ist da?«, rief ich.

»Ich bin es.«

Mein Herz setzte einen Schlag aus, als ich Coels Stimme erkannte. Ich benötigte einige Sekunden, um die verkrampften Muskeln zu lockern und eine neutrale Miene aufzusetzen, ehe ich die Tür öffnete.

»Hallo, Noreia.«

Irrte ich mich oder klang seine Stimme atemlos?

»Hallo. Kann ich dir helfen?«

Coel räusperte sich. »Ich wurde geschickt, um dich zu holen.« Er wandte sich an den Wachmann, der auf der gegenüberliegenden Seite des Flurs stand. »Ich übernehme vorerst ihre Bewachung. Du kannst gehen, Ruadan.«

Sobald dieser außer Hörweite war, hob ich fragend eine Braue.

»Oh, also … Fürst Meduris schickt nach dir. Die Sitzung findet gleich statt. Laut seiner Aussage weißt du, worum es geht. Dort gibt es auch ein reichhaltiges Frühstück.«

»Habe ich den Rest des Tages und die Nacht verschlafen?«, wollte ich erstaunt wissen.

Coel grinste mich spitzbübisch an. »Ja. Und es hat dir offenbar gutgetan. Du siehst heute noch schöner aus, als ich dich in Erinnerung hatte.«

Ich starrte ihn erschrocken an.

Er riss die Augen auf und räusperte sich peinlich berührt. »Bitte entschuldige, meine Worte waren unangebracht.« Er verzog das Gesicht. »Ich … ich weiß ehrlich gesagt überhaupt nicht, was ich denken soll. Oder sagen. Es fühlt sich irgendwie alles so falsch an. Tut mir leid.«

»Schon in Ordnung. Es ist für mich ebenso merkwürdig.«

Nur, dass ich im Gegensatz zu ihm gewusst hatte, was auf mich zukam, und den Gedanken daran wie ein Feigling verdrängt hatte. Denn wenn ich wirklich darüber nachgedacht hätte, wäre mir wohl oder übel in den Sinn gekommen, dass Coel eine andere Frau gefunden haben könnte. Um ehrlich zu sein, war ein gegenseitiges Trösten von ihm und Arely durchaus naheliegend.

Ich versuchte verzweifelt, den Mann vor mir nicht zu genau anzuschauen, der inzwischen noch viel attraktiver aussah als in meiner Erinnerung. Verflucht sei mein dummes Herz! Er gehörte nicht mehr zu mir. Coel war mit Arely zusammen, und außerdem war mein Aufenthalt hier ohnehin nur begrenzt. Mir blieben nur wenige Wochen, vielleicht auch Monate. Aber dann würde ich in das Schattenreich zurückkehren. Endgültig. Es war schlimm genug, dass ich allein durch meine Rückkehr so mit ihren Gefühlen spielte.

»Warte hier«, bat ich.

Ich lehnte die Tür an, ging zum Wandschrank und kramte frische Unterwäsche, ein goldverziertes Oberteil sowie eine eng anliegende Hose heraus. Es war die Art von Garderobe, für die ich früher stets einen Tadel erhalten hatte, doch ich fühlte mich darin einfach wohler als in einem Kleid. Immerhin war ich keine niedliche Prinzessinnen-Puppe, sondern eine Kriegerin. Aislinn hatte mich mit genau fünf Jahren zum letzten Mal in ein Tageskleid gezwungen. Seither hatte ich mich mit Händen und Füßen dagegen gewehrt und irgendwann hatte meine Ziehmutter es schlichtweg aufgegeben.

Als ich wieder zurück zu Coel ging, stand er nach wie vor in der gleichen Position da.

»Ich möchte mich noch kurz frisch machen«, informierte ich ihn. »Du darfst gern im Schlafzimmer warten, wenn du magst.«

Er zögerte einen Moment, dann nickte er jedoch und trat ein, während ich mich auf den Weg in meinen Waschraum machte. Ein Blick zurück verriet mir, dass Coel sich auf einem Stuhl an meinem Schreibtisch niederließ. Dabei starrte er fast schon nervös auf seine ineinander gekrallten Hände. Das erinnerte mich an unsere erste Verabredung, als Coel mich abgeholt hatte. Ich war so nervös gewesen, dass ich ewig zum Ankleiden gebraucht hatte und viel zu spät dran gewesen war. Daher hatte er genau auf demselben Stuhl gesessen, während er auf mich gewartet hatte. Bei dem Gedanken daran spürte ich ein Kribbeln in meinem

Bauch. Bei den Göttern, Coel war tabu!

Während ich mich wusch, bemühte ich mich, die Erinnerung an unser erstes Wiedersehen zu verdrängen. Es hatte mich völlig aus der Bahn geworfen. Mir war klar gewesen, dass ich noch Gefühle für ihn hatte. Doch ihn hier wiederzusehen hatte sich angefühlt, als wäre ich niemals fort gewesen. Wir hatten uns beide verändert, trotzdem loderten die Gefühle für ihn brennend heiß in mir.

Aber es war offensichtlich gewesen, als er die Hand nach Arely ausgestreckt hatte, um mir zu zeigen, wie sie füreinander empfanden. Er liebte Arely. Und sie liebte ihn ebenfalls. Ich hatte es gesehen, hatte es geradezu in der Luft spüren können. Coel war ein aufrichtiger Mann. Er hatte mich in unserer Beziehung auf Händen getragen, hatte alles für mich getan und mich niemals verletzt.

Nun war Arely diese Frau an seiner Seite. Ich konnte das aufkeimende Gefühl von Eifersucht nicht gänzlich verbannen. Es fiel mir schwer, zu akzeptieren, dass Coel jetzt an Arelys Seite war.

Als ich wieder in den Schlafraum ging, sah ich Coel auffordernd an. »Ich bin bereit.«

Dieser sprang sofort auf, die Erleichterung stand ihm ins Gesicht geschrieben. Beinahe fluchtartig verließ er vor mir die Gemächer und schaute sich auf dem Gang um. Als hätte er Angst, jemand könnte bemerkt haben, dass er allein in meinen Zimmern gewesen war. Es tat mir mehr weh, als ich zugeben wollte.

Wir liefen schweigend nebeneinanderher, lange konnte ich meine Neugier allerdings nicht im Zaum halten. »Sag mal, seit wann schickt Meduris eigentlich den Anführer der Fürstengarde, um den Aufpasser zu spielen? Sind dafür nicht die Wachen da?«

Aus dem Augenwinkel sah ich, wie sich seine Kiefermuskeln anspannten. Da hatte ich wohl genau ins Schwarze getroffen.

»Ja.«

Ich lachte laut auf. »Was ist das denn für eine Antwort?«

Coel verdrehte die Augen. »Also gut. Es musste dich sowieso jemand begleiten, da habe ich mich bereiterklärt, das zu übernehmen. Ehrlich gesagt wollte ich die Gelegenheit nutzen, um mit dir über das zu sprechen, was … also, du weißt schon.« Unbehaglich verschränkte er die Arme auf seinem Rücken. »Arely und ich haben dich in eine unangenehme Lage gebracht und das tut mir leid. Wir hätten dir schnellstmöglich von unserer Beziehung erzählen sollen, aber …«

»Coel«, unterbrach ich ihn kopfschüttelnd. »Ihr hattet ja gar keine Möglichkeit, es mir vorher zu sagen. Bitte hab kein schlechtes Gewissen. Ihr habt nichts Falsches getan. Im Gegenteil, ich kann verstehen, wie es dazu gekommen ist, und ich freue mich, dass ihr euch gefunden habt.«

Ich meinte jedes Wort absolut ehrlich, denn ich hatte keinerlei Recht, ihrer Beziehung in irgendeiner Weise zu schaden, auch wenn sie mich verletzte.

»Das ist nett von dir. Aber du musst nicht so tun, als würde es dir nichts ausmachen, nur damit es Arely und mir besser geht.«

»Ich tue nicht nur so«, versicherte ich ihm schnell, obwohl das Zittern in meiner Stimme mich Lügen strafte.

Coel musterte mich kritisch von der Seite. Er kannte mich wahrscheinlich gut genug, um mir kein Wort zu glauben.

»Danke, dass ihr euch um mich sorgt, aber mir geht es gut. Und was ist mit dir?«

Glücklicherweise musste Coel mir auf diese blöde Frage nicht antworten, da wir just in diesem Moment im Gang des Frühstückssaals ankamen.

»Was du noch wissen solltest«, begann Coel flüsternd, »Arely wird nicht dort sein.«

Fragend hob ich die Augenbrauen.

»Sie darf nicht mehr an den Sitzungen teilnehmen. Der Fürst erlaubt es nicht.«

»Aber warum das denn? Sie hat doch immer an ihnen teilgenommen, nachdem sie die Grundausbildung zur Kriegerin absolviert hat.«

»Ihr Vater lässt sie seit deinem Verschwinden nicht mehr aus den Augen. Sie darf ohne Begleitung nicht einmal die Schlossmauern verlassen. Außerdem hält er sie von allem fern, was ihr schaden könnte. In diesen Sitzungen werden Dinge besprochen, die Arely nicht wissen darf, da Meduris sie ihres Amtes als Kriegerin enthoben hat.«

Am liebsten hätte ich laut geschnaubt. Merkte niemand, dass dies genau der falsche Weg war, um Arely zu beschützen? Mit Sicherheit versuchte sie seither, auf eigene Faust herauszufinden, was sie vor ihr verheimlichten. Und das war zweifellos viel gefährlicher, als sie von Anfang an einzuweihen. Meduris war wahrhaftig dumm, wenn er glaubte, auf diese Weise das Richtige zu tun.

»Ich muss draußen warten«, teilte mir Coel mit, sobald wir vor der Tür ankamen. Er nickte mir aufmunternd zu.

Die Wachen davor öffneten mir die Flügeltüren und ich betrat den Raum.

Es sah alles genauso aus wie in meiner Erinnerung. Die riesige Tafel mit den goldenen Stühlen befand sich in der Mitte des Raumes. Auch der gigantische Ledersessel vor Kopf, auf dem Fürst Meduris thronte, stand noch an Ort und Stelle. Neben ihm saß Arawn, der mich sofort durchdringend anstarrte. Der Tisch war mit Fleischplatten, Obst und Broten bedeckt, an denen sich die Männer bereits bedienten.

»Ah, da ist ja unsere verloren geglaubte Kriegerin«, dröhnte Fürst Meduris' Stimme durch den Raum, kaum dass er mich erblickt hatte. »Sei gegrüßt, Noreia. Wir sind nun vollzählig. Bitte nimm Platz.«

Mit zielstrebigen Schritten steuerte ich auf den freien Platz neben Arawn zu. Dabei war ich mir deutlich bewusst, dass alle Augen auf mich gerichtet waren. Ich bemühte mich, mir mein Unbehagen nicht anmerken zu lassen, und beobachtete Dian dabei, wie er sich ein Stück Schinken einverleibte.

»Willkommen«, eröffnete der Lichtfürst kurz darauf die Sitzung. Ich konzentrierte mich nun ganz auf ihn. Deswegen war ich hier. Das war meine Aufgabe. »Schön, dass wir vollzählig sind. Ich spreche sicherlich für alle, wenn ich sage, wie unglaublich froh wir sind, Noreia wieder bei uns zu haben. Trotz der Wiedersehensfreude sind wir allerdings dazu gezwungen, uns die Hintergründe genauer anzuschauen, weshalb sie überhaupt so lange verschollen war. Wichtig ist außerdem, was wir daraus lernen können und wie es sich auf die Zukunft unseres Reichs auswirkt. Also, Noreia. Wir sind sehr gespannt auf deine Erzählung.«

Ich räusperte mich, bevor ich mit dem Bericht begann. Die nächsten Stunden verbrachte ich damit, jedes fein säuberlich zurechtgelegte Detail meiner Zeit im Nebel und im Schattenreich zu erzählen und Fragen zu beantworten. Es war eine größere Herausforderung als gedacht, und immer wieder hatte ich Sorge, mich zu verplappern. Bei jedem Wort achtete ich akribisch darauf, dass es keinen

Widerspruch beinhaltete oder zu viel preisgab. Der Fürst hörte mir aufmerksam zu, warf gelegentlich eine Frage ein und wirkte meist sehr zufrieden mit meinen Antworten.

Ehrlich gesagt war ich froh, als ich meine Erzählung beendet hatte. Mein Hals schmerzte von dem ununterbrochenen Reden. Die Lügen waren erzählt, es gab kein Zurück mehr. Nicht ein einziger Anwesender hatte seine Stirn noch misstrauisch gerunzelt oder warf mir einen weiteren skeptischen Blick zu. Sie glaubten mir. Ich konnte nicht beschreiben, was genau das in mir auslöste. Erleichterung? Oder doch Schuldgefühle?

»Ich habe noch ein paar letzte Fragen«, sagte mein Ziehvater. Fast hätte ich aufgeseufzt. »Es ist sicher sehr schwierig für dich, wenn ich das jetzt anspreche, aber die Informationen sind sehr wichtig für uns. Daher entschuldige ich mich im Voraus dafür. Besitzt der Schattenfürst tatsächlich eine besondere Macht? Eine Art dunkle Magie?«

Ich zögerte kurz, wählte meine Worte dann mit Bedacht und ließ dabei meine Stimme erzittern. »Er strahlt eine unheimliche Macht aus. Ob es dunkle Magie ist, weiß ich nicht. Ehrlich gesagt kann ich mich kaum noch an ihn erinnern. Es ist alles verschwommen. Ich weiß nur noch, dass er mir große Schmerzen zugefügt hat. Die Wachen trauen sich kaum, über ihn zu sprechen, geschweige denn etwas Schlechtes über ihn zu sagen. Er ist grausam.«

Das stimmte sogar zum Teil. Mein Vater war fair, doch wenn eine Tat es rechtfertigte, war er erbarmungslos.

»Du hast zwar im Gefängnis gesessen, aber hast du zufällig mitbekommen, wie die allgemeine Stimmung des Volkes war?«

Mit dieser Frage hatte ich nicht gerechnet. Warum wollte er wissen, wie es dem Volk ging? »Ich … also, das Volk habe ich nicht zu Gesicht bekommen«, stotterte ich. »Ich habe den Eindruck, sie leben sehr zurückgezogen. Die meisten Dörfer wurden wohl durch die Bestien vernichtet, andere rebellierten und die Bewohner wurden daher exekutiert. Die Übrigen sollen in absoluter Armut leben.«

Das entsprach zumindest teilweise der Wahrheit. Auch wenn die Bestien vor meiner Zeit im Schattenreich einige Dörfer dem Erdboden gleich gemacht hatten, hatten die Überlebenden mit Vaters Unterstützung woanders neu anfangen können, sodass es inzwischen nur noch wenig Armut gab.

»Wie oft fanden Angriffe von Bestien statt?«, fragte Meduris und richtete sich auf.

»Unregelmäßig, aber in letzter Zeit immer häufiger.«

»Sind die Bestien das Einzige, wogegen sie sich verteidigen oder erwarten sie … andere Angriffe?«

Sein Verhör machte mich langsam stutzig. Ich fragte mich, worauf er anspielte. Meinte er damit etwa einen Angriff der Lichtkrieger auf das Schattenreich? Aber das ergab keinen Sinn. Die letzten Versuche einer Eroberung lagen laut den Chroniken Jahrhunderte zurück, weil es unmöglich war, den Nebel zu durchqueren. Kein Lichtkrieger war je zurückgekehrt. Den Menschen hier war nicht einmal klar gewesen, ob sie es überhaupt durch den Nebel geschafft hatten. Von meinem Vater wusste ich allerdings, dass durchaus einige von ihnen in das Grenzgebiet des Schattenreichs vorgedrungen waren. Kein Lichtkrieger hatte den Kampf überlebt.

Daher runzelte ich die Stirn. »Leider weiß ich nichts von ihren Verteidigungsstrategien. Ehrlich gesagt habe ich mich die meiste Zeit damit beschäftigt, einen Fluchtweg zu finden.« Ich sah meinen Ziehvater entschuldigend an und konnte die Verärgerung in seinem Gesicht erkennen. Um ihn in Sicherheit zu wiegen, entschied ich mich dafür, die folgenden Worte zu ergänzen: »Von anderen Angriffen als denen der Bestien habe ich nie etwas gehört. Ich glaube nicht, dass sie sich auf so etwas vorbereiten.«

Zu meinem Erstaunen war es Arawn, der die nächste Frage stellte: »Deine Beschreibungen, wie du dich durch den Nebel gekämpft hast, waren sehr anschaulich. Was denkst du, hätte eine größere Gruppe bessere Chancen, den Nebel zu überleben, als ein Einzelner?«

Der Schock stand mir wohl ins Gesicht geschrieben, denn Meduris warf seinem Sohn einen zornigen Blick zu. »Genug, Arawn!«

Doch Arawns Worte hatten ausgereicht, um mir zu verraten, warum ich wirklich hier war und welchen Plan Meduris verfolgte: Er wollte Truppen durch den Nebel schicken, um das Schattenreich zu überfallen!

»Das reicht«, wiederholte Meduris entschieden. »Vielen Dank für deine Informationen, Noreia. Es war sicher nicht leicht für dich. Wir rechnen es dir hoch an, dass du uns trotzdem alles erzählt hast. Du bist hiermit entlassen.«

Obwohl ich zu gern noch mehr erfahren hätte, durchflutete mich Erleichterung, endlich gehen zu können. So beherrscht wie möglich stand ich auf und ging zur Tür. Ich brauchte Zeit, um mir darüber klar zu werden, wie meine nächsten Schritte aussehen mussten. Mein Vater hatte mit all seinen Befürchtungen bezüglich eines geplanten Angriffs auf das Schattenreich Recht gehabt. Also musste ich zusätzlich zu der Prophezeiung ganz dringend herausfinden, was genau Meduris plante und wie ich ihn aufhalten konnte.

Denn ein Krieg der Reiche würde alles verändern.

Arely

Ungeduldig lief ich vor der massiven Eichentür des Saals auf und ab, wobei ich nervös auf meiner Unterlippe kaute. Noreia war jetzt schon seit einer gefühlten Ewigkeit in dem Besprechungszimmer. Ich fragte mich, was mein Vater von ihr wissen wollte.

Nur durch Coel hatte ich überhaupt erfahren, dass heute die Anhörung war. Vater selbst hatte mir natürlich nicht ein Sterbenswörtchen erzählt, ebenso wenig wie Arawn. Krampfhaft unterdrückte ich die aufkeimende Wut. Ich wusste nicht, wie lange ich meine Gefühle noch im Griff haben würde. Es schien, als würde der Zorn sich wie eine giftige Schlange um mich schlingen und mich erdrücken.

Immer wieder schielte ich zu Coel hinüber, der genau wie ich unruhig herumtigerte. Er versuchte es zwar, zu verbergen, aber er konnte mir nichts vormachen: Er machte sich Sorgen um Noreia. Eifersucht keimte in mir auf, obwohl ich mir fortwährend einredete, wie albern das war. Coel liebte mich und nicht sie.

»Warum dauert es so lange?«, fragte ich ungeduldig.

Ich blickte auf das goldene Ziffernblatt der antiken Uhr, welche über der Tür hing. Sie tickte bei jeder Sekunde laut, als würde sie mich absichtlich provozieren wollen.

»Ich weiß es doch auch nicht, Arely.«

Sein genervter Unterton ärgerte mich, aber ich wusste, dass es nicht nur an mir lag. Vater hatte auch ihn bewusst ausgeschlossen. Was ihn ebenso kränkte wie mich. Möglicherweise fürchtete er, er könnte mir etwas verraten. Das hatte Vater jedoch bisher nie davon abgehalten, seinen besten Krieger in seine Pläne einzuweihen. Was auch immer dahintersteckte, wir wussten, Vater plante irgendetwas Großes. Etwas, das so wichtig war, dass er nur seine engsten Vertrauten in seine Pläne einweihte. Ein Vorhaben, für welches Noreias Bericht aus dem Schattenreich unabdingbar war.

»Du machst mich wahnsinnig mit deiner Lauferei«, sagte Coel schließlich und streckte mir auffordernd seine Hand entgegen.

Ich wäre viel lieber weiter auf- und abgegangen, aber damit machte ich es auch nicht besser. Also ergriff ich sie. Im Normalfall würden wir so etwas niemals außerhalb unserer Gemächer tun. Immerhin war er der Anführer der Fürstengarde und ich die Prinzessin. Aber Coel schien es im Moment wichtiger zu sein, mich zu beruhigen, als auf die Etikette zu achten.

»Mach dir keine Sorgen, es ist alles gut«, murmelte er, zog mich zu sich und küsste mich sanft auf die Schläfe.

Da öffneten sich die schweren Türen plötzlich mit einem lauten Knarren. Ich löste mich schnell von Coel. Noreia stürmte regelrecht aus dem Raum. Sobald sie uns sah, blieb sie schlagartig stehen. Zuerst dachte ich, es läge an der Umarmung, doch sobald ich ihren Gesichtsausdruck wahrnahm, überkam mich Sorge. Sie war leichenblass und wirkte gehetzt – und war das etwa Angst in ihren Augen? Was hatte Vater sie bloß gefragt?

Sofort stürmten wir auf sie zu. »Ist alles in Ordnung?«

»Ja … ja, natürlich.«

Uns allen war klar, dass ihre Worte nicht der Wahrheit entsprachen.

»Was macht ihr denn hier?«, erklang auf einmal die Stimme meines ältesten Bruders. Er stand im Türrahmen. Seine Stirn war verärgert gerunzelt, offenbar missfiel ihm unsere Anwesenheit. Meine Anwesenheit. »Vater wäre darüber nicht gerade begeistert.«

»Kommt, lasst uns von hier verschwinden. Vaters Schoßhündchen hat gesprochen«, erwiderte ich deshalb und zog Noreia mit mir.

»Wartet im Lesezimmer einen Gang weiter, ich werde Noreia gleich abholen. Arawn und ich haben noch etwas zu regeln«, bat Coel unmissverständlich.

Ich war ihm sehr dankbar dafür, denn ich hatte absolut keine Lust, mir eine Moralpredigt anzuhören. Die Enttäuschung über Arawns Verhalten musste mir buchstäblich ins Gesicht geschrieben stehen. Während wir an ihm vorbeirauschten, erhaschte ich im letzten Moment noch einen Blick auf die schuldbewusste Miene meines Bruders.

Noreia wirkte verunsichert, als ich einfach an dem Lesezimmer vorbeiging und sie mir durch die Gänge des Lichtschlosses folgte. »Wo willst du denn hin? Was ist mit meiner Bewachung? Coel muss mich doch sicher zurückbegleiten.«

»Vergiss es«, antwortete ich kurz angebunden. Es war mir gleichgültig, ob mein Handeln Konsequenzen nach sich ziehen würde. Ich musste unbedingt allein mit Noreia reden. »Wir gehen zur Lichtung.« Sogleich durchfuhren mich Erinnerungsfetzen an die unzähligen Stunden, die wir beide dort zusammen verbracht hatten. Es waren Erinnerungen an ein anderes Leben, das auf einmal wieder zurück zu sein schien.

Noreias Gesicht hellte sich auf. Ich erkannte Freude in ihren Augen.

Es fühlte sich merkwürdig an, nach so vielen Jahren die Falltür wieder gemeinsam mit Noreia zu öffnen und den

Geheimgang zu durchqueren. Wir schwiegen, als wir unseren Gedanken nachhingen.

Gerade hatten wir den Aufstieg hinter uns gelassen und gingen durch den Wald, da erhob Noreia leise ihre Stimme: »Gehst du immer noch regelmäßig dorthin?«

»Ja. Sehr oft. Es hat mir immer geholfen, an unseren Ort zu gehen, nachdem ich dachte, ich hätte dich für immer verloren.« Noreia senkte den Kopf. Ich schluckte. »Meistens habe ich an unsere schönen Momente gedacht, sodass es mir mit der Zeit leichter fiel. Auch wenn der Schmerz nie ganz verging.«

Tränen traten in Noreias Augen und ich biss mir fest auf die Unterlippe, um die meinen zurückzuhalten. Eigentlich hatte ich vorgehabt, ihr zu erzählen, dass Coel mir am meisten durch die schweren Zeiten geholfen hatte und wir sogar manchmal gemeinsam zu der Lichtung gegangen waren. Doch ich konnte es nicht. Wie sollte ich ihr das erklären, wenn die bereits gesagten Worte sie schon so sehr verletzt hatten?

»Es tut mir leid«, wisperte Noreia.

»Mir auch. Ich wollte dich nicht verletzen.«

Sie schüttelte den Kopf. »Das hast du nicht. Es bedeutet mir viel, dass du mir deine Gefühle anvertraut hast. Ich habe auch jeden Tag an dich gedacht, Arely. Du kannst dir nicht vorstellen, wie schrecklich es für mich war, zu wissen, dass du mich für tot hältst, und nichts tun zu können, um deine Trauer zu lindern.«

Sie sah mir in die Augen, wirkte dabei so furchtbar verletzlich, dass ich mich schlecht dabei fühlte, ihr nach wie vor nicht gänzlich zu vertrauen. Aber irgendetwas Unerklärliches in mir hielt mich davon ab. Trotzdem nahm ich meine Ziehschwester fest in die Arme. Es war nicht leicht gewesen, ihr zumindest ein wenig Vertrauen entgegenzubringen und von meinen Gefühlen zu erzählen. Doch es fühlte sich richtig an. Vielleicht würde es sie ja auch ermutigen, mir später zu berichten, was bei der Sitzung vorgefallen war.

Als wir auf die uns so vertraute Lichtung traten, waren wir beide ganz still. Die Sonne glitzerte auf der glatten Wasseroberfläche des kleinen Sees in der Mitte. In dem hohen Gras wuchsen unzählige Wildblumen, die den Duft von Kamille verströmten. Nur das Knacken der Zweige und Vogelgezwitscher waren zu hören sowie unser eigener gleichmäßiger Atem.

Mir verschlug es die Sprache, als ich mit meiner totgeglaubten Schwester an dem Ort unserer Kindheit stand. Nie hatte ich gedacht, jemals wieder gemeinsam mit ihr hier zu sein.

»Unglaublich«, hauchte Noreia ehrfürchtig und blickte zu mir hinüber.

Langsam breitete sich auf unseren Gesichtern ein Lächeln aus, dann begannen wir zu kichern. Diese Situation war so surreal, sie war schon fast komisch. Wir steigerten uns immer mehr in das Lachen hinein, bis wir keine Luft mehr bekamen.

»Ich kann einfach nicht fassen, dass wir beide wieder hier zusammen sind«, gluckste Noreia, während sie nach Luft schnappte.

»Ich auch nicht.«

Plötzlich entglitten Noreia die Gesichtszüge.

Ich sah sie besorgt an. »Was ist los?«

Für einen Moment versuchte sie, die passenden Worte zu finden. »Es ist kompliziert. Mensch, es ist so eigenartig, wieder hier zu sein. Bei euch allen. Ich hätte nie gedacht, dass ich jemals dem Schattenreich entfliehen könnte. Am liebsten würde ich all die schrecklichen Erinnerungen vergessen. Aber heute Morgen hat Meduris mich über das Schattenreich ausgefragt und es fällt mir nicht leicht, darüber zu reden. Es hat sich so angefühlt, als wäre ich wieder dort.«

»Das muss sehr schwer für dich sein, aber du bist jetzt hier in Sicherheit. Komm, wir setzen uns erst einmal.«

Zusammen gingen wir auf einen Baumstamm in der Nähe des Sees zu, auf dem wir uns niederließen. Eine Weile lang beobachteten wir einen silberfarbenen Fisch, der an der Wasseroberfläche entlangschwamm.

»Arely, ich muss dir etwas sagen«, durchbrach Noreia schließlich die Stille. »Bei der Sitzung hat dein Vater etwas gesagt, von dem ich nicht sicher bin, ob ich es richtig verstanden habe. Aber … ich glaube, er möchte Truppen über die Grenze schicken.«

Entsetzen durchflutete mich und ich bemühte mich, meinen Schrecken zu verbergen. Bisher hatte ich noch nie einen Gedanken daran verschwendet, dass Vater auf die Idee kommen könnte, Krieger durch den Nebel zu schicken. Das war purer Mord.

»Bist du dir sicher?« Meine Stimme war kaum mehr als ein Flüstern.

Noreia nickte ernst und ich schüttelte den Kopf. Das konnte nicht sein. Sie musste etwas missverstanden haben! Sicher würde Vater das niemals in Erwägung ziehen. Nur, weil es eine einzige Person gab, die zurückgekehrt war? Das wäre Wahnsinn! So viele Krieger waren unter Fürst Lodans Herrschaft bei dem Versuch, durch den Großen Nebel zu gelangen, verschwunden. Seither hatte kein Herrscher es je wieder gewagt, einen weiteren zu unternehmen. Selbst wenn es eine Truppe tatsächlich schaffen sollte – was folgte dann? Ein Krieg mit dem Schattenreich?

»Meinst du, das ist der Grund, warum er so viel über das Schattenreich wissen wollte?«, fragte ich meine Ziehschwester und suchte in ihrem Gesicht nach einer Antwort, obwohl ich sie tief in meinem Inneren bereits erahnte. Das Bedauern in ihren Augen verriet mir alles.

Ich wusste nicht, ob ich schockiert oder wütend sein sollte. Vater hatte schon immer einen Hang zu riskanten Handlungen gehabt. Aber ich musste ihm zugutehalten, dass er stets alles tat, um sein Volk zu beschützen. Das, was mich dagegen wahrlich wunderte, war Arawns Untätigkeit.

»Wenn der Große Nebel unsere Truppe nicht umbringt, dann tun es die Schattenkrieger auf der anderen Seite. Das muss Meduris doch bewusst sein«, murmelte Noreia kopfschüttelnd.

Verbittert schnaubte ich. »Wenn er mich nur nicht immer ausschließen würde. Dann könnte ich ihn vielleicht umstimmen. Oder zumindest verstehen, warum er es tun will.«

»Ich begreife einfach nicht, warum Meduris dich überhaupt aus allem heraushalten will. Du bist eine der besten Kriegerinnen, die ich kenne.«

»Er ist fast paranoid vor Angst um mich. Es ist nicht nur, dass ich nicht mehr an den Sitzungen teilnehmen darf. Seit du verschwunden bist, erlaubt er mir nicht mehr, ohne Begleitung einen Fuß vor die Schlossmauern setzen.«

»Oh«, machte Noreia erschüttert. »Das … das tut mir leid.«

»Du kannst ja nichts dafür. Es ist nur unglaublich frustrierend. Zudem verweigert er mir sogar, beim Kampftraining der Krieger mitzumachen.«

»Willst du damit sagen, dass du seit fünf Jahren nicht mehr richtig gekämpft hast?«

»Richtig. Nun ja, doch. Ich habe versucht, mich selbst zu trainieren und fit zu halten, aber allein geht das nun mal nicht gut. Vor Kurzem hat Vater mir wenigstens erlaubt, mit Coel zu trainieren. Aber dann ist Bress angegriffen worden, und seither hatten wir keine Gelegenheit mehr dafür. Ist auch nicht so schlimm. Er hat mich an dem einen Tag ohnehin nur Runden laufen lassen.«

Noreia prustete laut los vor Lachen.

»Hey, das ist nicht lustig!«

»Doch, und wie. Aber das werden wir ändern«, rief sie und packte mich entschlossen am Oberarm, um mich hinter sich herzuziehen. »Und zwar sofort.«

Wenige Stunden später standen wir in der Trainingshalle und warteten auf Coel. Er war ziemlich wütend über unseren kleinen Ausflug gewesen, hatte uns jedoch zum Glück nicht verraten. Allerdings hatte er sofort Ruadan damit beauftragt, Noreia wieder auf Schritt und Tritt zu folgen. Also stand dieser am Rand der Kampffläche und ließ uns nicht aus den Augen. Meine Schwester hatte sich zuvor für das Training die Erlaubnis von Vater geben lassen. Mitten in der Halle ließ sie ihr stumpfes Übungsschwert in der Hand kreisen, um sich wieder daran zu gewöhnen. Ein leichtes Lächeln lag auf ihren Lippen, während sie es durch die Luft schwang.

Die Tür flog auf und Coel trat ein.

»So, so«, machte er, als er auf uns zuging. Ich sah ihm an, dass seine Wut auf uns noch nicht ganz verraucht war. »Wir nehmen die Trainingsstunden also wieder auf?«

»Ja«, erwiderte Noreia. »Und diesmal kämpfen wir. Die Kondition können wir währenddessen aufbauen.«

Coel hob herausfordernd die Augenbrauen. »Du bist der Meinung, du wüsstest besser, wie das Training zu sein hat, ja?«

»Selbstverständlich.« Noreia wies auf mich. »Sie ist eine ausgebildete Kriegerin. Du demotivierst sie, wenn du sie bloß Runden laufen lässt. Lass sie doch endlich mal wieder kämpfen.«

»Ich sage dir, das ist keine gute Idee.«.

Jetzt reichte es mir. »Hallo, ich bin hier. Redet gefälligst nicht über mich, als sei ich Luft.«

»Schön«, brummte Coel. »Wie denkst du darüber, Ares?«

»Wie soll ich wieder in meine alte Form zurückfinden, wenn ich nur Konditionstraining mache? Natürlich bin ich nicht mehr so gut wie früher, aber Noreias Idee ist auf jeden Fall besser.«

»Dann zeig mir, was du noch draufhast. Danach entscheiden wir, wie es weitergeht.«

Na endlich. Grinsend packte ich den Knauf des Übungsschwerts fester. Ich wusste, dass Coel im Gegensatz zu mir in den letzten Jahren immer besser geworden war. Aber ich hatte früher oft gegen ihn gekämpft und kannte all seine Schwächen, also sollte es nicht völlig unmöglich sein, ihn zu schlagen.

Wir entfernten uns einige Schritte von Noreia. Coel hatte die Lippen missbilligend zusammengepresst. Er nahm seine Kampfhaltung ein, woraufhin ich ebenfalls einen leichten Ausfallschritt machte. Es fühlte sich seltsam vertraut und gleichzeitig auf eine schreckliche Weise ungewohnt an, wieder einem echten statt einem imaginären Gegner gegenüberzustehen.

Coel ließ mir keine Chance. Seinen ersten Angriff sah ich viel zu spät kommen. Ich schaffte es gerade noch, meine

Klinge hochzureißen, um sie von meinem Hals abzulenken.

Einige weitere Schwerthiebe konnte ich schneller parieren, aber es gelang mir nicht, die Oberhand zu gewinnen. Mit jeder Attacke krampfte sich meine Hand fester um den Griff. Es war schrecklich offensichtlich, wie sehr ich aus der Form war. Meine Finger schmerzten nach den wenigen Kollisionen unserer Waffen fast unerträglich. Nur mit reiner Willenskraft hielt ich Coels Hieben noch stand, die mich schon jetzt in die Knie zu zwingen drohten.

Verbissen versuchte ich, mich nicht zu sehr in die Defensive drängen zu lassen, und suchte nach einer Möglichkeit, endlich selbst anzugreifen. Als ich Coels Schwert bei seinem nächsten Angriff nur durch ein schnelles Wegducken entgehen konnte, hielt er plötzlich mitten in seiner Bewegung inne, sodass er seine Deckung für einen kurzen Moment fallen ließ. Rasch holte ich aus, in der Hoffnung, ihn dadurch irgendwie zu überraschen. Noch bevor ich überhaupt zuschlagen konnte, hatte Coel mir bereits die Beine weggezogen. Unsanft landete ich auf meinem Hinterteil. Seine Schwertspitze war auf meine Kehle gerichtet.

Coels selbstgefälliges Feixen verletzte mich in meiner Ehre als Kriegerin. Wütend schlug ich mit meiner Hand seine stumpfe Klinge weg und sprang auf. Meine Wangen brannten vor Scham.

»Wie ich bereits sagte«, verkündete Coel. »Es ist keine gute Idee.«

Noreia trat an meine Seite. »Lass es uns wenigstens versuchen. Wenn meine Methode nach ein oder zwei Wochen keine Wirkung zeigt, werde ich kein Wort mehr darüber verlieren und dir nicht mehr hineinreden.« Coel schien widersprechen zu wollen, doch dann sagte Noreia mit einem Grinsen: »Lass uns darum kämpfen.«

»Wenn du es so willst.«

Ich hielt mich zurück, aber ehrlich gesagt konnte ich mir beim besten Willen nicht vorstellen, wie Noreia ihn besiegen wollte, so sehr ich es mir auch wünschte. Immerhin hatte auch sie jahrelang nicht wirklich trainieren können.

Die beiden entfernten sich einige Schritte von mir und hoben ihre Schwerter in Kampfposition schräg vor ihre Körper. Dann gingen sie aufeinander los.

Ich blinzelte einige Male ungläubig, während ich Noreia und Coel beobachtete. Ihre Schwerter prallten in solch einer Geschwindigkeit aufeinander, dass ich kaum noch hinterherkam. Noreia wirbelte um Coel herum und er parierte ihre Angriffe, ließ sie nicht durch seine Deckung brechen.

Ich starrte sie mit offenem Mund an. Wie hatte Noreia während ihrer Zeit im Schattenreich nur so unglaublich gut werden können? Als hätten sie die Jahre dort nicht geschwächt, sondern stärker gemacht als je zuvor. Sie war schnell, präzise und verdammt selbstbewusst im Kampf geworden. Auch Coel war unglaublich. Natürlich hatte ich seine körperliche Veränderung wahrgenommen und wusste, dass er nicht umsonst Anführer der Fürstengarde war. Doch ich hatte nie die Gelegenheit gehabt, ihn in einem ausgeglichenen Kampf zu sehen. Ich hätte so vieles dafür gegeben, an Stelle meiner Schwester zu stehen. Ihm ebenbürtig zu sein.

Der Wettkampf dauerte eine gefühlte Ewigkeit. Es war fast wie ein einstudierter Tanz. Immer wenn einer der beiden einen Schritt nach vorne machte, trat der andere einen zurück. Plötzlich stach Coel mit seiner Schwertspitze nach vorne. Ich hielt die Luft an, aber Noreia wich im letzten Moment aus, drehte sich einmal um die eigene Achse und holte zum Konter aus. Coel biss die Zähne zusammen, als ihr Schwert mit einem lauten Knall auf seins traf. Noreia war erbarmungslos. Sie ließ ihm keine Zeit, sich zu erholen. Mit einer fließenden Bewegung holte sie erneut aus. Dieses Mal durchbrach sie Coels Deckung, anschließend schlug sie ihm mit einem Hieb das Schwert aus der Hand. Klirrend traf es auf dem Boden auf und schlitterte einige Meter darüber, ehe es ruhig liegen blieb. Noreia streckte Coel die Zunge heraus, als sie ihre Klinge auf sein Herz richtete.

»Meine Methode«, flötete sie.

Dann sah sie breit lächelnd zu mir rüber. Und ich grinste zurück.

Die nächsten beiden Wochen liefen immer nach dem gleichen Muster ab. Erst frühstückten wir zusammen, dann besuchten Noreia und ich meine Mutter, der es leider nicht viel besser ging. Danach gingen wir gemeinsam mit Coel in die Trainingshalle, wo wir mehrere Stunden verbrachten. Letztlich musste Coel sich eingestehen, dass Noreias Methode hervorragend funktionierte. Die beiden kämpften abwechselnd mit mir, forderten mich heraus und ließen mir dabei Chancen, um besser zu werden. Von Tag zu Tag steigerten sich sowohl meine Ausdauer als auch meine Kraft. Im Bogenschießen und im Nahkampf erlangte ich ebenfalls langsam wieder die alte Form zurück. Ich war sehr stolz darauf.

Aufgrund der guten Fortschritte hatte sich Coel bei meinem Vater dafür eingesetzt, dass Noreia und ich uns im

Schloss ohne einen Wachmann frei bewegen durften. Vor drei Tagen hatte Vater schließlich nachgegeben. Die neugewonnene Privatsphäre half uns sehr dabei, die Vergangenheit aufarbeiten zu können.

In den Abendstunden saßen Noreia und ich meist in meinen Gemächern, während Coel seinen Pflichten im Schloss nachging. Schwierige Themen vermied ich, anzusprechen, da ich merkte, wie sehr es Noreia belastete. Auch wenn es mir schwerfiel, wollte ich Verständnis zeigen und meiner Schwester Zeit geben, ihre Erlebnisse zu verarbeiten. Also schwelgten wir stattdessen in schönen Erinnerungen. Noreia wollte über alles Bescheid wissen, was ich in den letzten Jahren hier erlebt hatte. Gemeinsam grübelten wir, was mein Vater vorhaben könnte. Im Gegensatz zu mir erzählte sie wenig über die vergangenen fünf Jahre.

Auch am heutigen Morgen hatten wir nach dem gemeinsamen Frühstück meine Mutter besucht. Im Anschluss an das Nahkampftraining gingen wir in den Rosengarten. Wir setzten uns in die Mittagshitze auf eine Bank, umgeben von den wunderschönen dunkelroten Rosensträuchern, und genossen die Wärme.

»Du bist wirklich gut geworden«, merkte Noreia an. Sie reckte ihr Gesicht mit geschlossenen Augen der Sonne entgegen. »Heute hast du mich zum ersten Mal geschlagen und sogar Coel war kurz davor, aufzugeben.«

»Sag lieber nicht dazu, wie viele Male ihr mich dafür besiegt habt.«

Noreia lachte. »Sei nicht so streng mit dir. Du wirst immer besser.«

Ich konnte nicht verhindern, dass mir vor Stolz die Röte ins Gesicht stieg. »Es tut so gut, wieder gemeinsam mit dir zu trainieren. Es ist nicht das gleiche wie den Kriegern anzugehören, aber trotzdem habe ich das Gefühl, wieder mehr ich selbst zu sein. Das …«

Abrupt brach ich ab, denn in diesem Moment hallte ein angsterfüllter Schrei zu uns herüber. Wir zuckten zusammen. Eine Zeit lang herrschte Stille, dann folgten mehrere panische Hilferufe. Von einer Sekunde auf die andere stand mein gesamter Körper förmlich unter Strom, alle Muskeln spannten sich wie von selbst an. Ich spürte die drohende Gefahr mit jeder Faser meines Seins.

Noreia packte mich am Oberarm, ihre Fingernägel krallten sich in meine Haut. »Das Schloss!«

Gleichzeitig sprangen wir von der Bank auf und sprinteten los. Das Blut rauschte in meinen Ohren, während ich all meine Kraft in die Schritte legte. Bei einem Einsatz vor einigen Jahren hatte ich schon einmal solche Schreie gehört. Damals hatten Bestien ein Dorf im Norden angegriffen.

Die jahrelange Ausbildung als Kriegerin hatte mich gelehrt, wie ich mich in solch einer Situation zu verhalten hatte: Jegliche Gedanken verdrängen, nur noch der Kampf war von Bedeutung. Wir durften uns keinen Fehler erlauben. Das war die erste Regel in der Grundausbildung gewesen: Ein einziger Fehler bedeutet den Tod.

Wir jagten querfeldein durch die unzähligen Rosenbüsche, ihre Äste peitschten mir um die Beine und ich spürte brennenden Schmerz, als die Dornen meine Haut zerkratzen. Es war mir gleich. Alles, was zählte, war unsere Familie. Ihr durfte nichts geschehen. Die Panik in mir verwandelte sich in rasende Entschlossenheit. Egal, was kommen würde, ich würde kämpfen. Würde mein Leben für diejenigen geben, die ich liebte.

Trotz der vielen Trainingsstunden hatte ich Mühe, mit

Noreia mitzuhalten. Doch ihre Schnelligkeit spornte mich an, ließ meine Schritte noch größer und rascher werden. Wir kamen dem Lichtschloss immer näher, aber die Rufe waren inzwischen verstummt. Die Stille bereitete mir allerdings mehr Sorgen als die panischen Stimmen zuvor.

»Wie können sie hier sein?«, keuchte Noreia an meiner Seite.

Als wir um die Ecke bogen und endlich freie Sicht auf den von Hecken umgebenen Hauptplatz des Schlossgartens hatten, dauerte es einen Moment, bis wir die Fassung wiedergewannen. Vor uns befand sich ein einziges Chaos. Der schwere, metallische Geruch von Blut hing wie Säure in der Luft. Fünf Krieger lagen verwundet auf dem Boden, die Wiese war zerfurcht von Krallen. Die prachtvollen Blumen und Sträucher waren fast vollkommen zerstört. Es glich einem Schlachtfeld. Dies konnte unmöglich das Werk einer einzigen Bestie sein. Doch wo versteckten sie sich? Weder sie noch kämpfende Menschen waren zu sehen.

»O nein«, hauchte ich erschüttert, während ich mich genauer umsah. Wo war Coel? Zumindest konnte ich ihn nicht unter den Verletzten erkennen.

»Wo sind all die anderen hin?«, raunte Noreia mir zu.

Ich konnte nur vermuten, dass sie die Bestien von hier verjagt hatten und ihnen gefolgt waren, sodass keine Zeit geblieben war, ihre zurückgebliebenen Kameraden zu versorgen. Hoffentlich kamen ganz bald Verstärkung und Heiler, die durch das Geschrei alarmiert worden waren. »Sie ist noch hier«, stöhnte plötzlich einer der Verletzten.

Er wand sich vor Schmerzen und ich wäre am liebsten zu ihm gelaufen, um zu helfen. Aber seine Worte ließen Noreia und mich innehalten. Die Haare auf meinen Armen stellten sich auf.

Nervös sahen wir uns um. Als ich einen Schritt nach vorn machen wollte, stieß ich mit meinem Schuh gegen etwas Hartes. Ein Blick nach unten verriet mir, dass es ein Messer war, das offenbar einer der Krieger beim Kampf verloren hatte. Ich nahm es an mich und umklammerte es, so fest ich konnte. Noreia hob kurz darauf einen weiteren blutverschmierten Dolch auf und hielt ihn in die Höhe.

Schweigend huschten wir voran, allzeit für einen Angriff gewappnet. Wir wussten genau, wie jeder Schritt, jede Bewegung sein musste, ohne bewusst darauf zu achten. Es fiel mir schwer, das schmerzerfüllte Stöhnen der Krieger um uns herum auszublenden, aber ich durfte mich nicht davon ablenken lassen, solange die Gefahr, die irgendwo hier lauerte, nicht gebannt war. Ich lauschte angestrengt, nahm jedes Geräusch in meiner Umgebung wahr.

Plötzlich sah ich eine Bewegung aus dem Augenwinkel. Mein Herz setzte einen Schlag aus, als ein fauchendes Monster aus einer Hecke zu unserer Rechten hervorschoss. Ruckartig drehte ich mich in seine Richtung, während Noreia sich schützend vor mir aufbaute.

Es war das erste Mal seit langer Zeit, dass ich wieder einer Bestie gegenüberstand. Sie blickte mich aus gelben Augen an, das Gesicht zu einer bedrohlichen Grimasse verzogen. Knurrend zog sie die Lefzen zurück, wobei sie den Blick auf ihre langen Fangzähne freigab, und machte einen Schritt auf uns zu. Das verfilzte Fell stand in alle Richtungen ab, die Sehnen traten sichtbar darunter hervor.

Erleichterung durchflutete mich, als ich keine Flügel bei dem Biest erkannte. Es war die Sorte, die an einen Wolf erinnerte. Zum Glück war diese nicht ganz so gefährlich wie diejenige mit Schwingen.

Eine gefühlte Ewigkeit lang bewegte sich niemand. Wir

starrten das Untier an, die Muskeln zum Zerreißen gespannt. Die Regeln aus meiner Ausbildung schossen mir durch den Kopf: Die wichtigsten Schritte eines Kriegers sind der erste und der letzte. Schüchtere den Gegner ein. Kopf hoch, Schultern angespannt, niemals den Gegner aus den Augen lassen. Töte ihn, um nicht selbst zu sterben.

Noreia und ich setzten uns in Bewegung. Wir begannen damit, im Gleichschritt, um unseren Feind herumzuschleichen, und versuchten, ihn einzukreisen. Noreia blieb hinter dem Vieh, ich vor ihm. Unser Ziel war es, gleichzeitig von beiden Seiten anzugreifen. Eine Taktik, die wir beide perfekt beherrschten. Das Biest taxierte mich, sein Kiefer bebte. Dann brüllte es auf, wirbelte zu Noreia herum und stemmte seine Klauen in den Boden, um sich auf sie zu stürzen.

Dies war der perfekte Moment für meinen Angriff. Eigentlich. Doch ich konnte mich vor Panik nicht rühren. Ich war wie gelähmt, unfähig, Noreia zu helfen. Ein entsetzter Laut drang aus meiner Kehle.

Sofort fuhr die Bestie wieder zu mir herum und stürzte sich auf mich, ohne zu zögern. Es passierte so schnell, dass ich nicht einmal wusste, wie mir geschah. Ich konnte ihr gerade noch ausweichen, stolperte zurück und fiel zu Boden. Drohend baute sich das Monstrum über mir auf.

»Arely!«, schrie Noreia panisch.

Der nächste Fehler.

Zeige niemals Angst. Es zeigt dem Gegner Schwäche.

Das Ungeheuer ließ augenblicklich von mir ab und preschte erneut auf Noreia zu. Diese wich gekonnt aus, wobei sie den Dolch in seine Flanke stieß. Das Vieh konnte nicht rechtzeitig abbremsen, wodurch Noreia mit der Klinge eine lange Wunde in das Fleisch riss. Das Untier gab ein von Wut durchtränktes Brüllen von sich und rammte die Krallen in den Boden. Ich konnte nichts anderes tun, als Noreia dabei zu beobachten, wie sie den Klauen der Bestie auswich. Ich war unfähig, mich zu bewegen. In Gedanken schrie ich meine Muskeln an, endlich aus der Starre zu erwachen, aber mein Körper weigerte sich, mir zu gehorchen.

Wie in Trance beobachtete ich den erbitterten Kampf von Noreia. Ich wollte ihr so gern helfen. Aber was, wenn ich wieder einen Fehler machte? Zurzeit benahm ich mich wie eine nichtsnutzige Anfängerin, die zum ersten Mal eine Bestie sah.

Ein Schmerzensschrei gellte durch den Schlossgarten. Ich riss ungläubig meine Augen auf, als Noreia zu Boden sackte. Blut tropfte zu Boden. Das Monster hatte sie erwischt. Nein, das durfte nicht sein! Ich durfte meine Schwester nicht wieder verlieren. Die Last, ihren Tod verschuldet zu haben, würde ich nicht noch einmal ertragen.

Entschlossen umklammerte ich das Messer in meiner Hand, stemmte mich auf meine zittrigen Beine und schlich auf die beiden zu. Die Bestie ging mit bedächtigen Schritten auf Noreia zu, völlig auf sie fixiert. Bereit, das Begonnene zu beenden. Das war meine Chance. Mit dem Überraschungsmoment auf meiner Seite stürzte ich mich von hinten auf den Rücken unseres Angreifers, ehe er Noreia zerfleischen konnte. Ohne nachzudenken, griff ich mit einer Hand in das Fell des Biests, zog mich mit aller Kraft höher. Fauchend schlug dieses mit seiner Pranke nach mir und bäumte sich auf, um mich von sich zu werfen. Aber ich klammerte mich fest in seine Haare. Während es zu einem weiteren Klauenhieb ausholte, kletterte ich noch ein Stück höher. Dann rammte ich ihm das Messer von hinten in den

Hals. Ein schmatzendes Geräusch ertönte, als die Klinge die dicke Haut durchdrang und zwischen die Nackenwirbel fuhr. Schwarzes Blut quoll aus der Wunde hervor. Mit aller Kraft drückte ich das Metall noch tiefer in das Fleisch hinein. Das Biest schwankte, schlug mit ihren Krallen nach mir, doch es war bereits zu spät.

»Nicht heute!«, schrie ich zornig. Ich ließ erst von ihr ab, als sie leblos zu Boden sackte.

Töte deinen Gegner, um nicht selbst zu sterben.

Adrenalin durchflutete mich wie ein Rausch, als ich erleichtert auf das Untier hinabblickte. Ich hatte es geschafft! Nach so vielen Jahren hatte ich eine Bestie besiegt, hatte mich aus meiner Schockstarre befreien können.

»Arely«, begann Noreia mit zittriger Stimme zu sprechen. Sie stand schwankend auf, um mir in die Arme zu fallen.

Dieses Mal hatte ich nicht ihren vermeintlichen Tod zu verschulden, sondern ihr Leben gerettet.

Noreia

Zitternd wie Espenlaub lag ich in Arelys Armen und versuchte, zu verstehen, was soeben geschehen war. Mein Herz schlug mir noch immer bis zum Hals. Hätte sie die Bestie nicht im letzten Moment getötet, würde ich nun diejenige sein, die leblos am Boden läge. Ich vergrub das Gesicht in der Halsbeuge meiner Schwester. Wie hatte das nur passieren können?

Im Normalfall war ich so einem Vieh deutlich überlegen. Wie hatte ich nur so dumm sein können? Arelys leichtsinniger Fehler hatte mich abgelenkt. Ich war es nicht gewohnt, einen Krieger an meiner Seite zu haben, der mitten im Kampf erstarrte und nicht mehr reagierte. Doch auch wenn ihr Fehltritt den Stein ins Rollen gebracht hatte, durfte ich nicht außer Acht lassen, dass letztlich ich selbst die Schuld daran trug, dem Tod nur haarscharf von der Schippe gesprungen zu sein.

»D… danke«, stotterte ich flüsternd. Meine Schwester drückte mich fester. Schließlich schob sie mich ein Stück von sich, damit sie mir in die Augen sehen konnte. Auf ihren Wangen glänzten Spuren von Tränen. »Es ist meine Schuld, Noreia. Das wissen wir beide. Bitte entschuldige, dass es überhaupt so weit kommen musste.«

Um mich herum begann ich langsam die aufgeregten Stimmen wahrzunehmen. Offensichtlich waren wir so in den Kampf vertieft gewesen, dass wir den entstandenen Tumult nicht bemerkt hatten.

»Prinzessin Arely! Lady Noreia!«, rief plötzlich eine Männerstimme. Ich blickte auf und erkannte Heiler Cian, wie er auf uns zurannte. »Seid ihr verletzt?«

»Nur leicht. Die anderen brauchen dringender Hilfe«, erwiderte ich.

In diesem Moment bemerkten wir drei Krieger der Fürstengarde, die aus Richtung des Haupttores der Schlossmauern auf uns zu stürmten. Zwei von ihnen rannten sofort zu den Verletzten und begannen, die Heiler zu unterstützen.

»Wo seid ihr gewesen?«, knurrte Arely erzürnt, sobald uns der Kommandant Midir erreicht hatte.

Ich warf ihr einen überraschten Blick zu. So kannte ich sie gar nicht.

»Wir wurden von den Bestien angegriffen. Es waren zehn Stück und sie haben uns völlig unvorbereitet erwischt. Alle Krieger, die nicht zum Schutz des Fürsten eingeteilt und während des Überfalls unverletzt geblieben sind, haben dabei geholfen, die Biester zu vertreiben und zu verfolgen. Meine beiden Männer und ich sind hierher zurückgekehrt, um Bericht zu erstatten. Die anderen Krieger jagen sie noch«, erklärte Midir mit gepresster Stimme. Seine Rüstung war am Bauch zerfetzt. Ich erkannte eine tiefe Schnittwunde, die stark blutete, und er sah aus, als würde er jeden Moment vor Schmerzen zusammenbrechen.

»Ich hoffe, sie sind inzwischen alle tot. Hier hatte sich im Übrigen noch eine weitere versteckt«, erwiderte Arely mit gereiztem Unterton und deutete auf das erlegte Monster hinter uns.

»Das … das wussten wir nicht. Es tut uns aufrichtig leid, Prinzessin«, stotterte der Krieger und senkte seinen Blick.

»Schon in Ordnung«, ging ich dazwischen, ehe Arely ihn noch einmal anfahren konnte. »Uns geht es gut.«

»Uns geht es nicht gut«, fauchte Arely jedoch stur und erdolchte Midir förmlich mit ihrem Blick. »Möglicherweise sind noch mehr von den Monstern hier. Lasst gefälligst den Schlossgarten mit allen Kriegern absuchen, die ihr entbehren könnt.«

Ich konnte nicht umhin, beeindruckt zu sein. Arelys gesamte Körperhaltung strahlte nichts als Macht aus. Es wunderte mich nicht, dass der Mann sich eilig verbeugte und seinen Kameraden Anweisungen zurief, die daraufhin in alle Richtungen davon schwärmten. Arely rief einen der Heiler herbei, damit dieser sich um Midir kümmerte.

In diesem Moment wurde mir etwas bewusst: Arely war die geborene Herrscherin. Sie war gutherzig, liebevoll und bewies in den richtigen Momenten Entschlossenheit. Sie hatte im Kampf einen Fehler gemacht, wie er jedem passieren konnte. Nichtsdestotrotz tat sie alles in ihrer Macht Stehende dafür, sie wiedergutzumachen.

»Noreia!«

Arelys Stimme riss mich aus meinen Gedanken. Ihr Blick lag auf meinem Arm, wo das Leder meiner Rüstung den Krallen der Bestie nicht standgehalten hatte.

»Bei den Göttern! Das muss sich unbedingt jemand ansehen. Die Heiler hier haben alle Hände voll zu tun, also bringe ich dich am besten in den Krankenflügel.«

Ich schüttelte stur den Kopf, doch Arely warf mir einen so entschiedenen Blick zu, dass ich seufzend nachgab. Diesen Ausdruck hatte sie eindeutig von ihrer Mutter geerbt und somit war mir klar, jedwede Diskussion war zwecklos. Also folgte ich ihr notgedrungen. Meinen Einwand, es ginge mir bestens und es könne vielleicht jemand unsere Hilfe dringender benötigen, quittierte meine Ziehschwester mit einer wegwerfenden Handbewegung. Ich wagte nicht, Arely zu fragen, warum sie mich nicht einfach an einen der Heiler im Schlossgarten übergeben hatte, statt mich persönlich in den Krankenflügel zu begleiten. Um ehrlich zu sein, kannte ich den Grund: Aislinn und Bress. Sie wollte sich mit eigenen Augen davon überzeugen, dass es den beiden gut ging. So, wie ich sie kannte, würde sie gleich darauf schnurstracks zu Meduris und Arawn rennen und wissen wollen, wie verdammt noch mal mehrere Bestien bis zum Schloss vordringen konnten.

Mit jedem Schritt beruhigte sich mein Herzschlag ein wenig mehr. Der Schmerz in meinem Oberarm wurde dagegen schwieriger zu ignorieren. Kurz darauf erreichten wir unser Ziel. Arely stieß ohne Umschweife die Flügeltür auf und ging hinein, um nach einem verbliebenen Heiler zu suchen. Zu unserem Glück war Epona noch da, um über die Kranken zu wachen. Sie eilte mit schnellen Schritten auf uns zu.

»Lady Noreia! Ihr blutet ja. Ich hole sofort etwas zum Desinfizieren und Verbinden. Bitte setzt Euch.«

Sie wies auf einen Stuhl im Vorraum, zu welchem Arely mich daraufhin sofort zerrte. Dann flog ihr Blick zur Tür. Ich sah, wie sehr es sie zu Bress und Aislinn zog.

»Geh«, sagte ich daher mit sanfter Stimme.

Sie schaute mich dankbar an. Als sie mit schnellen Schritten im Durchgang verschwunden war, kehrte Epona zurück. Noch während sie alles vorbereitete, wurden bereits die ersten Verwundeten auf Tragen hereingebracht und auf die Betten verteilt.

»Die Narbe hier lässt auf eine Verletzung schließen, die deutlich schlimmer war als die von heute.« Die Heilerin deutete auf die längst verheilte Wunde, die ich vor fünf Jahren im Nebel davongetragen hatte. Die Neue war nur knapp darunter. »Ihr habt Glück. Die heutige Verletzung wird schnell verheilen. Ich werde sie nun reinigen und nähen, das könnte schmerzhaft sein. Danach lege ich einen Verband an.«

Ich nickte zerknirscht, denn ich war die letzten Verbände doch gefühlt gerade erst losgeworden. Die Verletzung war zwar schmerzhaft, aber tatsächlich nicht ansatzweise so schlimm wie die alte. Nach dem Desinfizieren der Wunde trug Epona eine schmerzlindernde Salbe auf. Aus dem Augenwinkel erkannte ich, dass Arely inzwischen wieder zurückgekehrt war.

»Epona, bitte stell sicher, dass Noreia nach der Behandlung in ihre Gemächer gebracht wird. Sie sollte sich ausruhen.«

Ich wollte protestieren, aber in diesem Moment setzte die Heilerin den ersten Nadelstich, der mir trotz der Betäubung Tränen in die Augen trieb und meine Worte im Keim erstickte.

Arely strich mitfühlend über meine Haare. »Es tut mir leid, ich muss noch etwas erledigen. Ich werde dich später besuchen.«

Mit diesen Worten rauschte meine Ziehschwester aus dem Krankenflügel. Ich ahnte, was sie jetzt zu erledigen hatte: Sie stürmte zu Meduris und Arawn, die sicherlich gerade die aktuellen Ereignisse hitzig diskutierten.

Tapfer biss ich die Zähne zusammen und überstand die Prozedur, ohne einen Laut von mir zu geben. Zu meinem Glück war Epona erfahren und arbeitete schnell. Es dauerte nicht lange, bis sie mir den Verband umgelegt hatte.

»So«, sagte sie zufrieden. »Ich bin fertig. Lass mich kurz nach jemandem suchen, der dich begleiten kann.«

Da ich keinen anderen Ausweg sah, nickte ich notgedrungen. »In Ordnung.«

Kaum hatte ich meine Worte ausgesprochen, wurden

erneut einige verletzte Krieger hereingetragen. Das war meine Chance! Im allgemeinen Chaos bemerkte niemand, wie ich aufsprang und auf wackeligen Beinen den Raum verließ. Ich musste Arely einholen. Denn falls meine Vermutung stimmte, musste ich das Gespräch unbedingt mithören. Mein angeschlagener Kreislauf brachte mich zwischenzeitlich zum Schwanken, weshalb ich mich immer wieder an den Wänden der Flure zum Pausieren festhalten musste. Doch schließlich erreichte ich mein Ziel.

Das Arbeitszimmer von Meduris konnte man nur durch einen einsamen Gang erreichen. Vor diesem standen wie üblich zwei Wächter. Der Raum selbst wurde meist jedoch nicht zusätzlich bewacht, um dem Fürsten seine Privatsphäre zu gewähren.

So selbstbewusst wie möglich trat ich vor die Wachen. »Ich war noch im Krankenflügel und sollte Arely schnellstmöglich hierher folgen. Sie ist doch noch immer bei Fürst Meduris, oder?«

Zu meiner Erleichterung bestätigte der linke Wächter meine Vermutung mit einem Nicken. Ich hatte also recht gehabt. Sie ließen mich nach einem kurzen Zögern passieren und ich schlüpfte in den mit mehreren Wandvorhängen dekorierten Gang Er lag wie ausgestorben vor mir. Zwanzig Schritte lang führte mich dieser geradeaus, dann bog er nach rechts zur Tür des Arbeitszimmers ab. Vorsichtig schlich ich dorthin und drückte mein Ohr an das Holz. Ich vernahm zwei männliche sowie eine weibliche Stimme.

Volltreffer.

»… nicht mehr dein kleines Mädchen! Ich bin deine Tochter und habe ein Recht darauf zu erfahren, was in diesem Reich geschieht.«

Arely war so außer sich, dass ihre Stimme vibrierte. Ich stellte mir bildlich vor, wie sie die beiden Männer mit ihren Blicken förmlich aufspießte.

»Tochter.« Meduris klang resigniert.

»Nein! Nicht wieder die gleiche Leier! Ich weiß, dass du mich vor Noreias Schicksal bewahren wolltest. Aber falls du es noch nicht mitbekommen hast – sie ist nicht tot! Du hast keinen Grund mehr, so zu tun, als sei ich noch ein Kind. Ich habe heute eine verdammte Bestie besiegt, die auf unserem Schlossgelände war. Verstehst du das? Wenn ich die letzten Wochen nicht so viel trainiert hätte, dann wäre ich jetzt wahrscheinlich tot. Nicht, weil ich mich selbst in Gefahr gebracht habe, sondern weil die Gefahr sich im vermeintlich sicheren Schlossgelände befand und beinahe meine Schwester getötet hat. Ganz abgesehen von all den Kriegern und Bürgern, die heute wegen der Bestien gestorben sind. Also was ist hier verdammt noch mal los?«

Meduris seufzte. »Genug, Arely. Glaubst du etwa, es macht mir Freude, dich auszuschließen? Ganz sicher nicht. Aber es ist nun einmal, wie es ist. Du bist weder eine Fürstin noch meine direkte Thronfolgerin. Also misch dich nicht in Angelegenheiten ein, die dich nichts angehen.«

Arely sagte nichts, was ich nur zu gut nachvollziehen konnte. Auch mich ließen diese Worte sprachlos. Wie konnte er es nur wagen, so mit ihr zu sprechen?

Arawn räusperte sich. »Arely. Vater will damit sagen, dass es Dinge gibt, die zu wissen gefährlich für dich wären. Wir erarbeiten bereits seit Wochen Strategien zum Schutz unseres Reichs. Bitte glaub uns, dass wir alles Erdenkliche tun, um die Bestien aufzuhalten.«

»Sie kommen aber näher und werden offenbar immer stärker«, entgegnete Arely. »Hat sich denn niemals jemand von euch gefragt, was der Grund dafür sein könnte? Noreia hat mir gegenüber den Verdacht geäußert, dass ihr das Schattenreich angreifen wollt, um die Bestien loszuwerden. Obwohl die Schattenkrieger anscheinend genauso gegen sie kämpfen, wie wir es tun. Es gibt so viele Unstimmigkeiten. Warum willst du nicht, dass ich die Wahrheit kenne, Vater?«

Zufrieden hob ich die Augenbrauen. Sie setzte alles auf eine Karte, indem sie ihnen von meiner Anschuldigung erzählte. Ich hatte darauf spekuliert, dass Arely genau das tat und ich anhand von Meduris' Reaktion einen Anhaltspunkt für sein Vorhaben finden würde.

»Arely«, sagte dieser nun sanft, aber bestimmt. »Es reicht jetzt.«

»Da gebe ich dir recht, Vater. Es reicht definitiv!«

Ich vernahm stampfende Schritte. So schnell ich konnte, lief ich den Gang zurück. Zu meiner Linken entdeckte ich einen bodenlangen Wandvorhang. Es war meine einzige Chance. Hektisch riss ich ihn nach vorn. Gerade noch rechtzeitig konnte ich mich hinter ihm verbergen, als auch schon die Tür aufgestoßen und wieder zugeknallt wurde. Arelys vertraute Schritte stapften an mir vorbei. Ich rechnete jeden Moment damit, von ihr in meinem lächerlichen Versteck entdeckt zu werden. Aber sie war so in Rage, dass sie offenbar nichts Ungewöhnliches zu bemerken schien. Ich seufzte auf, als ihre Schritte verklungen waren. Im Kopf zählte ich bis zwanzig, ehe ich den Wandvorhang zur Seite schob und dahinter hervorlugte. Dann schlich ich auf leisen Sohlen zurück, um erneut an der Tür zu horchen.

»… sie nicht länger im Ungewissen lassen. Du weißt, wie dickköpfig sie sein kann«, drangen Arawns gedämpfte

Worte durchs Holz. »Ich mache mir Sorgen, dass sie sich in Gefahr bringt.«

»Nein.« Meduris' Stimme war schneidend. »Unsere Regeln besagen ganz klar, niemand außer dem Fürsten und seinen engsten Vertrauten darf die Wahrheit über die Alten Schriften kennen. Und ich bin nicht dazu bereit, sie wegen eines störrischen Mädchens zu brechen. Nicht umsonst haben uns diese Vorschriften in den letzten Jahrhunderten beschützt. Ich werde alles dafür tun, dass das so bleibt. Ebenso wie du. Hast du verstanden?«

Arawns Antwort war so leise, dass ich sie nicht verstand. Doch wahrscheinlich war es eine leise, wenn auch widerstrebende Zustimmung. Um ehrlich zu sein, konnte ich es ihm nicht verdenken.

»Dann wäre das nun endlich geklärt«, erwiderte Meduris zufrieden. »Ich habe außerdem keine Zeit, mich länger mit diesem lästigen Thema zu beschäftigen. Wo waren wir stehen geblieben? Ach ja, die Schriften. Sie geben uns unmissverständliche Hinweise darauf, wo sich der Schattenpalast befindet und wo genau im Nebel die Brutstätte der Bestien ist.«

Brutstätte? Der Standort des Schattenschlosses? Mein Herz schlug schmerzhaft schnell gegen meine Brust. Das Lichtreich war im Besitz von Schriften, die verrieten, wo sich unser Schloss befand? Es standen also nicht nur Prophezeiungen darin, sondern sogar geographische Informationen.

Mein Vater hatte mir alles erzählt, was von den mündlichen Überlieferungen über die Prophezeiungen die Jahrhunderte überdauert hatte. Dem Schattenreich war nie etwas anderes geblieben als bestenfalls lückenhafte Aufzeichnungen über die Alten Schriften. Wenn das Lichtreich tatsächlich einen Angriff auf das Schattenreich plante und wusste, was genau sich im anderen Reich befand, wäre dies für mein Volk fatal. Schlimmer noch, der Fürst und Arawn schienen sogar zu wissen, wo sich die Brutstätte im Nebel befand. Kein Wunder, dass Meduris meinen Bericht so ungeduldig erwartet hatte. Das meiste, was ich gesagt hatte, war ihm egal gewesen. Er hatte einzig die Bestätigung haben wollen, dass mein Vater keine schreckliche dunkle Macht besaß, vor der er sich hätte fürchten müssen.

So schnell wie möglich musste ich die Schriften in die Finger bekommen und dann schleunigst ins Schattenreich zurückkehren, um mein Volk zu warnen und zu schützen.

»Wie willst du weiter vorgehen, Vater?«

Mit klopfendem Herzen drückte ich mein Ohr noch fester gegen das Holz.

»Was glaubst du eigentlich, was du da tust?«

Vor Schreck machte ich einen riesigen Satz, entfernte mich dabei so weit wie möglich von der Tür und zog geistesgegenwärtig den vom Kampf noch blutverschmierten Dolch aus meinem Stiefel, welchen ich eingesteckt hatte. Ich war unsagbar wütend darüber, dass ich mich so leicht hatte ablenken lassen. Mein Körper ging wie von selbst in die gewohnte Kampfhaltung über, bevor ich erkannte, wer mir gegenüberstand: Coel.

»Bei den Göttern!«, zischte ich verärgert. Zugleich war ich froh darüber, ihn nach dem Angriff der Bestien wohlauf zu sehen. Bis auf ein paar Kratzer wirkte er unverletzt. »Wie kannst du mich so erschrecken?«

Coel zog die Augenbrauen hoch. »Anstatt dich dafür zu schämen, schon wieder ohne Leibwächter herumzulaufen und dann noch beim Lauschen erwischt worden zu sein, fährst du mich an? Ist dir eigentlich klar, dass jeder andere dafür in den Kerker gesperrt werden würde?«

Ich schnaubte. »Soll mir das jetzt Angst machen? Du solltest es besser wissen, Liebster.«

Coels Augen verdunkelten sich bei seinem einstigen Kosenamen, den ich so provokant genutzt hatte. »Ebenso wie du, Liebste. Du bist nicht mehr das kleine Mädchen von früher. Du solltest aufpassen, was du tust.«

»Schön. Du hast recht«, seufzte ich. »Es tut mir leid. Ich habe gelauscht, weil …« Ich zögerte.

Coel zog abwartend die Augenbrauen hoch.

»Nicht hier. Ich gehe zur Lichtung und warte dort auf dich. Wenn du wissen möchtest, was los ist, dann solltest du dorthin kommen.«

Wortlos verschränkte er die Arme.

»Bitte. Es ist wichtig.«

Er verzog unwillig das Gesicht. »Ich lasse mich nicht von dir herumkommandieren.«

»Stimmt, du bist ja jetzt derjenige, der hier alle befehligt.« Ich musterte ihn. »Zum Glück wurdest du nicht verletzt.«

»Ich musste für den Fürsten etwas erledigen und war deswegen nicht hier im Schloss, als der Angriff geschah. Auf meinem Rückweg bin ich auf einige meiner Männer gestoßen, die eine der Bestien verfolgt haben. Ich konnte ihnen helfen, sie zu töten, und bin dann gleich hierhergekommen.«

»Jedenfalls bin ich froh, dass es dir gut geht.«

Coel verdrehte die Augen. »Na schön. Ich komme auf die Lichtung, wenn ich hier fertig bin. Lass dich nicht ohne eine Begleitung erwischen. Wehe, du hast keine plausible Erklärung für das, was du getan hast. Ich kann dich immer noch verpfeifen.«

Schnell nickte ich, dann ging ich davon. Dabei hörte ich,

wie Coel an die Tür des Arbeitszimmers klopfte. Scheinbar wollte er Meduris und Arawn Bericht erstatten.

Der Schreck saß mir noch in den Knochen, während ich mich auf den Weg zum Abschnitt des Schlosses machte, wo sich die Privatgemächer der Fürstenfamilie befanden. Indessen versuchte ich fieberhaft, mir eine glaubhafte Lüge für mein Lauschen zurechtzulegen. Ich konnte mir kaum vorstellen, dass Coel mich tatsächlich verraten würde, aber ich konnte es auf keinen Fall riskieren. Daher war mir ein Treffen auf der Lichtung als einziger Ausweg erschienen, um genug Zeit zu schinden.

Ich ging durch die abgelegensten Flure des Schlosses, weil ich nicht riskieren wollte, auf dem Weg von jemandem, ohne eine Wache gesehen zu werden. Glücklicherweise begegnete ich kaum jemandem. Im gegenwärtigen Tumult schien sich jedenfalls niemand von ihnen dafür zu interessieren, warum ich allein unterwegs war. Als ich den Geheimgang entlanglief, anschließend die Leiter erklomm und dann durch den Wald ging, konzentrierte ich mich auf das, was ich soeben erfahren hatte. Dabei verdrängte ich meine innere Stimme, die mir immer wieder vorhielt, dass ein heimliches Treffen mit Coel an einem abgelegenen Ort sicherlich keine besonders gute Idee war.

Die Nachmittagssonne schien auf die wunderschöne Wiese und tauchte den Platz in warme Farben. Ich konnte nicht anders, als zu dem Baumstamm zu gehen, auf dem ich neulich noch mit Arely gesessen hatte. Ich genoss das warme Prickeln der Sonnenstrahlen auf meiner Haut. Am liebsten hätte ich die Szenerie gleich an Ort und Stelle mit Farbe und Pinsel auf einer Leinwand festgehalten.

Es dauerte nicht lange, bis ich Äste knacken hörte. Ich spannte mich an, aber dann erkannte ich Coel, der mit großen Schritten auf mich zukam. Er blieb erst kurz vor mir stehen.

»Was hast du dir dabei gedacht?«, fragte er ärgerlich. »Erst greifen die Bestien das Schloss an und du und Arely habt nichts Besseres zu tun, als allein gegen sie zu kämpfen. Ihr hättet sterben können! Zum Glück geht es euch gut. Was ist das eigentlich für eine Verletzung an deinem Arm? Den Verband hattest du doch vorher nicht, oder?«

Seine Sorge um mich brachte mein Herz zum Rasen, was wiederum mich rasend machte – und zwar vor Wut.

»Ist nur ein kleiner Schnitt«, nuschelte ich.

»Den Göttern sei dank, es hätte auch viel schlimmer ausgehen können«, gab er zornig zurück. »Und jetzt bin ich wirklich gespannt auf deine Erklärung, warum du verdammt noch mal die Regeln unseres Fürsten brichst und ihn auch noch belauschst.« Seine gerunzelte Stirn und die verengten Augen zeigten mir, dass er es bereits bereute, meinem Wunsch nachgekommen zu sein.

»Bitte sei nicht sauer. Ich will es dir in Ruhe erklären, deswegen habe ich dich hergebeten. Also, ich war dort, weil ich Arely helfen wollte«, murmelte ich und beruhigte mich selbst damit, dass es keine komplette Lüge war. »Auch wenn sie es nicht sagt, merke ich, wie sehr sie darunter leidet, ausgeschlossen zu werden. Ich dachte, wenn ich lausche und ihr so Informationen beschaffen kann, würde es ihr vielleicht helfen.«

Coels Blick war nach wie vor skeptisch. Er zögerte kurz, aber schließlich kam er näher und setzte sich neben mich. Mein Herz stolperte. Er war mir plötzlich so nah, dass ich seine Körperwärme spüren konnte.

»Das ist ... nett von dir.«

Das leichte Stottern und der zweifelnde Unterton in

seiner Stimme ließen mich vermuten, dass er meinen Worten nicht uneingeschränkt glaubte.

»Was auch immer du tust, du darfst dich nicht in Gefahr bringen, Noreia. Stell dir vor, jemand anders hätte dich beim Lauschen erwischt. Wie sähe das denn aus, kurz nachdem du aus dem Schattenreich zurückgekehrt bist und überall die schwarzen Tätowierungen hast?« Coel konnte die Besorgnis in seinen Augen nicht verbergen.

»Mach dir um mich keine Gedanken. Es war töricht von mir, ich weiß. Ich fühle mich einfach schuldig, weil Arely wegen meines Verschwindens so ausgegrenzt wird. Ich werde in Zukunft vorsichtiger sein.«

»Das will ich hoffen. Ich will dich nicht noch einmal verlieren.«

Zu gern hätte ich ihm versprochen, dass das nicht geschehen würde. Dass ich Arely, Arawn, Bress und Aislinn nicht mehr verlassen würde. Ihn nicht verlassen würde. Doch ich konnte nicht. Denn es würde unweigerlich dazu kommen. Und nach dem, was ich erfahren hatte, wahrscheinlich sogar noch früher als angenommen.

Das hier lief ganz und gar nicht wie geplant. Schlimm genug, dass ich erwischt worden war, aber es war auch noch ausgerechnet Coel gewesen, dem ich nun eine Notlüge hatte erzählen müssen. Er kannte mich einfach viel zu gut. Natürlich kaufte er sie mir nicht einfach ab. Ohne unsere gemeinsame Vergangenheit würde er sich mit Sicherheit vollkommen anders verhalten, so aber konfrontierte er mich nicht mit seinen Zweifeln. Vielleicht wollte er mir auch einfach gern glauben. Mein schlechtes Gewissen drückte mich noch tiefer in den Abgrund.

»Verzeihst du mir?«, fragte er plötzlich.

Er brauchte nicht zu erklären, was er damit meinte. Sein

reumütiger Blick war ebenso von Gewissensbissen zerfressen wie der von Arely. Es war meine Schuld.

»Natürlich! Bitte fühl dich nicht schlecht, weil ihr jetzt ein Paar seid. Ich freue mich ehrlich für euch. Und ich sehe, dass ihr euch liebt.«

»Danke.«

In diesem einen Wort spiegelten sich all seine Empfindungen wider. Die Erleichterung, dass ich ihm verzieh und er mit Arely glücklich sein konnte, aber auch die Verzweiflung, weil er ebenso zerrissen war wie ich. Es verletzte ihn, nicht zu wissen, was er tun sollte.

Die Situation war niederschmetternd. Ich ballte meine Hände zu Fäusten. Seit ich ihn das erste Mal wiedergesehen hatte, waren meine quälenden Gefühle zu ihm nur noch stärker geworden. Sie benebelten meinen Verstand, der mich von Coel fernhalten wollte.

»Warum können wir dem hier einfach nicht entkommen, Noreia?«

Er spürte es also auch. Spürte diese schreckliche Anziehung, diesen Bann, dem ich jedes Mal, wenn ich ihn sah, so verzweifelt entfliehen wollte. Mir war klar, dass jede weitere Sekunde so nah bei ihm gefährlich war.

Gleichzeitig sprangen wir auf und ich ging einige Schritte zurück. Ich verspürte Erleichterung, aber auch Enttäuschung. Dann rannte ich davon.

Arely

Um mich von dem demütigenden Gespräch mit meinem Vater abzulenken, hatte ich die letzten Stunden damit verbracht, den Bediensteten und Kriegern dabei zu helfen, das Chaos im Garten zu beseitigen.

Einer der Krieger hatte mir unterdessen berichtet, dass sie die Bestien zwar vom Schlossgelände hatten verjagen können, sie jedoch dadurch direkt in die umliegenden Wohngebiete getrieben hatten. Luceta und seine Bürger hatte es am schlimmsten getroffen. Wie viele Opfer es letztendlich gab, hatte er mir noch nicht sagen können. Ich befürchtete das Schlimmste.

Nachdem das gröbste Chaos beseitigt worden war und ich mich vergewissert hatte, dass alle Verwundeten versorgt waren, entschied ich mich, nach Noreia zu sehen. Während ich auf meinem Weg zu ihren Gemächern durch die Flure ging, fragte ich mich, ob Vater überhaupt in den Sinn kam, sein Arbeitszimmer zu verlassen und sich schnellstmöglich auf den Weg in die Dörfer zu machen. Ich bezweifelte es stark. So viele Verletzte, und er hatte nichts Wichtigeres zu tun, als irgendwelche sinnlosen Angriffsstrategien zu entwickeln. Seufzend bog ich in den Westflügel des Schlosses ab, wo sich der Abschnitt mit den Privatgemächern unserer Familie befand.

Vor einigen Tagen noch hätte ich Vater blindlings vertraut. Immerhin war ich fest davon überzeugt gewesen, dass das Schattenreich die Bestien zu uns schickte und uns all das Leid bescherte. Doch Noreias Erzählungen hatten meine Überzeugung ins Wanken gebracht. Denn aus welchem Grund sollte das Schattenreich von seinen eigenen

Kreaturen angegriffen werden? Es lag auf der Hand: Irgendetwas stimmte daran ganz und gar nicht.

Aber das war jetzt zweitrangig. Zuerst musste dem Volk geholfen werden und dann mussten die Lichtkrieger sich gegen die Bestien wehren! Spätestens seit heute gab es keinerlei Zweifel mehr daran, dass die Gefahr stetig größer wurde. Selbst Vater schien von diesem Angriff überrascht worden zu sein, dabei hatte er in den letzten Jahren immer wieder betont, er hätte die Lage im Griff. Trotzdem interessierte es ihn nicht, wie es den Bewohnern ging. Arawn stand auch nur tatenlos daneben, dieser Verräter! Weder Bress noch Mutter konnten etwas tun, da sie im Krankenflügel lagen, also blieb nur noch ich übrig. Warum sah Vater nicht, wie wichtig es war, den Menschen wenigstens Anteilnahme auszudrücken?

Aufgewühlt ordnete ich beim Laufen die zerzausten Haare. Fast wäre ich dadurch in einen der Krieger hineingelaufen, die in diesem Moment um die Ecke des Gangs bogen. Ich blieb wie angewurzelt stehen und Erleichterung durchflutete mich, denn unter ihnen entdeckte ich Coel.

»Dir geht es gut«, stellte ich beruhigt fest.

Bis auf ein paar Schürfwunden war er unverletzt. Am liebsten wäre ich ihm in die Arme gefallen, um ihn an Ort und Stelle zu küssen, doch ich war mir der Anwesenheit der Krieger deutlich bewusst. Coel schien der gleiche Gedanke durch den Kopf gegangen zu sein, denn er steuerte nicht weiter auf mich zu und verschränkte stattdessen die Arme, als müsse er sie davon abhalten, sich um mich zu legen.

»Wie geht es dem Volk?«, fragte ich in dem Versuch, von der Situation abzulenken. Die fünf Krieger der fürstlichen Garde traten respektvoll zur Seite. Keiner von ihnen war schwer verletzt, doch sie wiesen wie Coel einige oberflächliche Schnittwunden auf.

»Bis jetzt wissen wir von ungefähr sechzig Verletzten sowie zwanzig Toten. Darunter sind sowohl Krieger als auch Zivilisten.« Seine Worte waren nüchtern, aber ich erkannte die Niedergeschlagenheit in seinen Augen.

Ich schluckte. Zwanzig Tote. Tiefe Trauer ließ meinen Körper erzittern. So viele Zivilisten hatten ihr Leben lassen müssen. Es bestärkte mich nur noch mehr darin, etwas tun zu wollen. Sei es nur, den Hinterbliebenen Mut zuzusprechen und unser Beileid zu bekunden. Daher entschied ich mich, dass Noreia vorerst warten musste. Ich würde später nach ihr sehen.

»Sind Vater und Arawn schon auf dem Weg nach Luceta und in die betroffenen Dörfer?«, fragte ich spitz, obwohl mir natürlich klar war, dass dies nicht der Fall war.

Coel verneinte dies mit einem Kopfschütteln.

»Das habe ich mir schon gedacht. Könnte mich dann vielleicht jemand in die Stadt bringen? Ich würde auch allein gehen, doch das ist mir ja nicht erlaubt.« Vermutlich hatten die Krieger andere Prioritäten, aber einen Versuch war es wert.

Niemand sagte etwas. Die fünf Krieger sahen nervös zu Coel.

Ich warf ihm einen flehenden Blick zu, von dem ich hoffte, er würde ihm nicht standhalten können. »Bitte, es ist unheimlich wichtig, den Leuten jetzt beizustehen und Hilfe anzubieten. Wir müssen zeigen, dass wir für sie da sind. So weit wie jetzt sind die Bestien noch nie zuvor in unser Reich eingedrungen. Sie haben sicher Angst.«

Coel zögerte. Er schaute einen Moment nachdenklich zu seinen Untergebenen herüber. Dann antwortete er schließlich: »Ich habe jetzt eine dringende Sondersitzung mit den anderen Heerführern. Wir müssen schnellstmöglich die Lage unter Kontrolle bringen. Sulis, Nera und Ruadan werden dich begleiten.«

Dankbar nickte ich und drehte mich zu den dreien um. In dieser Situation war es mir egal, wenn mich eine Leibwache begleitete. Hauptsache, ich konnte zu meinem Volk.

Sie verneigten sich vor mir. »Zu Euren Diensten, Prinzessin.«

Ein kleines Lächeln huschte über meine Lippen. Sulis, Nera und Ruadan waren deutlich älter als ich, aber wir hatten zu meiner Zeit als Kriegerin einige Einsätze zusammen gemeistert.

»Passt gut auf sie auf«, befahl Coel streng, bevor er und die übrigen zwei Männer ihren Weg fortsetzten und mich zurückließen.

»Warte!«, rief ich ihm hinterher. »Wurde zumindest veranlasst, dass unsere Heiler zu ihnen geschickt werden, sobald sie hier entbehrlich sind?«

Coel nickte, dann verschwanden er und seine Begleiter um die nächste Ecke.

Sulis, Nera und Ruadan geleiteten mich durch die Gänge zurück zum Nordflügel, wo sich unter anderem der Haupteingang des Schlosses sowie der Speisesaal befanden. Unverhofft zog eine mir vertraute Gestalt mit braunem Haar und grazilem Körper meine Aufmerksamkeit auf sich, die vorsichtig und offenbar nervös durch die Gänge huschte. Sie schien uns nicht einmal zu bemerken, so eilig hatte sie es.

Verwirrt runzelte ich die Stirn. Was machte Noreia denn hier – ohne Begleitung einer Wache? Sie hätte schon seit Stunden in ihrem Bett sein sollen.

»Noreia?« Abrupt blieb sie am anderen Ende des Flurs

stehen. Es wirkte, als hätte ich sie bei etwas ertappt. Zielstrebig kam ich ihr entgegen. »Du solltest doch in deinen Gemächern sein!«

»Ich … habe nur schnell in der Küche etwas gegessen.« Die Worte sprudelten so schnell aus ihr heraus, dass ich Mühe hatte, sie zu verstehen. »Ich gehe jetzt zurück ins Bett. Versprochen.«

Ich zögerte einen Moment. Ihre Erklärung war absolut unsinnig gewesen. Wenn sie Hunger gehabt hätte, dann hätte sie einfach nur läuten müssen. Falls sie unbedingt selbst hätte gehen wollen, dann nur in Begleitung.

»Wo ist das Wachpersonal, das für dich zuständig ist?«, fragte ich.

Noreia senkte schuldbewusst den Kopf, während Sulis neben mir sich merklich versteifte. »Bitte verzeiht den Fehler, Prinzessin. Aufgrund der heutigen Ereignisse ist offenbar versäumt worden, jemanden damit zu beauftragen, nachdem Lady Noreia nicht mehr in Eurer Begleitung war.« Ich nickte kurz. »Nera und Ruadan reichen für Euren Schutz aus. Ich bringe Lady Noreia in ihre Gemächer und bleibe bis zum Schichtwechsel bei ihr.«

»Es tut mir ebenfalls leid«, meldete sich nun meine Schwester zu Wort. »Ich wollte die Regeln nicht mit Absicht brechen. Nach all dem Chaos habe ich einfach nicht daran gedacht.«

Sie wirkte ehrlich zerknirscht, daher gab ich mich geschlagen. »In Ordnung. Dann bis später.«

Nachdenklich sah ich ihr hinterher. Erst als sich Nera und Ruadan räusperten, setzte ich mich wieder in Bewegung und verdrängte meine Zweifel. Auch das war momentan zweitrangig, ganz gleich, wie gern ich herausfinden wollte, was sie vor mir verheimlichte.

»Wurden noch weitere Bestien gefunden, die sich versteckt hatten?«, fragte ich meine Leibwächter, während wir weitergingen.

»Nein, Prinzessin. Es waren insgesamt elf«, antwortete mir Ruadan wie aus der Pistole geschossen.

Diese Nachricht beruhigte mich allerdings nicht so sehr, wie ich gehofft hatte. Als wir das Gebäude verließen, wandte ich mich nach Westen. Dort, hinter den Schlossmauern, lag der Große Wald des Ismars, in dem sich auch unsere Lichtung befand und der sich bis zur Grenze zum Nebel erstreckte. Ich erschauerte bei dem Gedanken daran, dass Noreia diesen erst vor Kurzem durchquert hatte. Eilig schritten wir den Kiesweg entlang, der sich durch den riesigen, von Mauern umgebenen Garten in Richtung Haupttor schlängelte.

»Weiß man schon, wie die Bestien überhaupt unbemerkt hier reinkommen konnten?« Die Frage hatte mir schon auf den Lippen gebrannt, seit ich nach dem Kampf wieder klar hatte denken können.

Ruadan nickte. »Sie sind den Grenzpatrouillen offenbar entwischt und konnten den Wald unbemerkt durchqueren. Auf so viele waren wir nicht vorbereitet. Seit Jahren haben es immer nur vereinzelte Bestien tiefer in den Wald geschafft.«

»An einer Stelle der Schlossmauern haben wir Kratzspuren gefunden«, ergänzte Nera. »Die geflügelten Bestien sind wahrscheinlich einfach darüber hinweggeflogen, die anderen daran hochgeklettert.«

Völlig in unsere jeweiligen Gedanken vertieft gingen wir weiter, wobei ich grübelnd die winzigen Blumen in den unterschiedlichsten Farben betrachtete, die den Rand des Weges säumten. Schließlich endete dieser vor einem gusseisernen Tor mit Verzierungen aus Ranken und Wirbeln. Abgesehen von dem Geheimgang war es die einzige Möglichkeit, die Schlossmauern zu durchqueren. Bewacht wurde der Ausgang von mehreren Kriegern in zwei Wachhäusern, die uns skeptisch beäugten.

»Wir begleiten Prinzessin Arely nach Luceta«, erklärte Nera.

Der Wachmann zu unserer Linken legte seine Stirn in Falten. »Seid ihr euch sicher, dass unser Fürst damit einverstanden ist?«

»Wir sind auf Befehl des Anführers der Fürstengarde hier.«

Nach kurzem Zögern und einem Blick auf seine Kameraden nickte er schließlich. Er bedeutete den anderen, das Tor zu öffnen.

Mit einem unangenehmen Quietschen wurde es aufgeschoben, dann traten wir hinaus. Mein Herz pochte mir bis zum Hals. Ich atmete einmal tief ein und aus. Es wäre gelogen, wenn ich sagte, ich verspürte in diesem Augenblick keine Angst, denn ich wusste nicht, was mich da draußen erwarten würde.

Ich konnte mir vorstellen, wie aufgebracht Vater sein würde, wenn er hiervon erfuhr, aber es war mir egal. Zwar war ich keine Thronfolgerin, trotzdem war ich die Prinzessin des Lichtreichs, und das Volk sollte für unsere Familie immer Priorität haben.

Als nach ungefähr einer halben Stunde die ersten Dächer Lucetas in Sicht kamen, trafen wir auf mehrere Personen, die einige Verwundete mitten auf dem Weg verarzteten. Ich schluckte schwer. Sobald sie erkannten, wer da vor ihnen stand, richteten sich alle Blicke auf uns. Einige hielten inne und beäugten mich neugierig. Es wirkte, als hätten die

Männer aus der Stadt versucht, mindestens eine der Bestien aufzuhalten, die vom Schloss hierher geflüchtet war.

»Heiler des Schlosses sind bereits hierher unterwegs, um eure Verwundeten zu versorgen«, sagte ich schnell. »Kann ich euch bis dahin behilflich sein?« Ich war keine Expertin auf diesem Gebiet, doch ich wusste, dass es die Geste sein würde, die in diesem Fall zählte.

Es dauerte nicht lange, bis Cian und Epona eintrafen. Die anderen Heiler wurden vorerst noch im Schloss benötigt, würden jedoch schnellstmöglich nachkommen. Da ich aus diesem Grund nun ohnehin bloß im Weg herumstehen würde, wandte ich mich an einen der Männer aus Luceta – sein Name war Diad –, mit dem ich in den letzten Minuten gemeinsam einen Verletzten versorgt hatte. »Wie kann ich nun am besten helfen?«

Diad überlegte einen Moment lang. »Darf ich ehrlich zu Euch sein, Prinzessin?«

Ich nickte schnell.

»Vielleicht wäre es sinnvoll, wenn Ihr auf dem Versammlungsplatz ein paar Worte zur Erklärung der Situation sagt. Wir sind völlig unvorbereitet von den Bestien überrannt worden und es werden bereits die wildesten Gerüchte verbreitet.«

Unsicher kaute ich auf meiner Unterlippe. Es war eine Sache, unerlaubt in die Stadt zu geben, aber eine ganz andere, ohne Vaters Einverständnis eine offizielle Ansprache vor dem Volk zu halten. So etwas hatte ich in meinem Leben erst dreimal gemacht, und das auch nur im Beisein meines Vaters.

»Wenn Ihr möchtet, begleite ich Euch, Prinzessin«, bot Diad an. »Als Stadtrat von Luceta kann ich die Bewohner für Eure Ansprache zusammenrufen lassen.«

Ich nickte. »In Ordnung.«

»Dann folgt mir.«

Ein letztes Mal versicherte ich mich, dass alle Verwundeten gut versorgt wurden, dann folgten meine beiden Leibwächter und ich Diad in die Stadt hinein.

Luceta war ähnlich aufgebaut wie die meisten Städte im Lichtreich. Am Stadtrand befanden sich Farmen mit großen Feldern. Je weiter man ging, desto imposanter wurden die Häuser. Hier lebten viele der wohlhabenderen Familien. Als wir an ihnen vorbeikamen, erkannte ich das Ausmaß der Verwüstung, die die Bestien angerichtet hatten. Nicht nur die Gärten waren nahezu vollkommen zerstört, sondern auch die Häuser selbst waren nicht verschont geblieben. Teils konnte ich große Löcher in den Mauerwerken erkennen. Sogar Fenster, Türen und Dachpfannen waren herausgerissen worden. Mitten auf einer Wiese entdeckte ich einen blutigen Fellhaufen. Er war umgeben von Kriegern, die scheinbar dabei waren, ihn wegzuschaffen.

Diad folgte meinem Blick. »Hier haben wir eine der Bestien töten können.«

»Wie viele haben es hierher geschafft?«, fragte Ruadan.

»Sieben. Drei haben wir hier getötet, die restlichen konnten wir gemeinsam mit den Kriegern in den Wald jagen, um die Bewohner zu schützen. Die Monster wurden alle im Wald besiegt.«

Das beruhigte mich ein wenig. Inzwischen waren wir im Stadtkern angekommen. Hier standen die Häuser der Arbeiterklasse dicht aneinander. Sie waren meist mehrere Stockwerke hoch und die Hitze staute sich in den Gassen dazwischen. Der Versammlungsplatz lag genau im Zentrum. Als wir auf ihn zusteuerten, begann mein Herz, noch schneller zu schlagen. Ich hatte mir vor lauter Aufregung gar nicht überlegt, was ich sagen wollte.

»Kommt«, sagte Diad zu mir und reichte mir seine Hand, damit ich auf den Brunnen steigen konnte. »Ich werde jetzt alle zusammenrufen.«

Er bestand aus Marmor, mit kleinen eingravierten Ornamenten. Die Stufen dort hinauf waren in eine Art Sockel eingehauen worden, wodurch ich einen guten Überblick über den Platz hatte. Der tiefe Klang eines Gongs schallte durch die Straßen und kündigte die offizielle Ansprache an. Immer mehr Männer, Frauen und Kinder versammelten sich vor mir. Sie blickten neugierig zu mir auf. Die meisten von ihnen trugen noch ihre Arbeitskleidung, darunter lederne Schmiedkittel oder weiße Bäckerschürzen. Die Kinder hatten bunte Tageskleider an und viele klammerten sich an ihre Eltern. Meine zwei Wächter hatten sich schützend neben mir aufgestellt. Ich räusperte mich. Schlagartig verstummte das aufgeregte Gemurmel. Erstaunt hielt ich die Luft an.

»Hallo zusammen«, begann ich atemlos und hätte mich gleich darauf für die dämliche Begrüßung ohrfeigen können. So begann man doch keine Ansprache zu seinem Volk! Ich räusperte mich erneut, ehe ich fortfuhr: »Ich bin zu euch gekommen, um euch mein Beileid für all diejenigen auszusprechen, die während des Angriffs ums Leben gekommen sind. Meine Familie ist untröstlich. Wir können nicht ausdrücken, wie sehr uns euer Verlust schmerzt. Die Bestien sind grausame Kreaturen. Unsere Krieger werden alles Erdenkliche tun, damit ihr in Zukunft besser geschützt seid. Wir werden dafür zu sorgen, dass sich ein solches Grauen nicht wiederholen wird.«

»Wo ist Euer Vater?«, rief eine ältere Frau. »Geht es ihm gut?«

Ich hörte in ihrem Tonfall die unausgesprochene Anklage, weil der Fürst nicht hier war. »Ja, es ist alles in Ordnung. Ich bin als seine Stellvertreterin hier.«

»Wie konnte dieser Angriff überhaupt erst passieren?«, rief eine andere Stimme. Zustimmendes Getuschel war zu hören.

»Wir wurden ebenso überrascht wie ihr. Es besteht aber kein Grund zur Sorge. Solch ein Angriff wird nicht erneut geschehen. Dafür werden wir sorgen.« Das meinte ich auch so. »Wir werden alles dafür tun, damit ihr in Sicherheit seid. Selbstverständlich werden wir weiterhin die Bestien mit allen Mitteln bekämpfen und von nun an alle Dörfer und Städte noch besser schützen. Zunächst werden wir uns jedoch um die Verletzten kümmern. Die ersten fürstlichen Heiler sowie Medikamente aus dem Lichtschloss sind bereits eingetroffen. Danach werden wir euch selbstverständlich beim Wiederaufbau unterstützen.«

Erst herrschte Schweigen. Dann durchbrach ein einzelnes Klatschen die Stille, das rasch zu einem allgemeinen Applaus anschwoll. Ein stolzes Lächeln huschte über meine Lippen.

Als Nera, Ruadan und ich uns Stunden später auf den Rückweg zum Schloss machten, war ich nach wie vor aufgekratzt. Vater hatte inzwischen vermutlich mitbekommen, dass ich ohne seine Zustimmung das Schloss verlassen und eine offizielle Ansprache in Luceta gehalten hatte.

Mein Verdacht bestätigte sich. Kurz nachdem wir das Schlosstor durchquert hatten, stürmte ein aufgebrachter Arawn auf mich zu. »Hast du den Verstand verloren?«

Ich lächelte nur. So etwas in der Art hatte ich erwartet. Natürlich schickte Vater meinen Bruder vor, um die Konfrontation vor allen anderen nicht selbst erledigen zu müssen. Er war ein Feigling.

»Dir hätte sonst was passieren können, Arely!«, schimpfte Arawn und warf Ruadan und Nera, die nun ziemlich betreten auf ihre Füße schauten, einen finsteren Blick zu. »Das wird ein Nachspiel für Coel haben!«

»Es war meine Idee. Ich wäre ohnehin gegangen. Coel hat nur dafür gesorgt, dass ich nicht schutzlos bin.«

»Das hätte ich natürlich niemals vermutet.« Arawns Stimme triefte vor Sarkasmus. »Du hättest es besser wissen müssen. Vater ist stinksauer.«

»Du offenbar auch.«

Ich hatte ihn eigentlich nicht provozieren wollen, doch auch in mir keimte Wut auf. Darüber, dass mein Bruder anscheinend jedem Befehl von Vater folgte, ohne auch nur eine einzige Sekunde darüber nachzudenken.

»Arely, du hättest dir der Gefahr bewusst sein müssen! Was, wenn sie dir die Schuld daran gegeben hätten, dass sie nicht ausreichend geschützt wurden, und dich angegriffen hätten?«

Ich verdrehte die Augen und lief kommentarlos an Arawn vorbei, um meinen Weg zum Schloss fortzusetzen. Mit zielstrebigen Schritten stapfte ich den Kiesweg zurück zum Nordflügel des Lichtschlosses.

»Jetzt warte doch!« Arawn holte mich wieder ein, sodass er neben mir herlief. »Du kannst nicht einfach davonlaufen.«

»Du willst wissen, warum ich es getan habe? Dann frage mich doch einfach. Wärst du als zukünftiger Fürst einfach selbst zu deinem Volk gegangen, statt bloß irgendwelche Kriegszüge zu planen, würdest du nicht so schlecht von ihnen denken.«

Für eine Sekunde konnte ich die Verletzung sehen, die

meine Worte ihm zugefügt hatten. »Wir wollen doch nur das Beste für dich.«

»Dann lasst mich helfen! Viele Zivilisten haben ihr Leben gelassen, um ihre Stadt und Familien zu schützen. Sie sollten angemessen unterstützt werden. Nicht nur Luceta ist überrannt worden, sondern auch mehrere Dörfer in der Umgebung. So viele Menschen sind obdachlos, weil ihre Häuser bei dem Angriff zerstört wurden. Wir sollten ihnen beim Wiederaufbau helfen. Zeigen, dass wir für unser Volk da sind.«

Arawn sah mich unschlüssig an. »Ich weiß nicht, ob Vater das gestatten würde. Er hat momentan so viele Sorgen.«

»Sorgen? Meinst du etwa die Sorge darum, wie wir das Schattenreich angreifen können? Er sollte sich nach dieser Attacke lieber um sein eigenes Land kümmern und nicht um irgendwelche Kampfstrategien gegen das Schattenreich!«

»Beruhige dich. Vater lässt das Volk sicher nicht grundlos allein.« Ich wollte gerade zu einer zornigen Erwiderung ansetzen, da stoppte Arawn mich mit einem ergebenen Stöhnen. »In Ordnung, du Nervensäge, du hast gewonnen. Ich werde mit Vater sprechen und ihn davon überzeugen, dass du beim Wiederaufbau helfen darfst.«

Vor Überraschung stahl sich ein Lächeln auf meine Lippen.

»Aber«, fuhr Arawn mahnend fort, »du wirst immer von mindestens vier Leibwächtern begleitet, egal wohin du gehst. Keine Alleingänge! Vater wird genau festlegen, was du machen darfst.«

Zuerst wollte ich protestieren, doch ich hielt mich zurück. Ich wollte mein Glück nicht überstrapazieren. Mit diesen

Bedingungen würde ich leben können.

»Versprochen.«

Die darauffolgenden Wochen verbrachte ich in den umliegenden Dörfern, den Vororten von Luceta sowie in der Stadt selbst, wo ich den Kriegern dabei half, das Volk zu unterstützen. Ich assistierte den Heilern weiterhin beim Verarzten, half so gut wie möglich beim Wiederaufbau der Häuser und sprach mit denjenigen, die Trost benötigten. Noreia war stets an meiner Seite. Ich war froh, sie bei mir zu haben. Wir hatten kaum Zeit, ein Wort miteinander zu wechseln. Wenn wir abends ins Schloss zurückkehrten, fielen wir sofort in unsere Betten. Doch allein ihre Anwesenheit bedeutete mir unendlich viel.

Coel sah ich nur selten, da er von meinem Vater damit beauftragt worden war, sich um die ankommenden Krieger aus dem Westen zu kümmern und ihre Aufgaben zu koordinieren. Denn Vater hatte befohlen, dass alle entbehrlichen Krieger des Lichtreichs ab sofort im Grenzbereich eingesetzt werden sollten. Offensichtlich fürchtete er sich doch mehr vor den Bestien, als er zugeben wollte.

Als Noreia und ich samt unseren Begleitern an diesem Abend ins Schloss zurückkehrten, traf ich auf dem Weg in meine Gemächer auf Arawn. Es wirkte, als hätte er auf mich gewartet.

»Wie geht es dir?«, fragte er.

»Ich bin erschöpft, aber es geht mir gut. Bitte richte Vater noch einmal meinen Dank aus. Dir danke ich natürlich auch. Ich habe endlich wieder das Gefühl, etwas Sinnvolles zu tun.«

»Deswegen wollte ich mit dir sprechen. Vater ist der Meinung, dass du mehr als genug getan hast. Nahezu alle Häuser wurden wieder aufgebaut. Die Verletzten genesen schnell. Du hast dein Möglichstes getan, aber nun ist es genug.«

Am liebsten hätte ich dagegen protestiert. Doch ich befürchtete, wenn ich mich dem nicht fügte, würde ich die Chance auf mögliche weitere Privilegien verspielen. Also riss ich mich zusammen. »In Ordnung. Ich bin froh, dass ich helfen durfte. Meinst du, es besteht die Möglichkeit, dass ich so etwas regelmäßig machen darf? Einfach für das Volk da sein? Vielleicht auch mal eine Reise in den Norden oder in den Süden.«

»Arely«, seufzte mein Bruder. »Es war schwierig genug, Vater davon zu überzeugen, dich beim Wiederaufbau helfen zu lassen.«

Ich stemmte die Hände in die Hüften.

»Lass uns später darüber reden, ja? Ich muss mich jetzt wirklich um die Vorbereitung zur Ehrung kümmern.«

Damit hatte er mein Interesse geweckt. »Die Ehrung? Ist heute etwa schon der Blaue Mond?«

Arawn nickte.

Die Ehrung war das Aufnahmeritual all derjenigen, die die Grundausbildung der Lichtkrieger sowie die darauffolgende magische Tätowierung der goldenen Zeichen erfolgreich absolviert hatten. Denn man konnte an der heiligen Zeremonie auch scheitern, wenn der Gott des Krieges den Absolventen nicht für würdig erachtete. Das kam allerdings sehr selten vor. Die Ehrung fand einmal im Jahr statt, wenn der Blaue Mond aufging. In dieser Nacht, einige Wochen vor der Sommersonnenwende, wurde der sonst strahlend weiße Himmelskörper von einem leichten Schimmer umgeben und tauchte das Lichtreich in ein mysteriöses blaues Leuchten. Es war eine Nacht der Magie, genau wie die beiden Feiertage der Sonnenwende. Aber dieses Fest gehörte einzig und allein den Kriegern, die unser Reich Tag für Tag unter Einsatz ihres Lebens beschützten.

Bei der ganzen Aufregung hatte ich völlig vergessen, dass es heute stattfinden würde. Vielleicht war es eine Möglichkeit für mich, Informationen über das Schattenreich zu sammeln. Jedes Jahr reiste ein Geschichtenerzähler an, der am Lagerfeuer über längst vergessene Zeiten sprach. Dieser wusste möglicherweise ebenso viel über die Vergangenheit und die Trennung der Reiche wie mein Vater, auch wenn der Erzähler am Lagerfeuer nicht offen darüber sprach. Es gab dabei nur ein Problem: Kriegern, die wegen Ungehorsams oder – wie ich – auf Befehl des Fürsten vorzeitig ausgemustert worden waren, war es untersagt, an der Feier teilzunehmen. Ich würde also heimlich dort hingehen müssen, um ihn auf seinem Rückweg abfangen und dann befragen zu können.

»Wie du meinst«, antwortete ich Arawn betont gleichgültig. Ich hoffte, dass er meinem gespielten Desinteresse Glauben schenkte. Er durfte mir auf keinen Fall auf die Schliche kommen. »Gute Nacht, Bruderherz.«

Mit diesen Worten öffnete ich die Tür zu meinen Gemächern, ging hinein, um den Schein zu wahren, und wartete, bis Arawns Schritte im Gang verklungen waren. Dann machte ich mich auf den Weg zu Noreias Zimmer, denn für meinen Plan benötigte ich ihre Hilfe.

Seit ich sie am Tag des Angriffs auf dem Gang erwischt hatte, sagte mir mein Bauchgefühl, das mehr dahintersteckte, als meine Schwester zugab. In den letzten Wochen hatte sie sich immer wieder merkwürdig verhalten, war völlig übermüdet gewesen. Nach wie vor hatte ich das Gefühl, sie verbarg etwas vor mir. So oft hatte ich versucht, sie darauf anzusprechen, doch sie hatte mir jedes Mal versichert, alles sei in bester Ordnung. Mein Misstrauen ihr gegenüber wollte einfach nicht vergehen, egal wie sehr ich auch versuchte, es abzuschütteln. Ich sollte Noreia vertrauen. Immerhin hatte sie mir auch sofort erzählt, wie sie meinen Vater nach dem Bestienangriff belauscht hatte, um weitere Informationen für mich zu beschaffen. Doch irgendetwas hielt mich davon ab, ihr gänzlich zu vertrauen.

Glücklicherweise stand inzwischen kein Wachposten mehr vor Noreias Tür, denn das hätte mein Vorhaben deutlich erschwert. Vater hatte die Bewachung von Noreia vor einigen Tagen eingestellt, da sie sich seiner Meinung nach vor allem durch die Hilfe beim Kampf gegen die Bestien und beim Wiederaufbau als vertrauenswürdig bewiesen hatte. Als ich an Noreias Gemächer klopfte, schlug mir das Herz bis zum Hals. Es war nach wie vor merkwürdig, einfach anzuklopfen und zu wissen, dass sie sich im Raum dahinter befand. Kurze Zeit später öffnete sie.

»Ich muss mit dir reden«, brachte ich hervor. Nachdem ich eingetreten war, bedeutete ich ihr, schnellstmöglich die Tür zu schließen. »Ich hoffe, du bist noch nicht zu müde für einen Ausflug.«

Wir setzten uns gemeinsam auf ihr Bett und ich begann, Noreia von meinem Plan zu erzählen. Es würde nicht einfach werden, unbemerkt durch den Geheimgang zu gelangen und die Ehrung belauschen zu können, denn zur Nacht des Blauen Mondes waren überall auf dem Gelände sowie in der Umgebung Krieger unterwegs. Ich brauchte sie allerdings nicht lange zu überzeugen. Sie begann sofort, die ersten Schritte zu planen. Es war, als würden wir beide wieder zusammen eines unserer unzähligen Abenteuer erleben. Als wären wir wieder Kinder.

Sobald die Turmuhr in Luceta Mitternacht schlug, schlichen wir uns in der traditionellen Festkleidung der Krieger durch unseren Geheimgang hinaus. Diesen kannten wir in- und auswendig, und da der Wald durch den Mond hell genug erleuchtet sein würde, benötigten wir keine Fackeln. Aufgrund der Feier ging es im Lichtschloss hektisch zu, weshalb uns sicherlich niemand vermissen würde. Die Ehrung sowie die Übergabe der Schwerter sollten inzwischen vorüber sein, sodass wir pünktlich zu den Erzählungen der Geschichtenerzähler ankommen würden. Bläulicher Mondschein fiel durch die Baumkronen, was den finsteren Wald noch bedrohlicher wirken ließ.

»Ich bin nervös«, flüsterte ich, während wir im Schutz der Bäume näher heranschlichen.

Noreia warf mir einen liebevollen Blick zu. »Ich auch, Ares. Aber wir schaffen das. Übrigens, solch eine Aufrichtigkeit hätten wir früher dringend benötigt.«

»Da hast du wohl recht.«

Je näher wir dem Lager kamen, desto lauter wurden die Stimmen der Krieger. Noreia und ich zogen die Kapuzen der Gewänder tief in unsere Gesichter, damit uns niemand auf den ersten Blick erkennen konnte. Ich vernahm das aufgeregte Gemurmel der Rekruten. Es erinnerte mich an den Tag unserer Ehrung vor genau sechs Jahren. Wir waren so stolz gewesen und hatten den zurückgebliebenen Schmerz der goldenen Tätowierungen auf unseren Körpern mit Freude ertragen. Das Lagerfeuer war inmitten einer kahlen Stelle zwischen den Bäumen im Wald entfacht worden, darum herum hatten sich Hunderte alte und junge Krieger versammelt. Während der Ehrung waren wir endlich mit den eigens für uns geschmiedeten Schwertern ausgestattet worden, bevor der Geschichtenerzähler uns in seinen Bann gezogen hatte.

»Da kommt jemand!« Mit einem kräftigen Ruck zog Noreia mich hinter einen großen Dornenbusch.

Ich unterdrückte ein Keuchen, als die Spitzen der Zweige in meine Haut schnitten. Kurz darauf lief eine Gruppe Kriegerinnen laut lachend an uns vorbei. Wir hielten die Luft an, doch die Frauen waren so mit sich selbst beschäftigt, dass sie uns keinerlei Beachtung schenkten. Erleichtert atmete ich aus. Das war knapp gewesen.

»Idiotinnen«, flüsterte Noreia kopfschüttelnd, nachdem sie außer Hörweite waren. »Das sollen ausgebildete Kriegerinnen sein? Wir hätten sie in Sekunden töten können, ohne dass jemand von ihnen Zeit gehabt hätte, einen Laut von sich zu geben.«

Ich schnaubte zustimmend. »Das habe ich Coel schon so oft gesagt.« Zu spät bemerkte ich, wie Noreia sich bei der Nennung seines Namens versteifte.

Vorsichtig bewegten wir uns im Schutz des Dickichts weiter zum Treffpunkt. Schnell wurde uns klar, dass es nicht nötig war, allzu nah heranzugehen, denn schon von weitem hörten wir die tiefe, laute Stimme eines Mannes, der zu seinem Publikum sprach. Die Männer und Frauen lauschten seinen Worten. Unter ihnen entdeckte ich Coel und neben ihm saß … Bress! Ich war froh, dass es ihm wieder gut genug ging, um das Krankenbett zu verlassen, selbst wenn er nach wie vor einige Verbände trug und Krücken neben ihm lagen. Noreia und ich setzten uns leise hinter einen großen Baum, der uns vor den Blicken der anderen verbarg.

»Vor langer Zeit, als die Großen Mächte noch ihr Unwesen trieben und Schatten und Licht vereint waren, lebten die Gebrüder Lodan und Nero. Zwei junge, mutige Fürsten, die zusammen unseren Kontinent Wynentia regierten«, sprach der Geschichtenerzähler andächtig.

Das Feuer knisterte laut. Ich schloss die Augen, um ihm besser folgen zu können.

»Sie beide waren gütig, immer darauf bedacht, ihrem Volk zu geben, was es benötigte. Wie es auch ihre Väter, Großväter und Vorfahren getan hatten. Doch diese guten Eigenschaften wurden Fürst Nero zum Verhängnis. Denn er verliebte sich in die falsche Frau, umwarb und ehelichte sie schließlich. Ihr Name war Jayna. Sie war voller Leidenschaft, mit einem düsteren Geheimnis, das so alt war wie die Dämonen selbst.

Die beiden Brüder standen sich sehr nahe, sodass Lodan Nero vor der gefährlichen Liebe und der Eifersucht der Frau warnte. Er hatte etwas Dunkles, Magisches in Jaynas Augen aufblitzen sehen, das ihm Angst eingejagt hatte. Fürst Nero weigerte sich zunächst, den Worten seines Bruders Glauben zu schenken, doch eines Nachts erkannte auch er die dunkle Macht in seiner Liebsten und wandte sich von ihr ab.«

Der Geschichtenerzähler räusperte sich kurz. Ich bemühte mich, an dem Baumstamm vorbei einen Blick auf ihn zu erhaschen. Sein schulterlanges weißes Haar wurde vom Mondschein in einen bläulichen Schimmer getaucht. Es stand im Kontrast zu seiner gebräunten Haut sowie der eleganten, goldenen Tunika.

»Jaynas Herz zerbrach. Unendliche Trauer und Wut barsten aus ihr heraus, ausgelöst durch die dunkle Kraft in ihren Adern. Immer wieder versuchte sie, in die Nähe ihres Mannes zu kommen, ihn umzustimmen und letztlich sogar mit ihrer Magie dazu zu bringen, zu ihr zurückzukehren. Doch Fürst Nero blieb standhaft. Er verbannte Jayna in die Tiefen des Waldes, welcher das Licht- und das Schattenreich voneinander trennte. Zu dieser Zeit wurden die Reiche jedoch noch durch einen Weg verbunden, der sich durch das einst fruchtbare Grenzgebiet schlängelte. Jahre gingen ins Land. Fürst Nero verliebte sich in eine neue Frau, die ihn die einstige Fürstin vergessen ließ. Seine Gemahlin schenkte ihm eine Tochter, die er über alles liebte. Fürst Lodans Gattin gebar ebenfalls ein Mädchen. Die beiden Kinder wuchsen auf wie Schwestern, um künftig wie ihre Väter Hand in Hand die Reiche zu regieren.

Jayna war vergessen. Erst zwanzig Jahre später tauchte sie zur Wintersonnenwende wieder auf. An diesem Tag feierten die beiden Töchter der Fürsten im Lichtschloss zusammen ihr zwanzigstes Lebensjahr. Mit einem spöttischen Grinsen schritt Jayna durch den Ballsaal, der Rachedurst in ihren Augen war unverkennbar.«

Ein Laut neben uns ließ mich zusammenfahren und Noreia legte mir beruhigend die Hand auf den Arm. Als ich mich umsah, wurde mir klar, dass es lediglich ein Kaninchen war, das durch das Dickicht huschte.

»Jayna ließ zu, dass sie von der dunklen Macht in ihren Adern verzehrt wurde. Sie sprach einen Fluch aus, um allen das Glück zu nehmen. Er sollte die beiden Brüder für immer trennen und ihre Nachfahren verdammen. Sie sollten sich auf ewig hassen. Durch den Fluch verwandelte sich Fürst Nero in einen grausigen, tyrannischen Herrscher, der sich gemeinsam mit seiner Garde auf seinen eigenen Bruder und seine Gefolgsleute stürzte. Die Bürger, die zuvor besonders boshaft zu Jayna gewesen waren, wurden in abartige Bestien verwandelt, die willkürlich jeden angriffen, der sich ihnen in den Weg stellte.

Die Zauberin stand da und verfolgte das Spektakel mit Genugtuung. Erst, als es ihr langweilig wurde, ließ sie ihre

Kräfte erneut spielen. Sie zwang Fürst Nero, seine Familie, die Bestien sowie die Hälfte der Anwesenden dazu, ihr zu folgen. Überall auf dem Kontinent brachte Jaynas Macht weitere Bürger dazu, ihr wie Marionetten zu folgen.«

Noreia schüttelte bei diesem Teil der Erzählung leicht den Kopf, sagte jedoch nichts dazu.

»Jayna beschloss, die Reiche in die Einsamkeit zu verbannen, wie diese es zuvor mit ihr getan hatten. Sie kappte die letzte Verbindung zwischen ihnen, indem sie den Großen Nebel schuf, der sie daraufhin trennte. Seither wird der Zeitpunkt der Trennung als Dunkler Tag bezeichnet.

Der Hass des Schattenreichs wuchs in den nächsten Jahren immer mehr, denn sie waren gezwungen worden, ihre fruchtbare Heimat zu verlassen. Allerdings richtete sich ihre Feindseligkeit nicht nur gegen die Magierin, sondern auch gegen das Lichtreich. Denn während sie von ihr und später von ihren Nachkommen unterdrückt wurden, durfte das Lichtreich in Reichtum weiterleben. Deswegen züchteten sie die Bestien, die einst Bürger gewesen waren, und schickten sie in das Lichtreich. So ist es bis heute.«

Ein eiskalter Schauer lief mir den Rücken hinab. Eigentlich kannten wir die Legende, hatten sie bereits mehrfach gehört, aber am heutigen Tag schien sie eine andere Wirkung auf Noreia und mich zu haben. Ich empfand es irgendwie unheimlicher als sonst. Noreia wirkte sogar wie versteinert. Ihr Verhalten machte mich stutzig, deshalb stieß ich sie mit meinem Ellenbogen leicht in die Rippen.

»Was ist?«, zischte sie.

Verwundert hob ich eine Augenbraue in die Höhe. Mit solch einer gereizten Reaktion hatte ich nicht gerechnet. »Du siehst verstört aus.«

Etwas an dieser Erzählung hatte sie sichtlich aus dem

Konzept gebracht, dabei hörte auch sie sie nicht zum ersten Mal. War es vielleicht wegen der Erwähnung des Schattenreichs, mit dem sie nun solch schreckliche Erinnerungen verband?

»Quatsch, warum sollte ich das sein? Ich habe die Geschichte schon unzählige Male gehört«, wehrte Noreia schnippisch ab und machte Anstalten aufzustehen.

»Bleib sitzen! Vergiss nicht, weshalb wir eigentlich hier sind!«

Gerade wollte Noreia etwas erwidern, da knackten direkt neben uns einige Zweige und eine mir allzu vertraute Gestalt baute sich vor uns auf. Innerlich stöhnte ich auf. Es war Arawn. Und hinter ihm erkannte ich Coel.

»Was habt ihr denn hier verloren?«, zischte Coel verärgert, während er auf uns hinabblickte. »Ihr dürft nicht hier sein!«

Noreia und ich sahen uns betreten an. Wir hatten keine passende Ausrede parat. Aber das war ohnehin nicht nötig, denn Arawn wartete unsere Antwort gar nicht erst ab. Stattdessen deutete er entschlossen in Richtung des Schlosses. »Ihr werdet sofort zurückkehren, bevor euch noch jemand sieht!«

Ich wollte gerade zum Protest ansetzen, da hob Arawn bereits seine Hand und brachte mich damit zum Schweigen. »Keine Widerrede! Wir begleiten euch in eure Gemächer, ehe ihr noch einmal auf dumme Gedanken kommt.«

Nur widerwillig erhoben wir uns. Ich blickte ein letztes Mal am Baum vorbei zurück zum Lagerfeuer, an dem die jungen Krieger weiter den Worten des Geschichtenerzählers lauschten. Arawn und Coel hatten mich um die einmalige Gelegenheit gebracht, ihn im Anschluss an die Feier abzufangen und von Angesicht zu Angesicht meine Fragen über mögliche Geheimnisse von Wynentia stellen zu können.

Unsere Gesichter hielten wir weiterhin tief in den Kapuzen verborgen, während wir den beiden Männern zurück durch den Wald folgten. Keiner von uns sagte etwas und ich ärgerte mich maßlos darüber, dass wir uns so leicht hatten erwischen lassen.

»Wie könnt ihr es wagen, euch einfach zur Zeremonie zu schleichen? Es bringt Unglück, wenn dort ungebetene Gäste auftauchen!« Mein Bruder klang außer sich vor Wut.

Ich verdrehte die Augen. Für mich war das nichts weiter als Aberglaube. »Wie wäre es, wenn ihr beide nicht immer versuchen würdet, alles vor mir zu verheimlichen?« Frustriert schob ich die Hände in die Taschen meines Gewands.

Arawn blieb schlagartig stehen, wodurch ich fast in ihn hineingelaufen wäre. Seine Schultern begannen zu beben. »Ich denke, es wäre besser, wenn du Noreia schon einmal zum Schloss begleitest«, sagte er an Coel gewandt. »Ich muss noch etwas mit meiner Schwester klären.«

»Kein Problem.«

Er folgte Arawns Anweisung, ohne zu zögern, und legte Noreia eine Hand auf den Rücken, um sie zum Mitkommen zu bewegen. Diese sah noch einige Male zurück zu Arawn und mir, blieb jedoch stumm. Nachdenklich blickte ich den beiden hinterher. Ich konnte die Eifersucht nicht unterdrücken, als ich sie Seite an Seite sah.

Sobald Coel und Noreia außer Sichtweite waren, bedeutete mir Arawn mit einem Kopfnicken, weiterzugehen. Wir schlugen nicht den direkten Weg zurück zum Lichtschloss ein, sondern steuerten auf einen schmalen Pfad zu, der erst nach einem leichten Schlenker zum Schloss führte.

»Ich weiß, du bist wütend«, begann er mit ruhiger Stimme und steckte die Hände ebenfalls in die Taschen.

»Kannst du mir das etwa verübeln?«

»Natürlich nicht. Wir sind uns sehr ähnlich, deshalb verstehe ich dich. Trotzdem bin ich nicht weniger sauer als du, und zwar auf euer Fehlverhalten.« Er seufzte. »Allerdings beantworte ich dir lieber selbst einige deiner Fragen, bevor du Hitzkopf noch ernsthaft in Schwierigkeiten gerätst.«

Erstaunt pfiff ich durch die Lippen. »Woher der plötzliche Sinneswandel?«

»Nicht alles, was Vater tut und sagt, heiße ich gut. Ich habe nie befürwortet, dass er dich aus sämtlichen Angelegenheiten heraushält, da du dich früher durchaus als vertrauenswürdig erwiesen hast.« Arawn sah mich mit einem bedeutsamen Blick an. »Also, wie du sicher bereits herausgefunden hast, gibt es einige Dinge über unsere Vergangenheit und das Schattenreich, die unser Volk nicht weiß. Ich denke, du hast das Recht, diese zu erfahren.«

Endlich kam ich der Wahrheit ein Stückchen näher.

»Wir wissen bereits seit Ewigkeiten, dass die Ursache für die Angriffe der Bestien nicht das Schattenreich ist, auch wenn die Legenden etwas anderes behaupten. Allem Anschein nach haben sie eine eigene Brutstelle im Nebel. Von dort aus greifen sie sowohl das Lichtreich als auch das Schattenreich an. Dies steht in den Alten Schriften. Durch Noreias Berichte wissen wir nun, dass das Schattenreich seinerseits lange Zeit geglaubt hat, wir würden ihnen die Bestien schicken.«

»Und warum, verflucht noch mal, belügt Vater alle?« Ich konnte nicht verhindern, dass meine Stimme zu beben begann.

»Weil er denkt, es sei taktisch unklug, die Wahrheit preiszugeben. Er hat sich völlig in die Idee verrannt, dass uns ein Angriff des Schattenreichs unmittelbar bevorsteht, und möchte ihnen um jeden Preis zuvorkommen. Um ehrlich zu sein, verstehe ich nicht, woher diese Besessenheit kommt, aber er ist sich vollkommen sicher. Deshalb plant er, bald Truppen durch den Nebel zu schicken. Er möchte unser Volk nicht beunruhigen oder dass der Hass der Krieger auf das Schattenreich von der Wahrheit getrübt wird.«

»Warum sollte das Schattenreich uns denn überhaupt angreifen?«

»Weil es skrupellos ist. Auch wenn ich Vater nicht in allem zustimme, du hast gesehen, was sie Noreia angetan haben. Es bestätigt, was wir immer schon angenommen haben und was uns bei einem möglichen Angriff von ihnen bevorstünde.«

Ich wusste nicht, was ich Arawn antworten sollte. Er hatte natürlich recht, immerhin hatten diese schrecklichen Schattenkrieger Noreia jahrelang gefangen gehalten, gefoltert und ausgenutzt. »Aber warum ist er sich so sicher, dass das Schattenreich angreifen wird? Das kann er doch gar nicht wissen.«

»Es gibt eine Prophezeiung in den Alten Schriften, die er nicht ganz versteht. Darin wird von der möglichen Zerstörung beider Reiche gesprochen, wenn eine bestimmte Sache nicht erfüllt wird und er interpretiert es so, dass wir vom Schattenreich vernichtet werden sollen. Er will unser Volk um jeden Preis schützen.«

»Ist es wirklich das Richtige, es dafür unwissend zu lassen?«

»Das weiß ich nicht.« Arawn seufzte. »Auch, wenn ich nicht alles gutheiße, was er macht, er ist unser Fürst. Er hat immer seine Gründe. Wir sollten ihm vertrauen.«

Zwiegespalten schürzte ich die Lippen. Den Rest des Weges lief ich schweigend neben Arawn her. Erst als die Tore der Schlossmauer vor uns auftauchten, wandte er sich wieder an mich.

»Fühlst du dich nun besser?«, wollte er wissen.

»Ich weiß es nicht. Aber ich bin froh, dass du mich eingeweiht hast.«

»Wirst du jetzt aufhören, deine Nase andauernd in Angelegenheiten zu stecken, die dich nichts angehen?« Arawns zuckende Mundwinkel verrieten mir, dass er es nicht böse meinte.

»Natürlich, Bruderherz. Du weißt doch, ich halte mich grundsätzlich an alle Regeln.«

Noreia

»Meduris hat meine ständige Bewachung eingestellt, ich kann also durchaus allein in meine Gemächer gehen«, fauchte ich ungehalten, stemmte meine Hände in die Hüften und funkelte Coel an.

Der Blödmann hatte mir auf dem Weg zurück ins Schloss nicht einmal zugehört, als ich ihn davon hatte überzeugen wollen, mich allein zurückgehen zu lassen. So hatte ich nicht die geringste Chance gehabt, das Gespräch zwischen Arawn und Arely zu belauschen. Es machte mich rasend. Was, wenn er Arely Details über die Schriften verriet oder die geplanten Angriffsstrategien gegen das Schattenreich? Ich konnte nur hoffen, dass Arely mir inzwischen genug vertraute, um mir alles zu erzählen.

»Nori«, seufzte Coel beschwichtigend.

Mein Herz setzte einen Schlag aus.

»Wenn du dich weiterhin so sträubst, werde ich dich eigenhändig dorthin tragen müssen.«

Einen Moment lang sah ich ihn abschätzend an. Er meinte seine Worte definitiv ernst. Das wollte ich auf keinen Fall riskieren.

»Schön«, brummte ich ergeben und setzte den Weg freiwillig fort.

Ich hatte das Gefühl, er und Arawn hatten mich bewusst nicht allein gehen lassen wollen. Als hätten sie geahnt, dass ich Arawn und Arely dann belauscht hätte.

»Wir meinen es nicht böse.«

»Ich weiß. Aber früher hätte Arawn mich niemals fortgeschickt.«

Darauf schien Coel keine passende Antwort zu wissen, und während wir die Gänge durchquerten, schwiegen wir. Es war eine fast schon peinliche Stille. Ich war froh, endlich den Gang zu meinen Gemächern zu erreichen. Unschlüssig bleiben wir vor der Eingangstür stehen und versuchten, uns nicht in die Augen zu sehen. Viel zu deutlich waren mir all die Male in Erinnerung, die Coel mich abends in mein Schlafzimmer gebracht hatte, wo wir noch ein wenig Zeit zu zweit verbracht hatten – vorzugsweise im Bett.

»Gut« Er deutete unbehaglich mit der Hand in die Richtung, aus der wir gekommen waren. »Ähm … Gute Nacht.«

Ich nickte schnell, wich seinem Blick allerdings weiterhin aus. Dann drehte ich mich schnellstmöglich herum, öffnete die Tür und glitt in den Raum. Nachdem sie laut ins Schloss gefallen war, lehnte ich mich mit dem Rücken ans Holz. Gequält schloss ich die Augen. Das hier lief überhaupt nicht so, wie ich es mir erhofft hatte. Die Gefühle zu Coel würden mir früher oder später in die Quere kommen, ganz egal, wie sehr ich mich auch dagegen wehrte.

Den nächsten Tag verbrachte ich mit Arely in den Rosengärten. Da wir nicht mehr in den Dörfern und Luceta aushalfen, genossen wir unsere freie Zeit und sonnten uns in der Mittagshitze. Die Wärme und die kräftigen Sonnenstrahlen würde ich im Schattenreich bald wieder schmerzlich vermissen. Genau wie Arely und die anderen. Doch trotz allem war mir bewusst, warum ich hier war.

Ungeachtet meines Zeitdrucks hatte ich mit Arely zusammen unzählige Stunden lang die Bürger beim Wiederaufbau unterstützt. Zuerst hatte ich überlegt, mich herauszureden, aber ich wusste, dass Arelys Misstrauen zu dem Zeitpunkt noch nicht gänzlich verschwunden gewesen war. Damit ich Informationen von ihr erhalten konnte, musste sie mir unbedingt wieder komplett vertrauen. Daher waren mir für die Erfüllung meiner Aufgabe nur die Nächte geblieben, in denen es mir trotz aller Versuche nicht einmal gelungen war, herauszufinden, wo sich die Schriften befanden.

Der Gang zu Meduris' Arbeitszimmer war rund um die Uhr bewacht und es war nahezu unmöglich, hineinzugelangen. Meine bisherigen Pläne, die Wachen von dort wegzulocken, waren jedes Mal gescheitert. Ich hatte schon überlegt, sie einfach zu überwältigen. Aber wenn ich sie nicht töten wollte, dann würde ich früher oder später als Täterin entlarvt werden. Und da ich nicht einmal sicher war, ob sich die Schriftrollen überhaupt in diesem Raum befanden, konnte ich das nicht riskieren.

Eine andere Möglichkeit war, dass Meduris sie in seinen privaten Gemächern aufbewahrte. Ich hatte es vor drei Tagen geschafft, unbemerkt dort einzudringen, während er noch bei einer Versammlung gewesen war. Bisher hatte ich noch nichts gefunden, was allerdings nicht unbedingt etwas zu bedeuten hatte.

Es war zum Verrücktwerden. Ich musste mir dringend etwas einfallen lassen, denn mittlerweile war ich schon viel länger hier, als mir guttat. Ich hatte mich viel zu sehr an Arelys Gesellschaft gewöhnt. Bereits jetzt konnte ich mir kaum mehr vorstellen, sie und ihre Familie je wieder zu verlassen. Oder Coel.

»Sag mal«, begann ich deswegen vorsichtig und beobachtete Arely auf der Bank neben mir aus den Augenwinkeln. »Ich habe dir doch vor einiger Zeit von meinem Verdacht erzählt, dass Meduris einen Angriff auf das Schattenreich plant. Hast du inzwischen etwas darüber herausgefunden?«

»Nicht wirklich«, erwiderte sie nach einem kurzen Zögern

und begann, auf ihrer Unterlippe zu kauen. »Vater hat mir ja sofort das Wort abgeschnitten, als ich vor ein paar Wochen mit ihm gesprochen habe. Und Arawn wechselt das Thema, sobald ich etwas davon erwähne. Ganz der brave Thronfolger, der sich früher eigentlich geschworen hatte, niemals allem blind zuzustimmen.«

Arelys Betrübtheit darüber wirkte so echt, dass ich mir nicht sicher war, ob sie tatsächlich nicht mehr Informationen darüber hatte oder ihre Unwissenheit nur spielte. »Sie werden dich sicher noch einweihen.«

Meine Schwester schnaubte nur und schloss die Augen, um die Sonne weiter zu genießen. Damit ich keinen Verdacht erweckte, sollte ich vorerst nicht weiter nachbohren. Mir blieb also nichts anderes übrig, als mich selbst auf die Suche nach den Schriften zu machen. Dieses Mal würde ich in Meduris' Arbeitszimmer gelangen, koste es, was es wolle.

Genau das tat ich am Abend, nachdem Arely und ich uns verabschiedet hatten. Ich ging in meine Gemächer und zog mir dunkle Kleidung über, in der ich mich gut bewegen konnte. Außerdem schnappte ich mir meinen Dolch vom Nachttisch, den ich an meinem Gürtel befestigte. Mit der Einstellung der Bewachung hatte mir mein Ziehvater nämlich auch offiziell erlaubt, wieder Waffen zu tragen. Dann schlich ich mich zu dem Gang, der zu meinem Ziel führte, und versteckte mich in einer Nische. Von dort aus konnte ich ihn gut beobachten. Wie immer standen zwei Wachen davor.

Es dauerte eine gefühlte Ewigkeit, bis erst Arawn, dann Dian, Bron und schließlich Meduris herauskamen. Sie verabschiedeten sich und vereinbarten eine Uhrzeit für ein Treffen am nächsten Tag. Jetzt konnte ich mir sicher sein, dass der Raum während meiner Durchsuchung leer bleiben würde. Mit schnellen Schritten machte ich mich auf den Weg in das Stockwerk darunter. Dort befand sich eine kleine Teestube direkt unter dem Arbeitszimmer von Meduris, die zu so später Stunde nur noch selten genutzt wurde. Dennoch musste ich mich zunächst versichern, ob sich wirklich niemand darin befand. Ich hob meine Hand und klopfte an die Tür. Da keine Antwort zu hören war, drückte ich die Klinke vorsichtig herunter und spähte in einen leeren Raum. Bis jetzt lief alles nach Plan, aber der schwierige Teil stand erst noch bevor.

Nachdem ich ungesehen hineingeschlüpft war, die Tür hinter mir geschlossen und sie mit einem Stuhl blockiert hatte, durchflutete mich eine Welle der Erleichterung. Dann ging ich quer durch den Raum zum Fenster. Ich stieß es auf und kletterte auf den Sims. Ein Blick nach unten ließ mich schwer schlucken. Mein Puls beschleunigte sich. Ich befand mich im sechsten Stockwerk. Eine einzige falsche Bewegung, ein winziges Zucken in einem ungünstigen Moment würde den Tod bedeuten. Im Kampf war ich sicher. Doch das hier war etwas anderes. Diese Höhe trieb mich an meine Grenzen.

Das Mauerwerk des Schlosses bestand aus rauen Steinen, die unregelmäßig aus der Wand hervorstanden. Es sollte also theoretisch möglich sein, daran hinaufzuklettern. Aber nicht einmal als Kind hatte ich gewagt, es hier oben auszutesten. Mit zitternden Händen packte ich den ersten vorstehenden Ziegel rechts vom Fenster, anschließend setzte ich meinen Fuß in ein Loch darunter. Das Herz schlug mir bis zum Hals, während ich einen weiteren Schritt nach oben machte, mich an dem nächsthöheren Vorsprung festklammerte und mich Stück für Stück weiter nach oben zog. Meine Finger krampften sich schmerzhaft um die Steine, die ich kaum richtig zu fassen bekam. Vor Anstrengung lief mir der Schweiß über die Schläfen, die Muskeln in meinen Armen brannten.

Inzwischen war der Sims des Arbeitszimmerfensters über mir in greifbarer Nähe. Doch als ich gerade meine Hand nach ihm ausstreckte, rutschte mein Fuß ab. Ich hielt den Atem an. Für eine Sekunde baumelte mein Bein in der Luft und ich befürchtete, das Gleichgewicht zu verlieren. Vor meinem inneren Auge sah ich mich bereits in die Tiefe stürzen. Voller Panik griff ich mit der linken Hand nach oben. Ich betete zu den Göttern, dass ich den Fenstersims erreichen würde. Mein rechter Arm begann, unkontrolliert zu zittern. Ich würde mich nicht mehr lange festhalten können.

Endlich ertasteten meine Fingerspitzen die kühle Marmorplatte. Mit letzter Kraft packte ich den Sims und zog mich hoch. Zum Glück ließ Meduris sein Fenster grundsätzlich offen, weil er stickige Räume verabscheute. Genau darauf hatte ich spekuliert. Lautlos ließ ich mich in das verlassene Arbeitszimmer gleiten. Mit meinen Händen stützte ich mich schnaufend auf den Oberschenkeln ab. Es dauerte einen Moment, bis ich wieder zu Atem kam.

Dunkel und ruhig lag der Raum vor mir. Ich konnte kaum fassen, dass ich es geschafft hatte, und verdrängte den Gedanken an den Rückweg.

Mit laut klopfendem Herzen sah ich mich um. Jetzt, als ich endlich hier war, wusste ich nicht, wo ich anfangen sollte. Ich entschied mich schließlich für den großen, massiven Schreibtisch nahe dem Fenster und achtete darauf, beim Durchsuchen keinen Laut von mir zu geben.

In der zweiten Schublade fielen mir krakelige Zeichnungen in die Hand, die wohl Karten vom Schattenreich darstellen sollten. Das Schloss war zwar nicht ganz richtig positioniert, dafür jedoch einige Dörfer in der Nähe der Grenze, was mir große Sorgen bereitete. Wenn die Strategie lautete, diese zuerst zu überfallen, dann befanden sich die Bewohner in großer Gefahr. An den Grenzen waren bestimmt nicht annähernd genügend Krieger, um eine ganze Armee aufzuhalten, mit der niemand rechnete – falls sie es durch den Nebel schaffte. Bestürzt dachte ich an all die schutzlosen und ahnungslosen Menschen, die einem solchen Angriff unweigerlich zum Opfer fallen würden. Ich musste sie so schnell wie möglich warnen. Aber ohne die Prophezeiung konnte ich nicht zurückkehren!

Immer wieder hielt ich inne und horchte angestrengt nach möglichen Stimmen oder nahenden Schritten. Es blieb still. Nachdem ich die Zeichnungen genau studiert und mir alles eingeprägt hatte, setzte ich meine Suche nach den Schriftrollen fort.

Weder im Schreibtisch noch in den zwei großen Schränken im Zimmer wurde ich fündig. Langsam machte sich Verzweiflung in mir breit. Es blieb nur noch ein einziger, kleiner Schrank in der Ecke, den Arely und ich als Kinder selbst zusammengebaut hatten. Er war durch ein goldenes Schloss verriegelt. Mit zitternden Fingern zog ich eine spitze Haarnadel aus meinem Zopf. Es brauchte einige Handgriffe, bis ich das Schloss geknackt hatte und die einzige Klappe öffnete, die er besaß.

Vor Freude hätte ich beinahe laut aufgeseufzt. Dort lagen sie. Alte Schriftrollen auf brüchigem, vergilbtem Pergament. Vorsichtig nahm ich sie heraus und rollte die erste auseinander. Ich kannte den Text, der dort stand: Es war die Sage des Lichtreichs, die Arely und ich letzte Nacht gehört hatten. Hektisch griff ich nach der nächsten. Sie listete die Stammbäume der Fürsten vor der Trennung der Reiche auf. Das war nichts, womit ich meinem Reich helfen konnte. Doch die dritte trug die Überschrift Prophezeiungen. Ich konnte mein Glück kaum fassen. Endlich hatte ich das gefunden, weshalb ich hier war!

Fieberhaft rollte ich sie weiter auf und stellte fest, dass unter jeder einzelnen Vorhersage etwas mit frischerer Tinte geschrieben worden war: Eingetroffen. Sie handelten von den unterschiedlichsten Dingen, von Naturkatastrophen über den Tod bedeutender Personen bis hin zu außergewöhnlichen Ereignissen. Die vorletzte Prophezeiung hingegen sagte immer weniger werdende Bestienangriffe voraus, nur damit die Monster einige Jahre später noch stärker zurückkommen würden. Mein Herz klopfte schneller. Danach hatte ich gesucht! Gerade wollte ich die letzte Prophezeiung aufdecken, da erklang in dem Gang vor der Tür ein Geräusch. Ich hörte Meduris' Stimme. Nein, das durfte nicht sein! Wenn er mich hier erwischte, dann würde er mich als Spionin entlarven und umbringen lassen.

Panisch rollte ich das Pergament in meiner Hand wieder zusammen. Halbwegs ordentlich warf ich es zurück zu den anderen in den Schrank. Irgendwie gelang es mir noch, das Schloss wieder an die Klappe zu befestigen, ehe ich hastig zum Fenster rannte, auf den Sims sprang, ihn packte und mich an meinen Händen hinabhängen ließ. Meine Muskeln protestierten, doch es war meine einzige Chance, denn wenn ich zwischen dem Erwischtwerden und dem Sturz wählen musste, würde ich mich für letzteres und damit für den schnelleren Tod entscheiden.

Schon hörte ich, wie die Tür des Arbeitszimmers aufging. Meduris betrat den Raum. Dem Geräusch nach zu urteilen, öffnete er eine der Schreibtischschubladen. Ich dankte den Göttern, dass ich daran gedacht hatte, die Sachen darin sorgfältig zurückzulegen.

Mit meinen Füßen suchte ich Halt an einem der hervorstehenden Steine, um meine Arme zu entlasten. Kurz überlegte ich, ob es sich lohnen würde, eine Weile zu lauschen, doch viel länger würde ich es nicht mehr schaffen, mich hier festzuhalten. Zudem war die Angst, entdeckt zu werden, größer als meine Neugierde. So leise wie möglich machte ich mich an den Abstieg.

Nach wenigen Minuten landete ich auf dem unteren Sims und kletterte wieder zurück in die Teestube. Der Stuhl an der Tür stand nach wie vor an Ort und Stelle. Vor Erleichterung gaben meine Beine unter mir nach. Ich sackte auf den Boden. Fieberhaft umklammerte ich meine Knie, während ich darauf wartete, dass mein Herzschlag sich wieder beruhigte.

Das würde ich garantiert niemals wieder machen.

»Arely, führ deine Schläge gezielter aus.«

Meine Ziehschwester knirschte mit den Zähnen. Ich wusste, dass Bress' Anweisungen sie wütend machten. Er vertrat Coel bei unserer heutigen Trainingsstunde, weil dieser Meduris zu einem wichtigen Treffen begleitete. Arely verengte konzentriert die Augen, wobei sie meine Bewegungen genau beobachtete. Sie machte einen Schritt zur Seite und ich spiegelte ihn, jederzeit bereit für ihren Angriff. Dann machte sie blitzschnell einen Ausfallschritt nach vorn. Die Spitze ihres Übungsschwertes raste genau auf mein Herz zu, nur mit Mühe wehrte ich es im letzten Moment ab.

»Sehr gut«, rief Bress durch den Trainingsraum. »Du hättest sie beinahe getroffen.«

Das hatte sie in der Tat. Nun war ich es, die mit den Zähnen knirschte. Durch unsere Trainingsstunden in den vergangenen Wochen stellte Arely selbst ihr altes Ich in den Schatten. Sie war stärker als je zuvor, sodass Coel und ich inzwischen Mühe hatten, im Kampf die Oberhand zu behalten. Ich konnte nicht umhin, Arely für ihre Beharrlichkeit zu bewundern.

Wir kämpften bereits seit mehreren Stunden. Bress saß am Rande des Felds und gab uns immer wieder Kommandos. Etwas anderes konnte er auch nicht tun, da er nach wie vor auf seine Krücken angewiesen war.

Wir tauschten weitere Schläge aus, wobei mir der Schweiß über die Schläfen und den Rücken rann. Arely erging es ebenso. Aber es tat gut, wieder gemeinsam mit ihr hier zu sein und zu kämpfen. Sie hatte heute Morgen in aller Herrgottsfrühe an meine Tür geklopft, um zu fragen, ob ich mit ihr trainieren wollte. Das war mir gerade recht gekommen, denn ich hatte in der Nacht nach meiner Suchaktion kaum ein Auge zugetan und ihren Vorschlag nur zu gern angenommen.

»Wollt ihr zwei nicht mal eine Pause machen? Ihr seht aus, als könntet ihr sie gebrauchen. Hier ist eine Stärkung für euch.«

Als ich mich umsah, erkannte ich einen Bediensteten, der ein großes Tablett neben Bress abstellte. Darauf befanden sich ein Krug sowie mehrere belegte Brote. Sogleich lief mir das Wasser im Mund zusammen und ich lief Bress entgegen.

Beherzt griffen wir zu.

»Übrigens«, begann Arely zwischen ein paar Bissen. »Hast

du dir schon ein Kleid für den Ball der Sommersonnenwende heute Abend ausgesucht?«

Als ich erschrocken dreinschaute, lachte Bress herzhaft. »Aufgrund des Angriffes und eurer Spionage auf der Ehrung hattest du wohl zu viele andere Dinge im Kopf.«

Ich streckte ihm die Zunge heraus. Er wusste gar nicht, wie nah er der Wahrheit war. Tatsächlich hatte ich aufgrund meiner eigenen nächtlichen Spionageaktionen die Zeit ganz vergessen. Bei dem schlechten Gewissen, das mich überkam, drehte sich mein Magen schmerzlich um. Am liebsten hätte ich mich dafür geohrfeigt. Ich brauchte mich nicht schlecht fühlen, denn alles, was ich tat, galt dem Schutz meiner wahren Heimat.

»Findet der Ball etwa heute Abend schon statt?«, fragte ich erstaunt.

Bress nickte. »Ja, klar. Seit heute Morgen trudeln schon die ersten Gäste ein.«

Genau wie die Ehrung der Krieger waren die Feste der Sonnenwenden etwas Besonderes. Zu diesen wurden grundsätzlich alle wichtigen Personen des Reichs ins Schloss eingeladen.

Ich erinnerte mich an die wunderschönen Feierlichkeiten des Lichtreichs. Auch im Schattenreich waren diese Feiertage Anlass zu einem Fest und ich hatte sie stets mit Freude erwartet. Die Erinnerungen an den für mich letzten Ball im Lichtschloss vor fünf Jahren ließen mein Herz ins Stolpern geraten. Coel und ich waren gemeinsam hingegangen und hatten einen unvergesslichen Abend zusammen erlebt. Die kommende Sonnenwende würde jedoch anders sein als die letzten. Natürlich war es eine willkommene Abwechslung zum Alltag, aber ich würde meine Augen und Ohren offenhalten. So ein Anlass war die perfekte Möglichkeit, an

Geheimnisse zu gelangen. Die Leute redeten viel, wenn Alkohol im Spiel war.

»Noreia?«, schreckte Bress mich aus meinen Gedanken. »Ich habe dich gefragt, ob du bereits eine Begleitung hast.« Sein schiefes Lächeln verriet mir, dass er genau wusste, dass dem nicht so war.

Ich grinste zurück. »Wie sollte ich denn schon eine Begleitung haben, wenn ich eben erst daran erinnert wurde?«

»Es tut mir leid, Mylady, ich würde gern vor Euch auf die Knie gehen, doch mein derzeitiger Zustand erlaubt es mir nicht.« Seine übertrieben näselnde Stimme war zum Totlachen. »Würdet Ihr mir die Ehre erweisen, mich auf den Ball zu begleiten?«

Ich hob gespielt empört die Augenbrauen. »Bin ich etwa der letzte Ausweg für Euch, weil Ihr die letzten Wochen im Krankenflügel verbracht habt und daher niemanden fragen konntet?«

Daraufhin streckte Bress mir die Zunge heraus. »Ehrlich gesagt, nein, Noreia. Ich hätte dich ohnehin gefragt. Das hätte ich liebend gern bereits vor fünf Jahren getan, aber ich bekam nie die Chance dazu.«

Arely gab einen Laut von sich, der klang, als würde sie sich übergeben. Das brachte mich tatsächlich zum Lachen.

»Wenn dem so ist, dann nehme ich Eure Einladung selbstverständlich mit Freuden an, Prinz Bress.«

Seine Miene hellte sich auf und er führte meine Hand an seine Lippen, um einen Kuss auf sie zu hauchen.

Arely sprang auf. »Ihr seid schrecklich!« Trotz ihrer Worte erkannte ich das Schmunzeln hinter ihrer Fassade ganz genau. »Schluss damit. Lass uns weitermachen, Nori.«

Ich prustete los, als Bress nun auch Arely die Zunge

herausstreckte und meine Hand an sein Herz zog. Möglicherweise irrte ich mich, doch als Arely das bemerkte, blitzte für eine Sekunde lang Erleichterung in ihren Augen auf. Ich konnte mir denken, woran das lag: Sie hatte nach wie vor Angst, dass immer noch etwas zwischen Coel und mir war. Vielleicht hatte sie auch recht damit.

Als die untergehende Sonne die Szenerie um das Lichtschloss in goldene Töne tauchte, klopfte ich an die Tür von Arelys Gemächern. Kurz darauf öffnete sie mir und zog mich zur Begrüßung in eine herzliche Umarmung.

»Ich freue mich, dass du hier bist«, offenbarte sie überschwänglich und zerrte mich an der Hand in ihr Schlafzimmer. »Mit zwei Brüdern und einer verwirrten Mutter blieb mir in den letzten Jahren die Möglichkeit verwehrt, mich gemeinsam mit jemandem für den Ball anzukleiden. Meine Cousinen waren zwar gelegentlich hier, aber es war nicht das Gleiche. Es ist schön, dass wir beide es nun wieder gemeinsam machen können.«

»Ich habe es auch vermisst.«

Meine Worte waren nicht gelogen. Wir sahen uns in die Augen und Glück durchflutete mich. Für einen kurzen Moment erlaubte ich mir zu vergessen, warum ich hier war. Ich genoss die Vorfreude auf den Ball und die gemeinsame Zeit mit meiner besten Freundin.

»Zeig mir dein Kleid! Ich bin unglaublich gespannt darauf«, forderte ich sie schließlich auf.

Ich legte meines, welches ich mitgebracht hatte, auf ihrem Bett ab. Normalerweise mochte ich keine Kleider, aber für diesen besonderen Anlass machte ich eine Ausnahme. Sofort wirbelte Arely herum und ging auf ihren Kleiderschrank zu, aus dem sie breit grinsend einen cremefarbenen Traum aus Tüll hervorholte, der golden schimmerte.

Ihre Wangen glühten.

»Arely, das ist ja traumhaft! Lass mich dir helfen, dieses Ungetüm zu bändigen.«

Meine Schwester entkleidete sich bis auf die Unterwäsche. Danach half ich ihr, in das wunderschöne Ballkleid zu steigen. Ich schnürte es an ihrem Rücken zu, ehe ich ihr die blonden Haare zu einer eleganten Frisur hochsteckte. Glücklich drehte sie sich im Kreis und betrachtete sich in einem Spiegel an der Wand. Das Kleid besaß eine enge Korsage, die ihre Brüste sowie die schmale Taille betonte, und bauschte sich in mehreren Tülllagen bis zum Boden. Die goldenen Tätowierungen schlängelten sich über Arelys nackte Arme und Schultern, sie harmonierten hervorragend mit der Farbe ihres Kleides. Sie ließen meine Schwester beinahe majestätisch erscheinen.

Wie gelähmt starrte ich auf ihre Zeichnungen, ehe ich mich davon losreißen konnte. Es war merkwürdig, die Tätowierungen als Schmuck an ihrem Körper zu sehen und gleichzeitig zu wissen, dass ich meine eigenen einst ebenso selbstbewusst präsentiert hatte. Ich konnte nicht verhindern, dass ich trotz meines Stolzes auf die Zeichnungen des Schattenreichs ein wenig Wehmut empfand. Damals hätte ich mein Leben für das Lichtreich gegeben – und nun war ich hier, um sie alle zu verraten.

Schwer schluckend richtete ich meine Konzentration wieder auf Arely. »Du siehst zauberhaft aus. Die schönste Frau, die ich kenne.«

Jedes einzelne Wort entsprach der Wahrheit. Ich war unsagbar stolz auf sie. Arely sah in diesem Augenblick nicht nur schön, sondern vor allem auch stark und mächtig aus. Sie wirkte erwachsen, nicht wie eines dieser Püppchen, die sich sonst auf den Bällen tummelten und auf Männerjagd waren.

Das alles stimmte mich melancholisch. Dieser Tag, die Vorbereitungen mit Arely und die Freude auf die vor uns liegenden Stunden. Wie gern hätte ich nur diesen einen Abend lang alles andere zurückgelassen und es einfach genossen, sie alle um mich zu haben. Aber das war nicht möglich. Ich durfte selbst heute nicht vergessen, warum ich hier war.

»Ich bin wirklich so froh, dich hier zu haben«, betonte Arely erneut, trat zu mir heran und legte ihren Kopf auf meine Schulter.

»Ja, ich auch … wirklich. Du bedeutest mir alles.« Ich erkannte das verräterische Schimmern in ihren Augen. Das war meine Chance. »Arely … In letzter Zeit ist so viel geschehen. Du weißt, dass du auch jetzt noch immer mit mir über alles reden kannst, oder?«

»Das weiß ich, Nori. Aber ich … Vielleicht nachher. Lass uns einander nicht die Freude auf den Ball verderben und erst einmal den Abend genießen.«

»Natürlich.« Innerlich fluchend bemühte ich mich, eine verständnisvolle Miene aufzusetzen. »Ich möchte dich nicht dazu zwingen. Ich bin mir nur sicher, dass es dir besser geht, wenn du über deine Sorgen sprichst. Vielleicht kann ich dir behilflich sein, so wie früher.«

»Danke.« Arely lächelte zaghaft.

Es war wohl das Beste, sie vorerst nicht weiter zu bedrängen. Das würde nur unnötig ihr Misstrauen schüren. Im Laufe des Abends oder am nächsten Tag würde ich es einfach noch einmal versuchen.

Als ich mich ebenfalls auszog, um in mein Kleid zu schlüpfen, verharrte auch Arelys Blick auf meiner nackten

Haut. Ich sah ihr an, wie sehr sie sich bemühte, ihre Abscheu zu verbergen. Die schwarzen Tätowierungen sparten lediglich mein Gesicht, meinen Hals, meine Hände sowie meine Füße aus.

»Hat dir eigentlich schon einmal jemand angeboten, sie entfernen zu lassen?«

Arelys Worte überrumpelten mich völlig. Für mehrere Sekunden konnte ich sie nur sprachlos anstarren, bevor ich zu einer Antwort ansetzen konnte.

»W… wie meinst du das?«

»Offenbar war es den Schattenkriegern möglich, die goldenen Zeichnungen zu überstechen. Warum sollte es andersherum nicht genauso funktionieren?«

»Darüber habe ich noch gar nicht nachgedacht.«

»An deiner Stelle hätte ich an nichts anderes mehr denken können, um dieser Schmach zu entkommen«, entgegnete Arely. Ich konnte die Herausforderung in ihrer Stimme hören. »Ich spreche mit Vater, damit er einen Zeremonienmeister herbringen lässt. Es gibt da sicher eine Möglichkeit.«

Ehrlich gesagt hatte ich keine Ahnung, wie ich aus dieser Sache herauskommen sollte. Mir blieb also nur noch übrig, auf eine mögliche Gefahr hinzuweisen, die mit einem Überstechen einhergehen könnte.

»Ich würde natürlich nichts lieber tun, als die schwarzen Zeichnungen loszuwerden. Aber ich habe Angst davor. Sie wurden mithilfe von Magie unter die Haut gestochen. Was, wenn irgendetwas darin ein Überstechen unmöglich macht? Oder … oder vielleicht sogar tödlich ist.«

Arelys Miene verdüsterte sich. »Das habe ich nicht bedacht.« Sie sah mich einen Moment lang nachdenklich an, während ich absichtlich nervös auf meiner Unterlippe herumkaute. »Trotzdem bin ich der Überzeugung, dass wir den Zeremonienmeister befragen sollten. Vater sieht das sicher genauso.«

Einen Moment zögerte ich, bevor ich entgegnete: »Das Überstechen im Schattenreich war unfassbar schmerzhaft für mich. Es … Nun ja, es hat mich beinahe umgebracht. Ich … ich weiß nicht, ob ich so etwas noch einmal überstehen könnte.«

»Verzeih mir bitte. So war es nicht gemeint. Natürlich möchte ich dir keine Schmerzen zufügen. Ich dachte nur, dass du das bestimmt trotzdem machen möchtest, weil du dann endlich wieder richtig zu uns gehörst.« Beschämt senkte meine Ziehschwester den Blick.

»Danke.«

Arely zog mich kurz in eine Umarmung, die mich wohl aufmuntern sollte. Ich schien sie überzeugt zu haben – zumindest vorerst. Dann schob sie mich wieder von sich und sah mir lächelnd in die Augen. »Ich weiß, du hasst Kleider, aber heute hast du keine Wahl. Also los.«

Sie half mir dabei, das mitternachtsblaue, äußerst eng anliegende Kleid anzuziehen, das ich mir bei der Schneiderin ausgesucht hatte. Anschließend schloss sie mit geübten Handgriffen die Knöpfe unter dem tief ausgeschnittenen Rücken. Der seidene Stoff war mit glitzernden Steinen besetzt, die bei jeder Bewegung funkelten.

Während ich vor dem Spiegel stand und mich betrachtete, wuselte Arely um mich herum. Sie drehte meine Haare zu einer lockeren Hochsteckfrisur auf. Einige dunkelbraune Strähnen fielen heraus, sodass sie auf meiner nackten Haut kitzelten. Bis auf die Ornamente auf meinen Rücken verdeckte das Kleid die restlichen Zeichnungen meines Körpers, was Arely zu beruhigen schien. Es war erstaunlich, wie gegenteilig wir inzwischen waren.

Sobald sie einen letzten, prüfenden Blick auf meine Erscheinung geworfen hatte, ergriff sie meine Hand. »Es ist ein unbeschreibliches Gefühl, mit dir hier zu sein.«

»Unglaublich schön!«

Arely öffnete den Mund, um etwas zu erwidern, doch in diesem Augenblick erklang ein Klopfen. Meine Schwester drückte ein weiteres Mal meine Hand, ehe sie die Tür öffnete.

»Traumhaft«, hörte ich Coel hauchen. Er betrat das Zimmer und küsste Arely. »Du bist wunderschön, Liebste.«

Es war wie ein Schlag ins Gesicht, die an Arely gerichteten Worte aus Coels Mund zu hören. Ich schluckte schwer. Dann fiel Coels Blick auf mich.

»Hallo Noreia. Du … Also, das ist ein schönes Kleid.«

Ich murmelte ein Dankeschön.

»Lasst uns gehen«, sagte Arely schnell und ergriff Coels Hand.

Ich folgte den beiden. Coel verwickelte Arely sofort in ein Gespräch, sodass ich absichtlich etwas Abstand hielt, um ihnen ein wenig Freiraum zu geben. Diese Dreiecksgeschichte war für keinen von uns leicht.

Schließlich erreichten wir den Ballsaal. Es war seltsam, nach all den Jahren wieder hier zu sein. Nichts hatte sich verändert. Der Marmorboden war mit goldenen Schlieren durchzogen, überall standen weiß leuchtende Statuen und Säulen. Genau in der Mitte der Tanzfläche hing ein enormer Kronleuchter von der Decke, dessen Kerzen den gesamten Saal ausleuchteten und in ein funkelndes Licht tauchten. Auf der gegenüberliegenden Seite befand sich ein beeindruckender Thron, auf dem Fürst Meduris saß. Eine tiefe Falte hatte sich in seine Stirn gegraben, als er mit verengten Augen seinen Blick durch den Raum schweifen ließ. Der Platz neben ihm war leer. Aislinn lag also nach wie vor im Krankenflügel. Beim Anblick des Fürsten konnte ich nicht verhindern, dass Wut in mir aufstieg und ich meine Hände zu Fäusten ballte.

Während ich hinter Coel und Arely durch den Saal schritt, entdeckte ich unter den Anwesenden viele bekannte Gesichter. Aislinns Schwester Vercana sowie ihre beiden Söhne Mael und Malus fielen mir sogleich ins Auge. Angeregt unterhielten sie sich mit Arawn. Neben ihm stand eine Frau, die ebenfalls mit in das Gespräch eingebunden war. Ich musterte sie argwöhnisch. Es mochte bereits fünf Jahre her sein, dennoch erkannte ich sie wieder: Cessair. Sie war die Tochter eines Heerführers und lebte zusammen mit ihrer Mutter hoch im Norden des Landes. Zu solch wichtigen Anlässen reiste sie jedoch als Begleitung ihres Vaters stets quer durch das Lichtreich. Ich erinnerte mich daran, wie sehr Arawn sie schon als Kind vergöttert hatte. Es würde mich nicht wundern, wenn sie an seiner Seite die künftige Fürstin des Lichtreichs werden würde.

Jeder, der im Lichtreich Rang und Namen hatte, war heute anwesend. Die Bediensteten sorgten für das Wohl der Gäste, reichten den Anwesenden Getränke und hatten ein üppiges Buffet aufgebaut, das herrlich duftete. Alle plapperten fröhlich durcheinander und ich schnappte den ein oder anderen Tratsch auf, doch nichts davon war für meine Mission von Relevanz. Ich musste wohl noch etwas warten, bis der Alkohol ihre Zungen gelöst haben würde.

Endlich erspähte ich auch meinen Begleiter. Er saß auf einem Hocker am Rande des Saals, die Krücken hatte er direkt neben sich positioniert.

»Entschuldigt mich«, sagte ich zu Arely und Coel, dann

steuerte ich auf Bress zu.

Sobald er mich sah, zog Bress mehrfach die Augenbrauen nach oben. Lächelnd drehte ich mich im Kreis, damit ich ihm meine Rückseite präsentieren konnte.

»O Götter!«, hauchte er. Ich ließ mich neben ihm auf den Stuhl nieder. »Du siehst unglaublich aus, Noreia. Ich kann dir versichern, dass die Augen aller Männer heute uneingeschränkt auf dich und deine beeindruckende Kehrseite gerichtet sind.« Er bemühte sich, nicht allzu offensichtlich einen weiteren Blick auf meinen Rücken zu erhaschen, scheiterte jedoch kläglich. »Meine Güte, ich habe die begehrenswerteste Begleiterin an diesem Abend. Und dann kann ich nicht tanzen. Nicht einmal persönlich abholen konnte ich dich. Verdammt sei diese Bestie!«

»Ach, Bress. Wie gern hätte ich mit dir getanzt.«

»Verrätst du mir, warum du solch einen aufreizenden Auftritt hinlegst?«

Ich verschränkte beleidigt die Arme, doch ich wusste, dass er mich ohnehin durchschaut hatte. »Ehrlich gesagt fühle ich mich sehr wohl in meinem Körper. Trotz der schwarzen Zeichnungen. Sie sind ein Zeichen meiner Stärke, weil ich Schlimmes überstanden habe.« Ich zögerte einen Moment, bevor ich hinzufügte: »Sag das aber bloß nicht Arely. Außerdem präsentiere ich ja lediglich meinen Rücken, alles andere überlasse ich der Vorstellungskraft.«

Bress zog die Augenbrauen hoch. »Dir ist bewusst, dass dieses Kleid nichts der Vorstellungskraft überlässt, oder?«

Ich freute mich diebisch, da ihm bei seinen Worten die Röte ins Gesicht stieg. Gerade setzte ich zu einer Erwiderung an, da schallte Fürst Meduris' Stimme durch den Saal.

»Meine sehr verehrten Gäste, ich freue mich, Euch zum diesjährigen Sommersonnenwenden-Ball begrüßen zu dürfen. Wie ich sehe, sind alle meiner Einladung gefolgt.« Von seinem Thron aus lächelte er in die Runde. »Besonders stolz bin ich darauf, meine lang verschollene Ziehtochter Noreia wieder in unserem Kreis willkommen zu heißen.«

Mit einem Mal richteten sich alle Augen auf mich, durchbohrten mich förmlich. Ich war nicht schüchtern, doch es geschah so unerwartet, dass ich mich am liebsten hinter Bress verkrochen hätte. Ich straffte die Schultern und hielt ihren Blicken stand.

»Sicher habt ihr schon so manche Geschichten darüber gehört. Bitte lasst mich hiermit klarstellen, dass Noreia vor einigen Jahren in die Fänge unserer Feinde geriet, als sie den Nebel durchquerte.« Ein Raunen ging durch den Saal. »Aber sie konnte ihnen entkommen. Sie trägt die Narben unserer Feinde mit Stolz und ich bitte euch, sie heute nicht deswegen zu bedrängen. Nun, lasst uns diesen wundervollen Tag ehren und ihn feiern.«

Er hob das Weinglas in seiner Hand zum Toast. Wir alle folgten seinem Vorbild.

»Auf den Anfang einer neuen Ära!«, rief er mit donnernder Stimme und sah mir dabei genau in die Augen. Ich konnte nicht verhindern, dass Gänsehaut meine Arme hinaufkroch.

Er spielte damit eindeutig auf den geplanten Angriff auf das Schattenreich an. Arelys Gesichtsausdruck nach zu urteilen wusste sie es ebenso. Sie stand ganz in meiner Nähe, wodurch ich erkennen konnte, wie sie Coels Hand fester umschloss und die Lippen hart aufeinanderpresste.

Fürst Meduris räusperte sich. »Da meine geliebte Frau aus gesundheitlichen Gründen abwesend ist, möchte ich meine beiden Kinder Arawn und Arely darum bitten, den Ball mit ihren Partnern zu eröffnen.«

Arelys Miene erhellte sich. Die Menge machte ihnen Platz, als Coel sie auf die Tanzfläche führte. Cessair und Arawn stellten sich ganz in der Nähe der beiden auf. Sobald sie bereit waren, begann das Orchester am Rande des Saals mit dem ersten Musikstück.

Es nannte sich *Aufgang der Sonne* und läutete seit Hunderten von Jahren die Festlichkeiten ein. Das Stück begann langsam, während die beiden Paare andächtig über das Parkett schritten. Ich konnte von meiner Position aus nicht alles sehen, doch immer wieder erhaschte ich einen Blick auf Arely und Coel, die sich keine Sekunde aus den Augen ließen. Dann schwoll die Musik an, wurde lauter und mitreißender. Arawn wirbelte Cessair gekonnt über die Fläche und erntete von überallher anerkennenden Applaus für sein Tanztalent. Arely ließ sich bereitwillig von Coel führen. Ihr Kleid wirbelte um ihren Körper, sie strahlte reines Glück aus.

»Es tut mir leid, dass ich nach wie vor meine Krücken benötige«, entschuldigte sich Bress betrübt. »Ich hätte jetzt zu gern mit dir neben meinen Geschwistern gestanden.«

»Mach dir darüber keine Gedanken, Bress. Ich bin gern mit dir hier. Außerdem gibt es Wichtigeres. Weißt du, wie es deiner Mutter geht?«

Bress verzog das Gesicht zu einer Grimasse. »Richtig gut geht es ihr schon lange nicht mehr. Sie gibt weiterhin bloß verwirrte Worte von sich.«

Ich legte ihm beruhigend eine Hand auf die Schulter. Unterdessen wurde im Hintergrund ein neues Stück angestimmt und die Menge folgte den beiden Paaren auf die Tanzfläche. »Ich sorge mich ebenfalls um Aislinn. Sie war immer wie eine Mutter für mich. Ich kann nicht fassen, was mit ihr geschehen ist.«

Das schlechte Gewissen überrollte mich wie eine gigantische Welle, riss mich mit sich in die Tiefen.

Bress legte seine Hand auf die meine. »Ich weiß, was du denkst. Ich sehe es dir an. Aber du trägst nicht die Schuld daran. Mutter war immer schon ein wenig sonderlich und dein Verschwinden war vielleicht der endgültige Auslöser. Doch glaub mir, es hätte jederzeit einen anderen Grund geben können, der sie wahnsinnig gemacht hätte.«

Ich nickte, konnte mich jedoch nicht vollständig auf seine Worte einlassen.

»Jetzt lass uns Spaß haben!«

Mein Ziehbruder winkte einen der Bediensteten heran, der uns beiden sofort zwei neue Weingläser reichte. Mit drei Zügen hatte ich es ausgetrunken, woraufhin ich sogleich das nächste entgegennahm.

»Für uns auch«, bat Arely, die in diesem Moment gemeinsam mit Coel neben uns erschien.

Die folgenden Stunden unterhielten wir uns, scherzten gemeinsam und genossen den wunderschönen Ball. Ich ließ mich von der benebelnden Wirkung des süßen Getränks einlullen. Das dadurch entstehende Glücksgefühl kostete ich in vollen Zügen aus. Zum ersten Mal seit langer Zeit dachte ich weder an politische Themen noch an meinen Verrat. Ich war wieder inmitten meiner geliebten Familie des Lichtreichs. Das war mehr, als ich je zu träumen gewagt hatte. Es war fast noch berauschender als der Alkohol selbst.

Es war schon weit nach Mitternacht, da kam Meduris auf unsere Gruppe zu und streckte seiner Tochter auffordernd die Hand entgegen. »Darf ich um diesen Tanz bitten?«

Arely starrte ihn kurz entgeistert an, aber dann nahm sie die Aufforderung an und verschwand mit ihrem Vater in der Menge. Ich seufzte auf. Da der Fürst nun höchstpersönlich die Tanzfläche betrat, besagte die Etikette, dass sich auch alle anwesenden Gäste ebenfalls zu einem Tanz einfinden mussten. Meduris tat dies nur äußerst selten.

Angespannt sah ich mich nach einem Tanzpartner um, doch nahezu jeder Anwesende war innerhalb weniger Sekunden hektisch von seinem Platz aufgesprungen und hatte sich auf das Parkett begeben. Das durfte doch nicht sein!

Gequält wandte ich mich an Bress, der sein Gesicht mitleidig verzogen hatte. Ich spürte Coels Blick auf mir liegen. Hitze kroch mir in die Wangen. Vermutlich befanden dort sich dank der Nervosität bereits rote Flecken.

Coel, der nach wie vor neben mir stand, räusperte sich schüchtern. »Noreia … wollen wir?«

Ich drehte mich langsam zu ihm um. Mit einem entschuldigenden Lächeln streckte er mir höflich die Hand entgegen. In der Hoffnung, noch einen anderen Tanzpartner zu finden, suchte ich ein letztes Mal mit meinen Augen den Ballsaal ab. Keine Chance. Inzwischen befand sich niemand mehr auf seinem Platz und meine Verabredung saß mit diesen verfluchten Krücken am Tisch fest.

Ich ergriff Coels warme Finger. Noch einmal schielte ich zu Bress hinüber, der nun aufmunternd lächelte. Es half nichts. Mir drehte sich der Magen um, während ich krampfhaft das kribbelnde Gefühl von Coels Haut auf meiner zu ignorieren versuchte. Ich betete zu den Göttern, dass er meine feuchte Handfläche nicht bemerkte.

»Es ist ja nur ein Tanz«, flüsterte er und führte mich auf die Fläche.

Behutsam zog er mich zu sich heran. Wir bemühten uns darum, einen gebührenden Abstand zu wahren, was sich beim Tanzen als nahezu unmöglich erwies. Seine Hand lag auf der nackten Haut meines Rückens, sodass mir ein wohliger Schauer durch den Körper schoss.

Er führte mich elegant über die Tanzfläche. Dabei schien mein Körper sich seiner Nähe nur allzu bewusst zu sein. Nach nur wenigen Schritten hatten wir unseren altvertrauten Rhythmus gefunden und meine angespannten Muskeln lockerten sich wie von selbst. Wir schwebten über das Parkett, als wären wir allein in diesem Saal, waren vollkommen in einem unerklärlichen Bann gefangen. Ich nahm nichts mehr wahr außer seinen grünen Augen, die mich liebevoll ansahen. Die schreckliche Vertrautheit zu ihm zog mich so sehr an, dass es fast wehtat.

Sobald das Stück endete, sah ich aus dem Augenwinkel, wie sich Meduris von der Tanzfläche verabschiedete. Mein Verstand klärte sich, auch Coel schien aus seiner Trance zu erwachen. Wir ließen einander los und traten schnellstmöglich auseinander. Mit großen Schritten verließ ich die Tanzfläche. Ich ging direkt auf Bress zu, der mich nachdenklich musterte.

»Ich werde jetzt gehen«, presste ich hervor und kämpfte gegen die Auswirkungen des Weins an. Enttäuscht verzog Bress das Gesicht. Er öffnete die Lippen, um etwas zu sagen, doch ich unterbrach ihn mit einem Kopfschütteln. »Sofort.«

»Was, jetzt schon?«

Wortlos nickte ich, beugte mich vor und küsste ihn zum Abschied auf die Wange. Ohne zurückzublicken, lief ich aus dem Ballsaal. Gerade stieg ich die Treppen hinauf, die zum Gang meiner Gemächer führten, da hörte ich hinter mir eine Stimme.

»Noreia, warte!«

Ich hätte mir denken können, dass Coel mich nicht einfach so gehen lassen würde.

»Lass gut sein, du machst es nur noch schlimmer«, rief ich im Gehen über meine Schulter.

Ich hörte, wie sich seine Schritte beschleunigten, bis er zu mir aufschloss.

»Wir sollten uns unterhalten.«

»Worüber denn?«

»Wir hätten nicht miteinander tanzen sollen. Es fühlte sich so an, als …«

Er brauchte es nicht auszusprechen, ich wusste genau, was er meinte. Inzwischen waren wir vor meinen Gemächern angekommen. »Du hast recht, sowas wird nicht mehr passieren. Wir müssen uns voneinander fernhalten«, erwiderte ich.

Am liebsten hätte ich mich an die Wand gelehnt, weil der Alkohol mir zunehmend Schwindel bereitete. Auch die Nähe zu Coel benebelte meine Sinne. Etwas an ihm rief so laut nach mir, dass ich mir am liebsten die Ohren zugehalten hätte.

»Auch wenn du wieder da bist, müssen wir unsere Vergangenheit ruhen lassen«, erwiderte Coel mit belegter Stimme. »Wir sind kein Paar mehr und werden es auch nie wieder sein. Denn ich gehöre jetzt zu Arely.«

Bei seinen harten Worten sammelten sich Tränen in meinen Augen, die ich nicht zurückhalten konnte. Er hatte recht. Nun war er mit Arely zusammen. In diesem Augenblick hasste ich sie dafür.

Coel machte einen Schritt auf mich zu, um mich zu trösten, doch im letzten Moment schien er sich zu besinnen und trat wieder zurück. Erinnerungen an heimliche Küsse in den Gängen des Schlosses keimten in mir auf. Ich schaffte es nicht, sie wieder zu verdrängen. Die Liebe zu ihm schmerzte so sehr.

»Ich wünschte, wir hätten nicht miteinander getanzt«, flüsterte ich.

»Ich wollte dir nicht wehtun.«

Er sah mich schuldbewusst an, wieder verwoben sich unsere Blicke miteinander. Ich wollte wegsehen, aber etwas in mir ließ es nicht zu. Wie paralysiert trat Coel einen Schritt auf mich zu, hob seine Hand und strich behutsam eine verirrte Haarsträhne aus meinem Gesicht. Bei der sanften Berührung begann mein gesamter Körper zu vibrieren. So oft hatte er diese Geste schon bei mir ausgeführt.

Ich konnte nichts dagegen tun, konnte nicht mehr klar denken. Vorsichtig machte ich einen Schritt auf Coel zu, und strich mit meinen Fingerspitzen über seine Brust. Unbewusst rückte ich näher an ihn heran. Er schien mir ebenfalls immer näherzukommen. Mein Herz setzte einen Schlag aus. Unsere Lippen standen kurz davor, sich zu berühren.

Nein!

Im letzten Moment sprangen wir erschrocken auseinander. Dabei stolperte ich nach hinten, sodass ich hart gegen das Holz in meinem Rücken prallte. Bei den Göttern, wie hatte es nur so weit kommen können?

Es tat unsagbar weh, die Reue in Coels Augen zu sehen. Er wirkte so unglücklich, als wäre der Kuss tatsächlich passiert.

»Es … es tut mir unglaublich leid«, stammelte er.

»Mir auch.«

Dann öffnete ich die Tür, so schnell ich konnte, und stürmte in meine Gemächer.

Die darauffolgenden Tage verliefen unspektakulär. Coel

und ich gingen uns seit dem Vorfall erfolgreich aus dem Weg. Ich lenkte mich ab, indem ich weiter an einer Idee feilte, wie ich an die letzte fehlende Prophezeiung gelangen könnte, die ich so dringend benötigte. Noch mal würde ich gewiss nicht in das Arbeitszimmer von Meduris klettern. Ich hatte allerdings das Gefühl, sie war das letzte Puzzleteil, das mir noch fehlte, um seinen gesamten Plan zu durchschauen.

Eines Nachts saß ich mit nichts als einem Nachthemd bekleidet am Fenster meiner Gemächer. Meine Leinwand lag auf meinen Oberschenkeln. Mit schnellen Pinselstrichen zeichnete ich im Kerzenschein ein Bild von Arely und mir. Es war fast fertig und zeigte uns Arm in Arm auf dem Ball der Sommersonnenwende. Während ich mich bemühte, mir den genauen Farbton von Arelys Kleid in Erinnerung zu rufen, ließ ich den Blick nachdenklich über den Rosengarten schweifen. Dank der Magie der Tätowierungen konnte ich auch im Dunkeln erkennen, dass die beim Angriff zerstörten Pflanzen inzwischen neu gesetzt und die zerfurchte Wiese so gut wie möglich geebnet worden war.

In den vergangenen Stunden hatte ich kaum ein Auge zugetan. Ewig hatte ich mich ruhelos hin und her gewälzt, weswegen ich schließlich zu malen begonnen hatte. Natürlich ging mir Coel nicht aus dem Kopf. Aber auch über Arely machte ich mir Gedanken. Bisher hatte sie mir nichts weiter anvertraut oder mit mir über ihre Gefühle gesprochen. Dabei hatte ich insbesondere nach unserem Gespräch vor dem Ball gehofft, dass sie es tun würde.

Ich wusste nicht genau, was ich davon halten sollte. Einerseits war ich enttäuscht darüber, wie wenig meine Ziehschwester mir vertraute. Andererseits bewunderte ich sie. Trotz der Liebe zu mir und unserer engen Bindung hatte sie seit meiner Wiederkehr stets einen gewissen Abstand gewahrt, der mir das Gefühl gab, sie würde mir weiterhin misstrauen. Arely besaß einen überaus guten Instinkt. Ich war mir sicher, sie wäre mir niemals mit solch gemischten Gefühlen begegnet, wenn da nicht unsere gemeinsame Vergangenheit gewesen wäre. Ihr schlechtes Gewissen und die Liebe zu mir verhinderten, dass sie auf ihre Intuition vertraute.

Sosehr ich mich auch bemühte, meine Gewissensbisse zu verdrängen, die sich wie Säure in mir ausgebreitet hatten – sie standen kurz davor, mich zu verzehren. Bald würde ich endlich damit aufhören, das Leben von Arely, ihrer Familie und Coel länger zu vergiften, und endgültig gehen. Ich hatte ihre Liebe nicht verdient.

Unerwartet zog eine Bewegung hinter dem Rosengarten meine Aufmerksamkeit auf sich. Argwöhnisch kniff ich die Augen zusammen. Sie war zu weit weg, um genau erkennen zu können, woher sie stammte, doch es war definitiv keine Wache gewesen. Da, noch eine Regung! Inzwischen presste ich mein Gesicht so nah an die Scheibe, dass meine Nase plattgedrückt wurde, und hielt den Atem an.

Dann begannen meine Alarmglocken zu schrillen.

Entsetzt ließ ich die Leinwand fallen, sprang von der Fensterbank auf und sprintete los, wobei ich beinahe gegen das Bett geprallt wäre. Eilig hechtete ich zum Schrank und riss meinen Bogen und den Köcher heraus. Während ich sie mit der einen Hand über meine Schultern warf, packte ich mit der anderen den Dolch sowie das Schwert. Schnellstmöglich sprang ich in meine Stiefel. Die wenigen Schritte zur Zimmertür flog ich förmlich und stieß sie hektisch auf. Mit einem lauten Knall schlug sie gegen die Wand.

»Bestien!« Ich brüllte das Wort in die Stille hinein. »Bestien im Schlossgarten!«

So schnell ich konnte, hastete ich den Gang entlang. Das Herz schlug mir bis zum Hals. Immer wieder schrie ich die Warnung durch die Flure, mobilisierte die Krieger und Wachen, die die Bedrohung noch nicht bemerkt hatten. Sie strömten aus allen Richtungen herbei. Nach dem letzten Angriff stellte niemand meine Worte infrage.

Ich nahm einen Umweg in Kauf, der an Arelys Gemächern vorbeiführte, damit ich sie persönlich warnen konnte. Ihre Tür stand bereits offen. Als ich einen Blick hineinwarf, sah ich, wie sich meine Ziehschwester gerade einen Mantel über die Kleidung zog und Schwert, Köcher sowie Bogen aus dem Schrank hervorzog.

»Da bist du ja«, rief ich erleichtert und wartete, bis Arely zu mir aufschloss.

Sie warf einen kurzen Blick auf mein knappes, fast durchsichtiges Nachthemd, das sie glücklicherweise nicht kommentierte. Gemeinsam sprinteten wir los.

»Wie viele?«

»Mindestens vier konnte ich erkennen «, erwiderte ich. »Möglicherweise sind es mehr.«

Arely nickte knapp. Kurz darauf kreuzten weitere Krieger unseren Weg, denen wir mit den Waffen im Anschlag auf den Schlosshof folgten. Dort herrschte ein einziges Chaos. Sechs Bestien befanden sich in erbitterten Kämpfen mit den Lichtkriegern, die zuvor Wache gehalten hatten. Allmählich wurden sie von den Nachkömmlingen unterstützt. Zu meinem Entsetzen erkannte ich zwei weitere Bestien, die unheilvoll am Himmel kreisten. Die Szenerie war so unübersichtlich, dass ich einen Moment zur Orientierung benötigte und eine Stelle ausfindig machen konnte, an der meine Hilfe benötigt wurde. Arely drehte ihren Kopf ebenfalls hektisch hin und her.

Schließlich erkannten wir unter den sechs Monstern am Boden ein geflügeltes. Zwei Krieger, die gegen es kämpften – einer von ihnen Coel –, schafften es einfach nicht, es zu Fall zu bringen. Mir stockte der Atem, als mir wieder bewusst wurde, wie gefährlich und riesig das Vieh war. Seine monströsen Schwingen überragten die Krieger mindestens um das dreifache und die langen, spitzen Fangzähne blitzten im Mondlicht bedrohlich auf. Die Bestie blutete bereits stark, dennoch erhob sie sich immer wieder einige Meter in die Luft, um Coel und seinen Kameraden von oben mit ihren Krallen zu attackieren. Die beiden waren zu nah dran, um ihren Bogen nutzen zu können. Es war praktisch unmöglich, die Schwingen auf so kurze Distanz außer Kraft zu setzen, die dem Ungeheuer den entscheidenden Vorteil in diesem Kampf lieferten. Wir mussten ihnen so schnell wie möglich helfen.

Das Kampfgeschrei der anderen Krieger und das Brüllen der Bestien auf dem Schlosshof rauschte in meinen Ohren, aber ich fokussierte mich vollkommen auf mein Vorhaben. Alles andere blendete ich aus. Arely und ich waren völlig im Einklang. Zeitgleich ließen wir Messer und Schwerter fallen, griffen jeweils nach unserem Bogen und einem Pfeil und legten ihn an. Die Schüsse waren nahezu perfekt. Ihrer traf mitten in die Hauptschlagader des rechten Flügels, wohingegen meiner genau in der Verbindung zwischen Schwinge und Schulter auf der linken Seite stecken blieb. Wieder zielten wir. Es brauchte sechs weitere Treffer, bis wir die Flügel endlich außer Gefecht gesetzt hatten. Vor Schmerz brüllend ließ sich die Bestie auf alle vier Beine sinken. Coel und sein Kamerad waren ihr nun ebenbürtig.

Damit wir ihnen weiterhin behilflich sein konnten, setzten wir zum nächsten Schuss an. Arely konzentrierte sich auf den Hals, während ich die Stelle zwischen den Rippen anvisierte, an der das Herz nicht geschützt war. Mit einem lauten Zischen flog mein Pfeil los, dessen Spitze sich in das Ziel versenkte. Sie blieb jedoch in der Haut stecken, aufgehalten von den Rippenknochen der Bestie, und stieß nicht bis zu ihrem eigentlichen Ziel vor.

»Verfluchtes Mistvieh!«, knurrte ich.

Erneut feuerte ich einen Pfeil ab. Gerade wollte ich nach einem weiteren in meinem Köcher greifen, aber meine Finger griffen ins Leere. Missmutig sah ich zu Arely hinüber, die das gleiche Schicksal teilte. Sie bückte sich und hob ihr Schwert auf. Noch bevor ich nach meinem greifen konnte, erkannte ich aus dem Augenwinkel, wie Coel seine Waffe mit beiden Händen über den Kopf hob, in die Knie ging und mit aller Kraft vom Boden absprang. Ich hielt die Luft an, als er mit der Schwertspitze auf die Brust des Monstrums zielte. Gewaltsam rammte er die Klinge genau auf Herzhöhe zwischen seine Rippen. Schwarzes Blut spritzte ihm entgegen, doch Coel störte sich nicht daran. Er landete sicher auf seinen Füßen, wich der fallenden Bestie aus, der er soeben den Todesstoß verpasst hatte, und rannte auf den nächsten Kampf zu, ohne auch nur eine Sekunde innezuhalten.

Erleichtert ließ ich die Luft entweichen. Um Arely und mich hatte sich inzwischen ein Schutzwall aus Kriegern der Fürstengarde aufgebaut, der die weiteren Bestien von uns fernhielt. Ich war vor Sorge um Coel so abgelenkt gewesen, dass ich es nicht einmal bemerkt hatte. In einiger Entfernung von uns erklang ein triumphierendes Jubeln, was mich den Sieg über ein weiteres Tier vermuten ließ.

Drei Schützen gesellten sich zu uns und zielten auf die zwei geflügelten Biester, welche noch immer am Himmel kreisten. Einige der Pfeile gruben sich in ihre Häute und lautes Kreischen war zu hören. Eine von ihnen senkte daraufhin den Kopf, sah zu uns herab und bleckte die Zähne, bevor sie sich auf uns stürzte.

Im letzten Moment warfen wir uns zur Seite. Aber ich war nicht schnell genug. Eine der Pranken traf mich an der Schulter und ich wurde hart zu Boden gestoßen. Heißer Schmerz schoss durch meinen Rücken.

»Noreia!«, rief Arely panisch.

Mir wurde schwarz vor Augen, während die Bestie neben mir aufschrie. Die Erde bebte, was mich vermuten ließ, dass sie verletzt auf den Boden aufgeschlagen war.

Ein ohrenbetäubendes Piepen nahm mir neben meinem Seh- auch mein Hörvermögen. Übelkeit erfasste mich, ich stand kurz davor, meinen Mageninhalt von mir zu geben. Nur gedämpft vernahm ich Laute, so als hätte ich Watte auf den Ohren. Für einen Augenblick verlor ich die Orientierung, alles drehte sich. Doch dann, ganz langsam, wurde meine Sicht wieder klarer und ich konnte schemenhaft erkennen, was um mich herum geschah. Die vielen Krieger hatten sich wieder aufgerappelt und sich unserem Feind erneut entgegengestellt. Nicht einmal die geflügelte Bestie hatte gegen sie alle gemeinsam eine Chance. Ich konnte nicht genau sagen, wie lange es dauerte, aber irgendwann gab sie ein schmerzerfülltes Kreischen von sich. Nach einem endgültigen Aufprall blieb sie reglos liegen.

Gebrüll dröhnte in meinem Kopf. Ich wollte den anderen zur Hilfe eilen. Mit aller Kraft versuchte ich, aufzustehen, aber die Beine unter mir gaben sofort wieder nach, sodass ich zu Boden sank. Mir blieb nichts anderes übrig, als abzuwarten.

Allmählich ebbten die Schreie ab. Auch der hohe Ton sowie der Brechreiz ließen endlich nach. Ich blinzelte, meine verschwommene Sicht wurde klarer und mit wackeligen Beinen erhob ich mich. Aufgewühlt sah ich mich nach den Biestern um. Dabei entdeckte ich einige reglose Fellhaufen, in denen teils noch Waffen steckten. Die Rufe waren verklungen und die blutverschmierten Krieger hatten ihre Kampfhaltung fallen gelassen. Auf ihren Gesichtern lag ein erschöpftes Lächeln. Die Bestien schienen besiegt. Ich atmete erleichtert auf.

Arely eilte sofort los, um sich um die verwundeten Krieger zu kümmern. Nur wenige waren ernsthaft verwundet worden, zum Glück hatte niemand sein Leben lassen müssen. Durch die Verstärkung der Krieger seit dem letzten Angriff waren wir dieses Mal nicht völlig überrannt worden. Vor Erleichterung wäre ich am liebsten an Ort und Stelle wieder zusammengesunken. Es war nur ein verrückter Zufall gewesen, dass ich mitten in der Nacht zum Zeichnen aufgestanden war.

Coel half Arely dabei, die Männer zu versorgen. Er wirkte erschöpft und war überall mit Blut verschmiert, dieses war jedoch überwiegend schwarz. Glücklicherweise schien er also nur leicht verletzt zu sein. Arawn stieß wenig später zu uns, kurz darauf sogar Fürst Meduris höchstpersönlich. Sie hatten sich beide nur schnell einen Morgenmantel über ihre Schlafanzüge geworfen. Ich stand da wie erstarrt und beobachtete sie. Meine Schulter pochte nach wie vor, doch ansonsten ging es mir gut.

»Fürst Meduris«, rief einer der Heerführer. »Unsere Krieger durchkämmen momentan das gesamte Schlossgelände und die Umgebung nach weiteren Bestien. Zeitnah soll uns zur Unterstützung eine weitere Legion aus dem Süden erreichen. Wir werden dann gemeinsam den Großen Wald des Ismars durchsuchen.«

Der Fürst nickte. »Gut. Heerführer, bitte kommt mit in mein Arbeitszimmer. Wir werden dort alles Weitere be…«

Er brach irritiert ab, denn in diesem Moment erschien eine humpelnde Gestalt im Lampenschein der Eingangstür. Ich sog scharf die Luft ein, als ich Bress erkannte. Er hatte keine Krücken bei sich, hielt sich nur am Rahmen der Flügeltür fest. »Mutter! Sie … sie ist verschwunden!« Seine Stimme zitterte gefährlich. »Sie ist einfach hinausgelaufen, mitten in den Tumult hinein. Es wirkte, als wäre sie in Trance. Ich konnte sie nicht aufhalten.«

Einen Moment lang herrschte Stille. Dann brach erneut Unruhe aus, alle redeten durcheinander.

Das brachte mich endlich wieder zur Besinnung. Mit rasendem Herzen rannte ich zu Bress. Parallel mit Arely kam ich bei ihm an.

»Wann?«, presste sie hervor.

»Vor ein paar Minuten. Ich bin so schnell hinter ihr hergelaufen wie möglich. Sie hat mich völlig ignoriert, als wäre ich gar nicht da.«

»Wo wollte sie hin?«, fragte ich.

Bress hob seine Hand und deutete in Richtung des Walds.

Arely reagierte sofort. »Wir gehen zusammen. Zieh dich um, Nori, wir treffen uns am Waldrand.«

Ich nickte knapp, machte auf dem Absatz kehrt und rannte ins Schloss zurück. Im Laufen hörte ich noch, wie Meduris den Kriegern zurief: »Sucht den Wald nach der Fürstin ab. Ihr werdet nicht aufgeben, bis ihr sie gefunden habt. Verstanden?«

Nachdem ich in meinem Zimmer hektisch feste Kleidung und Schuhe angezogen hatte, hastete ich zum genannten Treffpunkt. Arely wartete bereits ungeduldig auf mich.

»Vater und Arawn haben gemeinsam mit den Heerführern die Krieger in Suchtrupps aufgeteilt«, berichtete sie, drückte mir eine Fackel in die Hand. Dann reckte sie das Kinn. »Sie haben versucht, mich aufzuhalten, aber ich bin ihnen entwischt.«

Ich schmunzelte. »Natürlich bist du das. Also, du kennst Aislinn am besten. Wohin könnte sie gegangen sein?«

»Ich habe da eine Ahnung. Und ich bete zu den Göttern, dass ich falschliege.«

Sie musste nichts weiter sagen. Ich wusste auch so, was sie meinte. Schweigend gingen wir in den Wald hinein. Die Dunkelheit legte sich wie ein Schleier um uns, der Schein unserer Fackeln erleuchtete nur schwach das Unterholz. Während wir uns durch das Dickicht schlugen, beschlich mich ein merkwürdiges Gefühl. Das hier hatten wir schon einmal erlebt, waren genau den gleichen Weg zwischen den uralten Bäumen entlanggegangen – vor ziemlich genau fünf Jahren. Wenn Arely es ebenfalls bemerkte, so zeigte sie es jedenfalls nicht.

Aufmerksam behielten wir die Umgebung im Blick, verhielten uns ruhig und riefen bewusst nicht nach Aislinn, damit wir eine mögliche Bestie in der Nähe nicht auf uns aufmerksam machten. Es dauerte mehrere Stunden, bis wir erst den Fluss Ismar überquert hatten und sich irgendwann endlich der Wald lichtete. Wir mussten uns ganz in der Nähe des Großen Nebels befinden. Der erdige Boden wurde immer sandiger und das ausgedörrte, kahle Stück Land der Grenze kam langsam in Sicht.

»Geht es dir gut?«, fragte ich flüsternd.

Im Schein der Fackel konnte ich erkennen, dass Arely nickte.

Wir traten zwischen den letzten Bäumen hervor, konnten jedoch nichts Außergewöhnliches erkennen. Ohne uns abzusprechen, gingen wir gemeinsam tiefer in das Grenzgebiet hinein, immer weiter in Richtung des Nebels. Das Unbehagen in mir wuchs, während ich mich nach Aislinn umschaute. Es waren bereits die ersten Schwaden zu sehen. Trotzdem gingen wir weiter.

»Schau mal«, flüsterte ich wenig später und deutete auf einen Schemen in der Ferne.

»Ja, das könnte sie vielleicht sein.«

Vorsichtig gingen wir darauf zu. Je näher wir kamen, desto deutlicher waren die Umrisse einer schmalen Person zu erkennen. Es war tatsächlich Aislinn, die in der Mitte des Landstrichs stand. Als wir nur noch zwanzig Schritte von ihr entfernt waren, blieb Arely plötzlich ruckartig stehen.

Es lag nicht an dem bedrohlichen weißen Dunst, der sich inzwischen ganz in unserer Nähe auftürmte und vom Mondschein erhellt wurde, sondern an Aislinn. Meine Ziehmutter hatte plötzlich angefangen, sich zu bewegen. Nur in ihren seidenen Morgenmantel gehüllt drehte sie sich im Kreis. Sie war wie in einem Traumzustand, das Gewand wirbelte um ihren mageren Körper.

»Mutter!« Arelys Worte waren kaum mehr als ein ersticktes Keuchen. Sie ließ die Fackel fallen und rannte auf Aislinn zu. »Mutter, was ist mit dir geschehen?«

Geistesgegenwärtig hob ich die Fackel auf, die glücklicherweise noch nicht verglüht war, und folgte Arely. Wie erstarrt war diese vor der Fürstin stehen geblieben.

Arely griff hektisch nach meinem Arm. »Sie … sie reagiert nicht.«

Ich musterte das Gesicht meiner Ziehmutter. Aislinn sah mitten durch uns hindurch, zeigte keinerlei Reaktion. Als hätte sie nicht einmal bemerkt, dass wir überhaupt da waren.

Plötzlich ging ein Ruck durch ihren Körper. Sie stolperte nach hinten und riss ihre Arme empor. Gleichzeitig machten Arely und ich einen Schritt nach vorn.

»Stopp!«

Das Wort dröhnte in unseren Ohren und ließ uns innehalten. Es war Aislinns Stimme, doch sie war tiefer und durchdringender. Sie hallte über die karge Ebene, war um uns, in uns. Mein Herz pochte hart gegen meine Rippen. Arely warf mir einen angsterfüllten Blick zu.

»Mit dem Tod hat es begonnen, mit dem Tod wird es enden. Eifersucht und Hass trennten unsere Reiche, aber es wird eine Zeit kommen, in der diese Gefühle es wieder vereinen können. Die Kinder der Fürsten sind Schwestern, damals wie heute. Mittels Zorn getrennt und durch eine List wieder vereint. Dunkelheit hat Licht verraten und sie wird verstehen. Jaynas Arena wird im Nebel erscheinen und der Tod wird unweigerlich auf eine von ihnen warten, so, wie es die Göttin des Schicksals vorhergesagt hat. Nur wenn eine Nachfahrin die andere tötet, wird die Fürstenfamilie vereint sein, während die Überlebende über das geeinte Reich herrschen wird. Doch seid gewarnt: Versucht nicht, diesem Schicksal zu entkommen, denn sonst bringen die Bestien den Tod über alle, die auf diesem Kontinent leben.«

Ich starrte Aislinn an, konnte nicht verhindern, dass meine Hände zu zittern begannen.

»Mutter?«

Ein erneuter Ruck ging durch Aislinns Körper, ihre Beine

gaben nach. Kraftlos sackte sie auf ihre Knie. Einen Moment lang geschah nichts, dann hob sie ihren Kopf und sah uns irritiert an. »Arely. Noreia. Was … was tut ihr hier?«

»Du bist aus dem Schloss geflohen. Wir befinden uns direkt am Großen Nebel.«

Aislinn runzelte die Stirn. »Oh.« Dann lächelte sie. »Lasst uns zurückgehen, Kinder.«

»Du hast gerade noch etwas von der Vereinigung der Reiche und von den Töchtern der Fürsten erzählt. Was hast du damit gemeint?«

Aber Aislinn schloss bloß die Augen, als hätte sie ihre Tochter nicht gehört. Arely sah mich hilfesuchend an, doch ich zuckte lediglich mit den Schultern. Ich beobachtete sie dabei, wie sie ihre Mutter stützte und ihr dabei half, den Rückweg anzutreten.

Ich war unfähig, ihnen zu helfen oder etwas zu sagen. Denn im Gegensatz zu Arely hatte ich ganz genau verstanden, was Aislinn gemeint hatte. Es wirkte, als wäre sie heimgesucht worden und hätte eine Art Prophezeiung ausgesprochen. Womöglich war es sogar die der letzten Schriftrolle aus Meduris' Arbeitszimmer, welche ich nicht hatte lesen können. Für mich waren die Worte von Aislinn unmissverständlich. Ich hatte meine Ziehschwester verraten, war ebenso die Nachfahrin eines Fürsten wie sie. Bald würde sich Jaynas Arena auftun. Nur wenn eine von uns die andere töten würde, würden wir die Reiche in Frieden vereinen und unsere Völker vor dem nahenden Tod retten können.

Arely

Ein schreckliches Gefühl machte sich in mir breit und ließ meine Muskeln verkrampfen: Hilflosigkeit. Nur ein einziges Mal hatte ich mich so wie in diesem Moment gefühlt – als Noreia in den Nebel gegangen und nicht zurückgekehrt war.

Meine Gedanken rasten, während wir zurück durch den Wald gingen. Ich schluckte den schweren Kloß in meinem Hals hinunter. Noch nie hatte ich Mutter in solch einem Zustand gesehen. Sie war nicht mehr sie selbst gewesen, was mir wahnsinnige Angst einjagte. Es wirkte, als hätte eine düstere Macht aus ihr gesprochen, sie als Sprachrohr genutzt, um etwas vorherzusagen. Ich versuchte, mich zu beruhigen, doch mein gesamter Körper bebte. Es war, als könnte ich nicht atmen. Alles, wozu ich in diesem Moment fähig war, war, sie irgendwie sicher zurück ins Schloss zu bringen.

Noreia machte unverständlicherweise keine Anstalten, mir zu helfen. Nicht einmal, als ich sie darauf ansprach. Sie gab mir keine Antwort, sondern ging schweigend vor uns her. Es kam mir seltsam vor, aber ich hatte keine Kraft, mich damit weiter auseinanderzusetzen. Das Gewicht von Mutters Körper lastete allein auf meinen Schultern, während Noreia uns die Umgebung ausleuchtete und Hindernisse aus dem Weg räumte. Die einzigen Geräusche waren das Knacken der Zweige unter unseren Füßen sowie das unheimliche Rascheln der Blätter und Tiere im Gestrüpp.

Ich war die Tochter des Lichtfürsten. Von Kindesbeinen an war mir eingetrichtert worden, meine Gefühle unter Kontrolle zu behalten. Sie niemals nach außen hin zu zeigen. Krieger waren stets beherrscht und vergossen erst recht keine Tränen, doch oft fiel es mir schwer, mich gänzlich daran zu halten. Nun erdrückten mich die Emotionen beinahe. Meine Mutter in solch einem schwachen Zustand zu sehen, brach mir das Herz. Es fühlte sich wie zersplittertes Glas an, dessen Scherben mir nun von innen durch die Brust schnitten. Das Schlimmste für eine Kriegerin war, nichts tun zu können.

Mein gesamter Körper bewegte sich wie mechanisch vorwärts. Auch Noreia schien es so zu ergehen. Ihr Gesicht war so bleich, dass ich fürchtete, sie würde jeden Moment in Ohnmacht fallen. Gerade als wir die Brücke überquerten, die über den Ismar führte, drohte meine Kraft mich endgültig zu verlassen. Doch dann hörte ich vertraute Stimmen. Sie kamen immer näher. Erleichtert stöhnte ich auf.

Es dauerte nicht lange, bis ich Calatin und einen weiteren Krieger vor uns erkannte. Calatin, der uns als Erster erreichte, reagierte sofort. Er ging an Mutters anderer Seite und half mir dabei, sie zu stützen. Der andere Krieger bot an, meine Position einzunehmen, aber ich wehrte energisch ab. Ich machte mir schreckliche Sorgen um Mutter und wollte sie nicht alleinlassen, auch wenn ich völlig ausgelaugt war. Sicher waren es noch ein oder zwei Stunden Fußmarsch bis zum Schloss. Noreia erleuchtete uns nach wie vor den Weg, der andere Krieger behielt mit gezücktem Schwert wachsam die Umgebung im Auge.

Die Sonne war bereits aufgegangen, als endlich die Türme des Lichtschlosses in Sicht kamen. Nur noch ein paar Schritte. Bald würde Hilfe kommen. Sie würden sich um Mutter kümmern, irgendwie würde es wieder gut werden. Der andere Krieger war vorausgerannt, um im Schloss Bescheid zu geben, dass Mutter bei uns war. Noreia sagte noch immer nichts. Sie schien sich nicht aus ihrer Schockstarre befreien zu können.

Am Tor der Mauern wartete schon eine Gruppe von Kriegern der Fürstengarde auf uns, die uns den restlichen Weg begleiteten. Die Heiler würden sicherlich bald ebenfalls kommen. Das Blut rauschte in meinen Ohren, während wir den Schlossgarten durchquerten. Immer wieder sah ich besorgt zu meiner Mutter.

»Da sind sie!«, rief plötzlich die vertraute Stimme von Arawn, der auf uns zu stürmte.

Coel folgte ihm. »Fürst Meduris, sie sind wieder da!«

»Geht es meiner Frau gut? Wo ist sie?«

Noch nie war ich so froh gewesen, Vaters Stimme zu hören.

Sobald Mutter meinen heraneilenden Vater erblickte, verlor sie das Bewusstsein und sackte in unseren Armen zusammen. Calatin stützte sie weiterhin, aber ich war unfähig, sie noch länger aufrecht zu halten. Gefühle waren mächtiger, als die stärksten Körper es je sein könnten, aber selbst diese hatten ihre Grenzen.

»Aislinn!«, keuchte Vater entsetzt. Sofort eilte er zu ihr, hob Mutter aus Calatins Griff und schlang seine Arme um ihren zarten Körper. »Alles wird gut.«

Ich konnte mich nicht daran erinnern, ihn je so zärtlich erlebt zu haben. Seine sonst so ausdruckslose, eiserne Miene verrutschte für einen Moment, als er auf Mutters Gesicht hinabsah. Ebenso schnell fing er sich wieder, weshalb ich mich fragte, ob ich mir die Gefühlsregung nicht bloß eingebildet hatte.

Er räusperte sich. »Ich bringe die Fürstin persönlich in den Krankenflügel.«

Dann kehrte er uns den Rücken zu und trug Mutter

davon, wobei er uns ohne ein weiteres Wort zurückließ. Am ganzen Leib zitternd schlang ich die Arme um mich.

»Was ist mit ihr passiert?«, fragte Arawn aufgebracht. Auch seine Maske verrutschte.

Ich erkannte tiefes Entsetzen in seinen blauen Augen. Coel stand neben ihm und schaute mich an. Seine Besorgnis war fast greifbar. Doch dann wandte er sich Noreia zu, die links von mir stand. Ein scharfer Schmerz durchzog mein Inneres. Ich war seine Partnerin, nicht sie. Kurz darauf sah er wieder zu mir. Der Moment hatte allerdings ausgereicht, um den bitteren Geschmack von Eifersucht auf meiner Zunge zu spüren.

»Arely? Was ist passiert?«, wiederholte Arawn.

Als sich Coels und mein Blick miteinander verwoben, hätte ich am liebsten meine Fassade komplett fallen gelassen. Ich zitterte noch immer. Coel machte einen vorsichtigen Schritt auf uns beide zu und zog mich an seinen starken Körper. Verzweifelt schlang ich die Arme um ihn. Ich spürte das weiche Leder seiner Rüstung ebenso wie seine beruhigende Wärme, die mich umfing. Mit einem Mal war es mir vollkommen egal, was uns über unsere Gefühle gelehrt worden war. Meiner Mutter ging es schlecht und ich benötigte den Trost.

Plötzlich schämte ich mich für meine vorherigen Gedanken. Für Coel war Noreias Wiederkehr genauso verwirrend. Er war mein Fels in der Brandung. Meine Säule. Mein Seelengefährte. Und ich wusste, dass er mich liebte. Trotz Noreias Rückkehr hatte er mich nicht verlassen, war an meiner Seite geblieben. Er umarmte mich, nicht sie, obwohl sie noch mitgenommener wirkte als ich. Langsam kam ich zur Ruhe und das Zittern ebbte ab. Sobald ich wieder gleichmäßig atmen konnte, entwand ich mich seiner beruhigenden Nähe, damit ich mich Noreia zuwenden konnte. Sie beobachtete uns ausdruckslos.

Ich nahm sie schweigend in den Arm. Noreia klammerte sich an mich. Ehrlich gesagt fragte ich mich, ob sie jemals zuvor etwas so sehr aus der Fassung gebracht hatte, dass sie kein Wort mehr herausbrachte. Ich konnte mich nicht an eine solche Situation erinnern.

»Kann mir jetzt bitte endlich jemand sagen, was passiert ist?« Arawn klang nun ungeduldig.

Seufzend löste ich mich von meiner Schwester. »Mutter hatte einen ihrer Anfälle. Aber nicht so wie sonst. Es waren keine unzusammenhängenden Worte, sondern eine Art Vorhersage. Es war, als würde sie die Zukunft voraussagen, wie in einer Prophezeiung. Ich hatte das Gefühl, etwas hätte aus ihr heraus gesprochen. Sie war nicht sie selbst.«

Bei der Erwähnung der Weissagung versteifte sich Noreia neben mir, während ich mich bemühte, nicht an die schrecklichen Bilder von meiner Mutter am Nebel zu denken, die sich in mein Gedächtnis eingebrannt hatten. Die Erinnerung daran ließ mir einen eisigen Schauer über den Rücken laufen und die Härchen auf meinen Armen stellten sich auf.

»Ihr solltet euch ausruhen«, war alles, was Arawn auf meine Erklärung hin sagte.

Wahrscheinlich befürchtete er, dass wir jeden Moment zusammenbrechen würden.

Ich nickte nur, denn ich war tatsächlich am Ende meiner Kräfte.

»Komm Ares, ich begleite dich«, bot Coel an.

Er streckte mir seine Hand entgegen. Ein wenig erstaunt blickte ich auf sie hinab, bevor ich sie dankbar ergriff.

Trotz seines Kriegerdaseins war sie weich und sanft. Seine vertraute Berührung war wie Balsam für meine Seele.

Arawn räusperte sich und wandte sich an Noreia. »Du siehst sehr mitgenommen aus. Soll ich dich begleiten? Wenn du möchtest, hole ich anschließend etwas zur Beruhigung aus dem Krankenflügel, damit du schlafen kannst.«

Meine Schwester stand noch immer wie versteinert da. Schließlich brachte sie nur ein zögerliches Nicken zustande, ehe sie Arawn hinterher trottete. Besorgt blickte ich ihr nach.

Während Coel mich in meine Gemächer brachte, kreisten meine Gedanken um das Geschehene. Ich biss mir auf die Unterlippe. Am liebsten wollte ich vergessen, was passiert war. Für immer diese fürchterlichen Bilder löschen.

»Mach dir nicht zu viele Sorgen«, sagte Coel, als wir vor meiner Tür angekommen waren. Er strich mir mit dem Daumen sanft über die Wange.

Seufzend schloss ich meine Augen. »Das ist leichter gesagt als getan.«

»Das weiß ich. Ich bin für dich da. Vergiss das nicht.«

»Danke. Es ist zwar schon fast Mittag, aber … magst du vielleicht trotzdem noch zu mir hereinkommen?« Hoffentlich hörte er mir meine Verzweiflung nicht allzu sehr an.

»Immer.«

Er folgte mir in mein Zimmer. In diesem Moment wollte ich nichts mehr, als mich von meinen Sorgen und Ängsten abzulenken. Wollte sie in die hinterste Ecke meines Gedächtnisses verdrängen und wenigstens eine Zeit lang nicht mehr daran denken müssen.

Ich blendete aus, dass Coel mich bei unserem letzten Streit gerügt hatte, ich würde allzu oft meinen Schmerz mit körperlicher Nähe betäuben. Eigentlich wusste ich, wie recht er damit hatte. Das hielt mich allerdings nicht davon ab, ihn energisch an mich zu ziehen, sobald die Tür ins Schloss gefallen war und ich den Schlüssel herumgedreht hatte.

Mein ganzer Körper schrie nach ihm. Fordernd legte ich meine Lippen auf seine. Er erwiderte den Kuss, ohne zu zögern. Seine Zunge fuhr in meinen Mund hinein und spielte mit meiner. Ich kostete das berauschende Prickeln seiner Berührungen vollends aus, die mir eine Gänsehaut über die Arme jagten.

Coel drängte mich gegen die Tür, presste mich mit seinem Gewicht dagegen, sodass ich nicht entkommen konnte. Ich schmiegte mich noch enger an ihn, um ihm zu zeigen, wie sehr ich das wollte. Sanft biss er mir in die Unterlippe und ich konnte ein Aufkeuchen nicht unterdrücken. Mir wurde schwindelig vor Lust. Ich wanderte federleicht über seine Oberarme, die noch von der lädierten Rüstung bedeckt waren. Ohne ein weiteres Wort ließ er von mir ab und begann, sie abzulegen. Dabei beobachtete er mich eingehend. Gierig wanderte mein Blick über ihn, während seine nackte Haut nach und nach zum Vorschein kam. Es war erstaunlich, wie sich seine vom Kampf gestählten Muskeln unter der Haut bewegten.

»Gefällt dir, was du siehst?«, fragte er grinsend, nachdem das letzte Kleidungsstück von ihm abgefallen war und er völlig nackt vor mir stand.

Die Schürfwunden an seinen Armen ließen ihn wie den gefährlichen Krieger wirken, der er war. Ich konnte nicht umhin, einen besorgten Blick auf die Verletzungen zu werfen.

»Vielleicht«, neckte ich ihn. »Hast du Schmerzen?«

Statt zu antworten, drückte er mich wieder gegen die Tür. Sein warmer Atem strich über meinen Hals, als er eine Spur aus Küssen von den Lippen bis zu meinem Ohr zog. Ich schmolz dahin, konnte mich kaum mehr auf den Beinen halten.

»Jetzt bist du dran.«

Vor Erregung jagte ein Schauer über meine Haut.

»Mit Vergnügen«, raunte ich.

Nun war ich diejenige, die die Führung übernahm. Ich schob Coel rückwärts und er ließ es sich bereitwillig gefallen, da er mein Ziel genau kannte. Dann drückte ich ihn sanft, aber bestimmt auf mein Bett. Während ich vor ihm stehend quälend langsam meine Kleidung ablegte, verschlang er mich geradezu mit vor Lust verschleierten Blicken. Es war ein berauschendes Gefühl, auf diese Art und Weise von ihm angesehen zu werden.

Sobald auch ich ausgezogen war, ging ich auf ihn zu, kniete mich auf die Matratze und beugte mich über ihn. Ich küsste ihn zunächst auf die Lippen, dann wanderte ich mit meinem Mund über seinen Hals bis zu seiner Brust hinab, wobei meine Hände sachte über seinen muskulösen Bauch strichen. Er erschauderte unter meinen Fingern. Als ich Coels Männlichkeit umfasste, seufzte er auf und konnte seine Augen nicht mehr von mir abwenden.

Nach all den Jahren wusste ich genau, was ihm gefiel. Ich beobachtete jede seiner Reaktionen. Seine Hand vergrub sich in meinen Haaren. Ich genoss es so sehr, ihm Lust zu bereiten.

Bevor ich ihn jedoch zum Höhepunkt kommen lassen konnte, stoppte er mich sanft und zog mich neben sich. Er begann, meinen Oberkörper mit zarten Küssen zu bedecken. Ich hatte das Gefühl, als würde jede Faser meines Körpers in Flammen stehen, während ich mich unter seinen Berührungen wand.

»Ich bin bei dir«, flüsterte er, kniete sich über mich und ließ seine Hand über meine Brüste und dann weiter nach unten zu meinem Schoß wandern.

Behutsam hielt ich ihn zurück. Bevor ich das zuließ, musste ich noch hören, was er für mich empfand. »Liebst du mich?« Obwohl ich es nicht wollte, klangen meine Worte verzweifelt.

»Natürlich.« Coel sah mir tief in die Augen. »Arely, ich liebe dich unendlich. Meine Gefühle zu dir sind mit nichts anderem vergleichbar. Ich schwöre dir, das ist die Wahrheit. Du kannst dir nicht vorstellen, wie sehr ich dich in diesem Augenblick will.«

Seine Worte berührten mich tief in meinem Herzen. Ich wusste, dass er absolut aufrichtig war. Noch nie hatte er etwas Vergleichbares gesagt.

Ich küsste ihn und Coel sah mir nochmals tief in die Augen, ehe er fragend die Brauen hob. »Deine Kräuter hast du gestern genommen, oder?«

Lächelnd nickte ich, während ich mit meinem Finger über sein Schulterblatt strich. »Ich hoffe, du deine auch.«

»Selbstverständlich.«

Erneut berührten seine Lippen meine, bevor er mit dem fortfuhr, wobei ich ihn kurz zuvor gestoppt hatte. Seine Finger hinterließen ein intensives Gefühl der Lust, ein Stöhnen entwich mir. Ich schloss meine Augen und konnte an nichts anderes mehr denken. Alles in mir konzentrierte sich auf die eine Stelle zwischen meinen Beinen, die in hellen Flammen zu stehen schien. Meine Nägel bohrten sich in Coels Oberarme. Ich wollte ihn noch näher, noch intensiver spüren.

Auffordernd zog ich seinen Kopf für einen erneuten Kuss zu mir herunter und er verstand meine wortlose Aufforderung wie immer sofort. Als er in mich eindrang, hielt er kurz inne, um mir die Zeit zu geben, die ich benötigte. Erst als ich so weit war, begann er mit den vorsichtigen, rhythmischen Bewegungen, die ich so brennend erwartet hatte. Sie katapultierten mich in eine andere Welt. An einen Ort, an dem es nichts als dieses unbeschreibliche Gefühl gab, von dem ich wünschte, es würde niemals enden. Die Flammen in mir loderten heller, immer heißer, bis ich schließlich in einem alles verzehrenden Feuerwerk explodierte. Der Höhepunkt ließ meinen Körper erbeben, und als Coel kurz darauf ebenfalls Erlösung fand, sackte ich völlig erschöpft in mein Kopfkissen.

Mein Partner rollte sich neben mich, dann sah er schwer atmend zur Decke auf. Ich drehte den Kopf in seine Richtung, damit ich sein Profil betrachten konnte. War es wirklich richtig gewesen, meinen Kummer mit Lust zu ersticken, nur damit er nach einer Weile unweigerlich mit voller Wucht zurückkehren würde? Sobald Coel seine Lider wieder aufschlug und mich aus funkelnden Augen ansah, schwanden die Zweifel jedoch genauso schnell, wie sie gekommen waren.

Und dann kam der Moment, der die herrliche Blase zum Platzen brachte. Es waren nur wenige Worte, die meine Welt ins Wanken brachten. Worte, die mich so schlagartig aus meinem Zustand holten, als hätte mich jemand geohrfeigt.

»Wir sollten gleich dringend nach Noreia sehen. Ich mache mir Sorgen um sie.«

Diese beiden Sätze reichten aus, um zu wissen, dass all meine Befürchtungen der letzten Wochen wahr waren. In diesem intimen Augenblick dachte er an *sie*.

Vor Wut ballte ich meine Hände zu Fäusten. Hektisch griff ich nach meiner Bettdecke, um sie um meinen nackten Körper zu schlingen. Plötzlich fühlte ich mich schrecklich entblößt. Ruckartig stand ich auf und funkelte ihn an. »Du denkst jetzt, in diesem Moment, an *sie*?«

Coel schüttelte ungläubig den Kopf. »Ist das dein Ernst, Arely?«

»Hast du schon währenddessen an sie gedacht? Dir vorgestellt, dass ich sie bin?«

Einen Moment lang starrte er mich mit offenem Mund an. »So denkst du von mir?«

»Vielleicht bereust du es ja sogar, mit mir zusammen zu sein. Es ist doch sicher schrecklich für dich, so tun zu müssen, als ob du keine Gefühle mehr für sie hast und mich ach so sehr liebst, obwohl du sie wieder zurückhaben könntest.«

Coels Augen verengten sich. Er stand auf und begann, seine Kleidung einzusammeln. »Ich kann nicht glauben, dass du das gerade wirklich gesagt hast. Nur zu deiner Information: Falls du auch nur einen einzigen Blick auf Noreia verschwendet hättest, wäre dir aufgefallen, dass es ihr deutlich schlechter geht als dir. Wir können sie doch jetzt nicht allein lassen.«

»Ich wusste es. Du liebst sie noch!«

Coel hielt in der Bewegung inne und starrte mich an.

Es war so offensichtlich gewesen, ich hatte es nur nicht wahrhaben wollen. Meine Gefühle zu meiner Schwester hatten sich in all den Jahren nicht verändert, also wieso sollten seine es getan haben? Ich war eine Närrin.

»Komm schon, sag mir die Wahrheit«, forderte ich ihn auf.

»Vielleicht. Aber ich habe es dir vorhin schon gesagt: Ich liebe dich. Meine Gefühle zu dir sind mit nichts anderem vergleichbar.«

»Was spielt das schon für eine Rolle? Du denkst an sie, während du bei mir bist. Das ist alles, was ich wissen muss.«

Er verschränkte die Arme. »Wer sagt denn, dass ich nicht zwei Menschen gleichzeitig lieben darf? Wichtig ist doch nur, für wen ich mich entscheide. Und nach dem, was du hier von dir gibst, weiß ich nicht mehr, ob meine Entscheidung richtig war.«

»Dann geh doch zu ihr!« Ich bebte vor Wut. »Sie ist dir offensichtlich wichtiger als ich. Also los, geh schon. Ich werde dich nicht aufhalten. Aber dann brauchst du nie mehr zurückkommen.«

Coel schnaubte und ging zum Ausgang. »Ich lasse mich sicherlich nicht erpressen. Deine Eifersucht ist einfach nur krank.«

»Dann war es das? Du willst jetzt einfach gehen?«

»Ja, Arely. Ich werde jetzt gehen.« Mit diesen Worten riss er die Tür auf. Dann ließ er sie krachend hinter sich ins Schloss fallen.

Fassungslos starrte ich ihm hinterher und ließ meinen Tränen freien Lauf. Ich konnte nicht glauben, dass wir unsere Beziehung soeben wirklich beendet hatten. Einfach so, nach vier Jahren, in denen wir durch dick und dünn gegangen waren. Nach allem, was wir zusammen durchgemacht haben.

Es fühlte sich an, als würde mir jemand ein Messer in die Brust rammen. Mit einem lauten Schrei ließ ich mich zu Boden sinken und riss Coels Armband von meinem Handgelenk. Ich hoffte verzweifelt, er würde zu mir zurückkommen. Mir sagen, dass er sich geirrt hatte. Dass wir es irgendwie zusammen schaffen würden.

Doch er kehrte nicht zurück.

Der gestrige Tag und die zwei letzten Nächte waren grauenhaft gewesen. Ich hatte seit dem Vorfall mit Coel mein Zimmer anderthalb Tage lang nicht mehr verlassen. Sogar das Essen hatte ich mir in meine Gemächer bringen lassen. Die Bediensteten hatten meine vom Weinen verquollenen Augen nicht kommentiert, aber ich wusste, dass sie darüber tuscheln würden. Auf dem Schlossgelände war nach dem Angriff sowieso einiges los, weshalb meine Abwesenheit sicher niemandem auffiel.

Mutter ging es laut Epona den Umständen entsprechend gut. Die Heilerin hatte am vorgestrigen Nachmittag, kurz nachdem Coel gegangen war, einmal nach mir gesehen, um meine oberflächlichen Wunden zu verarzten. Von Coel hatte ich nichts mehr gehört.

Inzwischen war ein neuer Morgen angebrochen. Die Sonne war bereits aufgegangen und schien grell durch das Fenster meines Schlafzimmers hinein. Unruhig wälzte ich mich in meinem Bett. Ich fragte mich, wie ich diesen Tag nur überleben sollte. Nichts hätte ich lieber getan, als mich mindestens eine Woche lang unter der Decke zu verkriechen und mich selbst zu bemitleiden. Aber das konnte ich mir nicht erlauben. Es war wieder ein wenig Ruhe im Schloss eingekehrt. Daher hatte Vater mir eine Nachricht zukommen lassen, in der er darauf hinwies, dass das gemeinsame Sonntagsfrühstück trotz aller Vorkommnisse wie gewohnt stattfinden würde. Es graute mir schon davor, denn früher oder später würde ich Coel begegnen.

Unsere Beziehung war vorbei. Die Tatsache war wie ein Schlag in die Magengrube. Sofort hatte ich wieder das Gefühl, mich übergeben zu müssen.

Noch immer konnte ich nicht fassen, was vor zwei Tagen geschehen war. Es fühlte sich an wie ein Albtraum. Ich presste meine Lippen fest aufeinander, damit ich nicht wieder zu weinen anfing. Die Wut und die Enttäuschung lagen schwer auf meinen Schultern, sie schienen mich zu erdrücken.

Wie gern hätte ich mit jemandem darüber gesprochen. Aber Coel war fort und ich konnte mich nicht dazu überwinden, zu Noreia zu gehen. Nicht, wenn sie der Grund für die Trennung war.

Wie ferngesteuert machte ich mich auf den Weg zum Speisesaal, nachdem ich mich gewaschen und meine Kleidung übergestreift hatte. Meine müden Muskeln schmerzten bei jedem Schritt. Ich nahm die Umgebung kaum wahr. Gerade noch konnte ich mich dazu durchringen, den Bediensteten einen guten Morgen zu wünschen. Viel lieber hätte ich einfach nur geschwiegen.

Sobald ich um die Ecke bog und die Tür zum Speisesaal in Sicht kam, blieb ich abrupt stehen. Natürlich wäre ich ihm früher oder später begegnet, aber ich hatte nicht so bald damit gerechnet. Coel stand als Wachmann vor der Tür. Mein Magen drehte sich um, als ich auf ihn zu ging. Ich wich seinem Blick aus, während ich an ihm vorbeirauschte. Um das Zittern meiner Hände zu unterdrücken, krallte ich meine Finger ineinander. Dann ließ ich mich wortlos an der großen Tafel nieder. Vater und Arawn saßen bereits völlig in ihre Unterhaltung vertieft am Tisch. Bei meinem Anblick verstummten sie augenblicklich.

»Du siehst nicht gut aus, Arely«, stellte Arawn besorgt fest.

»Das soll vorkommen«, erwiderte ich nur ausweichend, ehe ich nach einem Stück Brot griff. Eigentlich hatte ich keinen Appetit, doch ich hatte keine Lust, mich auch noch dafür rechtfertigen zu müssen.

Noch bevor Arawn oder Vater etwas erwidern konnten, wurde die Tür erneut geöffnet. Coel hielt sie für Bress auf. Mein Bruder humpelte auf wackeligen Beinen hindurch und zu meinem Erstaunen stütze er sich nur noch auf eine Krücke. Immerhin etwas Gutes an diesem verfluchten Morgen.

»Endlich bin ich eines dieser schrecklichen Dinger los. Hoffentlich kann ich bald wieder ohne gehen«, knurrte er, als er sich auf dem Stuhl neben mir niederließ.

Ich bemühte mich, ihn anzulächeln und meine ehrliche Freude über seinen Genesungsfortschritt zu zeigen. Es fühlte sich eher nach einer gruseligen Grimasse an.

Aber Bress schien meinen wahren Gemütszustand entweder nicht zu bemerken oder er ignorierte ihn, denn er gab keinen Kommentar zu meinen roten Augen ab. »Wie geht es Mutter heute?«

Vater legte seine Stirn in tiefe Falten. »Ihr drei solltet sie besuchen gehen. Vielleicht hilft es ihr. Sie ist noch immer verwirrt und schwach. Ich mache mir große Sorgen.«

Sofort überkamen mich Schuldgefühle. Mutter ging es nicht gut und ich hatte nur an Coel und mich gedacht. Ihre Lage war weitaus schlimmer als eine gescheiterte Beziehung.

»Selbstverständlich werden wir sie besuchen gehen«, erwiderte Bress.

Arawn und ich stimmten ihm zu. Ich war erstaunt, dass

Vater mir erlaubte, sie zu besuchen. Es sogar selbst vorschlug.

»Hat einer von euch heute schon Noreia gesehen?«

»Nein«, antwortete ich.

Meine Brüder schüttelten ebenfalls die Köpfe.

Auch ich fragte mich, weshalb Noreia nicht hier war, verdrängte diesen Gedanken jedoch schnell. Zuerst musste ich mich um Mutter kümmern, dann konnte ich mich mit allem anderen auseinandersetzen. Wir beeilten uns mit dem Frühstück und sprachen nicht mehr miteinander als nötig. Sobald wir fertig waren, entließ Vater uns mit einem Nicken. Als wir uns von unseren Plätzen erhoben, hielt er uns noch einmal zurück. »Bitte richtet Coel aus, dass er nach Noreia sehen soll. Ich habe sie beim Frühstück vermisst. Offenbar hat der Angriff sie sehr mitgenommen.«

Arawn nickte und zusammen mit Bress folgte ich ihm. Ich blieb nicht stehen, als Arawn mit Coel sprach, sondern ging bereits zur großen Treppe.

»Ist etwas passiert?«, flüsterte mir Bress verwundert zu.

Seufzend ging ich weiter, ohne etwas zu erwidern. Ich wollte ihm nicht antworten, viel zu schmerzhaft waren die Erinnerungen an unsere Trennung. Außerdem war jetzt nicht der passende Zeitpunkt, ihm mein Herz auszuschütten.

»Wieso lauft ihr schon vor?«, beschwerte sich Arawn lautstark und eilte uns hinterher.

Weder Bress noch ich gaben ihm darauf eine Antwort.

Der Krankenflügel befand sich zwei Stockwerke tiefer als der Thronsaal. Unsere Schritte hallten laut durch das Treppenhaus und ein mulmiges Gefühl überkam mich, als ich an Mutter dachte, wie sie vor zwei Tagen von mir hatte gestützt werden müssen.

»Ich hoffe, heute geht es ihr besser«, murmelte Arawn, sobald wir vor der großen Eingangstür des Krankenflügels standen. »Ich habe sie noch nie so erlebt.«

Ich nickte zustimmend und öffnete zaghaft die Tür.

Die Betten in dem großen Raum hinter dem Vorzimmer waren mit einigen Kriegern belegt, Mutters zierliche Gestalt lag am anderen Ende unter einem der Fenster. Ihre Haut war blass, fast so weiß wie die Laken. Sie sah in dem gigantischen Krankenbett klein und verloren aus. Es war noch schlimmer als beim letzten Mal vor einigen Wochen, aber immerhin war sie wach und hob ihren Kopf, als sie uns erblickte.

»Mutter!«

Schnell lief ich zu ihr, um meine Arme um ihren dürren Körper zu schlingen. Sie erwiderte meine Umarmung.

»Was machst du denn nur?«, fragte Arawn besorgt und stellte sich mit ans Krankenbett.

Sie schmunzelte. Abwechselnd blickte sie uns an, ohne Arawn eine Antwort zu geben. »Ich liebe euch.«

Voller Sorge sah ich sie an. »Wir dich auch.«

Ich hatte keine Ahnung, wie es mit ihr weitergehen sollte. Vater offenbar auch nicht. Ihr Zustand hatte mich aufhorchen lassen. Sie war nicht sie selbst gewesen. Vielleicht stand es viel schlimmer um unsere Mutter, als ich angenommen hatte.

Bress und Arawn saßen eine ganze Weile mit mir bei ihr, aber irgendwann mussten sie wieder ihren Pflichten nachgehen. Ich hingegen blieb und versprach den beiden, auf sie aufzupassen. Heute würde ich nicht mehr von ihrer Seite weichen.

»Prinzessin!« Eine laute Stimme riss mich aus meinem Halbschlaf. Heilerin Epona stand vor mir, die Fäuste in die Hüften gestemmt. »Ihr seid ja immer noch hier! Ich habe euch bereits vor Stunden gesagt, dass ihr gehen sollt. Ihr müsst etwas essen. Es hilft der Fürstin nicht, wenn Ihr vor Erschöpfung zusammenbrecht.«

»Aber …«, setzte ich an, doch sie schnitt mir entschieden das Wort ab.

»Kein Aber, Prinzessin. Es reicht. Ihr werdet sofort zu Abend essen und dann ins Bett gehen. Morgen könnt Ihr wiederkommen.«

Seufzend betrachtete ich meine Mutter, die friedlich schlief.

»Sorgt Euch nicht. Ich werde auf sie aufpassen.«

Ich nickte. »Das weiß ich.«

»Gut.« Epona nahm mich sanft am Arm und zog mich von Mutters Bett. Dann schob sie mich bestimmt durch den Krankenflügel. Sie ließ erst los, als sie mich nach draußen bugsiert hatte. »Geht. Oder ich werde Euch persönlich zum Speisesaal bringen.«

Damit Epona meinem Vater davon nicht berichtete und dieser mir womöglich weitere Besuche verbat, tat ich, was sie mir aufgetragen hatte. Während des Abendessens erfuhr ich von Vater, dass Noreia Coel wieder weggeschickt hatte, ohne ihm Zutritt zu ihren Gemächern zu gewähren. Coel hatte daher den Koch damit beauftragt, Noreia regelmäßig Essen zu bringen.

Das schlechte Gewissen wand sich durch mich hindurch wie eine Schlange. Ich war wirklich selbstsüchtig. Noreia trug keine Schuld an Coels Gefühlen. Was war ich nur für eine Schwester, die nicht einmal nach ihr schaute, obwohl sie wusste, wie schlecht es ihr ging?

Nach dem Abendessen eilte ich sofort zu ihren Räumen. Zwar ließ sie Coel nicht zu sich, aber vielleicht würde sie stattdessen mit mir reden. Ich musste es wenigstens versuchen.

Laut hämmerte ich an ihre Tür. Ich wartete eine Zeit lang, doch sie gab keine Antwort. Mein erneutes Klopfen war noch eindringlicher, dieses Mal rief ich ihren Namen.

»Lass mich allein«, hörte ich Noreia von drinnen antworten.

Ich runzelte die Stirn. »Geht es dir gut?«

»Geh einfach!« Dieses Mal war ihre Stimme lauter. »Ich habe Coel schon mehrfach gesagt, dass er mich alleinlassen soll. Lasst mich doch alle endlich in Ruhe!«

Einen Moment lang überlegte ich, ihre Bitte zu ignorieren und einfach ins Zimmer zu gehen. Aber ich brachte es nicht über mich. Vielleicht lag es daran, dass ich nach wie vor über Coels Geständnis über seine Gefühle erschüttert war, selbst wenn Noreia auch ihn weggeschickt hatte. In gewisser Weise ging es mir jedoch ähnlich wie ihr. Ich wollte einfach allein sein. Immerhin hatte ich es versucht.

Die folgende Woche verbrachte ich wie in einem fortwährenden Trancezustand. Tagsüber saß ich an Mutters Bett und leistete ihr Gesellschaft. Es ging ihr zwar wieder besser, aber sie war nach wie vor schwach. Sie hatte nicht wieder mit dieser schaurigen Stimme gesprochen, doch im Schlaf redete sie immer wieder von der Arena und von Schwestern, die sich bis auf den Tod bekämpfen mussten. Einmal war sie nach solch einem Traum aufgewacht und hatte sich eingebildet, ich wäre eine dieser Schwestern. Es hatte ewig gedauert, bis sie wieder zu sich gekommen war.

Bress, Arawn und sogar Vater kamen regelmäßig zu uns. Ich sah die tiefe Sorge in ihren Gesichtern, auch wenn sie krampfhaft versuchten, sie zu verbergen. Vater schien Mutters gemurmelten Worten jedoch deutlich mehr Bedeutung beizumessen, als ich es tat. Das machte mich stutzig. Er hatte inzwischen sogar Krieger ausgesandt, um diese ominöse Arena zu suchen.

Zu gern hätte ich meine Gefühle mit jemandem geteilt, allerdings war niemand da. Arawn war Vater zu nah und Bress besprach grundsätzlich alles mit ihm. Coel und ich gingen uns gänzlich aus dem Weg. Mittlerweile tat es zwar nicht mehr so weh, ihn zu sehen, aber es würde sicher ewig dauern, bis wir wieder normal miteinander sprechen konnten.

Ich konnte nicht einmal mehr mit Noreia reden. Seit Mutters Zusammenbruch ließ sie niemanden mehr an sich heran. Sogar Vater hatte es probiert, doch selbst ihm hatte sie den Zutritt zu ihrem Zimmer verwehrt. Auch meine zahllosen Versuche waren allesamt gescheitert und ich machte mir inzwischen wirklich Sorgen. Nur ein einziges Mal hatte ich ihre Gemächer trotz ihres Verbots betreten. Sie hatte mich angebrüllt und die Kerze vom Nachttisch nach mir geworfen. Ich war so erschrocken und verletzt gewesen, dass ich es seither nicht erneut versucht hatte.

»Was soll ich nur tun«, flüsterte ich verzweifelt und betrachtete meine Mutter im Schlaf. »Mein Leben ist völlig durcheinandergeraten und ich weiß einfach nicht, warum.«

Noreia

Ich saß mit angewinkelten Beinen auf dem Bett und starrte die gegenüberliegende Wand an. Fixierte das Gemälde der Lichtung, dessen Gegenstück im Zimmer meiner Schwester hing. Die Arme hatte ich um meinen Körper geschlungen, um mich zu wärmen. Doch das war unmöglich. Die innere Kälte hatte mich in den letzten Tagen völlig zerfressen. Ich konnte an nichts anderes mehr denken als an ein einziges Wort: Nein!

Nein. Bitte lass es nicht wahr sein. Nein. Nein. Nein!

Mein Körper bebte. Ich konzentrierte mich wieder auf das Bild vor mir, damit ich nicht völlig den Verstand verlor. Gleichzeitig umklammerte ich das Fußkettchen meiner Mutter so fest, dass es in die Haut über dem Knöchel schnitt. In meinem ganzen Leben hatte ich noch nie so sehr ihren Rat benötigt wie jetzt. Aislinn war zwar immer wie eine Mutter für mich gewesen, doch abgesehen von ihrem derzeitigen Geisteszustand hätte ich mit ihr natürlich nicht über meine Sorgen reden können, ohne mich zu verraten. Es war niemand hier, mit dem ich diese schreckliche Tatsache teilen konnte, die mich in die völlige Verzweiflung trieb.

Ich hatte von Geschehnissen dieser Art bereits gehört. Aislinn musste eine Heimgesuchte sein. Zwar war seit Ewigkeiten niemand mehr einer begegnet, allerdings rankten sich um Menschen wie sie mindestens so viele Erzählungen wie um unsere Reiche selbst. Eigentlich war ihre Existenz längst als Aberglauben abgetan worden, der mit hoher Wahrscheinlichkeit auf traumatische Erlebnisse zurückzuführen war. Früher hätte ich dem selbstverständlich zugestimmt, aber inzwischen wusste ich es besser. Es gab die Prophezeiungen wirklich, ich hatte sie mit eigenen Augen gesehen. Nur die letzte nicht. Aislinns Worte handelten von der Rettung oder dem Ende unseres Kontinents. Es musste die finale Weissagung sein. Ich biss die Zähne aufeinander, bis mir von dem Druck schwindelig wurde. Dann krallte ich mit aller Kraft meine Fingernägel in die Arme. Den Schmerz nahm ich kaum wahr.

Ein federleichtes Klopfen an der Tür ließ mich zusammenzucken. Nicht schon wieder! Gequält schloss ich die Augen.

»Noreia?« Coels Stimme drang durch das Holz. »So kann das nicht weitergehen. Ich werde jetzt reinkommen und du wirst mir endlich erklären, warum du dich so lange zurückziehst!«

»Geh.« Meine Stimme zitterte. »Lass mich allein.«

Natürlich bestärkte dies Coel nur noch mehr in seinem Vorhaben, dieses Mal trotz der Bitte die Klinke herunterzudrücken. Er öffnete die Tür, dann hielt er inne. Offenbar hatte er nicht damit gerechnet, mich in einem solchen Zustand vorzufinden.

»Bei den Göttern, was ist denn mit dir passiert?«, rief er mit einem alarmierten Ausdruck im Gesicht, betrat in einer fließenden Bewegung den Raum und schloss die Tür hinter sich.

»Raus hier!«

»Wenn du mich wirklich davon hättest abhalten wollen hereinzukommen, dann hättest du wie an den vergangenen Tagen auch die Tür abgeschlossen.«

»Ich habe gesagt: Raus hier.«

»Nein, es reicht jetzt endgültig mit deinem Versteckspiel. Alle machen sich Sorgen um dich. Rede mit uns und sag uns, wie wir dir helfen können.«

Ich schüttelte den Kopf. Coel ignorierte die Aufforderung. Mit schnellen Schritten kam er auf mich zu, dann sank er ohne Umschweife neben mich auf das Bett. Er streckte eine Hand aus, um mich sanft am Arm zu berühren. »Du siehst aus wie der Tod. Du sitzt seit Tagen hier drin und isst kaum etwas. Was ist denn nur passiert?«

Am liebsten hätte ich ihm wieder befohlen, meine Gemächer auf der Stelle zu verlassen, doch dazu fehlte mir inzwischen die Kraft.

»Noreia?« Coel hob mein Kinn an und zwang mich, ihm in die Augen zu sehen. »Du bist ja eiskalt.« Er griff nach der Wolldecke am Ende des Betts, legte sie mir um die Schultern und wickelte mich darin ein. Dann rieb er über meine Arme, um mich zu wärmen. »Bitte rede mit mir. Was bedrückt dich?«

Abermals schüttelte ich den Kopf und wich seinem Blick aus. Was hätte ich ihm auch sagen sollen? Dass alles meine Schuld war – dass ich, ohne es zu wissen, eine Prophezeiung erfüllt hatte? Eine Prophezeiung, die mich und meine Schwester dazu verurteilte, einander bis zum Tod zu bekämpfen? Obwohl ich es wollte, konnte ich es einfach nicht aussprechen.

Das durfte alles nicht wahr sein! Die letzten Tage hatte ich fieberhaft überlegt, wie wir diesem Schicksal entkommen könnten. Hatte einen Weg gesucht, der uns davor bewahren würde. Aber im Endeffekt hatte ich bereits gewusst, wie sinnlos es war.

Prophezeiungen ließen sich nicht einfach so ändern. Die Schicksalsgöttin bestimmte über alles, was geschah, und es gab keine Möglichkeit, dem zu entkommen. Außerdem würde ich weder das Wohl meiner Schwester noch mein eigenes über das zweier Völker stellen. Niemals. Selbst wenn eine von uns die andere würde töten müssen. Das war schlicht meine Aufgabe als Thronfolgerin. Und ich kannte Arely gut genug, um zu wissen: Sie würde die gleiche Entscheidung treffen, ohne auch nur mit der Wimper zu zucken.

»Noreia.« Coels Stimme war so sehr von Sorge durchtränkt, dass mein ohnehin schon geschundenes Herz noch mehr schmerzte. Er strich mir mit einer federleichten Bewegung eine verirrte Haarsträhne aus der Stirn und ließ seine warme Hand an meiner Wange liegen. »Kann ich etwas tun, um dir zu helfen?«

Ich kniff die Lider so fest wie möglich zusammen. »Du kannst mir nicht helfen. Niemand kann das.«

»Sag so etwas nicht. Alles wird gut.«

Es war wie Balsam für meine Seele. Ich wusste, dass es nicht stimmte, dennoch fiel es mir leicht, mich in seinen Worten zu verlieren. Er nahm mir damit einen Teil der Last, wenn auch nur für einen kurzen Moment. Alles andere fühlte sich bedeutungslos an.

»Coel«, hauchte ich und öffnete die Augen.

Er war mir jetzt so nah, dass ich seinen Atem auf der Haut spürte. Mit dem Daumen strich er über meine Unterlippe. Bei dieser Vertrautheit zog sich alles in mir zusammen, mein Herz begann zu rasen. Ich kämpfte dagegen an, wollte diesem liebevollen Blick entkommen.

Mit geballter Willenskraft rutschte ich von ihm ab. Es war falsch, was wir hier taten! Ich sah zu Coel auf, welcher verbittert den Kopf schüttelte.

»Es ist nicht richtig«, wisperte ich.

»Vermutlich nicht, nein. Selbst wenn ich niemandem mehr Rechenschaft schuldig bin.«

Entgeistert starrte ich ihn an. »W… wie meinst du das?«

»Arely und ich haben unsere Beziehung beendet.« Coel seufzte, und als ich einen erschrockenen Laut von mir gab, verzog er gequält seine Mundwinkel. »Es war … ziemlich unschön. Aber ich kann meine Gefühle nun einmal nicht beeinflussen.«

»Ihr … ihr habt euch doch nicht wegen mir getrennt, oder?«

Sein beschämter Blick sagte mir alles, was ich wissen musste. Eine Welle aus Schuldgefühlen überrollte mich so heftig, dass ich kaum atmen konnte. Am liebsten hätte ich mein Gesicht in den Händen vergraben und laut geschrien. Verräterin, Spionin, mit all dem konnte ich gut leben, denn letzten Endes tat ich es aus den richtigen Beweggründen. Aber das hier war selbst für mich kaum zu ertragen.

Coel legte mir eine Hand auf die Schulter. Ich spürte seine Wärme durch die Wolldecke hindurch. »Arely wollte die Wahrheit von mir wissen. Also habe ich sie ihr gesagt. Seit du wieder hier bist, habe ich alles versucht, um meine Gefühle für dich zu unterdrücken, aber es ist einfach nicht möglich. Ich liebe Arely, aber du bist … ich …«

Ich wusste, was er meinte, auch ohne seine Worte zu hören. Er spürte diese alles verzehrende Liebe zwischen uns genauso wie ich. Auch ihn hatte es all die Jahre nicht losgelassen. Im Gegensatz zu mir hatte er vermutlich in gewisser Weise damit abschließen können, da er gedacht hatte, dass ich in dem Nebel umgekommen war. Nun war das alles wieder zurück.

Ohne es zu wollen, waren wir näher zusammengerückt. Seine Hand lag nach wie vor auf meiner Schulter.

»Es tut mir so leid«, wisperte ich mit belegter Stimme. »Das … das war nie meine Absicht.«

»Das weiß ich doch.«

Ich wollte zurückweichen, wollte dieser verdammten Anziehung zwischen uns entkommen. Auch Coel schien mit sich zu ringen. Aber es schien, als könnten wir es nicht selbst steuern.

»Ich liebe dich.« Die Worte waren mir über die Lippen gekommen, bevor ich mich hatte stoppen können. In diesem Moment wurde mir klar, dass ich sie gar nicht mehr zurückhalten wollte.

Meine Barriere fiel in dem Moment, in welchem auch Coel aufgab, dagegen anzukämpfen.

Unsere Münder trafen so stürmisch aufeinander wie zwei Magneten, die lange Zeit auseinandergehalten worden waren und deren Anziehungskraft nun endlich gesiegt hatte. Es war noch viel berauschender, Coel wieder so nah zu sein, als ich es mir in all der Zeit erträumt hatte. Ich konnte nicht mehr denken, nur noch fühlen. Existierte allein für diesen Augenblick, für dieses allumfassende Glücksgefühl, das in Wellen durch mich jagte. Als wäre ich jahrelang ausgehungert worden und könnte nun endlich wieder etwas Wahrhaftiges aufnehmen. Nur er und ich, alles andere war nicht mehr von Bedeutung.

Ich grub die Finger in sein Haar, zog ihn noch näher an mich. Mit jeder Faser meines Ichs wollte ich ihn spüren. Meine Zunge drang durch seine Lippen und er erwiderte den Kuss fordernd. Nichts hiervon hatte ich jemals vergessen. Es war so vertraut, so einfach mit Coel. Wir kannten uns selbst nach all den Jahren noch genau, bewegten uns im absoluten Einklang.

Meine Zunge umkreiste seine und er stöhnte in meinen Mund, während ich mit zitternden Fingern die Wolldecke von den Schultern schob und versuchte, mich von meinem

Nachthemd zu befreien. Bestimmt stoppte Coel meine Hände, hörte dabei jedoch keine Sekunde auf, mich zu liebkosen. Dann packte er den dünnen Stoff und schob ihn über meinen Kopf.

Sein Blick fiel auf meinen Oberkörper, der genau wie die Arme komplett mit den schwarzen Linien und Ornamenten des Schattenreichs bedeckt war. »So wunderschön.« Coels Stimme war rau.

Ich hatte gedacht, dass ihn die Zeichnungen abschrecken würden, doch das taten sie nicht. Als er mit seinen Fingerspitzen über meine linke Brust fuhr, hielt er plötzlich inne. Ich wusste sofort, warum. Er hatte die kleine Stelle entdeckt, wo die goldene Tätowierung nicht von der schwarzen überstochen worden war. Mein kleines Geheimnis. Das letzte Andenken an das, was ich einst gewesen war.

»Wie?«, hauchte Coel erstaunt.

Ich schluckte. »Sie … haben es wohl übersehen. Es ist mein Geheimnis.«

Bevor er weiter nachfragen konnte, griff ich nach seinem oberen Teil der Rüstung. Er half mir dabei, sie abzulegen. Die hellgoldenen Tätowierungen auf seiner gebräunten Haut standen in einem starken Kontrast zu den meinen. Aber diese Gegensätzlichkeit tat der Anziehung zwischen uns keinen Abbruch.

Ich konnte mich an ihm kaum sattsehen. Schwer atmend richtete ich mich auf, damit ich mit den Fingern über seine Brust fahren konnte.

»Du bist unglaublich«, flüsterte ich und küsste die goldenen Linien auf seinem Bauch.

»Noreia«, sagte Coel heiser. »Leg dich hin.«

Laszıv grinsend folgte ich seiner Bitte. Es war, als hätte sich nie etwas zwischen uns verändert. Noch immer gab er gern die Befehle, und auch heute noch kam ich ihnen nur zu gern nach. Es hatte nie einen einzigen Moment gegeben, in dem wir uns füreinander hatten verstellen müssen. Im Gegenteil, wir hatten uns immer genau für das geliebt, was wir wirklich waren.

Coel kniete sich über mich, seine Hände erkundeten sanft meinen Körper. Dabei konnte er den Blick nicht von meinen Rundungen abwenden, sodass es mich heiß und kalt durchlief. Allein dieses Gefühl, verbunden mit dem Wissen, dass dies hier Coel war – mein wundervoller, geliebter Coel – brachte mich fast um den Verstand.

»Du bist perfekt«, flüsterte er und sah mir in die Augen. »Genauso habe ich es mir vorgestellt.« Er hielt kurz inne. »Ich habe die Kräuter eingenommen, du musst dir also keine Sorgen machen. Jetzt schließ deine Augen.«

Ich gehorchte. Er beugte sich über mich, hauchte mir einen Kuss auf die Lippen und begann seine Reise über meinen Körper von neuem. Die Lust überschwemmte mich. Es machte mich wahnsinnig, noch länger auf ihn zu warten. Doch er ließ sich Zeit, erkundete jede Stelle.

»Coel«, seufzte ich.

Vor meinen geschlossenen Lidern tanzten kleine Blitze, während ich an nichts anderes mehr denken konnte als ihn und das, was seine Berührungen mit mir machten. Mittlerweile hatte Coel sich seiner Hose entledigt und endlich berührte er mich an meiner empfindlichsten Stelle.

Ich öffnete meine Augen, unsere Blicke fanden sich, verwoben sich miteinander.

Als er in mich eindrang, krallte ich mich seufzend in seine starken Oberarme. Da war kein Zögern oder ein kurzes Innehalten. Diese unerklärliche Anziehung, gegen die wir uns so lange gewehrt hatten, sorgte dafür, dass wir uns sofort perfekt ineinanderfügten. Vor Überwältigung wurde mir beinahe schwindelig.

Coel war der Pol, der mich von der ersten Sekunde an angezogen und danach nie mehr freigegeben hatte. Ich liebte ihn mit jeder Zelle meines Selbst, hatte nie damit aufgehört. Das Gefühl, gemischt mit seinen liebevollen, aber kräftigen Bewegungen trieben mich immer höher, bis ich mich völlig darin verlor.

»Ich liebe dich«, hauchte ich. »Habe ich immer und werde ich immer.«

»Ebenso wie ich dich, Noreia.«

Der Strudel ließ mich noch weiter emporsteigen, bis ich schließlich am höchsten Punkt angelangte. Ich fiel und fiel und dann zersprang ich in Millionen Teile.

Als ich langsam wieder aus dem Dämmerzustand erwachte und Coel ansah, wurde mir klar, dass für einen kleinen Moment nichts anderes mehr wichtig war.

Die Spannung wich aus meinem Körper, ich sackte zusammen und löste die Nägel aus Coels Haut. Sanft zog er sich aus mir zurück und ließ sich neben mich fallen. Wortlos nahm er mich in die Arme. Hielt mich fest.

Den Kopf auf seinen Brustkorb gebettet lauschte ich seinem kräftigen Herzschlag und wagte nicht, meine Augen zu öffnen. Zu sehr fürchtete ich das, was nach diesem Moment des Friedens unweigerlich kommen würde. Die Realität. Die Schuldgefühle. Einfach alles. Coel schien die gleichen Gedanken zu haben, denn auch er sagte minutenlang kein Wort.

»Wir hätten das nicht tun sollen.«

Ich biss mir auf die Unterlippe. Er hatte absolut recht. In meiner Verzweiflung hatte ich die schreckliche Entscheidung getroffen, meine Schwester zu hintergehen.

»Es war meine Schuld«, murmelte ich niedergeschlagen.

»Nein! Du hast mich zu nichts gezwungen. Alles, was ich gesagt habe, meinte ich auch so. Ich liebe dich. Ich habe nie damit aufgehört. Aber …«

Bei diesen Worten geriet mein Herz kurz aus dem Takt. »Ebenso wie ich dich. Aber es war falsch. Das hat Arely nicht verdient. Selbst wenn ihr euch getrennt habt, sie ist meine Schwester. Das … So etwas ist unverzeihlich.« Seufzend hob ich den Kopf und löste mich aus seinen Armen.

»Es ist schrecklich, dass ich so zwischen euch stehe. Das war nie meine Absicht. Als du wieder aufgetaucht bist, wusste ich nicht, was ich tun soll. In meinen Augen war es das Richtige, mich für Arely zu entscheiden und bei ihr zu bleiben. Aber diese Anziehung zwischen uns hat mich wahnsinnig gemacht.«

»Es ist alles so kompliziert.«

Coel schwieg, während er in Gedanken versunken kleine Kreise auf mein Schlüsselbein malte. Auch wenn ich es nicht wollte, jagte allein diese Berührung wohlige Schauer über meinen Körper.

»Erzählst du mir nun, was dich bedrückt?«

Mit diesen Worten ließ Coel meine Gewissensbisse erneut auflodern wie ein Lauffeuer. Sie bohrten sich in mich wie die Klaue einer Bestie, brachten all das zurück, was ich in den letzten Minuten hatte verdrängen können.

»Ich kann nicht«, sagte ich mit brüchiger Stimme und griff hektisch nach der Wolldecke am Bettende. »Bitte entschuldige. Das alles hier ist so fürchterlich falsch. Wir hätten dieser Anziehung niemals nachgeben dürfen.«

Dann geschah alles auf einmal. Coel streckte seine Hand nach mir aus, als im selben Moment die Tür aufgestoßen wurde. Mein Kopf schnellte herum und ich sah geradewegs in Arelys Augen. Ihre Emotionen waren überdeutlich zu erkennen. Erst Schock, dann Erkenntnis, Wut und schließlich das, was mein Herz endgültig brach: Enttäuschung.

Ich hörte, wie Coel einen erstickten Laut von sich gab, wusste, er fühlte das Gleiche wie ich. Doch als Arely auf dem Absatz kehrtmachte und die Flucht ergriff, gab ich ihm mit einem Blick zu verstehen, dass er hierbleiben sollte. Ich wickelte mir die Wolldecke um den Leib und folgte ihr, so schnell ich konnte. Mir war es vollkommen egal, ob mich jemand so sah. Alles, was ich wollte, war mit ihr zu reden. Mich für etwas zu entschuldigen, für das es keine Entschuldigung gab. Kein Wort, keine Tat könnten jemals rechtfertigen, was Coel und ich getan hatten. Auch seine und Arelys vorherige Trennung änderte nichts daran. Wochenlang hatte ich ihr gesagt, sie bräuchte sich keine Sorgen machen. Und doch hatte ich egoistisch gehandelt. Ich wusste, sie würde mich ohnehin hassen, wenn sie erfuhr, warum ich hier war. Aber der Schmerz in ihrem Gesicht hatte mir den endgültigen Verlust ihres Vertrauens bewusst gemacht. Hätte es je eine winzige Chance gegeben, dass sie mir meinen Verrat und das, was Aislinn prophezeit hatte, jemals hätte verzeihen können – dann hatte ich diese hiermit ein für alle Mal vernichtet.

Ich musste Arely unbedingt folgen und mit ihr reden. Also rannte ich ihr blindlings durch die Gänge hinterher. Wo war sie nur hin?

Plötzlich hörte ich schnelle Schritte. Außer uns beiden würde momentan in diesem Schloss wohl niemand grundlos rennen, daher folgte ich den Lauten. Einige Gänge weiter, kurz vor ihren Gemächern, sah ich sie endlich.

»Arely!« Sie wandte sich um, schien einen Moment darüber nachzudenken, ehe sie tatsächlich stehen blieb.

»Bitte, Arely, ich …«

»Wag es ja nicht!« Sie schrie mir die Worte mit einer solchen Härte entgegen, dass ich entsetzt stehen blieb. »Wag es bloß nicht, auch nur ein Wort der Entschuldigung zu sagen, obwohl es dir nicht leidtut.«

Ich starrte sie an und rührte mich nicht, während sie mit wütenden Schritten näherkam.

»Du elende Heuchlerin! Ich wusste von Anfang an, dass irgendetwas nicht stimmte. Ich habe dir vertraut, obwohl alles in mir mich warnte, es nicht zu tun! Du warst meine Schwester.«

Die Art, wie sie die Vergangenheitsform nutzte, traf mich erneut mitten ins Herz. »Ares, bitte, ich …«

»Das Schlimmste ist: Ich habe es tief in mir gewusst! Ich wusste, dass ihr euch noch immer liebt. Aber das ist nicht alles, oder? Wage es nicht, mich anzulügen. Der einzige Grund, warum ich jetzt noch mit dir spreche, ist, um dir eine Chance zu geben, es mir selbst zu sagen. Warum bist du hier?«

Ich senkte den Kopf. Sie wusste es. Sie hatte es von Anfang an gewusst. »Ich bin eine Spionin des Schattenreichs.« Arelys Augen leuchteten auf, doch bevor sie etwas sagen konnte, sprach ich weiter: »Aber nicht so, wie du glaubst, Ares. Ich … ich bin ebenfalls eine Nachfolgerin. Genau wie du. Ich bin die Thronfolgerin des Schattenreichs.«

Arely

Gefühle können fürchterlich sein. Sie können dich regelrecht in der Luft zerfetzen. Schleichen sich wie Bestien hinterrücks an dich heran und reißen dich in einem Moment der Unachtsamkeit erbarmungslos in Stücke.

Es schien, als hätte Noreia mich zerrissen. Ich konnte nicht atmen. Alles in mir schrie, doch ich war unfähig, mich zu rühren. Tränen brannten in meinen Augen. Ich weigerte mich, sie fließen zu lassen. Meine Miene wurde eiskalt. Sie durfte nicht wissen, wie es mir ging. Was ihre Worte in mir ausgelöst hatten. Noreia war jetzt der Feind. Und das jahrelange Training hatte mich gelehrt, zu handeln, sobald dieser vor mir stand.

»Wie kannst du mir bloß noch in die Augen sehen?«, zischte ich hasserfüllt. »Nach allem, was du mir und meinem Volk angetan hast?«

Die Wut pochte hinter meinen Schläfen. In diesem Moment wollte ich ihr genauso wehtun wie sie mir. Ich wollte sie ebenso am Boden sehen, diese Verräterin.

Im Gegensatz zu mir gab Noreia sich keine Mühe, ihren Schmerz zu unterdrücken. »Es tut mir alles so unfassbar leid.«

Diese Heuchlerin! Hätte ihr wahrhaftig etwas an mir gelegen, wäre sie niemals zum Feind übergelaufen. Sie hätte sich eher umbringen lassen, als zu ihrer Marionette zu werden und ihre Familie auszuspionieren. Mich auszuspionieren. Wir waren doch Schwestern. Zu allem Überfluss hatte sie auch noch mit meinem Partner geschlafen, nur wenige Tage nach unserer Trennung.

Tatsächlich hatte ich langsam angefangen, ihr zu vertrauen. Wie töricht ich gewesen war. Von Anfang an hätte ich auf meinen Instinkt hören sollen. Ich hatte gewusst, dass an Noreias Rückkehr etwas faul war. Aber meine Schuldgefühle und die unsägliche Freude, sie wohlauf zu wissen, hatten mich geblendet. Wenn ich daran dachte, welche Informationen sie bereits gesammelt hatte, die sie dem Schattenreich berichten wollte, wurde mir speiübel. Vielleicht hatte sie dies sogar längst getan? Wer wusste schon, ob die Legenden um die dunklen Mächte des Schattenreichs nicht doch stimmten und Noreia so die Möglichkeit hatte, mit ihnen zu kommunizieren.

»Was hast du ihnen erzählt?«

Ich ließ sie keine Sekunde aus den Augen. Ein falscher Schritt, eine falsche Bewegung, und ich würde sie erbarmungslos zu Boden ringen. Nichts an ihr hatte mehr mit der Noreia zu tun, die ich einst so geliebt hatte.

»Nichts!«, beteuerte sie und streckte eine Hand nach mir aus.

Angewidert verzog ich das Gesicht und wich einen Schritt zurück. Wie konnte sie es wagen, mich berühren zu wollen? »Ich glaube dir nicht. Du bist eine widerwärtige Verräterin. Du hast uns ausspioniert.«

»Es … es ist kompliziert. Bitte, ich … es tut mir leid.«

Wie hatte ich mich nur so in ihr irren können? Wir alle waren so naiv gewesen. Nicht einmal Vater hatte ihre Pläne durchschaut. Noreia hatte das gesamte Lichtreich verraten. Das konnte ich ihr unmöglich verzeihen. Denn sie hatte nicht nur mich hintergangen, sondern jeden einzelnen Bürger dieses Reichs. Das würde ich niemals vergessen können.

»Dir ist wohl klar, dass ich dich wegen Hochverrats

anklagen werde, Noreia.« Meine Stimme klang steif. Nicht wie ich selbst. »Du hast das Volk verraten. Mein Volk, von welchem du auch einmal ein Teil warst. Dessen Kriegerin du warst.«

Dabei sah ich verächtlich auf die tiefschwarzen Tätowierungen auf Noreias nackten Armen. Hass überkam mich »Jetzt bist du nur noch ein Teil von ihnen. Mir wird schlecht bei dem Gedanken daran, dass ich dir auch noch angeboten habe, die Zeichnungen überstechen zu lassen und deine Ehre als Lichtkriegerin wiederherzustellen. Du hast mir daraufhin einfach nur dreckig ins Gesicht gelogen.«

Noreia starrte mich fassungslos an. Ihre Unterlippe begann zu zittern. »Arely. Bitte handele nicht voreilig. Denk an die Prophezeiung. Wenn du mich anklagst und wir die Vorhersage nicht erfüllen, verurteilst du dein Volk zum Tode. Und somit auch mein Volk.«

»Du glaubst doch nicht ernsthaft daran, dass dieses durchgedrehte Gerede von Mutter wahr ist.«.

»Natürlich glaube ich daran. Wie kannst du es nicht? Du weißt ebenso wie ich, dass sie nicht verrückt ist. Sie ist eine Heimgesuchte. Ihre Worte sind wahr. Nur wenn eine von uns die andere im Kampf tötet, können die beiden Reiche vereint und gerettet werden!«

Natürlich erinnerte ich mich an die Worte von Mutters Zusammenbruch. Sie hatten sich in meinem Kopf eingebrannt, lagen so bitter auf meiner Zunge, dass ich es im Gegensatz zu Noreia nicht wagte, sie auszusprechen. Eine leise Stimme in meinem Kopf verhöhnte mich: Verleugnung war schon immer deine bewährteste Methode, um sich vor schmerzhaften Wahrheiten zu drücken.

Doch ich wollte nicht daran denken. Denn wenn ich

diesen Worten Glauben schenkte, würde das endgültig bedeuten, dass alles, was ich je über das Schattenreich gelernt hatte, eine Lüge war. Es würde bedeuten, das Schattenreich wäre ebenso ein Opfer und nicht der Urheber allen Übels. Ich schüttelte den Kopf. Zwar hatte ich bereits zuvor angefangen zu zweifeln, aber das war sicherlich bloß einer von Noreias Plänen gewesen. Sie wollte mich in die Irre führen.

Doch was, wenn nicht? Was, wenn Mutter recht hatte? Hatte Vater mich und das Volk tatsächlich jahrelang belogen? Er hatte seine Geheimnisse, das war mir bewusst. Und er wollte das Schattenreich um jeden Preis vernichten, indem er eine Armee durch den Nebel schickte. Ich fragte mich, ob er dies wirklich tat, um uns zu beschützen.

Ein Schauer lief mir über den Rücken, der eine Gänsehaut hinterließ. Ich begann allmählich, alles infrage zu stellen. Verzweifelt bemühte ich mich, meine Gedanken zu ordnen.

Wenn die Prophezeiung der Wahrheit entsprach, dann würde ich gegen Noreia kämpfen müssen. Nein, das konnte ich nicht einfach so hinnehmen. Es durfte nicht stimmen! Auch wenn der Hass auf sie in diesem Moment schier unendlich schien, konnte ich mir nicht vorstellen, sie zu töten.

Ich war unfähig zu atmen, fühlte mich, als erdrückte mich diese Last. Es war einfach alles zu viel für mich.

»Arely? Alles in Ordnung?« Noreia trat wieder auf mich zu.

»Fass mich nicht an«, schrie ich und stieß sie weg. Ich brauchte keine Hilfe, besonders nicht von ihr. »Du bist so erbärmlich!« Meine Stimme wurde noch lauter. Ich wollte mich beherrschen, doch allmählich verlor ich die Kontrolle.

Ob wegen der Wut oder Enttäuschung, vermochte ich nicht zu sagen. Mein gesamter Körper bebte, ich konnte nichts dagegen tun. Ich war meinen Gefühlen hilflos ausgeliefert. Ein pochender Schmerz hatte von meinem Herzen Besitz ergriffen, drohte, mich mit ihm untergehen zu lassen. »Erst hintergehst du mich und dann auch noch mein Volk! Dafür wirst du leiden.«

Fest blickte ich Noreia an. Jedes Wort meinte ich ernst. Sie würde für das bezahlen, was sie uns damit angetan hatte.

Übelkeit stieg in mir auf, als ich sie jetzt betrachtete, vollkommen nackt und nur von der Wolldecke verhüllt. Das Bild von ihr und Coel blitzte erneut vor meinem inneren Auge auf. Durch ihren Betrug hatte ich nicht nur meine Schwester verloren, sondern auch meine beste Freundin. Natürlich hatte ich tief in mir geahnt, dass nach ihrer Rückkehr die alten Gefühle der beiden wieder an die Oberfläche kommen würden. Doch ich hatte geglaubt, den beiden zumindest so viel zu bedeuten, dass sie mich nicht so hinterhältig betrügen würden.

Ich spürte, wie die heißen Tränen nun doch einen Weg fanden, und verabscheute mich dafür. Noreia sollte nicht sehen, wie verletzt ich war.

Nur wenn eine Nachfahrin die andere tötet, wird die Fürstenfamilie vereint sein …

Mutters Worte hallten durch meinen Kopf. Ich hatte das Gefühl, als würde mir der Boden unter den Füßen weggerissen.

»Arely? Noreia?«

Sofort versteife ich mich, mein Magen drehte sich um. Coel war die letzte Person, die ich in diesem Moment sehen wollte. Mein Herzschlag beschleunigte sich augenblicklich, sobald er um die Ecke bog, und bevor ich auch nur darüber nachdenken konnte, trugen mich meine Füße ihm entgegen. Coel riss erstaunt die Augen auf, während ich auf ihn zulief. Ich wollte ihm nicht die Chance geben, ein fadenscheiniges Wort der Entschuldigung über die Lippen zu bringen, deshalb blieb ich kurz vor ihm stehen und starrte ihn vernichtend an. Am liebsten hätte ich mit meiner Hand ausgeholt, doch das war auch keine Lösung. »Geh mir aus den Augen«, fauchte ich stattdessen.

Er sah mich bestürzt an. »Bitte lass es mich erklären.«

»Ich will kein einziges Wort mehr von dir hören.« Die Worte trieften vor Abscheu. Zu gern hätte ich ihn angebrüllt und ihm unzählige Beschimpfungen an den Kopf geworfen, aber ich hatte dafür keine Kraft mehr. Stattdessen senkte ich meine Stimme zu einem bedrohlichen Flüstern: »Geh. Pack deine Sachen. Verlasse sofort das Schloss. Du bist hier nicht mehr willkommen.«

»Bitte, Arely, verzeih mir. Ich weiß, dass ich dich verletzt habe.«

Verächtlich schnaubte ich.

Meine Welt war in tausend Stücke zersprungen. Auf einen Schlag war nichts mehr, wie es einmal war. Das bittere Gefühl der Hilflosigkeit erdrückte mich, ich konnte es mir jedoch nicht leisten, an mich selbst zu denken. Denn eines hatte immer Vorrang: mein Volk. Meine Aufgabe als Prinzessin des Lichtreichs war es, es zu schützen. Dafür würde ich es schaffen müssen, Noreia zu töten.

Nur wie sollte ich die Person besiegen können, die ich trotz allem am meisten auf der Welt liebte? Egal, wie sehr sie mich verletzt hatte, das konnte ich einfach nicht. Wenn es nicht wichtig war, welche von uns beiden starb, dann würde ich mich für mein Volk opfern. Sollte Noreia mich doch töten und mit dieser Schuld leben, wie ich es die letzten Jahre fälschlicherweise getan habe.

Erst blickte ich Coel, dann Noreia an. Ich bemerkte Tränen, die meiner Ziehschwester über das Gesicht rannen, aber es ließ mich kalt. Trennung hin oder her, die beiden hatten eine bewusste Entscheidung getroffen und genau gewusst, welche Folgen sie haben würde. Sie hatten sich füreinander und gegen mich entschieden.

»Ihr seid für mich gestorben«, zischte ich.

Gerade wollte ich mich zum Gehen umdrehen, da nahm ich plötzlich erregte Stimmen wahr, die meinen Namen riefen. Kurz darauf eilten mehrere Krieger der Fürstengarde auf uns zu.

»Prinzessin Arely!«, rief einer von ihnen atemlos. Sein Gesicht leuchtete förmlich vor Aufregung. »Euer Vater schickt nach Euch. Wir sollen Euch sofort zu ihm bringen!« Dann wandte er sich an Coel und Noreia. »Ebenso wie Euch.«

»Was ist denn los?«, fragte ich misstrauisch.

Hatte es erneut einen Bestienangriff gegeben? Oder ging es Mutter nicht gut? Furcht machte sich in mir breit, die ich mit aller Macht unterdrückte. Ich musste stark bleiben. Irgendwie.

»Euer Vater wird Euch alles erklären«, entgegnete der Krieger nur und bedeutete uns, ihm zu folgen.

Während des gesamten Weges sprach niemand ein Wort und ich versuchte, Noreia und Coel bestmöglich zu ignorieren. Sie zusammen zu sehen, verursachte einen tiefen Schmerz in mir. Ich durfte mich jedoch nicht von meinen Gefühlen ablenken lassen. Je länger ich darüber nachdachte, desto wahrscheinlicher wurde es in meinen Augen, dass Noreia das alles geplant hatte. Vermutlich war dies ihre

Taktik, um mich zu verletzen und so zu schwächen.

»Endlich«, rief Vater uns zu, als wir sein Arbeitszimmer betraten, und winkte uns mit ernster Miene zu sich heran. Sein Blick blieb einen Moment lang irritiert an Noreia hängen, die nach wie vor nur in die Wolldecke gehüllt war. Dann wandte er sich an die beiden Krieger, die uns in den Raum begleitet hatten. »Schließt die Tür hinter euch und bleibt zur Bewachung hier.«

Sie nickten gehorsam. Neben ihnen befanden sich auch Bress und Arawn im Raum. Deren Mienen wirkten ebenso düster wie Vaters. Beklemmung machte sich in mir breit.

»Setzt euch.« Auffordernd deutete Vater auf die freien braunen Ledersessel, die direkt vor seinem Arbeitstisch standen und aus der Haut seiner ersten erlegten Bestie gefertigt worden waren.

Wir ließen uns darauf nieder. Ich war froh, zwischen meinen Brüdern zu sitzen. Doch das bedeutete zugleich, dass Noreia und Coel auf den anderen freien Sesseln Platz nehmen würden. Nebeneinander.

Vater stand am Fenster, die Arme hinter dem Rücken verschränkt, und sah hinaus auf das Schlossgelände. Er wirkte nachdenklich. »Wir haben ein Problem.«

»Ja, allerdings«, murmelte ich und schielte mit finsterer Miene zu Noreia, deren Gesicht kreidebleich war.

»Wie ihr wisst, möchte ich nur das Beste für euch und unser Volk. Ich tue wahrlich alles, um unser Reich vor den Bestien und dem Schattenreich zu beschützen. Trotzdem gibt es seit jeher in unserer Welt Mächte, die ich nicht beeinflussen kann. Einige sind so stark, dass nicht einmal ich mich ihnen widersetzen kann.«

Ich runzelte die Stirn. Was hatte das zu bedeuten? Ein vorsichtiger Blick zu meinen Seiten verriet mir, dass auch die anderen sichtlich verwirrt waren.

Der Fürst seufzte, wandte sich vom Fenster ab und ging zu seinem Schreibtisch aus feinstem Eichenholz. Er nahm die darauf liegende Schriftrolle in die Hand, die er langsam auseinanderrollte. »Dies ist eine Prophezeiung der Göttin des Schicksals. Sie ist bereits Tausende Jahre alt und wurde von Generation zu Generation weitergegeben. Ich hatte selbstverständlich angenommen, dass sie nicht wahr sein würde. Ein Hirngespinst, niedergeschrieben und fälschlicherweise den Alten Schriften zugeordnet. Doch ich habe mich geirrt.«

Ein Gefühl der Unbehaglichkeit überkam mich, woraufhin ich die Finger in meine Oberschenkel krallte. Ich hatte bereits eine dunkle Vorahnung, was folgen würde. Ich presste die Lippen aufeinander, als ich auf das Stück Papier in seinen Händen starrte. Ein Stück Papier, das mein Schicksal endgültig besiegeln würde. Mein Herz wummerte in der Brust, denn ich schaffte es einfach nicht, mich zu beruhigen.

Vater begann, das Geschriebene vorzulesen. »Mit dem Tod hat es begonnen, mit dem Tod wird es enden. Eifersucht und Hass trennten unsere Reiche, aber es wird eine Zeit kommen, in der diese Gefühle es wieder vereinen können. Die Kinder der Fürsten sind Schwestern, damals wie heute. Mittels Zorn getrennt und durch eine List wieder vereint. Dunkelheit hat Licht verraten und sie wird verstehen.«

Er unterbrach sich kurz, um in unsere Runde zu sehen. Endlich begriff ich es. *Dunkelheit hat Licht verraten und sie wird verstehen.* Noreia war die Dunkelheit, die Fürstentochter des Schattenreichs. Sie hatte mich verraten, hatte das gesamte Lichtreich verraten.

Da niemand antwortete, fuhr er fort: »Nur wenn eine Nachfahrin die andere tötet, wird die Fürstenfamilie vereint sein, während die Überlebende über das geeinte Reich herrschen wird. Doch seid gewarnt: Versucht nicht, diesem Schicksal zu entkommen, denn sonst bringen die Bestien den Tod über alle, die auf diesem Kontinent leben«

Das Blut rauschte in meinen Ohren, ich weigerte mich, den Rest zu glauben. Ich konnte die Vorhersage nicht einfach so hinnehmen. Dies war eine Prophezeiung der Göttin des Schicksals. Eine der mächtigsten Götter in unserem Glauben. Noreia hatte nach Mutters Worten tagelang völlig neben sich gestanden und nun war mir endlich klar, warum.

»Ich habe mein Leben lang gedacht, dass diese Prophezeiung niemals eintreffen wird. In meinen Augen gibt es keinen Weg, die Völker wieder zu vereinen«, erklärte Vater. »Doch dann tat sich heute früh an der Grenze zum Nebel ein Weg auf. Er führt geradewegs zu der Arena, von der die Rede ist. Die ausgesandten Krieger haben sie gefunden und mich sofort informiert. Jetzt muss selbst ich mir eingestehen, dass diese verrückte Prophezeiung wohl oder übel erfüllt werden muss.« Sein Blick fiel auf mich. »Ich hatte stets gehofft, dass du es nicht sein würdest, die mit den Worten gemeint ist, Arely. Aber an deiner Reaktion sehe ich, dass du es bereits selbst erkannt hast.«

Ich sah in seinen Augen einen bedauernden Glanz. Seine Worte hingen in der Luft und niemand traute sich, etwas zu sagen, sodass eine bedrückte Stille im Raum herrschte.

»Das ist richtig«, entgegnete ich schließlich und reckte das Kinn in die Höhe.

»Nein!« Arawn sprang sofort auf. »Das werde ich nicht zulassen. Ich bin der Thronfolger. Es sollte nicht Arelys Bürde sein, sondern meine.«

Aber Vater schüttelte den Kopf. »In der Prophezeiung ist eindeutig von zwei Schwestern die Rede. Es geht um die weiblichen Nachfolgerinnen der Fürsten. Doch ich verstehe es einfach nicht. Wie soll die ominöse Erbin des Schattenreichs eine Schwester von Arely sein?«

Ich schnaubte verächtlich. Und wie das alles zusammenpasste! Finster starrte ich Noreia an. »Sagst du es ihnen, oder soll ich?«

»Was sagen?«, fragte Coel.

»Ich … also …«, stammelte Noreia und seufzte tief. »Ich bin als Spionin hierher zurückgekehrt, weil ich die Thronfolgerin des Schattenreichs bin.«

Erneut herrschte Stille, doch dieses Mal war sie fassungslos. Ungläubig.

Dann sauste Vaters Hand mit einem lauten Knall auf den Tisch. »Verräterin!«, brüllte er völlig außer sich.

Nun war sie geliefert. Ein für alle Mal.

Noreia

»Wie kannst du es wagen? Wir haben dich aufgezogen wie unser eigen Fleisch und Blut!«

Meduris' Stimme zitterte vor Wut, doch ich hielt seinem Blick stand. Das war einfacher, als Coel anzuschauen. Oder Arawn. Oder Bress. Ich könnte es nicht ertragen, die Enttäuschung über den Verrat in ihren Augen zu sehen. Meinem Ziehvater gegenüber jedoch empfand ich keine Gewissensbisse. Er hatte sein gesamtes Volk belogen, hatte von der Prophezeiung und der Wahrheit über die Bestien gewusst. Meduris hatte mich benutzen wollen, um die entscheidenden Informationen über das Schattenreich zu erhalten, nur damit mein Volk anschließend brutal von seinen Kriegern niedergemetzelt werden würde. Ich schuldete ihm nicht das Geringste.

Entschieden verschränkte ich die Arme. »Ja, ich habe euch alle belogen. Aber ihr habt kein Recht dazu, das Schattenreich aus dem Hinterhalt anzugreifen und zu vernichten. Denn das war doch dein Plan, nicht wahr? Obwohl du ganz genau wusstest, dass die Bestien nicht von dort geschickt werden und somit keinerlei Gefahr von uns ausgeht. Das Lichtreich ist es, vor dem man sich fürchten sollte.«

Meduris öffnete seinen Mund, schloss ihn jedoch sogleich wieder. Er lief puterrot an. »Am liebsten würde ich dich auf der Stelle hinrichten lassen. Doch das erübrigt sich ohnehin. Arely wird dich in der Arena töten und somit das Schattenreich untergehen lassen.«

Nach diesen Worten schielte Arely einen Augenblick lang

grimmig zu mir herüber. Mir wurde schwer ums Herz. Meine Ziehschwester war zwar gütig, doch sie war ihren Feinden gegenüber unbarmherzig, wie wir es als Kriegerinnen in der Ausbildung gelernt hatten. Tag für Tag war uns eingetrichtert worden, dass das Schattenreich der Feind war. Dass es die Schuld an den Angriffen der Bestien trug und wir jederzeit bereit sein mussten, uns gegen die Dunklen Krieger zu verteidigen.

Wie sollte ich Arely nur von der Wahrheit überzeugen? Hätte ich es nicht am eigenen Leib erfahren – ich hätte es selbst nicht geglaubt.

»Die Überlebende von uns beiden wird also laut der Prophezeiung über ein vereintes, friedliches Reich herrschen«, überlegte Arely nun laut.

Meduris räusperte sich. »Nun ja, über die Einzelheiten sprechen wir, wenn es so weit ist, Tochter. Denn wir wissen nicht, was genau nach dem Kampf geschehen wird.«

Ich unterdrückte ein Lachen. Mein Ziehvater sah offenbar bereits seine Fälle davonschwimmen, denn er witterte eine Bedrohung seines Throns. Ob nun durch mich oder durch seine eigene Tochter.

»Woher wissen wir, dass es nicht bloß irgendeine verrückte Legende ist?«, fragte Bress, woraufhin Arely ihn nachdenklich betrachtete. »Bestimmt hat Mutter diese Prophezeiung vor einer Weile in den Schriften gelesen und in einem Moment geistiger Verwirrtheit wiederholt.«

Arely schüttelte den Kopf. »Ich kenne Mutter. Es war nicht ihre Stimme. Da hat etwas anderes aus ihr heraus gesprochen. Und … ja, natürlich!« Arely deutete auf mich. »Wisst ihr noch, was sie gesagt hat, als sie Noreia nach ihrer Rückkehr hierher das erste Mal gesehen hat? Es war so etwas wie: Ich habe lange auf dich gewartet. Sie war nicht einmal überrascht gewesen.« Die letzten Worte spie sie voll Bitterkeit aus.

»Ein Teil der Prophezeiung ist auch bereits eingetroffen, indem die Arena erschienen ist«, sagte Meduris. »Der Kampf wird also bald stattfinden müssen.«

»Außerdem wissen wir, dass bisher sämtliche Weissagungen der alten Schriften eingetroffen sind«, sagte Arawn. »Jede noch so kleine Einzelheit. Wie Vater mir vor einiger Zeit anvertraut hat, ist dies die letzte Prophezeiung. Sie sagt das Ende der getrennten Reiche voraus. Entweder gehen wir alle gemeinsam unter oder wir werden in Frieden vereint. Es ist die letzte Grausamkeit der dunklen Magierin Jayna.«

Meduris starrte Arawn vorwurfsvoll an, doch dieser ließ sich nicht davon beirren. Stattdessen verschränkte er seine Finger ineinander und wartete darauf, dass sein Vater die Stimme erhob. Ich senkte den Kopf, um niemandem in die Augen sehen zu müssen.

Schließlich wandte Arely sich direkt an ihren Vater. »Wie konntest du mir diese Dinge nur verschweigen? Dir war von Anfang an bewusst, dass diese Schriftrolle mich betreffen könnte. Deine eigene Tochter.«

»Ich bin der Fürst!«, donnerte Meduris. »Ich habe mich vor niemandem zu rechtfertigen, verstanden?«

Arawn hob beschwichtigend die Hand, als Arely im Begriff war, ihm eine wütende Erwiderung entgegenzuschleudern. »Das ist jetzt unwichtig. Alles, was zählt, ist die Arena, die im Nebel aufgetaucht ist. Wir müssen diese Prophezeiung erfüllen, denn sonst sind wir alle dem Tode geweiht.«

Seine vorherigen Worte klangen mir in den Ohren nach: Außerdem wissen wir, dass bisher sämtliche Weissagungen der alten Schriften eingetroffen sind. Jede noch so kleine Einzelheit. Dass Arawn fest davon ausging, dass die Vorhersage des Untergangs beider Reiche wahr werden würde, ließ mich erschaudern. Hatte ich zuvor ein Quäntchen Hoffnung in mir getragen, so war es nun endgültig verloren.

»Wie geht es nun weiter?« Bress zog fragend die Augenbrauen hoch.

»Die Prophezeiung beinhaltet keine genaue Zeitangabe«, antwortete Arawn sogleich. »Trotzdem würde ich davon ausgehen, dass Arely und Noreia nicht mehr lange warten dürfen, da die Arena bereits erschienen ist.«

Mein Herz schlug mir bis zum Hals. Es blieb nicht mehr viel Zeit, vielleicht nur noch Wochen oder sogar Tage, dann würden Arely und ich bis zum Tod gegeneinander kämpfen.

»Ich benötige mindestens noch drei Tage, um alles vorzubereiten«, schaltete sich Meduris ein.

»Gut«, erwiderte Arely überraschend ruhig. Ich bewunderte sie dafür. Wenn ich meine Finger nicht so sehr ineinander gekrallt hätte, hätten meine Hände unkontrolliert gezittert. »Dann habe ich drei Tage, um mich auf den Kampf vorzubereiten. Aber was machen wir bis dahin mit ihr?« Ich schluckte schwer, als Arely mit ihrem Finger auf mich zeigte. »Eine Anklage wegen Hochverrats hat sich bedauerlicherweise durch die Prophezeiung erübrigt.«

»Sperrt sie ein. Bringt sie sofort in die Kerker und lasst sie erst wieder heraus, wenn der Kampf bevorsteht«, knurrte Meduris.

Das überraschte mich nicht. Ich konnte es ihnen nicht verdenken, denn an ihrer Stelle hätte ich das Gleiche getan. Aus dem Augenwinkel nahm ich wahr, wie sich die zwei an der Tür postierten Wachen in Bewegung setzten. Plötzlich sprang Coel auf. Mit zwei schnellen Schritten war er bei mir. Im ersten Moment dachte ich, dass er mich verteidigen wollte. Stattdessen riss er mich von meinem Stuhl, packte meine Arme und drehte sie mir grob auf den Rücken. Die Bewegung brachte mich zum Aufkeuchen. Ungerührt nahm er ein Seil von einer der beiden Wachen entgegen, mit dem er meine Handgelenke zusammenschnürte, bis es in meine Haut schnitt. Trotz des Schmerzes wagte ich es nicht, einen Laut von mir zu geben.

»Ich bringe sie persönlich dorthin, Fürst Meduris.« Coel packte mich grob am Oberarm.

Niemand widersprach ihm, nicht einmal Arely. Ich spürte ihren Blick in meinem Rücken, während er mich gewaltsam vor sich her durch den Raum schob. Die Wachen hielten uns die Flügeltür auf und ich stolperte hindurch. Krampfhaft presste ich die Decke an meinen Körper, die nur spärlich meine Blöße bedeckte und zu verrutschen drohte. Den gesamten Weg zu den Verliesen sprach Coel kein einziges Wort. Er bemerkte jedoch, dass der Stoff mittlerweile einen Teil meiner Brüste offenbarte, woraufhin er mir dabei half, sie festzuhalten. Schweigend ging ich vor ihm die Steintreppen zu den Kerkern hinunter. Meine nackten Füße konnte ich auf dem kalten Boden kaum noch spüren.

Ich erinnerte mich an die wenigen Male, in denen ich gemeinsam mit Coel oder Arely diese Stufen hinabgestiegen war. Im Gegensatz zum Schattenreich gab es hier nur sehr wenige Rebellen und Straftäter, doch wenn einer enttarnt wurde, so wurde er stets hier gefangen gehalten und befragt. Sie blieben allerdings nie lange hier unten. Ebenso wie im Schattenreich wurde mit Mördern und Verrätern mitleidslos verfahren – sie wurden gehängt. Wie erwartet waren die Zellen deshalb allesamt leer.

Coel hielt vor der ersten vergitterten Zellentür an, öffnete sie mit einem großen Schlüssel, den er zuvor am Eingang von dem alten Kerkermeister überreicht bekommen hatte, und stieß die Tür auf.

Wortlos schubste er mich in den beengten Raum. Darin gab es eine vergammelte Pritsche sowie ein bestialisch stinkendes Loch, in welchem ich mich erleichtern konnte. Ich wartete darauf, dass Coel den Schlüssel wieder im Schloss herumdrehte. Erstaunlicherweise schien er jedoch Mitleid mit mir zu haben. Er griff nach meinen Handgelenken, um das Band zu durchtrennen. Dann schlug er das Zellengitter mit einem Knall hinter mir zu, der betäubend laut in meinen Ohren nachhallte.

Langsam drehte ich mich zu ihm um, aber er war bereits verschwunden. Mit wackeligen Schritten ging ich zu dem provisorischen Bett hinüber, wickelte die Wolldecke so gut es ging um meinen ausgekühlten Körper und ließ mich darauf nieder. Seufzend lehnte ich mit geschlossenen Augen meinen Kopf gegen die Wand.

Ich hatte sie alle verraten. Hatte hinterlistig und verlogen geplant, sie zu hintergehen. Noch dazu hatte ich meiner geliebten Ziehschwester das Einzige genommen, was sie all die Jahre über aufrecht gehalten hatte: Coel.

Ich hatte es verdient, zu sterben.

Doch sosehr ich Arely, ihre Familie, Coel und sogar das Lichtreich auch liebte, ich besaß eine entscheidende Verantwortung. Denn ich war die Thronfolgerin des Schattenreichs. Arely durfte mich nicht besiegen. Denn wenn sie das tat, würde sie das Schattenreich mitsamt allen Bewohnern vernichten. Das würde ich auf keinen Fall zulassen. In der

Arena würde ich nicht für mich kämpfen, sondern für mein Volk.

Ein dumpfes Geräusch schreckte mich aus meinem leichten Dämmerschlaf. Vor Kälte zitternd schlang ich die Decke enger um mich. Meine wunden Handgelenke pochten. Ich vernahm leise Schritte, die die Treppen hinunterkamen. Sie hatten sicherlich Wachen oben am Treppenaufgang postiert. In der Vergangenheit war dies zumindest immer so gewesen, wenn jemand in den Kerkern gefangen gehalten wurde. Mein Magen knurrte. Insgeheim betete ich, dass mir einer der Wächter etwas zu Essen bringen würde. Es sei denn, Meduris und Arely hatten das Ziel, mich auszuhungern und so für den bevorstehenden Kampf zu schwächen.

Es war Coel. Mein Herz begann, schmerzhaft schnell zu schlagen. Er trug etwas in den Händen, das nach einem Teller sowie einem Bündel Kleidung aussah. Wortlos schob er mir alles durch eine kleine Luke unter der Tür hindurch. Ich wusste einen Augenblick lang nicht, was ich tun sollte. Coel hätte nicht persönlich herkommen müssen, um mir diese Sachen zu bringen.

Als er bereits im Begriff war, sich wieder umzudrehen und davonzugehen, sprang ich auf. Schnell lief ich auf die Zellentür zu. »Coel! Bitte warte.«

Ich hatte nicht die geringste Ahnung, was ich ihm hätte sagen sollen. Es gab keine Worte für das, was unausgesprochen zwischen uns stand. Aber ich konnte ihn nicht einfach so gehen lassen. Denn höchstwahrscheinlich war dies der letzte Moment, in dem ich die Chance hatte, mich bei ihm zu entschuldigen. Selbstverständlich würde es meine Taten weder wiedergutmachen noch ihn dazu bringen, mir jemals zu verzeihen. Doch ich wollte, dass er zumindest wusste, wie sehr ich es bedauerte.

»Es tut mir leid.«

»Was?« Er packte die Gitterstäbe mit beiden Händen. Dann sah er mich an. Sein Gesicht war vor Wut verzerrt. »Was tut dir leid? Dass du eine widerwärtige Verräterin bist? Dass du Arely völlig zerstört hast? Oder dass du mich bewusst verführt und ausgenutzt hast, um ihr zu schaden?«

Bestürzt klammerte ich mich an meine Decke. »Ich bin eine Verräterin, ja. Aber das mit Arely ist nicht nur meine Schuld! Du wolltest es doch genauso. Ich habe wirklich versucht, mich von dir fernzuhalten. Bitte glaube mir, ich wollte ihr nicht weh…«

»Untersteh dich, das auch nur auszusprechen! Wenn du Arely nicht hättest wehtun wollen, dann wärst du in deinem Drecksloch im Schattenreich geblieben und nie wieder in unser Reich zurückgekehrt. Du hast deine Familie verraten. Diejenigen, die dich aufgezogen haben.« Er spuckte neben mir auf den Boden. »Du hast recht, ich trage ebenso die Verantwortung. Und ich hasse mich dafür. Ich hasse es, dass ich nicht erkannt habe, was für ein perverses Spiel du getrieben hast. Dass ich nur ein Werkzeug bin, um Arely zugrunde zu richten.«

»Nein«, stammelte ich schockiert. »Nein, das … das wollte ich nie.«

»Du wusstest von Anfang an von dieser Prophezeiung, richtig? Das alles hast du genau gewusst. Du bist nur hierhergekommen, um Arely zu manipulieren, damit sie ein leichtes Opfer im Kampf ist und du endgültig über beide Reiche herrschen kannst.«

Hektisch schüttelte ich den Kopf. »Das habe ich nie

gewollt. Wir wussten nur, dass das Lichtreich etwas aus den Schriften vor uns verheimlicht, aber wir hatten keine Ahnung, worum es darin geht. Und ich schwöre dir, ich wollte nichts mehr für dich empfinden. All die Jahre über habe ich verzweifelt versucht, dich zu vergessen. Aber ich konnte es nie. Ich habe es verdient, dass du mir nicht glaubst, dass ich euch nichts antun wollte. Nur bitte, glaub mir wenigstens, dass ich dich liebe. Und Arely ebenso. Ich wollte euch niemals schaden.«

Coel schnaubte verächtlich. Dabei sah ich einen winzigen Moment lang die Enttäuschung und Verletzlichkeit in seinen Augen aufglimmen, die er so verzweifelt zu verbergen versuchte. Dann wandte er sich von mir ab und rief im Davongehen über seine Schulter zurück: »Du bist für mich gestorben.«

Arely

Mit voller Wucht schlug ich auf den Sandsack vor mir ein. Dabei brüllte ich mir die Seele aus dem Leib. Ich stellte mir vor, dass es Noreia und Coel waren, die vor mir standen. Es tat so gut, die angestaute Wut loszuwerden. Immer wieder prügelte ich auf den Sack ein, brutal und erbarmungslos. Noreia war eine Verräterin. Sie und Coel hatten mich betrogen.

Vor Anstrengung keuchte ich, Schweiß lief meinen Rücken herab, doch es kümmerte mich nicht. Ich musste für den Kampf vorbereitet sein. Meine geschundenen Fingerknöchel brannten bei jedem Hieb und die Muskeln in meinen Armen schrien förmlich vor Qual. Aber ich durfte nicht aufhören.

Erst als ich meine Hände vor Erschöpfung nicht mehr heben konnte, gönnte ich mir eine kurze Verschnaufpause. Die Schmerzen hatten meine Angst betäubt. Nun kehrten sie mit voller Wucht zurück.

Bei dem Gedanken an die Arena und das bevorstehende Duell drehte sich mir der Magen um. Ich wollte nach wie vor nicht gegen Noreia antreten, egal, wie sehr ich sie hasste. Doch ich wusste, dass es meine Pflicht war, vielleicht sogar meine Bestimmung.

Es blieben nicht einmal mehr zwei Tage, bis wir in die Arena gebracht werden würden. Was würde dort nur geschehen? Würde ich wirklich Noreia töten – oder sie mich? Angewidert verzog ich das Gesicht. Jemanden umbringen … Natürlich war das nichts Neues für mich, denn schon von klein auf an hatte ich getötet, allerdings waren es stets barbarische Bestien gewesen. Gegen einen

Krieger im Kampf auf Leben und Tod anzutreten, war mit Sicherheit etwas anderes. All die Jahre des unerbittlichen Trainings hatten mich auf vieles vorbereitet, aber gewiss nicht darauf, irgendwann einmal meine eigene Schwester zu töten.

Ich erinnerte mich noch genau an den Tag, an dem ich meine erste Bestie erlegt hatte. Damals waren Noreia und ich gerade einmal neun Jahre alt gewesen. Ich hatte schon immer ein besonderes Talent für den Bogen sowie die Kunst des Schwertes besessen, daher hatte Arawn es mir überlassen, dem Monster den Todesstoß zu verpassen.

Es war Hochsommer gewesen. Die glühende Hitze hatte das Lichtreich bereits eingenommen, seit Wochen hatte es nicht mehr geregnet. Wir hatten spüren sollen, welche Aufgaben uns als Krieger bevorstanden, und eine Truppe tief in die Wälder begleitet. Unter ihnen war auch der stolze Arawn gewesen. In meinem jungen Alter war mir das alles sehr beeindruckend vorgekommen.

Noch heute wusste ich genau, wie es sich angefühlt hatte, zum ersten Mal einer lebendigen Bestie gegenüberzustehen. Wir waren vollkommen unerwartet auf eine gestoßen. Unsere Ausbilder hatten nicht beabsichtigt, uns bereits so früh mit einem echten Kampf zu konfrontieren. Für mein neunjähriges Ich war es das Schrecklichste gewesen, was es sich hätte vorstellen können. Es ist ein eigenartiges Gefühl, wenn man zum ersten Mal sein Schwert zückt und es in den Körper eines Lebewesens rammt, in dem Wissen, es damit endgültig seiner Existenz zu berauben. Damals hatte ich mit Furcht reagiert, sobald das Untier in sich zusammengesackt war und mir unmittelbar in die Augen stierte, während das Leben aus ihm gewichen war. Arawn und Noreia hatten mir beigestanden, weil mich daraufhin eine unbändige Trauer überkommen hatte. Doch mit der Zeit war mir klar geworden, dass es zum Dasein eines Kriegers schlichtweg dazugehörte. Nur so konnten wir überleben.

In meinen Augen war eine Bestie trotz all der Legenden weder Mensch noch Tier, sondern ein gefühlloses Monster. Für mich waren diese Biester nichts weiter als eine Gefahr für mein Reich, weshalb ich mich nicht schlecht fühlen musste, wenn ich sie umbrachte. Allerdings ich hatte nie ein anderes Wesen töten müssen als sie. Ich wusste nicht einmal, ob ich dazu fähig war. Denn das würde mich wahrhaft zur Mörderin machen.

Ich atmete tief durch, richtete mich auf und verpasste dem Sandsack weitere Tritte und Schläge, sodass er heftig hin und her schwankte. Wie hatte es nur so weit kommen können? Schreiend rammte ich meine Faust nach vorn, anschließend ließ ich mich entkräftet auf den Boden sinken. Niedergeschlagen bettete ich den Kopf auf meine angewinkelten Beine und versuchte, meine Atmung zu kontrollieren. Mein Keuchen hallte in meinen Ohren wider. Das viele Trainieren würde meine Probleme nicht lösen, aber ich konnte einfach nicht akzeptieren, dass es keinen Ausweg aus dieser misslichen Lage gab. Die Prophezeiung musste letztlich erfüllt werden, ganz gleich, wie sehr ich mich auch dagegen wehrte.

Als sich meine Atmung endlich wieder normalisiert hatte, stand ich frustriert auf, sammelte mein Schwert auf und befestigte es an meiner Rüstung. Da mein Vater natürlich wollte, dass ich den Kampf gegen Noreia gewann, gab es keinen Grund mehr für irgendwelche Verbote. Nur meine Leibwache hatte er leider nicht abgezogen. Dann steuerte ich auf den Ausgang der Trainingshalle zu. Einen

Moment lang überlegte ich, was ich nun tun sollte. Doch eigentlich war mir klar, dass der Zeitpunkt gekommen war, dem Drängen meiner Brüder nachzugeben. Arawn und Bress hatten mich bereits mehrfach zu überreden versucht, mir die Arena im Voraus mit ihnen anzuschauen. Tief in mir wusste ich, ich würde mich meinem Schicksal erst vollkommen ergeben können, wenn ich sie mit eigenen Augen gesehen hatte.

Gequält schloss ich die Augen. Ich stellte mir vor, wie diese Arena wohl aussehen mochte. Wenn sie von der sagenumwobenen Jayna selbst erschaffen worden war, würde uns gewiss Grauenhaftes erwarten. Ich seufzte und wollte gerade die Tür der Halle aufdrücken, da wurde sie von der anderen Seite aufgezogen. Überrascht stolperte ich gegen Coel.

»Vorsicht!«

»Was machst du noch hier?«, fauchte ich ihn giftig an, dann stieß ich ihn energisch von mir weg. »Habe ich dir nicht gesagt, du sollst verschwinden?«

»Bitte, Arely. Ich möchte nur eine Chance, es zu erklären. Ich weiß, du willst keine Entschuldigung hören. Es tut mir trotzdem leid. Noreia ist nicht die Person, für die ich sie gehalten habe. Sie ist für mich gestorben.«

»Tatsächlich? Das fällt dir ein wenig zu spät auf«, erwiderte ich kühl.

»Außerdem wollte ich wissen, wie es dir geht.«

»Wie soll es mir schon gehen? Zuerst zerstörst du wegen Noreia unsere Beziehung, dann läufst du ein paar Tage später zu ihr und schläfst mit ihr. Danach erfahre ich, dass sie eine Spionin ist. Tja, jetzt werde ich gegen sie kämpfen. Es geht mir absolut fantastisch.«

»Bitte pass auf dich auf, Arely. Ich … ich will dich nicht

verlieren.«

»Das hast du aber bereits. Und zwar für immer«, stieß ich mit bebender Stimme hervor.

In diesem Moment war es, als würde mein Herz erneut in tausend Stücke zerspringen. Tränen sammelten sich in meinen Augen, aber ich wollte um jeden Preis verhindern, dass Coel sie sah. Daher schob ich mich an ihm vorbei und ging mit schnellen Schritten davon. Ich hasste ihn für das, was er getan hatte! Noch viel mehr verabscheute ich mich jedoch selbst, weil ich am liebsten stehen bleiben, kehrtmachen und mich in seine Armen fallen lassen würde. Tief in mir sehnte ich mich so sehr danach, ihm zu glauben, dass es nur ein Ausrutscher gewesen war, dass Noreia für ihn gestorben war und er mich mehr liebte als sie. Ich wollte ihm so gerne alles verzeihen. Oder zumindest irgendwann wieder normal mit ihm sprechen können. Ob ich jemals wieder dazu in der Lage sein würde, wusste ich nicht. Vielleicht würde ich in Kürze ohnehin tot sein, dann würde all das sowieso keine Rolle mehr spielen.

Zielstrebig machte ich mich auf den Weg in meine Gemächer, wo ich Bogen und Köcher holte. Anschließend ging ich zur Eingangshalle des Schlosses. Nach allem, was passiert war, hatte ich Noreia gegenüber kein schlechtes Gewissen, wenn ich mir zuvor die Arena anschaute. Es würde mir möglicherweise einen entscheidenden Vorteil verschaffen. Darauf konzentrierte ich mich und verbannte Coel bestmöglich aus meinem Kopf.

Es würde eine ganze Weile dauern, bis ich an der Arena im Großen Nebel ankommen würde. Im Foyer standen rund um die Uhr mehrere Wachen bereit, die mich im Vorbeigehen irritiert beäugten. Sicher würden sie versuchen, mich aufzuhalten, damit ich das Gelände nicht ohne Leibwache verließ. Da mir auf dem Weg zum Grenzgebiet nach wie vor Gefahren auflauern konnten, war ihre Bewachung vielleicht sogar nützlich.

»Wo willst du denn so ganz allein hingehen?«, hallte mir Bress' Stimme entgegen, bevor die Wächter mich aufhalten konnten.

Ich seufzte, blieb stehen und drehte mich um. Mein Bruder lehnte mit verschränkten Armen an einer Skulptur, während er mich erwartungsvoll betrachtete. Ich zögerte einen Moment, allerdings blieb mir offenbar keine andere Wahl. »Na schön. Ich möchte zur Arena.«

»Du willst sie nun also doch sehen?«

»Ja. Ihr hattet recht. Ich muss wissen, was mich erwartet.«

Bress grinste siegessicher. »Ich habe mich schon gefragt, wann es endlich so weit ist. Ich werde dich begleiten.« Er stieß sich von der Statue ab und kam auf mich zu. Noch immer hinkte er leicht, war inzwischen jedoch beinahe wieder der Alte.

»Mich wird sowieso meine Leibgarde begleiten.«

»Was hältst du davon, mich gegen die zahlreichen Wachen einzutauschen?«, bot er mir an. »Ich möchte dir zeigen, dass du in diesen schweren Zeiten nicht allein bist, Ares.«

»Er hat Recht«, stimmte ihm Arawn zu, der in diesem Augenblick um die Ecke bog.

Ich seufzte erneut. Meine großen Brüder schienen sich abgesprochen zu haben. Es war offensichtlich, dass sie hier auf mich gewartet hatten.

»Du gehst nur, wenn wir dich begleiten!« Arawns Tonfall ließ keinen Widerspruch zu.

»Na schön. Aber nur, wenn dafür keine Wache mitkommt.« Meine Brüder nickten zustimmend. Mit den beiden im Schlepptau setzte ich meinen Weg fort. Um ehrlich zu sein, benötigte ich ihre Anwesenheit mehr, als ich zugeben würde. Während wir den Schlossgarten durchquerten, schien die gleißende Sonne auf uns herab. Sie war erst vor zwei Stunden aufgegangen, was bedeutete, dass wir mit etwas Glück sogar vor der Dämmerung wieder hier sein würden.

Bevor die Bestien Angriffe auf unser Schloss verübt hatten, hatte ich mich innerhalb seiner Mauern stets sicher gefühlt. Nun hielt ich sogar im Garten meines Zuhauses die Hand am Schwertknauf und ließ meinen Blick wachsam über die Landschaft gleiten.

Wir nahmen den offiziellen Weg, fernab aller Geheimgänge. Eine unangenehme Stille breitete sich zwischen uns aus, sobald wir das Haupttor passiert hatten. Die bittere Realität hing wie eine schwere Wolke über unseren Köpfen. Ich war auf dem Weg zu dem Ort, an dem sich bald alles unwiderruflich verändern würde. Zu dem Ort, wo entweder Noreia oder ich das Leben lassen würden. Nichts würde mehr wie vorher sein. Eigentlich war es das sowieso längst nicht mehr, seit dem Tag, an dem Noreia in den Großen Nebel gegangen und nicht zurückgekehrt war.

Der Wald schien ungewöhnlich still, als würde selbst die Natur betreten schweigen. Sogar sie schien jegliche Hoffnung verloren zu haben. Stunde um Stunde gingen wir den vertrauten Weg entlang. Ich verdrängte den Gedanken daran, dass ich ihn das letzte Mal gemeinsam mit Noreia auf der Suche nach Mutter entlanggehastet war. Wir waren eine Einheit gewesen. Das hatte ich jedenfalls gedacht. Doch es war nur eine elendige Lüge gewesen.

Verzweifelt verbannte ich diese Gedanken aus meinem

Kopf. Ich konzentrierte mich auf meine Atmung und Schritte. Einatmen. Zwei Schritte. Ausatmen. Zwei Schritte.

»Wir sind fast da«, sagte Bress nach einer gefühlten Ewigkeit.

Mittlerweile hatten wir das Ende des Waldes erreicht, lediglich vereinzelte verdorrte Bäume und Büsche säumten noch unseren Weg. Unbehagen breitete sich in mir aus, welches sich allmählich in Angst verwandelte. Die Angst vor dem Ungewissen. Davor, möglicherweise zur Mörderin zu werden und erneut die Person zu verlieren, die mir bis vor wenigen Tagen am meisten bedeutet hatte: Noreia. Denn dieses Mal würde es endgültig sein.

Erst als mir Arawn sanft eine Hand auf den Rücken legte, bemerkte ich, dass ich stehen geblieben war. »Du wirst das Richtige tun.«

Nichts davon fühlte sich richtig an. Es war furchtbar falsch und surreal, allerdings blieb mir keine Wahl. Ich musste mein Reich retten. Das war meine Bestimmung. Aber würde ich tatsächlich fähig sein, dieses Opfer zu bringen?

Notgedrungen setzte ich einen Fuß vor den anderen, ging weiter durch das Brachland auf den Großen Nebel zu. Das Herz pochte hart in meiner Brust, mein Mund war wie ausgetrocknet. Selbst mein Atem ging nur noch stoßweise.

Als sich plötzlich etwas bewegte, blieb ich argwöhnisch stehen. Nein, ich hatte es mir nicht eingebildet. Da hatte sich etwas im dichten Dunst geregt. Vorsichtig ging ich weiter, froh darüber, meine Brüder an meiner Seite zu wissen. Je näher ich dem wabernden Ungetüm kam, desto klarer wurde mir, dass sich nicht etwas bewegt hatte. Der Nebel selbst bewegte sich. Ich warf Arawn und Bress fragende Blicke zu. Gemeinsam gingen wir näher heran.

Die dichte Wand verformte sich weiter, wich nach links und rechts zur Seite, dann teilte sie sich allmählich. Vaters Patrouillen hatten lediglich von einem Weg zur Arena berichtet, aber dass es so unheimlich und gleichzeitig faszinierend sein würde, hatte ich nicht erwartet. Ich beobachtete, wie vor uns eine Art Gang freigegeben wurde, dem wir uns näherten.

Bress räusperte sich. »Sollen … sollen wir dort hindurchgehen?«

»Der Durchgang wird uns wahrscheinlich direkt zur Arena führen.« Arawn versuchte vergeblich, von hier aus etwas zu erkennen.

Ich nickte schweigend. Es war ein beklemmendes Gefühl, das halbwegs sichere Grenzgebiet hinter uns zu lassen. Ich konnte nicht umhin zu befürchten, dass sich die Nebelwand plötzlich um uns schließen und gefangen nehmen würde. Dann wären wir verloren.

Die Strecke war länger als erwartet. Mich verließ jegliches Zeitgefühl, während wir weitergingen. Meine Muskeln waren angespannt, jederzeit bereit, mich gegen mögliche Angreifer zu verteidigen. Zu unserer Überraschung war jedoch alles friedlich.

Endlich veränderte sich die Szenerie und der Gang weitete sich ein wenig. Kurz darauf betraten wir eine große, leere Fläche. Sie wirkte wie eine Art Vorplatz. Zu meiner rechten Seite befand sich eine Stelle, die statt von dichtem, undurchsichtigem Wasserdunst lediglich von einer Art dunklem Schleier bedeckt wurde. Gefolgt von meinen Brüdern trat ich näher heran.

Ich wusste nicht genau, was ich erwartet hatte, doch sicher nicht das, worauf ich nun hinabsah. An unserer Seite der in den Boden eingelassenen Arena befand sich ein

Hang mit zwei Zuschauertribünen. Es glich einem Amphitheater, dessen Bühne eine riesige, kreisrunde Ebene war.

Man würde Noreia und mich von den Rängen aus beobachten können, doch dank des kleinen Walds in der Mitte der Kampfstätte würde es jederzeit die Möglichkeit geben, den Blicken zu entkommen. Außerdem erkannte ich einen Fluss, der sich durch die Arena schlängelte.

»Du zitterst ja«, stellte Bress fest. Er legte mir beruhigend eine Hand auf die Schulter.

»Ich habe keine Angst! Die Arena ... Ich werde sie mir genauer anschauen. Ich muss wissen, wie das Gelände beschaffen ist und wie ich mir einen Vorteil verschaffen kann.«

»Wir begleiten ...«, begann Bress, aber ich unterbrach ihn.

»Nein! Ich muss das allein machen. Während des Kampfes werde ich auch allein sein.«

Bress setzte zu einer Erwiderung an, aber Arawn kam ihm zuvor. »Arely hat recht. Sie muss das allein durchstehen. Wir sind hier, wenn du uns benötigst.«

Dankbar lächelte ich die beiden an. Zwischen den beiden Tribünen befand sich ein Weg, der hinunter zum Kampfplatz führte. Ich straffte die Schultern, ehe ich einen Schritt durch den Schleier wagte. Im gleichen Moment wurde ich mit voller Wucht zurückgestoßen, als hätte mich ein Blitz getroffen, und landete rücklings auf dem harten Boden.

»Verdammt!«, rief ich schockiert, während mir meine Brüder sofort zu Hilfe eilten.

Arawn reichte mir seine Hand und half mir auf. »Geht es dir gut?«

»Ja.«

»Verflucht. Ich denke, die Mächte wollen nicht, dass du

dir einen Vorteil verschaffst. Ihr sollt offenbar die gleichen Chancen auf einen Sieg haben.«

Verärgert klopfte ich mir den Dreck von der Rüstung. »Dann kann ich hier nichts weiter tun. Lasst uns gehen.«

In zwei Tagen würde ich sowieso zurückkehren. Dann würden Noreia und ich zusammen diese Arena betreten. Und nur eine von uns würde lebendig wieder herauskommen.

Noreia

Ich saß auf meiner Pritsche und zählte zum fünften Mal gelangweilt die Steine an der Wand, da erklang auf einmal lautes Stimmengewirr.

Drei Männer stiegen die Treppen zu mir hinab. Ich richtete mich auf, um ihnen entgegenzutreten. Spionin hin oder her, ich besaß immer noch meinen Stolz. Eine der Personen war Coel. Doch es war Calatin, der die Tür meiner Zelle öffnete, eintrat und mich anstarrte. Er sah wütend aus. Wahrscheinlich, weil er der Erste gewesen war, der mich vor einigen Monaten im Grenzgebiet des Lichtreichs entdeckt sowie anschließend ohne meine Worte anzuzweifeln zum Schloss gebracht hatte.

»Mitkommen«, presste er zwischen zusammengebissenen Zähnen hervor.

Er packte mich grob an der Schulter und drehte mir die Arme auf den Rücken. Anschließend band er meine Hände mit einem Seil zusammen.

Ich schmunzelte müde, während er mich vor sich herschob. Als ich in Coels Gesicht sah, erstarb mein Lächeln jäh. Seine Haltung strahlte eine solche Kälte aus, dass es mir einen Schauer über den Rücken jagte.

Der dritte Mann ging voran, während Calatin mich die Treppen hinaufschob. Kurz darauf traten wir in den Flur des Erdgeschosses, wo uns bereits mehrere Krieger erwarteten. Schweigend schoben sie mich vor sich her.

Wenn mein Zeitgefühl mich nicht völlig betrogen hatte, wusste ich, was ihr Ziel war. Es war früh am Morgen, ich hatte drei Tage in dieser Zelle verbracht und nun würde ich wohl zu der ominösen Arena gebracht werden. In den Kerkern war es aufgrund der Kälte sowie der unbequemen Pritsche kaum möglich gewesen, erholsam zu schlafen. Zusätzlich hatte die dürftige Nahrung, die sie mir gebracht hatten, meinen beißenden Hunger nicht annähernd gestillt. Ich fühlte mich ein wenig wackelig auf den Beinen, aber sonst ging es mir gut.

Das, was mir wirklich zugesetzt hatte, waren die Schuldgefühle. Ich hatte an nichts anderes denken können als an Arely und Coel. Wie leid mir alles tat. Wie gern ich meinen Verrat rückgängig gemacht und so die Prophezeiung aufgehalten hätte. Doch nun war es zu spät. Ich hatte unser Schicksal besiegelt.

Wie erwartet durchquerten wir wenig später die Eingangshalle des Schlosses und traten durch die Haupttür nach draußen. Ich blinzelte einige Male, da die Helligkeit beinahe wehtat. Glücklicherweise ging die Sonne gerade erst auf, weshalb ich mich relativ schnell an ihre noch geringe Leuchtkraft gewöhnte.

Als ich mich umsah, war ich plötzlich sehr dankbar, dass Coel mir eine Hose und ein Stoffoberteil in die Zelle gebracht hatte. Der gesamte Hof war voller Menschen. Fürst Meduris stand in der Mitte. Er sagte etwas zu ihnen, das ich nicht verstand. Kurz darauf jubelten alle und riefen: »Für das Lichtreich! Für Arely, die Siegerin!«

Mein Magen drehte sich um, denn genau in diesem Moment trat meine Ziehschwester aus der Menge hervor, eine Faust heldenhaft in die Luft gereckt. Ihr Blick glitt über die Menge, bis er mich schließlich fand. Sofort verengten sich ihre Augen und sie grinste mir mitten ins Gesicht. Dann wandte sie sich ab und schritt erhobenen Hauptes voraus. Die Menge machte ihr Platz, während Meduris sich beeilte, seiner Tochter zu folgen. Wenn ich in dieser Arena gewinnen und über beide Reiche herrschen würde, würde er mit Sicherheit alles in seiner Macht Stehende tun, um mich zu stürzen. Das Schlimmste daran war: Ich wusste ganz genau, dass er das gleiche tun würde, wenn seine eigene Tochter siegte.

Umringt von unzähligen Kriegern schritt nun auch Calatin hinter mir los, wobei er mir eine Klinge an die Wirbelsäule drückte und mir so unmissverständlich klarmachte, wer hier das Sagen hatte. Ich wehrte mich nicht. Warum auch? Es würde nur unnötige Kraftreserven verbrauchen, die ich gewiss in der Arena benötigen würde. Denn ich würde auf gar keinen Fall zulassen, dass Arely gewann und anschließend versuchte, das Schattenreich zu zerstören.

Es dauerte bestimmt einen halben Tag lang, bis unsere große Gruppe das Grenzgebiet erreichte. Zu zweit hätte man die Strecke deutlich schneller zurücklegen können, doch mit so vielen Kriegern war es einfach nicht möglich. Zwischenzeitlich hatte ich Bress und Arawn entdeckt, die hinter Arely hergingen und sich mit ernsten Mienen leise unterhielten. Sie hatten mich bisher den ganzen Weg lang keines Blickes gewürdigt. Aislinn schien nicht mitgekommen zu sein. Ich hoffte, meiner Ziehmutter ging es bald wieder besser.

Schließlich ragte der Große Nebel unheilvoll vor unserer Truppe empor. Ein Schauer lief meinen Rücken hinab. Irgendetwas war merkwürdig daran, denn ich hatte das Gefühl, er bewegte sich. Ich erhaschte einen Blick auf Arely, welche die Gruppe nach wie vor anführte, und als sie, ohne zu zögern weiterging, wurde mir klar, warum sie nicht einmal mit der Wimper zuckte: Sie war nicht zum ersten Mal hier. Wütend biss ich die Zähne aufeinander. Eigentlich hätte es mich nicht überraschen dürfen, dass sie sich einen Vorteil verschafft hatte. An ihrer Stelle hätte ich es wahrscheinlich ebenso gemacht.

Nichtsdestotrotz schmerzte es mich, wie unfair sie spielte. Ich schnaubte verächtlich. Schön. Wenn das wirklich ihr Bestreben war – was sie konnte, das konnte ich schon lange.

Der Nebel hatte inzwischen eine Art Tunnel gebildet, dem wir folgten. Ich fragte mich, ob ich diesen Weg wohl bei meinen Durchquerungen bereits entlanggegangen war, ohne es zu merken. Mir war mulmig zumute, denn ich rechnete jeden Augenblick damit, wieder von den Bestien angegriffen zu werden. Aber alles blieb ruhig.

Plötzlich glaubte ich, leise Stimmen zu vernehmen. Ich sah mich um, aber sie klangen zu dumpf, um von einem von uns zu stammen. Ein jäher Ruck ging durch unsere Gruppe und alle blieben stehen. Ich hatte es mir also nicht bloß eingebildet. Überall wurde verwundertes Flüstern laut. Es dauerte eine Weile, ehe sich die Truppe wieder langsam in Bewegung setzte. Niemand sagte mehr ein Wort. Wir näherten uns den fremden Stimmen, die mit jedem Schritt lauter wurden. Ich reckte meinen Hals, damit ich etwas sehen konnte. Calatin griff dabei wütend nach meinen Handgelenken und riss an der Fessel. Meine Arme waren inzwischen so taub, dass ich es ohnehin kaum spürte.

»Ich glaube, da ist jemand«, flüsterte eine junge Kriegerin in meiner Nähe ängstlich.

In diesem Moment weitete sich der Nebelgang, wodurch ich endlich freie Sicht auf das hatte, was vor uns lag. Mein Herz hüpfte vor Freude und setzte dann einen Schlag aus. Das war nicht möglich!

»Vater!« Um den Schattenfürsten herum hatten sich seine Krieger schützend aufgebaut.

Für kurze Zeit herrschte schockierte Stille. Ich schielte zu Arely hinüber, die genauso wie die übrigen Krieger fassungslos zu sein schien. Dann wurden auf beiden Seiten die Schwerter gezogen. Es hallte wie ein schauriger Chor in meinen Ohren wider, und alle stürmten aufeinander zu. Calatins Griff um meine Handgelenke wurde fester. Trotz des Schocks schien er sich seiner Aufgabe als meine persönliche Wache deutlich bewusst zu sein.

Mir blieb nicht viel Zeit, zu verstehen, was genau das zu bedeuten hatte. Es war das erste Mal seit der Trennung der Reiche, dass Licht und Schatten wieder aufeinandertrafen.

Und das bedeutete Krieg.

Mein Herz schlug schmerzhaft gegen meine Rippen. Es war meine Pflicht, gemeinsam mit meinen Leuten zu kämpfen. Meine Muskeln spannten sich an, ich ballte die Hände zu Fäusten. Ehe Calatin verstanden hatte, wie ihm geschah, hatte ich mich bereits aus seinem Griff befreit und ihm mit dem Ellenbogen einen harten Schlag ins Gesicht verpasst. Er sackte ohnmächtig zu Boden. Meine Hände waren zwar noch immer gefesselt, trotzdem hielt mich dies nicht auf. So schnell ich konnte, sprintete ich nach vorn. Die Krieger des Schattenreichs waren ebenfalls losgerannt, um sich gegen den Angriff des Lichtreichs zu verteidigen. Hunderte Krieger auf beiden Seiten. Sie waren nur noch wenige Meter voneinander entfernt.

Augenblicklich zuckte ein Blitz durch die Luft, ein lauter Knall ertönte und Körper flogen zurück. Ich bremste gerade noch rechtzeitig ab, sobald mir bewusst wurde, dass es eine Barriere war. Die Licht- sowie die Schattenkrieger waren von einer unsichtbaren Macht nach hinten gestoßen worden, aber keiner schien verletzt zu sein. Nach kurzem Suchen entdeckte ich eine schmale Linie, die durch den

Boden gezogen war. Vielleicht konnte niemand aus dem Lichtreich diese Barriere überwinden, das galt jedoch nicht unbedingt auch für mich. Immerhin gehörte ich eigentlich zum Schattenreich. Gerade wollte ich einen Schritt nach vorn machen und es austesten, da wurde ich von der Seite umgestoßen und zu Boden geworfen.

»Wo willst du denn hin?«, knurrte Coel an meinem Ohr.

Sogleich wurde er von weiteren Kriegern unterstützt, die mich festhielten. Mein verzweifelter Versuch, mich zu wehren, scheiterte. Gegen so viele konnte ich nichts ausrichten, vor allem nicht unbewaffnet und mit zusammengebundenen Händen.

»Lasst sofort meine Tochter los!«

Sofort war es totenstill. Hatten sich alle um uns herum soeben noch lautstark vom Boden hochgekämpft, so waren sie jetzt mitten in der Bewegung erstarrt. Ich wusste, jedes einzelne Augenpaar war auf meinen Vater gerichtet.

»Wen haben wir denn da?«, fragte Meduris neben mir und baute sich gegenüber von meinem Vater auf, nur getrennt durch die Barriere.

Arely gesellte sich schweigend zu Meduris, wobei sie Vater argwöhnisch fixierte.

»Du musst dann wohl der Fürst des Lichtreichs sein«, begann dieser. Er musterte Meduris mit einem so abschätzigen Blick, wie nur er es konnte. »Ja, ich habe viel von dir gehört.«

Ich sah aus dem Augenwinkel, wie auf Meduris' Gesicht rote Flecken erschienen. Meinem Vater war dies ebenfalls nicht entgangen, denn er grinste selbstgefällig.

»Warum seid ihr hier?«, fauchte Meduris. »Wie hast du von der Prophezeiung erfahren? Ihr besitzt die Alten Schriften doch nicht?«

»Eine Heimgesuchte meines Reichs hat die Prophezeiung vor wenigen Tagen verkündet. Im Gegensatz zu euch wussten wir zuvor nichts davon. Nur deshalb ist Noreia überhaupt zurückgekehrt. Sie hat sich auf die Suche nach den Schriften gemacht. Aber ihr habt wohl inzwischen bemerkt, dass sie abgesehen von den Tätowierungen auch im Herzen eine Schattenkriegerin ist.« Vaters Stimme klang so stolz, dass sich Wärme in mir ausbreitete.

»Das reicht!«

»Du bist genauso, wie Noreia dich mir beschrieben hat. Wie es scheint, verhindert die Barriere einen Angriff deiner Krieger auf die meinen. Die Macht ist sonderbar, nicht wahr? Als hätte sie gewusst, dass dies vonnöten sein würde.« Der Schattenfürst verschränkte die Arme vor der Brust. »Die Trennlinie wird sicherlich bestehen bleiben, bis die Prophezeiung erfüllt ist. Daher werden wir unser Lager auf dieser Seite aufschlagen. Es wäre aber nur gerecht, wenn ich Noreia vor dem Betreten der Arena noch einmal ohne so viele neugierige Ohren sprechen dürfte.«

»Nur unter der Bedingung, dass sie auf unserer Seite bleibt. Drei meiner Wachen werden sie davon abhalten, eure Seite zu betreten und eine Strategie mit euch zu besprechen.«

»Zwei Wachen von deiner sowie zwei von meiner Seite und niemand sonst«, hielt mein Vater dagegen.

Arely legte Meduris die Hand auf die Schulter, als wolle sie ihm etwas Wichtiges mitteilen, doch er schüttelte sie nur unwirsch ab. Dabei verzog er wütend das Gesicht. »Eine von beiden Seiten.«

Vater nickte. »Ronan!«

Mein Herz schlug schneller, sobald dieser aus der Menge der Schattenkrieger hervortrat. Er stellte sich neben meinen

Vater.

»Wir gehen, Arely«, knurrte Meduris. »Lasst sie allein. Coel, du bleibst. Du weißt, was du zu tun hast.«

Natürlich, wer auch sonst? Ich unterdrückte ein Seufzen. Coel umklammerte meinen rechten Oberarm, während die anderen Wachen sich entfernten. Vater wartete geduldig, bis alle außer Hörweite waren.

»Tochter«, sagte er liebevoll und lächelte mich warmherzig an. Ich spürte, wie Coel hinter mir vor Zorn zu zittern begann. »Ich bin so stolz auf dich.«

Ich lachte auf. »Wie könntest du? Ich habe versagt und wurde gefangen genommen. Ich habe, ohne es zu wissen, die Prophezeiung erfüllt. Jetzt muss ich gegen Arely kämpfen. Was, wenn ich verliere? Sie wird unser Reich zerstören.«

»Du wirst nicht verlieren, Tochter. Ich kenne niemanden, der einen so ausgeprägten Gerechtigkeitssinn hat wie du. Du stellst dich selbst stets in den Hintergrund. Bedenke, dass du all dies hier für dein Volk getan hast. Genauso wirst du für sie in der Arena stehen.«

Ich war mir nicht sicher, ob er wirklich recht hatte. Natürlich war ich in erster Linie für mein Volk in das Lichtreich zurückgekehrt. Wenn ich jedoch ehrlich zu mir selbst war, hatte ich dies nicht nur aus reiner Nächstenliebe getan. Ein Teil von mir hatte Arely und Coel wiedersehen wollen. Wäre ich wirklich so gutherzig, hätte ich sie niemals angelogen. Hätte sie nie betrogen.

»Sei nicht so streng zu dir«, flüsterte Ronan plötzlich. Ich sah ihn überrascht an, woraufhin er schief grinste. Coels Griff wurde fester. »Wir lieben dich. Du wirst alles tun, um unser Volk zu beschützen. Das wissen wir. Vertraue auf dein Können und auf dein Herz. Du wirst für uns siegen.«

Coel zitterte erneut, aber nun war ich mir nicht mehr sicher, ob es nur aus Wut war. Konnte es möglicherweise sein, dass … nein. Er war bestimmt nicht eifersüchtig, denn er hasste mich.

»Die Zeit ist um«, rief Meduris uns zu.

Sofort wurde ich von Coel fortgerissen. Fort von meinem Vater und Ronan, fort von meinem Volk. Hin zum Unvermeidlichen.

Es war so weit. Meine Ziehschwester und ich würden in Kürze diese Arena betreten. Nur eine von uns würde lebend wieder herauskommen.

Ich hatte so oft gegen Bestien gekämpft, hatte mehrfach den Großen Nebel allein durchquert. Aber ganz gleich, wie oft ich mir dabei stets eingeredet hatte, dass ich keine Angst hatte - ich hatte sie. Jedes Mal. Noch nie in meinem Leben hatte ich eine solche Furcht verspürt wie in diesem Augenblick. Sie schnürte mir die Luft ab. Kalter Schweiß brach mir aus. Ich ballte meine Hände zu Fäusten, damit niemand sah, wie sehr ich zitterte.

»Möge die Bessere gewinnen und unseren Reichen Frieden bringen«, rief der Schattenfürst. Jubelrufe von beiden Seiten der Krieger brachen aus.

Mein Vater nahm etwas von einem seiner Krieger entgegen, danach machte er abermals einen Schritt auf die Barriere zu. Er hatte ein Bündel Kleidung in der Hand, das verdächtig nach der Rüstung des Schattenreichs aussah, sowie ein Schwert, einen kleinen Dolch und einen Bogen samt Köcher mit Pfeilen.

»Gleiches Recht für alle«, sagte er mit einem fordernden Blick und warf beides zu mir hinüber.

Die Sachen landeten vor meinen Füßen. Meduris sah mich mit einem vernichteten Blick an. Ich befürchtete, er würde sich gleich persönlich auf mich stürzen.

»Gleiches Recht für alle«, stimmte Arely meinem Vater jedoch zu, bevor ihr eigener auch nur ein Wort hatte sagen können.

»Arely!«, zischte dieser sichtlich verärgert.

»Traust du es mir etwa nicht zu, fair gegen Noreia zu gewinnen?«

Meduris grunzte daraufhin etwas Unverständliches. Er befahl Ruadan, die Sachen aufzuheben und durch den Schleier zu werfen.

Das Bündel blieb zwischen den Rängen auf dem Weg liegen, der hinunter in die Arena führte. Begleitet von den Anfeuerungsrufen ihrer Kameraden schritt Arely auf diesen zu, ohne einen Blick zurückzuwerfen.

Neuer Beifall ertönte, dieses Mal vonseiten meines Volkes. Meduris nickte Coel zu, erst dann schnitt dieser mit einem Messer das Seil meiner Fesseln durch, ließ meinen Arm los und trat zurück. Ich sah ein letztes Mal zu meinem Vater. Neben ihm standen Ronan und zu meiner Überraschung Nessa. Sie nickte mir lächelnd zu.

Dann tauchte ich durch den Schleier, hob meine Ausrüstung vom staubigen Boden auf und folgte Arely hinab in die Arena.

Arely

Der tosende Applaus der Krieger dröhnte durch die Arena. Er hätte mich mit Stolz und Mut erfüllen sollen, aber alles, was ich spürte, war ein erdrückendes Gefühl der Furcht, das sich wie eine Natter um meinen Körper schlang. Ich lächelte meinen Kriegern zuversichtlich zu, obwohl ich mich alles andere als optimistisch fühlte. Mit jedem weiteren Schritt, den ich in die Arena trat, wurde die Übelkeit größer. Es gab keinen Ausweg mehr. Noreia durfte auf keinen Fall meine Angst bemerken. Sie musste glauben, dass ich siegessicher war. Denn einem Feind zeigte man niemals seine Angst. Dieses Mantra, das uns von Kindesbeinen an eingebläut wurde, hatte sich tief in mir verfestigt. Nun klammerte ich mich so verzweifelt an diese Worte, als wären sie meine Rettung.

Ich ging den steinigen Weg in die Arena hinunter. Immer wieder sah ich zurück, ob Noreia mir bereits folgte. Mit einem großen Kloß im Hals blickte ich mich schließlich genauer um. Die Kampfstätte sah noch genauso aus wie vor zwei Tagen, nur dass jetzt Hunderte Krieger auf der Tribüne saßen und ihr Gebrüll über den riesigen Platz hallte. Ich blickte hinüber zu dem Fluss, der sich durch das Gelände schlängelte und zwischen den Bäumen verschwand. Ihr dichtes Geäst würde uns vor den schaulustigen Kriegern abschirmen.

Als ich den Weg hinter mich gebracht hatte und die Wiese betrat, zögerte ich. Was sollte ich tun? Eilig in dem Dickicht verstecken, damit ich mir einen Plan zurechtlegen konnte? Oder sollte ich es einfach so schnell wie möglich hinter mich bringen und sofort offen gegen Noreia kämpfen?

Unbehaglich trat ich von einem Fuß auf den anderen, wobei der staubige Boden unter meinen Schuhsohlen knirschte. Ich hatte keine Ahnung, was uns hier erwartete. Es schien, als wären wir zwei Schachfiguren in einem abartigen Spiel der Schicksalsgöttin. Wir waren der Prophezeiung machtlos ausgeliefert und konnten nur verlieren.

Ein Blick nach hinten verriet mir, dass Noreia mittlerweile ihre Rüstung sowie die Waffen aufgehoben hatte. Auch ihre Leute jubelten ihr zu. Dabei verzog ich angewidert mein Gesicht. Die Schattenkrieger waren unsere Erzfeinde und ich konnte es noch immer nicht fassen, dass sie zu ihnen gehörte. Ich ballte meine Hand zur Faust, wobei ich meine Lippen zornig aufeinanderpresste. Noreia war durch und durch bösartig geworden. Erst war sie zu den Feinden übergelaufen, dann hatte sie mir auch noch Coel ausgespannt. Sie hatte uns alle hinters Licht geführt. Bittere Wut kochte in mir hoch.

Doch trotz all ihrer unverzeihlichen Taten konnte ich nicht leugnen, wie sehr ich sie noch immer liebte. Ich wusste nicht, wie ich mit meinen widersprüchlichen Gefühlen umgehen sollte.

Noreia ging mit gemächlichen Schritten den Weg entlang. Ich entschied mich dazu, hier stehenzubleiben. Wir würden sowieso gegeneinander kämpfen müssen, also konnte ich genauso gut auf sie warten.

»Meinetwegen darfst du die Rüstung noch in Ruhe anlegen«, sagte ich zu ihr, als sie nur noch wenige Meter von mir entfernt war und die dunkle Schattenrüstung in ihren Händen betrachtete. Ich deutete in den Wald, vor dem wir nun standen. »Dort findest du sicher ein gutes

Versteck zum Umziehen. Danach beginnen wir mit dem Kampf.«

Meine Worte waren eiskalt, wie die meines Vaters. Wann hatte ich gelernt, so gleichgültig zu wirken? War ich inzwischen etwa wie er?

Noreia lächelte mir gezwungen zu. »Wie großzügig von dir.«

Ich schnaubte verächtlich. »Ich bin kein Monster. Wenn wir kämpfen, dann auf Augenhöhe. Ich möchte mir hinterher nicht nachsagen lassen, ich hätte dich unfair besiegt.«

Untereinander kämpften wir Krieger nur äußerst selten und wenn doch, dann nur ehrenhaft unter gleichen Bedingungen. Es war ein unausgesprochenes Gesetz. Dies wusste auch Noreia. Unsere Bögen würden wir daher nicht gegen uns richten. Gekämpft wurde nur im direkten Nahkampf. Alles andere galt als pure Feigheit und kam einem Verrat gleich. Dennoch nahmen wir unsere Schusswaffen mit, denn niemand von uns wusste, welche Gefahren auf uns lauern würden.

Momentan standen wir am Beginn des kleinen Waldes, sodass uns alle Krieger beobachten konnten. Doch dann spürte ich plötzlich eine Hand auf meinem Rücken, die mich entschlossen vorwärts ins Innere der Arena drückte. Erschrocken schnappte ich nach Luft und blickte hinter mich. Aber da war niemand. Die Hand grub sich fest in mein Fleisch, schob mich mit aller Gewalt zwischen die Bäume. Auch Noreia wurde nach vorne gepresst. Hektisch stolperte sie neben mir her, wobei sie sich erfolglos nach dem Ursprung dieser Kraft umsah.

Verzweifelt bemühte ich mich, meine Füße in den Boden zu stemmen und mein Schwert aus der Scheide zu ziehen. Erfolglos. Die unsichtbare Kraft schob mich unerbittlich weiter nach vorn. Ich hatte keine Chance, mich ihr zu widersetzen. Unsere Zuschauer schrien erstaunt auf. Aus dem Augenwinkel erkannte ich, wie einige Licht- sowie Schattenkrieger versuchten, von den Rängen aus zu uns zu gelangen. Dabei wurden sie hart von der unsichtbaren Barriere zurückgestoßen und stürzten zu Boden.

Wir wurden weiter Richtung Dickicht geschoben, vorbei an unzähligen uralten Baumstämmen, immer tiefer in die Arena hinein. Ich fühlte mich vollkommen ausgeliefert, unfähig, mich gegen die Macht zu wehren. Der Wald nahm kein Ende. Erst als wir auf eine große Grünfläche in der Mitte der Arena stolperten, ließ die Hand endlich von mir ab. Stille umfing uns, während wir keuchend zu Atem kamen. Ich sah mich um. Mir wurde schmerzhaft bewusst, dass diese Fläche Noreias und meiner Lichtung ähnelte. Die Wildblumen erinnerten stark daran, auch der große Baumstamm in der Nähe des Flusses glich dem unserem. Dieser schlängelte sich plätschernd durch niedriges Gestrüpp, der restliche Teil war von hohem Gras gesäumt.

Dieser Ort hier war nur für uns bestimmt, das spürte ich genau. Ich fragte mich, ob in den Tiefen des Waldes Bestien auf uns warten würden. Nichts schien in diesem Augenblick unmöglich. Durch die dichten Bäume um die Lichtung herum konnte uns nun vermutlich niemand mehr beobachten. Noreia und ich waren endgültig allein.

»Leg lieber schnell deine Rüstung an, bevor noch eine Bestie kommt«, sagte ich schließlich zu Noreia.

Ohne ein weiteres Wort wandte diese sich um und machte einen vorsichtigen Schritt nach vorn. Die Macht hielt sie nicht auf, also straffte sie ihre Schultern, ehe sie hinter einem riesigen Baumstamm aus Eichenholz verschwand.

Das alles war so merkwürdig. Vielleicht würde Noreia mich in wenigen Momenten aus dem Hinterhalt angreifen. Vorsichtshalber überwand ich die Entfernung zum Fluss und wartete am Ufer auf sie. Die Strecke würde sie erst einmal überwinden müssen. So fühlte ich mich ein wenig sicherer.

Als sie wenig später wieder hinter dem Stamm hervortrat, verzog ich beim Anblick ihrer tiefschwarzen Rüstung das Gesicht. Sie so zu sehen, entfachte die Wut in mir noch stärker. Ich schluckte schwer. Noreia sah nicht mehr nur wie ein Feind aus – sie war der Feind.

»Verräterin!«, fauchte ich sie an und zog mein goldenes Schwert aus der Scheide. »Habt ihr etwas mit dieser Magie zu tun?« Vermutlich klang ich wie eine Verrückte, aber ich musste auf alles vorbereitet sein. Ich konnte ihr nicht vertrauen.

Noreia lachte auf, ging auf mich zu, wobei sie beschwichtigend die Hände in die Höhe hob. »Was glaubst du denn, könnten wir Schattenkrieger tun? Wir sind ebenso wenig Gefolgsleute der dunklen Magierin Jayna, wie ihr es seid.«

»Du denkst doch wohl nicht, ich würde dir auch nur ein Wort glauben. Nach allem, was du getan hast!«

Noreia verengte die Augen zu Schlitzen. In ihrer Wut erkannte ich ebenfalls einen Funken Reue. »Nach allem, was ich getan habe? Du hast dich nicht einen Deut verändert, Arely! Du hältst dich immer noch für unantastbar. Nachdem ich damals in den Nebel gegangen bin, blieb dir wohl nichts anderes übrig, als dich an Coels Schulter auszuweinen und ihn so dazu zu bringen, sich in dich zu verlieben! Weil er der Einzige war, der dich nicht gewollt hat. Der Einzige, der mich dir vorgezogen hat. Das hat dich rasend gemacht, nicht wahr? Dass du diesen einen Mann nicht haben konntest. Mein Verschwinden hat dir wohl bestens in die Karten gespielt. Ein schöner Plan, mich dazu zu bringen, in den Nebel zu gehen, damit er endlich dir gehört!«

Bestürzt zuckte ich zurück. Es war, als hätte sie mich geohrfeigt. Den Nachhall des Schmerzes spürte ich bis in mein Innerstes hinein. Nie hatte ich Noreia aus dem Weg haben wollen, um an Coel heranzukommen. Wie konnte sie so etwas überhaupt denken? Ich hatte mich immer aufrichtig für die beiden gefreut, auch wenn ich Coel attraktiv gefunden hatte. Keinen einzigen Moment lang hatte ich auch nur daran gedacht, dass ich ihn einmal lieben könnte. Das war nie mein Plan gewesen.

»Du weißt, dass das nicht stimmt«, flüsterte ich fassungslos.

»Lügnerin!«

Noreia zog ihr Schwert aus der Scheide, die Klinge war tiefschwarz. Ich presste zornig meine Lippen aufeinander. Langsam bewegte ich mich entlang des Flusses auf sie zu. »Du wagst es, mich als Lügnerin zu bezeichnen?«

Das Blut rauschte in meinen Ohren. Die aufflammende Wut in mir gewann allmählich die Oberhand. Wie konnte sie bloß solche Worte in den Mund nehmen, wenn sie selbst nichts weiter war als eine rückgratlose Betrügerin und Spionin?

Wir starrten uns mit zusammengekniffen Augen an und beobachteten jede Bewegung der anderen. Unser Duell stand kurz bevor, das spürte ich in jeder Faser. Und ich durfte mir keinen einzigen Fehler erlauben, denn Noreia kannte mich so gut wie niemand sonst.

Trotz meines Zorns fühlte sich die gesamte Situation

furchtbar falsch an. Sie war einst meine Schwester gewesen. Wir sollten uns nicht mit gezückten Schwertern gegenüberstehen, bereit, einander bis zum Tod zu bekämpfen. Aber das Schicksal wollte es so. Ich musste es für das Lichtreich tun, nicht für mich. Es gab keinen Ausweg.

»Willst du das wirklich machen?«, rief mir Noreia zu. In ihren vertrauten blauen Augen erkannte ich einen Hauch von Bedauern.

»Es kommt nicht darauf an, ob ich es will. Ich muss es tun. Für mein Volk. Ein Leben für Tausende andere. Nur so können sie gerettet werden, denn ich weiß, dass du sie vernichten würdest, wenn du mich besiegst.«

Auch in diesem Moment wollte ich Noreia nicht angreifen, wollte ihr nicht das Leben rauben. Doch ich hatte keine Wahl. Noreia setzte zu einer Antwort an, allerdings hatte ich nicht vor, ihr die Chance zu geben, die Worte auszusprechen. Das würde es nur noch schwerer machen. Ich hob mein Schwert in die Höhe, überwand den Abstand zwischen uns und führte den ersten Schlag aus.

Es war, als wäre die Welt für einen Augenblick stehen geblieben. Sogar meinen keuchenden Atem konnte ich hören und mein eigenes Herz, das unerbittlich gegen die Rippen hämmerte. Dieser erste Hieb gegen meine Schwester ließ etwas tief in mir zerbrechen. Am liebsten hätte ich das Schwert sofort losgelassen, doch ich durfte es nicht. Es musste so sein. Vielleicht war dies hier für eine von uns der Anfang vom Ende. Dafür würden wir unzählige unschuldige Leben retten. Das war doch ein guter Preis, oder?

Brüllend warf Noreia sich meinem Angriff entgegen und ich erkannte in ihrem Gesicht die pure Verzweiflung, die sich auch in meinem spiegelte. Auch ich schrie, als Noreia parierte. Metall auf Metall klirrte schrill über die Lichtung.

Es klang wie ein grausames Kreischen in meinen Ohren.

Mit einer geschickten Umdrehung wirbelte Noreia herum. Nun war sie es, die mich angriff. Aber auch ich kannte sie gut. Routiniert wehrte ich ihre Attacke ab. Ich fühlte mich in die Trainingshalle zurückversetzt, in der wir nach ihrer Rückkehr so oft mit den Übungsschwertern trainiert hatten. Als sie erneut ausholte, musste ich einen Schritt zurückmachen. Der Boden unter mir gab dabei leicht nach. Sekunden später spürte ich die Nässe, die in meinen Schuh kroch, und wich zur Seite aus, damit Noreia mich nicht noch weiter in den Fluss drängen konnte. Sofort setzte ich zum Gegenangriff an, wobei ich sie vom Wasser wegdrängte, um ihre List zu vereiteln.

»Du kennst mich einfach zu gut.« Noreia lächelte mich an.

Mit Leichtigkeit parierte sie einen weiteren Schlag meinerseits und ging rückwärts. Ich lachte verbittert auf, während ich auf ihren nächsten Zug wartete. Wie zwei wilde Bestien umkreisten wir uns, ließen uns dabei keinen Moment aus den Augen. Der Kies unter unseren Schuhsohlen knirschte bei jedem Schritt.

»Nein, Noreia. Ich dachte, ich würde dich kennen. Aber da habe ich mich getäuscht. Die Noreia, die ich kenne, hätte sich niemals unseren Feinden angeschlossen.«

»So einfach ist das nicht.«

Sie täuschte eine Bewegung an, was ich jedoch durchschaute. Ich verweilte in meiner lauernden Haltung.

»Wie ist es dann?«, platze es aus mir heraus. »Wie kann es sein, dass meine Schwester zu meinem Feind wird? Dass du deine einstige Familie für diese Barbaren ausspionierst?«

Die Wut ließ mich regelrecht explodieren. Ich musste achtgeben, mich nicht von meinen Gefühlen leiten zu lassen.

»Das Schattenreich ist nicht so, wie du denkst!«, verteidigte sie sich. Sie wich mir geschickt aus, als ich mich nach vorne warf und versuchte, sie mit der Schwertspitze zu erwischen. »Es ist nicht alles wahr, was dein Vater allen erzählt. Das weißt du auch!«

Ich biss meine Zähne aufeinander. Mein Vater hatte viele Geheimnisse, aber er war noch immer mein Vater. Ihm vertraute ich weitaus mehr als ihr.

»Das Schattenvolk unterscheidet sich nicht von dem Lichtvolk, Arely. Unsere Männer und Frauen sind genauso wie ihr. Ehrlich, tüchtig und liebenswert.«

»Liebenswert und ehrlich, ja? So wie du?« Dass ich nicht lachte. Sie glichen uns mit Sicherheit in keinerlei Hinsicht.

Noreia starrte mich an, sie wirkte verletzt. Genau das war es, was ich benötigt hatte. Ohne weiter darüber nachzudenken, stach ich mit meiner Waffe in ihre Richtung. Es bedurfte nur dieses winzigen Moments der Ablenkung. Sie schaffte es nicht mehr, rechtzeitig auszuweichen. Meine Klinge schnitt durch das schützende Leder ihrer Rüstung, direkt in ihren Arm. Fluchend stolperte Noreia zurück und bedachte die Wunde mit einem kurzen Blick, ehe sie wieder in Verteidigungsposition ging. Eigentlich hätte ich über meinen ersten Treffer erfreut sein sollen, doch ich war es nicht. Ich hatte sie verletzt. Meine eigene Schwester. Hart biss ich mir auf die Unterlippe, wagte es aber nicht, meine Haltung zu verändern. Verzweifelt bemühte ich mich, nicht daran zu denken, was ich soeben getan hatte. Schweigend wartete ich auf ihren nächsten Angriff.

Es war einfach alles so furchtbar falsch. Diese Situation war vollkommen absurd. Trotz allem tat ich das einzig Richtige. Denn wenn ich verlor, würde das Schattenreich gewinnen und das Lichtreich untergehen. Noreia war bereits völlig in ihren dunklen Bann gezogen worden. Ganz gleich, was sie behauptete: Die Schattenmenschen waren niemals so gütig wie das Lichtvolk.

Ich hatte Noreia zwar getroffen, aber sie konnte trotz ihres verletzten Arms weiterhin gegen mich kämpfen. Mit jedem Schlag und Abwehrversuch schien sie zwar schwächer zu werden, aber mir erging es ebenso. Wir umkreisten uns wachsam. Ich wusste nicht, wie lange dieses Spiel zwischen uns bereits andauerte. Irgendwann kroch die Dämmerung in die Arena und mir wurde bewusst, dass wir vermutlich schon seit Stunden gegeneinander kämpften. Die schweren Baumkronen über unseren Köpfen warfen bereits finstere Schatten. Meine Arme wurden mit jedem Schlagabtausch tauber, wodurch ich kaum noch Schmerzen verspürte, wenn unsere Klingen aufeinanderprallten. Mein Atem hallte laut in meinen Ohren wider. Schweißperlen rannen über meinen Rücken und mein Gesicht.

Dann geschah es. Schmerz schoss durch meinen linken Arm, als sich die Muskeln darin verkrampften, und in diesem kleinen Moment der Schwäche ließ ich die Deckung fallen. Noreia nutze dies sofort aus. Sie machte einen schnellen Ausfallschritt nach vorn. Ich konnte ihren Stich gerade noch abwehren, sodass er nicht meine Körpermitte traf. Stattdessen senkte sich ihr Schwert in meinen linken Oberschenkel. Die scharfe Spitze durchbohrte die Rüstung und hinterließ dabei eine brennende Wunde. Zischend taumelte ich zurück. Tiefrotes Blut rann mein Bein hinab und tropfte zu Boden.

Noreia starrte mich mit weit aufgerissenen Augen an, bevor sie zu ihrer eigenen Verletzung schaute. Es brach mir fast das Herz. Wir hatten uns stets gegenseitig verteidigt, hatten gemeinsam gegen die Bestien gekämpft. Niemals hätten wir geglaubt, unsere Fähigkeiten einmal gegeneinander einsetzen zu müssen.

Noreia suchte meinen Blick. Ich erkannte die stumme Entschuldigung in ihrem Gesicht. Sie wusste, dass mein Schnitt deutlich schlimmer war als ihrer. Vor Schmerzen konnte ich kaum noch auftreten. Wenn wir nun weiterkämpfen würden, hatte ich so gut wie verloren. Kraftlos ließ sie ihre Waffe sinken.

»Lass uns eine Pause machen«, schlug sie vor und sah gen Himmel.

In dieser Sekunde hätte ich ihr einfach mein Schwert in den Körper rammen können. Aber sie war vollkommen ungeschützt. So wollte ich gewiss nicht gewinnen.

In Kürze würde es ohnehin nahezu unmöglich sein, noch richtig zu kämpfen. Die letzten Sonnenstrahlen fielen durch die Baumkronen, was die Arena fast friedlich wirken ließ.

Ich seufzte. Vor Erschöpfung konnte ich kaum mehr die Arme heben, von der Wunde ganz zu schweigen. Wäre dem nicht so, hätte ich Noreias Vorschlag von einer Pause nicht eingewilligt. Davon abgesehen musste ich mich jedoch unbedingt verarzten, sonst würde ich schlimmstenfalls verbluten.

»Wir sollten unsere Wunden am Fluss säubern«, schlug Noreia vor, die mein Schweigen als Zustimmung gedeutet hatte.

»Ich wünsche dir dabei viel Erfolg. Ich habe meine eigene Medizin«, entgegnete ich trotzig. Noreias Augen weiteten sich erstaunt.

Ich ließ mein Schwert ebenfalls sinken. Beinahe hätte ich vor Erleichterung aufgestöhnt, sobald meine schmerzenden

Muskeln endlich entlastet wurden. Ich betrachtete Noreia argwöhnisch, aber sie machte keine Anstalten, mich anzugreifen. Ohne ein weiteres Wort kehrte ich ihr den Rücken zu und humpelte davon.

Niemals würde ich mich gemeinsam mit dieser Verräterin ans Flussufer setzen. Sie durfte nicht wissen, wie schlimm meine Wunde war. Erst als ich die Lichtung überquert hatte und mich die dichten Bäume vor Noreia verbargen, entspannte ich mich ein wenig. Inzwischen war die Sonne gänzlich untergegangen. Entkräftet ließ ich mich hinter einer der großen Fichten nieder, wodurch ich verborgen blieb, Noreia und den Fluss jedoch im Blick behalten konnte.

Mit der Dunkelheit kam nicht nur Finsternis. Mich ließ das bedrückende Gefühl nicht los, dass in den Tiefen der Arena eine weitaus größere Gefahr auf uns wartete, ungeachtet des tödlichen Kampfes. Dann wäre nicht nur Noreia mein Feind.

Noreia

Misstrauisch sah ich Arely hinterher, als sie zwischen den Bäumen verschwand. Natürlich konnte ich nachvollziehen, dass sie mein Angebot ausgeschlagen hatte. Ich hätte es ohnehin niemals machen dürfen. Der Schreck darüber, sie verletzt zu haben, hatte allerdings über jegliche Vernunft gesiegt.

Seufzend kniete ich mich ans Ufer des Flusses und behielt dabei die Stelle, an der ich Arely zuletzt gesehen hatte, aufmerksam im Auge. Prüfend schöpfte ich mit meinen Händen etwas von dem kühlen Nass in meine Hände, um die Qualität prüfen zu können. Die Gewässer unseres Kontinents waren sauber, was auf dieses hier ebenso zuzutreffen schien. Völlig sicher war ich mir jedoch nicht. Ich wägte einen Moment ab, kam dann aber zu dem Schluss, dass mein eigener Schweiß und der Dreck, der sich in der Stichwunde an meinem Arm gesammelt hatten, schlimmer waren als möglicherweise verunreinigtes Wasser.

Das Blut der Wunde war noch nicht vollständig geronnen. Vorsichtig ließ ich ein kleines Rinnsal darüber laufen. Anschließend nahm ich noch mehr, um meinen Durst zu stillen.

Nachdem ich mich ein wenig gestärkt hatte, betrachtete ich stirnrunzelnd meine schwarze Rüstung. Die Oberarme waren durch sie nur dürftig geschützt. Arelys Schwert hatte das Leder glatt durchtrennt. Ich schnaubte.

Ein Geräusch ließ mich zusammenzucken. Sofort zog ich meinen Dolch aus der Scheide an meinem Gürtel hervor und blieb dann reglos sitzen. Ich verengte die Augen, um besser sehen zu können. Als auch nach einigen

Minuten nichts als Stille herrschte, kam ich zu dem Schluss, dass Arely es verursacht haben musste. Sie war also noch in meiner Nähe. Das gefiel mir nicht. Ich würde mehr Abstand zwischen uns beide bringen müssen.

Langsam stand ich auf, wobei ich mich ein letztes Mal umschaute. Das Adrenalin und die damit freigesetzte Kraft verließen langsam meinen Körper. Ich bemühte mich, die Schwäche nicht zu zeigen, bis ich zwischen die Bäume trat. Erschöpft schwankte ich durch den Wald, umschloss den Knauf meines Schwerts dabei trotz des Schmerzes in meinem rechten Arm fest. Ich hielt Arely nicht für hinterlistig, dennoch riskierte ich es nicht, mich darauf zu verlassen. Sie hatte mir zwar vorgeworfen, ich hätte mich verändert und mich ihren Feinden angeschlossen, aber auch sie war nicht mehr die Arely, die ich kannte. Mein Betrug an ihr, die Last der Prophezeiung sowie die Erwartungshaltung ihres Volkes, vor allem die ihres Vaters, hatten in ihr einen Kampfgeist entfacht, den ich nicht zu unterschätzen wagte.

Die Stichwunde war zwar gesäubert, dennoch pochte sie unangenehm. Ich würde mich ausruhen müssen, damit ich am nächsten Tag wieder kampfbereit sein konnte. Es ärgerte mich, dass Arely mir auch noch unter die Nase gerieben hatte, dass sie im Gegensatz zu mir Medizin bei sich trug. Ich verdrehte die Augen. Arelys Treffer war meine eigene Schuld gewesen. Es machte mich wütend, denn ich hatte mich ablenken lassen. Trotz allem fühlte ich mich schlecht dafür, ihr ebenfalls eine Verletzung zugefügt zu haben. Die Wunde würde sie beim Auftreten behindern und sie schwächen.

»Verfluchtes Gewissen«, knurrte ich leise. »Sie hat mich zuerst getroffen. Ausgerechnet an meinem Schwertarm.«

Es war schwierig, eine gute Stelle zum Ausruhen zu finden, an der ich geschützt war. Ich wollte nicht auf dem Boden bleiben, wo ich ein leichtes Ziel sein würde. Daher suchte ich mir einen geeigneten Baum und zog mich an den Ästen nach oben. Das Klettern mit nur einem vollständig belastbaren Arm war kompliziert und kraftraubend. Doch als ich schließlich eine breite Astgabel fand, welche mich auch während des Schlafens sicher in dieser Höhe halten würde, wusste ich, dass es die Sache wert gewesen war. Ich klemmte meinen Körper sicher ein und hielt meinen Bogen sowie das Schwert griffbereit in den Händen. Dann ließ ich meinen Rücken gegen den Stamm sinken.

Meine Atmung war unruhig vor Nervosität. Bis auf das Rauschen des Windes, der durch das Geäst wehte, vernahm ich jedoch kein einziges Geräusch. Ich wusste, jeder noch so kleine Laut würde mich aus meinem leichten Schlaf reißen. Langsam schloss ich meine Lider und lauschte nach verdächtigen Klängen, während ich ganz langsam wegdämmerte.

Ein Knacken sowie ein tiefes Knurren rissen mich aus einem wirren Traum. Auf der Stelle schlug ich die Augen auf. Mein Herz raste bereits so schnell, dass ich das Gefühl hatte, es würde mir aus der Brust springen. Ich fing mich schnell wieder, stützte mich mit den Händen ab, um mich vorsichtig aufzusetzen, und hing mir Köcher und Bogen über die Schulter. Das Pochen der Wunde versuchte ich zu ignorieren.

Mein Blick glitt hektisch durch den dunklen Wald. Es war das unverkennbare Geräusch von Bestien gewesen. Ich würde es überall erkennen. Unmöglich, dass dieser Laut von Arely verursacht worden war.

Eine verschwommene Bewegung zwischen den Bäumen bestätigte meinen Verdacht. Es waren mindestens zwei Biester und sie waren auf der Jagd. Hier oben saß ich in der Falle, denn falls eine geflügelte Bestie unter ihnen war, würde sie mich innerhalb kürzester Zeit erreichen.

So schnell wie möglich steckte ich das Schwert in die Scheide und warf den Bogen samt Köcher über meine Schulter. Anschließend griff ich nach den Ästen in meiner unmittelbaren Umgebung, an denen ich lautlos hinabließ. Der Schmerz in meinem Arm traf mich mit voller Wucht. Wenige Sekunden später landeten meine Füße auf dem Boden. Sofort zog ich wieder mein Schwert hervor, ehe ich in Kampfhaltung ging. Rechts von mir sah ich erneut eine Bewegung, dann eine direkt vor mir.

Zwar ergriff ich nicht gern die Flucht, aber die Monster ließen mir keine Wahl. Der Weg zur Lichtung schien frei zu sein. Wenn die Bestien den Schutz der Bäume nicht mehr nutzen konnten, hätte ich zumindest mit meinem Bogen eine Chance gegen sie.

Trotz der fehlenden Nahrung und der Anstrengung des vergangenen Tages pumpte das Adrenalin neue Energie durch mich hindurch. Entschlossen setzte ich zum Sprint an. Das war es, wofür ich all die Jahre trainiert hatte. Ich war eine Kriegerin. Die Vibration von den dumpfen Schritten der Untiere spürte ich in meinen Füßen, doch das trieb mich nur noch weiter an.

Erst als ich durch den Schutz der Bäume brach und über die in Mondschein getauchte Lichtung rannte, sah ich mich wieder um. Mir waren zwei von ihnen auf den Fersen. Zu meinem Erstaunen sahen sie anders aus als sonst. Sie waren deutlich kleiner und weniger bullig als ihre Artgenossen.

So fest ich konnte, umklammerte ich das Schwert. Gerade wollte ich den Kampf aufnehmen, da flog ein Pfeil so nah an meinem Gesicht vorbei, dass ich den scharfen Windhauch auf meiner Haut spürte.

Das war nicht ihr Ernst! Arely wollte mich tatsächlich in diesem Moment hinterrücks erschießen? Das hätte ich nie von ihr erwartet!

»Feigling!«, brüllte ich in die Richtung, aus welcher das Geschoss gekommen war, und drehte mich kriegerisch zu den Bestien um. Wenn mich nicht Arelys nächster Pfeil tötete, würden es die Biester tun. Da würde ich mich definitiv für den Pfeil entscheiden.

Ein weiterer surrte an mir vorbei, verfehlte mich nur ganz knapp. Dann gab eine der Monster ein ohrenbetäubendes Kreischen von sich, taumelte einen Moment und fiel zu Boden. Die Spitze steckte mitten in ihrem linken Augapfel. Erst in diesem Moment verstand ich, dass Arely nicht auf mich, sondern auf das Vieh gezielt hatte. Ich schluckte das aufkeimende schlechte Gewissen hinunter und widmete mich der zweiten. Allerdings machte diese keine Anstalten, mich zu attackieren. Verblüfft runzelte ich die Stirn. Mein ganzes Leben lang hatte ich gegen diese Biester gekämpft, noch nie hatte eine von ihnen sich eine Gelegenheit zum Angriff entgehen lassen. Oder konnte nur durch einen einzigen Pfeil zu Boden gebracht werden. Sie schienen zu unserem Glück deutlich schwächer als ihre größeren Verwandten zu sein.

Ich vernahm Schritte hinter mir und war hin- und hergerissen, ob ich fortlaufen sollte oder nicht. Dann drehte ich mich jedoch ein Stück herum, damit ich das Untier nicht gänzlich aus den Augen verlor. Arely lief auf die Lichtung zu – gefolgt von zwei weiteren Monstern. Unsere Blicke trafen sich. Ohne ein Wort wich ich vor dem Vieh zurück, hin zu meiner Todfeindin, die plötzlich wieder auf meiner Seite zu stehen schien.

»Was geht hier vor?«, flüsterte Arely, die Furcht in ihrer Stimme war deutlich hörbar. »Sie treiben mich vor sich her.«

Wieder runzelte ich die Stirn. »Ich verstehe es auch nicht. Sie scheinen nicht so stark wie sonst zu sein.«

Wir standen Rücken an Rücken, unseren Angreifern zugewandt. Das verletzte Ungetüm auf meiner Seite hatte sich inzwischen wieder aufgerappelt, aber es war deutlich geschwächt. Gemeinsam warteten wir auf einen Angriff. Er kam nicht.

»Sie wollen uns nicht angreifen. Sie wollen uns zusammentreiben, damit wir weiterkämpfen«, schlussfolgerte ich.

Arely sog hörbar die Luft ein. »Ja, das ist durchaus möglich. Die Bestien sind eine Schöpfung von Jayna. Vielleicht wollen sie dafür sorgen, dass wir unseren Teil der Prophezeiung erfüllen. Ich habe mich schon gewundert, warum wir nicht früher angegriffen wurden.«

Es war so schrecklich ungerecht. Dass wir nun hier zusammengepfercht wurden, als wären wir nichts weiter als ein Spielzeug von Jayna. Wie unendlich wütend mich das machte. Ich hatte viele Fehler begangen, allerdings rechtfertigte das alles in keiner Weise, was Arely und mir zugemutet wurde.

»Ich hasse es«, zischte ich. »Ich hasse das alles hier.«

Arely schwieg einen Moment, bevor sie seufzte. »Lass uns kämpfen.«

Ich drehte mich herum, richtete mein Schwert auf sie, da

ich befürchtete, sie könnte sonst vor mir den ersten Schritt machen. Sosehr ich das alles auch verabscheute, ich wollte sicher nicht ohne Gegenwehr getötet werden.

Arely wandte sich mir zu und zog missbilligend eine Augenbraue in die Höhe. »Gegen die Bestien!«

»Oh«, machte ich peinlich berührt. Erleichterung durchflutete mich, meine verkrampften Muskeln lockerten sich.

Vielleicht hätte ich argwöhnisch sein sollen, denn es hätte ebenso gut eine Falle sein können. Aber wir waren von vier Bestien umzingelt. Arely und ich sahen einander an, völlig aufrichtig. Wir hatten solche Situationen schon so häufig gemeinsam durchlebt, dass es wie ein Automatismus war. Gleichzeitig steckten wir unsere Schwerter in die Scheiden, zogen je einen Pfeil aus dem Köcher, nahmen die Bögen von unseren Rücken, legten an und schossen.

Die eine der beiden Bestien auf meiner Seite, die ohnehin durch Arelys Angriff geschwächt war, bäumte sich genau in diesem Moment zu ihrer vollen Größe auf und hob den Kopf. Mehr benötigte ich nicht. Mein Pfeil traf sein Ziel, als wäre er an einen Faden gespannt gewesen. Mit einem schmatzenden Geräusch senkte sich seine Spitze genau in die Kehle des Biests. Blut spritze in alle Richtungen, das Tier schwankte einen Augenblick, sackte daraufhin in sich zusammen. Die gesamte Lichtung vibrierte von dem Aufprall. Kurz darauf vernahm ich einen Laut des Triumphs von Arely und ein weiteres Kreischen ertönte, dann erbebte die Erde erneut. Nun war ich diejenige, die für meine Schwester jubelte.

Ein wütendes Brummen hallte über die Lichtung. Die Untiere waren zwar zu einem anderen Zweck geschickt worden, doch der Angriff unsererseits bewirkte das, was er sollte: Sie wehrten sich. Die zweite auf meiner Seite stellte sich nun ebenfalls auf ihre Hinterpfoten, wobei sie intelligenterweise den Kopf gesenkt hielt. Stattdessen entschied ich mich für das Herz, das aber deutlich schwieriger zu treffen war. Ich schoss zwei Pfeile ab, ehe das Biest auf mich zustürmte. Beide durchstachen zwar seine Brust, beeinträchtigten das Monster jedoch keineswegs. Als es nur noch wenige Meter von mir entfernt war, warf ich den Bogen fort und griff nach meinem Schwert.

Wir umkreisten einander. Aus dem Augenwinkel sah ich, dass Arely und die andere überlebende Bestie dies ebenso taten. Ich konzentrierte mich wieder auf meinen Gegner. Kurz darauf machte er einen Schritt nach vorne und schnappte mit dem Maul nach mir. Gerade noch rechtzeitig wich ich zurück, holte von unten aus und zielte mit der Klinge auf die Kehle.

Plötzlich schlug das Monster mit seinen riesigen Pranken nach dem Schwert, um die Attacke abzuwehren. Ich wich seiner Tatze aus und setzte erneut zu einem Angriff am Hals an. Das Biest heulte auf, als sich die Klinge in sein Fleisch bohrte. Erneut griff es an. Dieses Mal war ich nicht schnell genug. Die Bestie traf mich mit voller Wucht am Kopf. Ihre scharfen Krallen durchschnitten die Haut an meiner Wange und meinem Hals. Durch die Wucht des Schlags landete ich hart auf dem Boden. Mir schoss ein so fürchterlicher Schmerz durch die Wirbelsäule, dass mir kurzzeitig die Luft aus den Lungen gepresste wurde. Blut quoll aus den Wunden, aber das nahm ich nur am Rande wahr. Denn in diesem Augenblick stürzte sich mein Gegner auf mich.

Mein Sichtfeld flackerte gefährlich, doch meine Instinkte siegten über den Schmerz. Im letzten Moment rollte ich mich zur Seite. Die Pranke, womit mir das Biest den tödlichen Schlag hatte versetzen wollen, donnerte ungebremst auf die Erde, begleitet von einem markerschütternden Grollen aus seiner Kehle. Dies war meine Chance. Ich sprang auf die Füße, schwankte einige Sekunden bedrohlich, fing mich aber wieder. So fest wie möglich packte ich mein Schwert und wirbelte herum. Nun stand ich hinter der Bestie, mir blieb nur ein Wimpernschlag lang Zeit. Mit einem hasserfüllten Schrei sprang ich vom Boden ab und rammte die Klinge in den Rücken des Monsters.

Ich ließ meine Waffe nicht los, da ich fürchtete, dass dieser Kampf noch nicht gewonnen war. Mit einem abscheulichen Geräusch glitt die Klinge aus dem Körper des Tieres heraus, als es vornüberfiel. Es blieb regungslos liegen.

Erleichtert rang ich nach Luft. Plötzlich hörte ich Arelys schrilles Kreischen.

Mein Herz setzte einen Schlag aus. Ich fuhr herum. Arely stolperte zurück, Blut rann aus einer tiefen Wunde an ihrer Schulter. Die Krallen der letzten Bestie hatten ihre Rüstung durchdrungen. Sie war gefährlich verletzt.

Das Ungetüm setzte bereits zum erneuten Schlag an, doch dieses Mal hob Arely nicht einmal mehr die Arme, um sich zu verteidigen. Sie fiel entkräftet auf die Knie und starrte zu dem Biest hinauf.

»Nein!«, brüllte ich, während ich auf Arely zu hastete und sie zur Seite stieß.

Niemals würde ich zulassen, dass dieses Monster meine Schwester tötete! Es hielt inne, sobald es meinen Schrei vernahm, und wandte sich zu mir um. Ich dachte nicht darüber nach, wusste nur, ich musste Arely retten. Die Bestie schien so überrascht über den Ruf zu sein, dass sie nicht schnell genug reagierte, als ich auf ihr Bein zielte. Sie geriet ins Straucheln, riss das Maul auf, um nach mir zu schnappen. Den Kopf senkte sie so weit, dass er auf Augenhöhe mit mir war.

Ein fataler Fehler. Blitzschnell holte ich aus und stieß das Schwert nach vorn. Die Klinge stach direkt durch ihr rechtes Auge, daraufhin fuhr es nahezu widerstandslos in den Schädel hinein. Galle stieg in mir auf, als schwarzes Blut auf mich niederprasselte und das Schwert gegen etwas Hartes stieß.

Die Bestie fiel nach hinten. Dieses Mal ließ ich das Schwert los. Ich wusste, dass sie diesen Stoß nicht überlebt haben konnte. Noch bevor sie auf dem Boden aufschlug, war sie tot. Arely und ich hatten gesiegt. Gemeinsam.

Arely

Das Blut rauschte in meinen Ohren, meine Schulter brannte wie Feuer. Erschöpft lag ich auf dem Boden. Spitze Steine bohrten sich in meinen Rücken. Das stetige Pochen der Schulter verursachte ein furchtbares Schwindelgefühl. Ich konzentrierte mich auf die Atmung, unfähig, mich auch nur einen Zentimeter zu rühren.

Noreia hatte mir das Leben gerettet. Ich konnte es nicht fassen. Ohne sie wäre ich nun tot.

Tot. Das Wort hallte bedrohlich durch meinen Kopf. Noreia war meine Feindin, dennoch hatte sie mich gerettet, ohne einen einzigen Augenblick zu zögern. Aber warum? Wieso hatte sie ihr Leben so bereitwillig aufs Spiel gesetzt, nur um mich zu beschützen?

»Arely, bist du verletzt?« Noreias panische Stimme drang wie durch einen dichten Nebel zu mir durch und ich erkannte undeutlich, wie sie auf mich zu eilte.

Am liebsten hätte ich aufgelacht. »Nach was sieht es denn aus?«, erwiderte ich trocken. Meine Stimme war bloß ein erbärmliches Krächzen.

Ich hatte keine Kraft mehr. Die Schmerzen forderten ihren Tribut. Mein Sichtfeld flackerte gefährlich. Mit aller Macht musste ich mich darauf konzentrieren, nicht ohnmächtig zu werden. Instinktiv wollte ich Noreia ausweichen, als sie sich neben mich hockte, aber ich konnte mich nicht bewegen. Wenn sie mich nun doch umbringen wollte, wäre ich ihr hilflos ausgeliefert.

»Wie schlimm ist es?«, krächzte ich.

Ich spürte ihre federleichte Berührung in der Nähe meiner Verletzung und riskierte einen Blick auf meine rechte Schulter. Die Rüstung war an dieser Stelle völlig zerfetzt, eine klaffende Wunde war zu erkennen. Seufzend ließ ich meinen Kopf zurücksinken. Es sah nicht gut aus.

»Kann … kann ich dir irgendwie helfen? Wir müssen die Wunde versorgen.«

Ich kniff die Augen zusammen. War ihre Sorge echt oder nichts weiter als ein Schwindel? Aus welchem Grund sollte sie versuchen, mir zu helfen?

»In meinem Beutel ist Medizin«, erklärte ich Noreia ebenso zögernd, unsicher, ob ich das Richtige tat. Aber ich wusste nicht, ob ich überhaupt dazu in der Lage war, mich selbst zu verarzten.

Selbst wenn dies hier eine List war – wenn ich überleben wollte, musste ich mir von ihr helfen lassen.

Mit zittrigen Händen griff Noreia nach dem kleinen Lederbeutel, den ich an meiner Hüfte festgebunden hatte, und öffnete die Kordel. Sie zog eine Augenbraue in die Höhe, als sie die Ampulle mit der Medizin, einem Fläschchen mit Desinfektionsmittel, Nadel und Faden sowie einige Mullbinden aus dem Beutel nahm. »Du bist ja bestens ausgestattet.«

Das schlechte Gewissen kroch in mir hoch. Noreia hatte nicht einmal einen Verband mitnehmen dürfen, unterdessen hatte ich einen ganzen Beutel voll davon. Was mich am Tag zuvor noch mit Trotz erfüllt hatte, ließ mich nun vor Scham die Augen schließen.

»Du kannst auch etwas davon haben«, bot ich ihr an.

Noreia schwieg, während sie alles vorbereitete. Dann nahm sie das Fläschchen in die Hand und las die Aufschrift. Ich wusste, dass sie sich versichern wollte, ob es wirklich die seltenste magische Heilmedizin war, die es in unserem Reich gab. Sie war unsagbar wertvoll, daher konnte sich außer der Fürstenfamilie niemand diesen Luxus leisten. Im geheimen Vorrat meines Vaters gab es lediglich zwei Phiolen davon. Die Damona-Blumen, aus denen die Tinktur hergestellt wurde, wuchsen nur an einem einzigen Ort im Lichtreich, der südlichsten Steilklippe des Meeres, an der sich die Wellen meterhoch brachen. Es war nahezu unmöglich, die Stelle zu erreichen.

Das magische Heilmittel konnte keine Toten ins Leben zurückholen, es heilte auch keine lebensgefährlichen Wunden, die endgültig waren, wie beispielsweise ein abgetrennter Kopf oder ein Stich ins Herz. Doch im Gegensatz zu anderen Heilpflanzen linderte sie nicht nur die Symptome und beschleunigte die Genesung. Sie heilte alle Läsionen, indem sie diese desinfizierte, versiegelte und von innen heraus die Zellregeneration anregte, um den ursprünglichen Zustand wiederherzustellen.

In meinem Leben hatte es genau drei Fälle gegeben, in denen die Medizin hatte eingesetzt werden dürfen: Als mein Vater einmal so schwer verletzt von einem Einsatz zurückgekehrt war, dass sein Leben auf dem Spiel gestanden hatte, und als Arawn sich als Kind aus Versehen fast selbst mit einem Schwert erstochen hatte. Das dritte Mal war natürlich erst vor Kurzem gewesen, als Bress nach dem Überfall der Bestien zurückgekehrt war. Dass Vater mir das Fläschen kurz vor dem Kampf überreicht hatte, hatte mir gezeigt, wie wichtig es ihm war, dass ich siegte - sonst hätte er niemals diese Kostbarkeit herausgegeben.

Stumm beobachtete ich Noreia dabei, wie sie den Schraubverschluss der Flasche löste und die Pipette über meiner Schulter positionierte.

»Ich weiß nicht, ob es wehtut, aber wenn ja … bitte nicht schreien«, ermahnte sie mich, kurz bevor sie die Flüssigkeit auf meine Verletzung träufelte.

Ich wusste bereits, was mich erwartete, da ich die Tinktur auch für die Verletzung am Oberschenkel benutzt hatte. Trotzdem knirschte ich vor Schmerz mit den Zähnen. Es war, als würde sie sich wie Säure in mein Fleisch brennen. Jede Faser der rechten Schulter und des Arms schien in Flammen zu stehen. Schwarze und weiße Punkte tanzten vor meinen Augen, Noreias Stimme war wie ein leises Rauschen. Ich glaubte, zu spüren, dass meine Schulter mit den Verbänden umwickelt wurde. Alles schien in weite Ferne zu rücken. Doch dann spürte ich einen scharfen Schmerz in meinem Gesicht, der mich zurück in die Wirklichkeit katapultierte.

Noreias Gesicht tauchte panisch vor mir auf. Sie schrie mich an: »Du bleibst wach, Arely! Hörst du?«

Wachbleiben. Ja, das schien eine gute Idee zu sein. Ich durfte nicht das Bewusstsein verlieren. Verbissen versuchte ich, mich auf meine Schwester zu konzentrieren, die langsam wieder klarer wurde.

Erleichtert seufzte sie auf, bevor sie sich neben mir auf den Boden sinken ließ. Wir schwiegen, wobei sie sich von Zeit zu Zeit vergewisserte, dass ich noch wach war. Ich lauschte meinem eigenen Herzklopfen, bis der Schwindel und die Schmerzen allmählich in den Hintergrund rückten.

»Wieso hast du das getan?«, fragte ich schließlich in die Stille hinein. Schwerfällig setzte ich mich auf.

»Was meinst du?«

»Warum hast du mein Leben gerettet und mich nicht einfach den Bestien überlassen?«

Meine Ziehschwester schwieg einen Moment, ehe sie antwortete: »Ich konnte dich ihnen nicht zum Fraß überlassen. Du bist doch meine Schwester!«

Sie blickte mich mit großen Augen an. Ich biss mir auf die Unterlippe. Konnte ich ihr das wirklich abnehmen?

»Du glaubst mir nicht, oder?«, fragte sie nach einer Weile.

»Ich möchte es gerne, aber ich weiß nicht, ob ich das kann.«

»Ich habe vieles falsch gemacht, das weiß ich. Aber ganz egal, wohin ich jetzt gehöre, du wirst immer meine Schwester sein. Versuch bitte, mir wenigstens das zu glauben.«

»Wenn es bloß so einfach wäre«, flüsterte ich und fuhr mir verzweifelt mit der linken Hand durch meine verknoteten Haare, die sich aus meinem Zopf gelöst hatten. »Ich danke dir, dass du mein Leben gerettet hast. Ich stehe tief in deiner Schuld. Na ja, vermutlich hätte ich das gleiche für dich getan. Aber ich verstehe nicht ganz, warum du das getan hast. Du hättest mich einfach töten und gewinnen können.«

Noreia überging meine Aussage. »Wie geht es deiner Schulter?«

Ich bewegte sie vorsichtig, dabei stellte ich erfreut fest, dass ich keine Schmerzen mehr verspürte. »Die Medizin hat wahre Wunder bewirkt.« Ich lächelte zaghaft. »Die Stelle ist taub, also tut es nicht mehr weh. Ich … Vielen Dank, dass du mir geholfen hast.«

Zur Antwort nickte meine Schwester nur.

»Komm, ich verarzte auch deine Wunden.«

Sie hob verwundert die Augenbrauen, schwieg aber, während ich die Flasche mit der Medizin sowie die Mullbinden an mich nahm.

Aufmerksam untersuchte ich Noreias Körper. Ihr Gesicht und der Hals hatten einige Schnittwunden davongetragen, die ich mit der Medizin versorgte, indem ich die

Verletzungen mithilfe einer Pipette beträufelte. Noreia saß regungslos vor mir und ließ die Prozedur über sich ergehen. Anschließend widmete ich mich kommentarlos der Stichwunde an ihrem Arm, die ich verursacht hatte. Meine Schwester hatte sie zwar im Flusswasser gesäubert, doch sie konnte sich immer noch entzünden. Deswegen ließ ich einige Tropfen der Tinktur darauf fallen. Noreia biss die Zähne zusammen, aber sogar jetzt gab sie keinen Laut von sich.

»Fertig«, verkündete ich schließlich. Ich setzte mich neben sie, dann schraubte ich die inzwischen halb leere Ampulle zu.

»Danke.«

Sie sah zu mir auf, unsere Blicke verhakten sich miteinander. Es waren noch immer die Augen meiner Schwester. Augen, die mir seit meiner Kindheit so schmerzlich vertraut waren. Es fiel mir schwer, mir ins Gedächtnis zu rufen, dass sie nun meiner Feindin gehörten.

Gedankenversunken blickte ich auf die eine Bestie, die direkt neben uns auf dem Boden lag. Eine tiefrote Blutlache hatte sich um ihren leblosen Körper gebildet. Es hätte nicht viel gefehlt und ich wäre diejenige gewesen, die nun dort liegen würde.

»Erzähl mir vom Schattenreich«, bat ich Noreia plötzlich.

Wenn eine von uns schon über beide Reiche herrschen würde, sollte ich vielleicht versuchen, mehr über meine Feinde zu erfahren.

»Was möchtest du denn wissen?« Noreias Stimme war kaum lauter als ein Flüstern. Beinahe so, als hätte sie Angst, mit mir über das Schattenreich zu sprechen.

»Alles. Nun ja, ich möchte versuchen, dich zu verstehen.«

Noreia folgte meinem Blick zu den vier toten Bestien auf der Lichtung, ehe sie anfing zu sprechen. »Das Schattenreich ist nicht so schrecklich, wie du denkst. Wir sind keine grausamen Krieger, die irgendeine dunkle Macht besitzen. Wir sind auch nicht so barbarisch, wie es in den Legenden immer erzählt wird. Unser Bestreben ist genau das Gleiche wie das der Lichtkrieger, nämlich das Volk vor den lauernden Gefahren zu beschützen. Die Bürger dort leben genauso friedlich wie hier. Mehr oder weniger zumindest. Es stimmt, dass es gewisse Gruppen gibt, die gegen das Reich rebellieren. Im Gegensatz zum Lichtreich haben wir immer mal wieder mit Nahrungsmittelknappheit zu kämpfen und in den kältesten Regionen müssen die Bürger im Winter hungern. Aber es hat sich in den vergangenen Jahren deutlich beruhigt. Mein Vater verhandelt mit ihnen, versucht zum Beispiel, die Nahrung gerecht zu verteilen. Davon abgesehen unterscheidet es sich kaum von dem Lichtreich. Es gibt Reiche und es gibt Arme. Es gibt Erwachsene, Kinder und leider auch die Bestien. Wir alle leben dort ein völlig normales Leben.«

»Was ist mit der Zerstörung des Lichtreichs?«

»Das stand niemals zur Debatte! Wir wollten zu keiner Zeit das Lichtreich angreifen. Ich sollte lediglich herausfinden, was Meduris plant, damit wir uns im Notfall verteidigen können. Es bestand niemals auch nur die Absicht, euch zu vernichten.«

Ich nickte langsam. »Warst du … glücklich?« Diese Frage brannte mir schon seit einer Ewigkeit auf der Zunge.

Ein kleines Lächeln huschte über ihre Lippen. »Oh … ja, das war ich. Versteh mich bitte nicht falsch, aber dort habe ich mich zum ersten Mal nicht wie eine Außenseiterin gefühlt. Im Schattenreich habe ich endlich von meiner Herkunft erfahren. Von meinem richtigen Vater. Ich bin wahrhaftig eine von ihnen, kein Findelkind, wie ich es hier immer war. Ich liebe euch alle, ihr wart meine Familie und werdet es auch immer sein. Nichtsdestotrotz hatte ich tief in mir drin immer das Gefühl, nicht hierherzugehören. Mittlerweile weiß ich auch, warum. Ich bin die Prinzessin des Schattenreichs.«

Ein scharfer Stich fuhr durch meine Brust, als mir bewusst wurde, dass sie sich nicht mehr zum Lichtreich, sondern zum Schattenreich zählte. Es war wie eine unendlich tiefe Kluft, die sich zwischen uns beiden aufgetan hatte. Sie würde für immer unüberwindbar sein. Ich hatte sie verloren. Die Krieger des Schattenreichs hatten mir Noreia genommen. Meine Schwester. Meine beste Freundin.

Ich ballte meine Hand zur Faust. Es machte mich furchtbar wütend und ich wollte ihre Worte einfach nicht wahrhaben. Wir hatten ihr alles gegeben! Ein Zuhause, eine Familie und eine Ausbildung. Trotzdem war es ihr nicht genug gewesen.

»Wie?«, fragte ich. »Wie kann es sein, dass du die Thronfolgerin bist?«

Noreia verschränkte ihre Finger ineinander. »Meine Mutter ist aus dem Schattenreich geflohen, während sie mich unter dem Herzen trug. Sie war eine Liebschaft meines Vaters, und da seine Ehefrau keine Kinder bekommen kann, fürchtete sie ihren Zorn. Deshalb durchquerte sie den Nebel. Offenbar gebar sie mich allein in den Wäldern des Lichtreichs, legte mich vor euren Schlosstoren ab und verschwand. Ihre Leiche wurde Wochen später von einer Grenzpatrouille im Schattenreich nahe dem Nebel gefunden. Sie hatte mich zurückgelassen und daraufhin den Nebel erneut durchquert. Wahrscheinlich, damit die Frau meines Vaters keinen Verdacht hegte, dass ich noch lebte. Mein Vater beerdigte meine Mutter kurz darauf. Seither lebte er in dem Glauben, dass ich ebenfalls verstorben war. Er fiel aus allen Wolken, als ich plötzlich vor ihm stand. Ich sehe ihm unglaublich ähnlich. Er hat mich sofort erkannt.«

»Es tut mir leid, was mit deiner Mutter geschehen ist. Aber meine Eltern haben dich aufgenommen und wie ihr eigenes Kind großgezogen.« Die Wut brodelte so plötzlich wieder in mir auf, dass ich sie nicht mehr unterdrücken konnte. »Wie kannst du nur so undankbar sein? Du hast alles gehabt. Warum konntest du nicht einfach im Schattenreich bleiben, wo du hingehörst? Warum hast du alles zerstört, indem du zurückgekommen bist? Und dann nimmst du mir auch noch Coel! Wie konntest du das bloß tun, wenn doch im Schattenreich alles so perfekt war? So, wie der eine Schattenkrieger dich vorhin angeschaut hat, habt ihr ganz offensichtlich das Bett geteilt. Und trotzdem musstest du mir Coel nehmen!«

Noreia zuckte erschrocken zurück. Einen solchen Wutausbruch schien sie nicht erwartet zu haben. »Meinst du Ronan? Er war lediglich ein Zeitvertreib. Ich habe ihn nie geliebt. Was übrigens auf Gegenseitigkeit beruht. Das mit Coel hingegen … war ein schrecklicher Fehler.«

Ronan. Wahrscheinlich hatte sie ihn genauso ausgenutzt wie mich und ihn dann einfach weggeworfen, als sei er nichts weiter als ein lästiges Stück Dreck an ihrer Schuhsohle.

»Hast du diesen Ronan auch einfach so fallen lassen wie mich? War er dir etwa auch nicht gut genug?«

Nun verzog auch Noreia wütend ihr Gesicht. »Was bildest du dir eigentlich ein? Du hast nicht die geringste Ahnung, wovon du sprichst!«

»Ach so? Ich weiß nicht, wovon ich spreche? Ich weiß, dass du eine hinterlistige Betrügerin bist!« Zornig sprang ich auf.

»Das reicht! Es mag sein, dass ich mich verändert habe. Aber du bist noch immer das überhebliche Miststück, das du vor fünf Jahren an der Grenze zum Nebel warst. Du hast dich kein bisschen verändert!«

Mit diesen Worten erhob sich Noreia ebenfalls. Sie marschierte zu der toten Bestie, riss das Schwert aus ihrem leblosen Körper und stampfte blindlings davon. Ohne die Chance, etwas erwidern zu können, ließ sie mich allein mit meinen wirren Gedanken zurück.

Noreia

Wütend und gleichzeitig völlig erschöpft lief ich durch den Wald, auf der Suche nach dem Baum, auf dem ich vor dem Angriff der Bestien geschlafen hatte. Als ich ihn endlich gefunden hatte, zog ich mich an den Ästen nach oben. Ich war dankbar, dass meine Wunden durch Arelys Medizin geheilt worden waren und mich somit nicht mehr behinderten. Bis auf die Müdigkeit ging es mir körperlich wieder besser, doch falls wir nicht bald den entscheidenden Kampf führen würden, würde ich mich auf die Suche nach etwas Essbarem machen müssen.

Seufzend ließ ich mich zurücksinken. Meine Waffen positionierte ich griffbereit neben mir. Alles um mich herum war still. Der Sonnenaufgang stand sicherlich kurz bevor. Die Zeit bis dahin würde ich zum Ausruhen nutzen. Ich lehnte meinen Kopf an den Stamm und lockerte meine verspannten Muskeln.

Arelys Worte hallten in meinem Kopf wider. Es war für mich eine Selbstverständlichkeit gewesen, ihr Leben zu retten, ganz egal, wie verzwickt unsere Situation war. Sie war meine Schwester. Ich konnte ihr Misstrauen natürlich nachvollziehen, aber sie hätte trotz allem sicherlich das Gleiche für mich getan. Das wusste ich einfach.

Ihre Fragen über das Schattenreich hatten mich unvorbereitet getroffen. Ich hatte nicht für möglich gehalten, dass sie ihre Überzeugung wenigstens für einen Moment zurückstellen würde, um mehr über meine Beweggründe zu erfahren. Allerdings war ich mir nicht sicher, ob es das Ganze nicht nur schlimmer gemacht hatte. Zuerst hatte sie neugierig gewirkt, bis ich an irgendeiner Stelle offenbar etwas Falsches gesagt hatte. Ich wusste nicht, welche Worte sie wieder zurückgestoßen hatten, aber die Abscheu und der Zorn in ihren Augen waren schlimmer gewesen als je zuvor.

Wie sollte ich ihr nur klarmachen, dass das Schattenreich nicht der wahre Feind war? Es war ihr eigener Vater. Aber sie würde meinen Worten keinen Glauben schenken. Wenn sie nicht selbst dahinterkam, bevor sie mich vielleicht besiegte, wären die Folgen für mein Reich mit Sicherheit verheerend.

Ich schloss resigniert die Augen. Die letzten Stunden hatten mich völlig ausgelaugt und es fiel mir immer schwerer, meine Gedanken zu ordnen. Also kauerte ich träge im Geäst, während ich auf den Schlaf wartete.

Wirre Bilder schossen durch meinen Kopf. Ich hörte Arelys schrilles Kichern, das sich in einen Schrei verwandelte.

»Eins, zwei, drei, ich komme! Versteckt oder nicht, ich finde euch!«

Aislinns Singsang dröhnte so laut in mir, dass ich das Gefühl hatte, sie säße direkt in meinem Kopf. Hektisch sah ich mich nach Arely und meiner Ziehmutter um, aber sie waren nicht da. Alles, was ich sah, waren Dutzende Bestien. Sie hatten mich umzingelt und ich stand wehrlos in ihrer Mitte.

»Arely? Wo bist du?«, schrie ich panisch.

Ihr kaltes Lachen drang zu mir. »Du kannst mich nicht sehen. Du bist tot.«

Mein Körper bebte unkontrolliert. Ich umschlang meine Brust mit den Armen, während die Untiere immer näherkamen.

»Dein verräterisches Schattenreich wurde vernichtet.

Jeder einzelne Krieger ist tot. Ich habe sie alle persönlich exekutiert. Vater ist stolz auf mich, hörst du? Er sagt, ich sei seine beste Kriegerin.« Wieder lachte sie. »Sorge dich nicht. Einige Bürger des Schattenreichs leben sogar noch. Sie geben ganz wunderbare Sklaven ab, weißt du?«

»Nein!«

Ich wich den unbarmherzigen Krallen der Monster aus, als ich verzweifelt nach Arely Ausschau hielt. Ich musste sie aufhalten. Musste mein Volk beschützen.

»Gib auf, Verräterin. Du hast bereits verloren. Das Schattenreich ist von nun an nicht mehr als eine Legende.«

Mit einem Schrei erwachte ich aus dem schrecklichen Traum. Erst als das Holz unter mir unheilvoll knackte, bemerkte ich, dass ich um mich geschlagen hatte. Mein Herz schlug mir bis zum Hals. Fiebrig griff ich nach meinen Waffen. Dabei wurde ich von der Sonne geblendet, die bereits aufgegangen war und den Wald in goldene Farben tauchte.

Arely. Sie glaubte mir nicht. Sie würde mein Reich vernichten. Würde all diejenigen ermorden, die dort lebten. Es gab nur einen einzigen Ausweg: Ich musste sie zuerst töten. Denn wenn ich es nicht tat, wäre mein Reich dem Untergang geweiht.

Behände kletterte ich den Baum hinab, und sobald meine Füße den Boden berührten, rannte ich los. Doch dieses Mal rannte ich nicht davon. Nun war ich diejenige, die sie jagte.

Ich verdrängte jegliche Gefühle, hielt das Schwert in meiner Hand fest umschlossen, während ich auf die Lichtung hastete. Arely war nicht mehr meine Schwester oder Freundin. Sie war eine Gefahr für das Schattenvolk. Ganz egal, wie sehr ich mich dagegen gesträubt hatte, ich musste das hier tun. Musste sie besiegen. Ein Leben gegen tausend andere, auch wenn es das meiner Schwester war.

Es schien, als hätte Arely es bereits vorausgeahnt. Erhobenen Hauptes stand sie in der Mitte der Lichtung, ihre Waffe zum Kampf erhoben. Mit einem übernatürlichen Brüllen stürzte ich auf sie zu und holte aus.

Als meine Klinge auf ihre prallte, zerriss der Laut die Stille. Immer wieder schlugen wir mit den Schwertern aufeinander ein. Arely mochte meinen Kampfstil kennen, doch die Zeit im Schattenreich und das Training mit Ronan hatten ihn wesentlich beeinflusst. Mein Wille wurde von Hieb zu Hieb stärker. Das hier war das letzte Duell und ich würde es gewinnen, komme was wolle.

»Du wirst mein Reich nicht vernichten«, presste ich zwischen den Zähnen hervor.

Mit voller Kraft schwang ich die Waffe in Richtung ihres Körpers. Im letzten Moment wehrte sie den Schlag ab und wurde von dem harten Aufprall ein Stück zurückgeworfen. Kurz geriet sie ins Taumeln. Als ich erneut auf ihr Herz zielte, konnte sie gerade noch mit einem Schritt zur Seite ausweichen. Der Kampf wandelte sich. Arely geriet mit jedem weiteren Angriff immer mehr in die Defensive und parierte meinen nächsten Stich in Richtung ihrer Körpermitte nur noch. Schweiß glänzte auf ihrer Stirn. Es wirkte, als hätte sie Mühe, ihr Schwert festzuhalten. Dennoch taxierte sie mich angriffslustig.

»Warum sollte ich es nicht zerstören?«, zischte sie verbissen zurück.

Ihre Attacke war schwach. Ich lenkte ihr Schwert mit Leichtigkeit in die entgegengesetzte Richtung, ehe ich selbst wieder in die Offensive überging und zum Schlag ausholte. Sie sprang gerade noch rechtzeitig zurück, sodass ich lediglich ihre Rüstung streifte.

»Glaubst du wirklich, ich könnte das Schattenreich lieben, wenn es böse wäre, Arely?« Meine Stimme echote über die Lichtung, so laut schrie ich ihr die Worte entgegen. »Hältst du so wenig von mir, dass du denkst, ich könnte mit meiner Schwester auf Leben und Tod für ein Volk kämpfen, das so ist wie in der Legende beschrieben? Die Geschichten sind nicht wahr! Dein Vater ist ein Betrüger und du weißt es!« Arely wich zurück, als hätte ich sie geohrfeigt. Wieder griff ich sie an. »Es ist alles eine Lüge, verdammt! Ich werde nicht zulassen, dass mein gesamtes Volk deswegen zerstört wird, hast du verstanden? Ich würde niemals einen einzigen Menschen töten, egal, aus welchem Reich sie stammen. Sie sind alle gleich.«

Als Arely erneut das Schwert hob, um meinen Angriff abzuwehren, drehte ich mich um die eigene Achse. Ich traf ihre Klinge so weit unten, dass diese ihr aus der Hand geschlagen wurde. Bevor sie auch nur darüber nachdenken konnte, ihren Dolch zu ziehen, zeigte meine Schwertspitze bereits direkt auf ihr Herz.

Sie regte sich nicht. Ich erkannte, wie sehr meine Worte sie getroffen hatten. Sie hatten etwas in Arely verändert. Tränen glitzerten in ihren Augenwinkeln, während wir uns eine gefühlte Ewigkeit anstarrten.

»Tu es.« Ihre Worte waren leise, aber die Stimme brach nicht. Sie klang fest und entschlossen. »Töte mich.«

Ich konnte nichts weiter tun, als sie schockiert anzustarren. Das sollte es gewesen sein? War das nun das Ende? Wie könnte ich sie jetzt umbringen? Ich liebte sie doch über alles. Und in diesem Moment begriff ich, dass ich es nicht konnte.

Vielleicht hätte ich nach dem Tod meines Vaters über das Schattenvolk herrschen können, wenn ich dortgeblieben wäre. Doch ich wusste, dass ich nicht als Herrscherin geboren war. Ich hatte es nicht verdient, über Wynentia zu herrschen. Nicht als die rückgratlose Spionin und Verräterin, die ich war. Zudem besaß ich nicht die Präsenz und Überzeugung, die es brauchen würde, um die Reiche in Frieden zu vereinen.

Aber sie hatte es. Arely.

Meine Entscheidung war gefallen.

Arely

Tod und Leben liegen so dicht beieinander, dass es keine richtige Grenze gibt. Schon mit unserem ersten Schrei als Säugling rückt der Tod Tag für Tag näher. Er ist unser ständiger Begleiter. Ein Schatten des Lebens, der stets da ist, auch wenn man ihn nicht immer sieht.

Ich blickte auf ihre Schwertspitze, die auf meine Brust gerichtet war. Es schien, als würde ich dem Tod geradewegs in die Augen blicken. Das Herz schlug mir bis zum Hals. Sie könnte mich innerhalb weniger Sekunden töten und diesem Kampf ein Ende bereiten. Doch Noreia zögerte. Ich verstand nicht, wieso. Dann ließ sie plötzlich ihr Schwert sinken, drehte sich wortlos um und rannte davon.

Verwirrt und gleichzeitig voller Zorn blickte ich ihr nach.

Bittere Galle stieg in mir auf, als ich daran dachte, wie nah sie dran gewesen war, mein Leben zu beenden. Den Kampf für sich zu entscheiden. Mein Verstand wollte nicht begreifen, was soeben geschehen war.

Zugleich machte mich ihr Abgang unfassbar wütend. Wie ein Feigling war sie davongelaufen. Natürlich war ich erleichtert, dass sie mich nicht getötet hatte, allerdings war weglaufen nicht die Lösung unseres Problems. Es zögerte das unvermeidliche Ende nur unnötig heraus, widersprach allem, was wir gelernt hatten.

Ich musste die Wahrheit wissen. Wollte verstehen, weshalb sie es nicht beendet hatte. Warum sie mich der Rettung des Schattenreichs vorgezogen hatte. Sie hätte das Lichtreich auf ewig in ihren Klauen gefangen halten können. Aber jetzt, wo ich noch einmal die Chance erhalten hatte, das zu verhindern, würde ich das niemals zulassen.

»Noreia!«, brüllte ich in den düsteren Wald hinein.

Wutentbrannt rannte ich in die Richtung, in die sie verschwunden war. Ich musste sie finden und diesen Kampf zu Ende bringen. Unbedingt.

Vertrocknete Blätter und Zweige knackten unter meinen Schuhsohlen, als ich mich durch das Unterholz bewegte. Es war nicht mein Plan, Noreia zu überraschen. Ich würde Auge um Auge mit ihr kämpfen. Immer wieder schrie ich ihren Namen in den Wald hinein. Dieses Mal würde ich mich nicht in die Enge treiben lassen. Bis zum bitteren Ende würde ich kämpfen. Als Prinzessin des Lichtreichs würde ich entweder siegen oder meinen Tod mit Stolz hinnehmen.

»Noreia!«, rief ich erneut. »Du bist ein Feigling!«

Allmählich wurde ich wütend. Meine Geduld war längst aufgebraucht. Ich wollte, dass alles nicht, aber je länger wir es hinauszögerten, desto schlimmer würde es werden und desto höher wurde die Chance, dass uns weitere Bestien oder sogar Schlimmeres angreifen würden. Meine Nerven lagen inzwischen blank. Fieberhaft umklammerte ich mein Schwert, während ich einen Schritt vor den anderen setzte.

Sobald sich das Dickicht wieder lichtete, zog ich irritiert die Augenbrauen zusammen. Konnte es wirklich sein, dass … nein. Das würde sie sicher nicht tun.

Kurz darauf erkannte ich, dass sie es sehr wohl getan hatte. Sie hatte mich an den Rand der Arena gelockt, von wo aus uns die Zuschauer wieder sehen konnten. Aber dieses Mal gab es keine unsichtbare Hand, die uns gewaltsam zurück zur Lichtung drückte. Ganz so als wüsste die Macht von unserem letzten und entscheidenden Kampf.

Vorsichtig trat ich aus dem Schutz der Bäume hervor und vernahm die aufgeregten Rufe des Publikums. Ich blickte zu ihnen, konnte aus der Entfernung jedoch keine Gesichter ausmachen. Lediglich die Farben der Rüstungen waren zu erkennen: tiefschwarz sowie goldglänzend. Zwei Gruppen von Kriegern, die aus weiter Ferne doch alle irgendwie gleich wirkten.

Plötzlich nahm ich eine Gestalt aus dem Augenwinkel wahr und wandte mich von ihnen ab. Noreia stand einige Meter von mir entfernt schweigend an einen Baumstumpf gelehnt. Ihren Gesichtsausdruck konnte ich nicht deuten, aber eine Welle der Emotionen überrollte mich. Ich wusste in diesem Augenblick nicht, was ich denken oder fühlen sollte, wusste nicht, was das Richtige war. Es hatte nie einen anderen Ausweg als den Tod gegeben. Schon weit vor unserer Geburt war vorherbestimmt gewesen, dass wir diesen Kampf austragen würden. Aber würde ich meiner Schwester wirklich den Todesstoß versetzen können? Ich sah in ihre so vertrauten Augen und tausend Gedanken rasten durch meinen Kopf.

»Du weißt, dass wir das tun müssen«, sagte ich zu ihr. »Wir müssen zu Ende bringen, was wir begonnen haben.«

»Es war nicht richtig, davonzulaufen. Lass es uns austragen, ein für alle Mal.«

»Es tut mir leid.«

»Mir auch.«

Ohne weiter zu überlegen, ohne noch einen letzten Gedanken zu verschwenden, der mich womöglich davon abgehalten hätte, es zu tun, erhob ich mein goldenes Schwert und stürmte blindlings auf Noreia zu. Dies war das finale Duell. Schatten gegen Licht. Und es würde nur eine Siegerin geben.

Als unsere Klingen aufeinanderprallten, blendete ich jegliche Gefühle aus. Es gab niemanden mehr außer uns beiden. Keine Zuschauer, keine Bestien. Nur noch uns und diesen Kampf, der alles entscheiden würde.

Meine Arme waren von der Anstrengung der letzten beiden Tage bereits schwer. Meine Muskeln protestierten bei jeder Bewegung, doch ich biss die Zähne zusammen. Immerhin ging es hier um die Zukunft meines Volkes.

Noreia war eine ausgezeichnete Kämpferin. Ich hatte Probleme, ihren Schlägen standzuhalten. Der Widerstand unserer Schwerter ließ meine Arme erzittern. Mit aller Kraft versuchte ich, jeden ihrer Angriffe abzuwehren.

Schwungvoll drehte ich mich um die eigene Achse und wollte Noreia von der Seite treffen, aber sie blockte meinen Hieb erfolgreich ab und hob ihre Waffe zu einem Gegenschlag. Darauf war ich aber vorbereitet und duckte mich weg, wobei mir ein angestrengtes Keuchen entwich.

Immer wieder krachten unsere Klingen gegeneinander, während wir uns entschlossen in die Augen blickten. Ich bemerkte, dass Noreias Attacken mit der Zeit ebenfalls schwächer wurden, trotzdem schien sie immer noch stärker zu sein als ich.

Mit wachsender Panik bemerkte ich, wie sie mich immer weiter in Richtung eines Baumes hinter mir drängte, den ich im Augenwinkel wahrnahm. Ich durfte sie nicht gewinnen lassen. Mit aller Kraft warf ich mich ihren Attacken entgegen, aber es schien nicht genug zu sein. Sie war einfach zu schnell für mich. Ein Hieb links, einer rechts, eine kraftvolle Wendung. Ich trat einen Schritt nach hinten und stellte mit einem flüchtigen Blick über meine Schulter beunruhigt fest, dass der Stamm in meinem Rücken nicht mehr weit entfernt war. Sie trieb mich erneut in die Enge.

Das durfte ich nicht zulassen!

Schreiend begegnete ich ihrem nächsten Angriff. Zu meiner Überraschung taumelte Noreia zurück, als hätte sie nicht mit meinem Aufbäumen gerechnet. Unsicher stand sie auf ihren Beinen, hatte ihre Deckung fallen lassen.

Ich wollte einem erneuten Zug ihrerseits zuvorkommen und riss mein Schwert mit aller Kraft nach vorn, in der Erwartung, jede Sekunde damit erneut gegen ihres zu prallen.

Es schien, als hätte sich die Zeit plötzlich verlangsamt.

Denn Noreia hob ihre Deckung nicht wieder.

Zu spät verstand ich, was sie vorhatte. Wozu sie sich entschieden hatte, ohne mir eine Wahl zu lassen. Noch während ich die Bewegung ausführte, unfähig, sie abzubrechen, entfuhr mir ein gequältes Schluchzen.

Unaufhaltsam durchdrang meine Klinge den vorderen Teil von Noreias lädierter Rüstung und bohrte sich in ihren Bauch. Vor Schreck schrie ich auf, zog mein Schwert zurück und ließ es fallen. Ich war entsetzt von mir selbst, von meiner eigenen Tat. Denn wenn ich ehrlich zu mir selbst war, wusste ich, dass ich es nie aus eigenem Antrieb hätte tun können. Ich hätte ihr nie absichtlich den Todesstoß versetzen können.

Alles in mir schrie, als sie einen Schritt zurücktaumelte. Die Augen meiner Schwester waren vor Schmerz weit aufgerissen. Unsere Blicke trafen sich. Ich erkannte ihre Erleichterung, ehe sie kraftlos auf ihre Knie sackte. In diesem Augenblick hatte ich das Gefühl, die scharfen Klauen einer Bestie würden sich in mein Herz graben.

Ich … ich hatte Noreia … getötet!

Das schwarze Schwert fiel klirrend neben meine Schwester. Sie hielt sich mit ihrer rechten Hand den Bauch, aus dem tiefrotes Blut strömte. Stöhnend ließ sie sich nach hinten fallen.

»Nein!«, schrie ich und eilte zu ihr. »Noreia! O nein! Ich … es tut mir so leid! Das wollte ich nicht!«

Tränen rannen über meine Wangen, aber mein Schluchzen ging in dem aufgeregten Geschrei der Zuschauer unter. Panisch starrte ich auf die Wunde in ihrem Bauch. Die Verletzung war tief. So tief, dass ich wusste, ich würde nichts mehr für sie tun können. Doch in meiner Verzweiflung riss ich das Ledersäckchen von meinem Gürtel und wühlte hektisch nach der magischen Medizin. Sie durfte nicht sterben!

Noreias Hand legte sich auf meine. »Du weißt, dass es sinnlos ist«, flüsterte sie heiser. »Ich … möchte es auch nicht. Bitte. Ich will es so.«

»Ich kann dich nicht sterben lassen«, presste ich mit bebender Stimme hervor. Verzweifelt wühlte ich weiter in dem Beutel, bis ich das Fläschchen endlich gefunden hatte. Meine Finger zitterten so stark, dass ich mehrere Versuche benötigte, um es zu öffnen. Als ich die kostbare Flüssigkeit über die Wunde träufelte, verschüttete ich die Hälfte davon. Noreia kniff vor Schmerz die Augen zusammen, als etwas davon in die Wunde drang. Hoffnungsvoll sah ich dabei zu, wie diese sich langsam zu schließen begann. Doch die Heilung stoppte nach wenigen Sekunden. Das Blut floss wieder stärker aus der Wunde.

»Arely«, hauchte Noreia schwach. »Es … wird nicht … wirken.«

Mit einem frustrierten Aufschrei warf ich die leere Flasche von mir. Hilflos klammerte ich mich an ihre Hand. Ich musste doch irgendetwas tun können! Noreia stöhnte. Sie würde das nicht überleben.

»Du darfst nicht sterben!«, kreischte ich hysterisch und

bettete ihren Kopf in meinen Schoß, sodass sie mich ansehen konnte. »Du darfst nicht von mir gehen! Bitte.«

Ein erschöpftes Lächeln huschte über ihre Lippen, als sie mich aus gläsernen Augen anblickte. »Alles wird gut, Ares. Es musste … so sein.« Sie hustete und keuchte auf. »Ich will es so. Ich liebe dich, Schwester.«

Mein Körper wurde von heftigen Schluchzern geschüttelt. Tränen tropften auf ihr Gesicht. »Ich liebe dich auch! Es tut mir alles so schrecklich leid!«

»Mir tut … tut es auch leid.« Noreia hustete erneut. »Alles. Meine Spionage. Und … und das mit Coel.« Sie keuchte. »Hätte das … niemals tun dürfen.«

Eine Träne bahnte sich den Weg über ihre blasse Wange. Ich wischte sie sanft mit meinem Finger fort. »Egal, wie sehr ich Coel liebe – du warst immer das Wichtigste für mich. Du bist meine Schwester, meine Familie. Ich verzeihe dir.«

Noreias Lippen wurden allmählich bläulich und ihre Atmung ging rasselnd. Jedes Luftholen fiel ihr schwerer. Die Panik schien mich zu erdrücken. Was hatte ich bloß getan?

»Ares?«, hauchte sie matt.

»Ja?« Sanft strich ich ihr über die Haare. Ich würde ihr nicht von der Seite weichen.

»Sei gut … zum Schattenreich.« Ihr Blick war so flehend, dass es mein Herz noch weiter zerriss. »Versprich es mir. Mein Vater ist ein gerechter Mann. Ver – verhindere, dass deiner … mein Volk zerstört.«

»Natürlich. Ich schwöre dir, ich werde alles dafür tun, dass Frieden zwischen den Reichen herrscht. Ich glaube dir, was du erzählt hast. Du würdest niemals ein Volk lieben, das böse ist. Dein Volk wird in Frieden leben, das verspreche ich. Für dich.«

Ein erleichtertes Lächeln breitete sich auf ihren Lippen aus. Kraftlos drückte sie meine Hand. »Danke … Schwester. Und bitte …«

Ich nickte, ohne ihre Bitte gehört zu haben. Für sie würde ich alles tun.

»Werde … glück … lich.«

Mit diesen Worten schloss sie ihre Augen für immer.

Ich saß bei ihr, weinte voller Trauer und umklammerte ihren leblosen Körper so fest, als wäre er mein Rettungsanker.

Noreia war tot. Wegen mir.

Nur ich allein trug die Schuld daran. Dieses Mal war es endgültig. Ich durchlitt ihren Verlust von vor fünf Jahren nochmals und ich wusste nicht, ob ich es jemals überstehen würde.

Weshalb war dies der einzige Ausweg gewesen, um die beiden Reiche zu retten? Das Leben war nicht fair, das hatte ich schon immer gewusst. Doch warum hatte das Schicksal beschlossen, uns für etwas zu bestrafen, für das wir beide nichts konnten? Schluchzend hob ich meinen Kopf von Noreias Körper und blickte auf meine Schwester hinab.

Sie würde fortan über uns wachen, dessen war ich mir sicher.

Noreia

Ich fühlte mich seltsam schwerelos und frei. Der fürchterliche Schmerz in meinem Bauch war wie von Geisterhand verschwunden.

Es war eigenartig, auf mich selbst hinabzublicken. Langsam schwebte ich über meinen eigenen Körper. Ich sah friedlich aus, selbst im Tod lag ein Lächeln auf meinen Lippen. Arely kniete neben meinem Körper, hielt ihn fest umklammert und zitterte unkontrolliert. Herzzerreißende Schluchzer drangen aus ihrer Kehle. Ihr Schmerz tat mir so weh, als wäre es mein eigener. Wie gern ich sie getröstet hätte.

Trotz allem bereute ich meine Entscheidung keinen einzigen Augenblick. Ich wusste, dass ich das Richtige getan hatte. Arely war stark. Sie würde über meinen Tod hinwegkommen und unseren Reichen Frieden bringen. Wir hatten die Prophezeiung gemeinsam erfüllt.

Völlig in ihre Trauer versunken bemerkte meine Ziehschwester nicht, wie sich etwas um sie herum veränderte. Verwundert sah ich mich um. Ich bemerkte, wie mein körperloses Ich höher schwebte. Die Arena unter mir wurde immer kleiner und ich erkannte die Wartenden der beiden Reiche, welche den Wandel ebenfalls bemerkt hatten. Ihre verblüfften Ausrufe wurden vom Wind zu mir hinaufgeweht.

Der Nebel unter mir schien sich langsam aufzulösen.

Erst langsam, dann immer schneller, als würde eine Brise durch das Grenzgebiet wehen und die Wassertropfen in die Erde hineindrücken. Der Dunst gab nun den Blick auf das verdorrte Land unter sich frei. Dann spross farbenfrohes

Leben aus dem sandigen Untergrund. Binnen weniger Sekunden bedeckte ein grasgrüner Flaum den Boden. Anschließend entdeckte ich unweit entfernt eine Art Höhle, aus der unzählige Bestien hinausströmten. Angst überkam mich, und fast befürchtete ich, sie würden über die Versammelten herfallen, aber dann stutzte ich. Die Monster veränderten sich, schrumpften, richteten sich auf und wurden zu Menschen.

Glück erfüllte mich. In Windeseile wuchsen jetzt Blumen, Büsche und Bäume aus dem Boden und der Fluss, der Teil der Arena gewesen war, verlängerte sich, schlängelte sich sprudelnd durch das nun bewachsene Grenzgebiet. Genau in der Mitte begannen sich die Wolken am Himmel aufzutürmen, wodurch der Sonnenschein in Schatten überging. Mein Reich würde auch weiterhin im Schatten liegen, so wie es sein sollte. Die Trennungslinie bestand nun nicht länger aus Nebel, sondern aus einem wunderschönen und fließenden Übergang von dem, was schon immer zusammengehört hatte: Licht und Schatten.

Denn wo Licht war, musste auch Schatten sein. Doch das bedeutete noch lange nicht, dass der Schatten schlecht war. Ebenso wie das Licht konnte er eine Wohltat sowie ein Rückzugsort sein. Ein Zuhause.

Mein Blick fiel wieder auf die wartenden Krieger beider Reiche. Sicher würden sie sich sogleich angreifen und bekämpfen. Doch meine Angst war unbegründet. Sie waren so fasziniert von dem, was um sie herum geschah, dass sie nicht einmal daran dachten, aufeinander loszugehen.

Wie von allein näherte ich mich ihnen, bis ich nahe genug war, um einzelne Personen zu erkennen. Sie hatten genau beobachtet, was in der Arena passiert war. Mein Vater war auf die Knie gesunken und hatte die Hände vor das Gesicht geschlagen. Er schluchzte. Ich hatte ihn noch nie so gesehen und es schmerzte mich, aber im gleichen Moment machte es mich auch glücklich. Er hatte mich geliebt, ebenso wie ich ihn. Nessa hatte ihre Hand tröstend auf seine Schulter gelegt. Sie weinte nicht, doch zu meinem Erstaunen sah sie traurig aus. Wir hatten uns nie gemocht, trotzdem war es ein schönes Gefühl zu wissen, dass ich ihr möglicherweise ein klein wenig fehlen würde.

Dann sah ich Ronan. Tränen liefen über sein kantiges Gesicht und er gab sich nicht die geringste Mühe, sie zu verbergen. Ich hatte ihn nie auf die Art geliebt, wie ich es mir vielleicht gewünscht hätte, aber nichtsdestoweniger bedeutete er mir viel.

Fürst Meduris brüllte unterdessen Befehle in die Menge, allerdings schien niemand auf ihn zu hören. Alle waren in eine Art Schockstarre verfallen und blickten sich immer wieder um, als könnten sie nicht glauben, was soeben geschehen war. Mehrmals murmelten sie Arelys Namen – auf beiden Seiten. Hätte ich siegessicher grinsen können, hätte ich es sofort getan. Arely würde sich ohne Probleme gegen ihren Vater durchsetzen können, denn beide Völker wussten genau, wem ab sofort ihre Gefolgschaft zu gelten hatte.

Bress und Arawn lagen sich in den Armen, Aislinn ging auf sie zu. Ich wusste nicht, wie sie hierhergekommen war, doch zum ersten Mal seit meiner Rückkehr war ihr Blick klar. Sie ging zu ihren Söhnen und legte die Hände auf ihre Schultern, um ihnen Trost zu spenden. Dabei sah sie direkt zu mir auf. Als wüsste sie genau, dass ich da war. Ihre Lippen verzogen sich zu einem liebevollen Lächeln. Es war, als flössen Liebe und Dankbarkeit von ihr zu mir hinauf, gemischt mit der Trauer um mich.

Dann entdeckte ich Coel. Er weinte nicht, sondern starrte nur geistesabwesend in die einstige Arena. Zu gern hätte ich ihm Trost gespendet, ihm ein letztes Mal gesagt, wie sehr ich ihn liebte. Aber ich hatte ihn weder verdient noch das Recht dazu gehabt, ihn Arely zu stehlen. Ich hoffte aus tiefster Seele, dass sowohl er als auch sie mir irgendwann wahrlich verzeihen konnten. Und sie trotz allem, was geschehen war, glücklich wurden. Ob getrennt oder irgendwann zusammen.

Es gab jedoch jemanden, bei dem ich nun viel dringender sein musste. Ein Gedanke an sie genügte, schon bewegte ich mich wieder auf sie zu. Sie kauerte nach wie vor über dem, was von mir geblieben war. Beweinte meinen leblosen Körper. Ich war nun direkt neben ihr. Es tat mir schrecklich leid, sie über meinen Verlust trauern zu sehen.

Vorsichtig streckte ich mich nach ihr aus. Wollte sie berühren und ihr zeigen, dass ich noch bei ihr war, auch, wenn sie mich nicht sehen konnte. Alles würde ich dafür geben, bis an ihr Lebensende hierzubleiben und über sie wachen zu können.

Sie zuckte zusammen, als hätte ich sie tatsächlich berührt, und sah hinauf in den Himmel.

»Du fehlst mir jetzt schon, Schwester. Ich werde alles tun, um dich stolz zu machen. Dein Opfer war nicht umsonst, das verspreche ich dir.«

Als mein Vater, der Schattenfürst, auf sie zuging, zuckte Arely erschrocken zusammen. Sie schien ihn erst jetzt bemerkt zu haben.

»Noreia«, sagte er mit brüchiger Stimme. Dann sah er zu Arely. »Fürstin Arely. Meine Tochter war tapfer und mutig. Ich entschuldige mich von Herzen dafür, dass ich sie als

Spionin in Euer Reich geschickt habe.« Er kniete sich neben sie. »Noreia hat sich für Euch geopfert. Es war ihre Entscheidung, das Schicksal des Schattenreichs in Eure Hände zu legen. Ich erkenne die Prophezeiung an und werde alles in meiner Macht Stehende tun, um Euch dabei zu unterstützen, dem nun vereinten Reich Frieden zu bringen.«

Arely brachte ein Lächeln zustande, das jedoch eher einer Grimasse glich. »Ich danke Euch. Ich gehe davon aus, dass ich Eure Unterstützung sehr dringend benötige.«

Stolz erfüllte mich bei ihren Worten. Sie würde es schaffen.

»Noreia?«

Eine Gestalt erschien neben mir, ihre Stimme wehte federleicht zu mir herüber. Ihre Silhouette war verschwommen und unscharf. Als ihre Züge langsam klarer wurden, bemerkte ich eine Ähnlichkeit zu mir. Sie lächelte, wie ich, und ihre Haare hingen wie meine über ihre Schultern hinweg.

»Ich bin so stolz auf dich, mein Kind.«

Verschiedenste Emotionen durchfluteten mich, überforderten mich. Ich wusste nicht, was ich denken sollte.

»Mutter?«

Sie lachte glockenhell. »Natürlich. Hab keine Sorge vor dem, was dich erwartet. Der Tod ist erst der Anfang. Du bist nicht allein.«

2 Jahre später

EPILOG

Auszug aus den Chroniken des Vereinten Reichs, Band I: Tag der Vereinigung

Schatten und Licht sind vereint.

Die Mächte sind wieder im Einklang. Das neue, geeinte Reich blüht auf.

Ein Kontinent, auf welchem Licht und Schatten zusammen einen Platz haben und Seite an Seite agieren.

Zu Ehren der Kriegerheldin Prinzessin Noreia und ihrem selbstlosen Opfer für unser Reich hält unser vereintes Wynentia fortan einen Gedenktag ab, den sogenannten Tag der Vereinigung.

Auf dass niemand jemals vergessen möge, wofür dieses Opfer erbracht wurde und beide Reiche auf ewig in Frieden vereint sein mögen.

Arely

»Nun präsentiere ich euch unsere Fürstin Arely!«

Dröhnender Applaus brandete auf, während Arvalus mich auf den neuen großen Festplatz in der Mitte des einstigen Nebelgebietes führte. Hunderte Gesichter sahen mir gespannt entgegen. Der gesamte Hof von Wynentia, die Bürger und Krieger hatten sich versammelt, um den zweiten Jahrestag unseres Vereinten Reichs zu feiern.

Auch nach all der Zeit konnte ich mich nicht daran gewöhnen, diesen Titel zu tragen. Überwältigt warf ich einen Blick zu meiner Linken, wo mein Bruder Arawn stand. Er grinste mich stolz an.

»Weißt du«, begann er mit einem neckenden Unterton. »Ich könnte nicht glücklicher darüber sein, dass sie alle dich anstarren und nicht mich.«

Ich verdrehte die Augen und stieß ihn mit meinem Ellenbogen in die Rippen. »Nur, damit du noch ein Kind in die Welt setzen kannst?«

Arawn streckte mir die Zunge heraus. Dabei legte er den Arm um seine Frau Cessair, die ihren gemeinsamen Sohn Taranis in den Armen hielt. Irgendwie schaffte mein Bruder es, gleichzeitig für seine Familie da zu sein und mir gemeinsam mit Bress als Berater zur Seite zu stehen. Meine anfängliche Angst, Arawn könnte es mir übelnehmen, dass er nach all den Jahren der Vorbereitung keinen Anspruch mehr auf den Thron hatte, war innerhalb kürzester Zeit verflogen. Entgegen meinen Erwartungen war er nahezu euphorisch gewesen, weil ihm diese Last von den Schultern genommen worden war. Er freute sich darüber, seine Ideen und Wünsche mit einbringen zu können, dabei jedoch nicht im Rampenlicht stehen zu müssen.

Bress stand zu meiner Rechten, neben ihm war meine Mutter. Meine Familie in der Nähe zu wissen, gab mir Kraft. Ich ließ den Blick über die Menschen vor mir wandern, als ich mich innerlich für meine Rede wappnete.

»Ich freue mich, dass wir heute alle hier sein und zum zweiten Mal diesen besonderen Tag feiern dürfen«, begann ich, sobald sich die Menge beruhigt hatte. »Es war ein steiniger Weg bis hierher. Auch künftig werden noch viele Hürden zu überwinden sein. Dennoch gehen wir Schritt für Schritt in die richtige Richtung. Lasst uns der Person gedenken, die dies mit ihrem Opfer überhaupt möglich gemacht hat. Bitte hebt eure Gläser.« Alle folgten meinem Beispiel und hoben die Weingläser. »Auf Prinzessin Noreia!«

»Auf Prinzessin Noreia!«

Während die Anwesenden die Worte wiederholte, fing ich Arvalus' Blick auf. Er war mir in den vergangenen zwei Jahren ein besserer Vater gewesen, als meiner es je hätte sein können. Ich war froh, dass er für mich da war und mir dabei half, das vereinte Reich aufzubauen. Trotz allem, was geschehen war, verletzte die Abwesenheit meines eigenen Vaters mich tief. Er hatte mich als Anführerin nicht akzeptieren wollen. Im Gegensatz zu Arvalus hatte er mich nicht unterstützt. Eines Nachts, nach unzähligen Streitigkeiten, hatte er mit seinen ehemaligen Beratern unser Schloss ohne ein Wort des Abschieds verlassen und war nie zurückgekehrt. Laut Bress waren sie im Westen an Bord eines Schiffes gegangen, um unseren Kontinent zu verlassen – wohin auch immer.

Coel und Ronan unterhielten sich abseits von den anderen. Mein Herz begann, schneller zu schlagen. Meine Mundwinkel verzogen sich wie von selbst zu einem Lächeln. Es hatte lange gedauert, bis ich Coel wieder hatte in die Augen blicken können. Vor einigen Monaten hatte ich mich nachts auf die Lichtung geschlichen, dabei war ich ihm begegnet. Es war das erste Mal gewesen, dass wir allein gewesen waren, und ich war bereit gewesen, mit ihm zu sprechen. Seither hatten wir unzählige Abende dort verbracht, um über unsere Vergangenheit und Noreia zu reden. Ich wusste nach wie vor nicht, ob ich Coel tatsächlich irgendwann vergeben konnte. Wir waren Freunde. Ich konnte nicht leugnen, dass ich immer noch Gefühle für ihn hegte, aber ob das genügte, konnte nur die Zeit entscheiden.

Ronans Lachen hallte zu mir herüber und Wärme erfüllte mich. Er war seit dem Tag in der Arena nicht mehr von meiner Seite gewichen. Außerdem hatte er mir dabei geholfen, das Schattenreich und auch Noreias Beweggründe endlich vollständig zu verstehen. Auf eine sonderbare Weise hatte er mir einen Teil von Noreia nähergebracht, den ich bisher nicht gekannt hatte. Coel hatte gemeinsam mit ihm die Führung der Heere übernommen. Es war nicht leicht gewesen, die Krieger der beiden Reiche zusammenzubringen. Nach wie vor hatten sie mit vielen Problemen und Anfeindungen zu kämpfen. Auch die Verhandlungen mit den Rebellen aus dem Schattenreich waren noch nicht abgeschlossen. Doch es wurde von Tag zu Tag besser.

Nachdenklich beobachtete ich die unzähligen Kriegerinnen und Krieger, Bürgerinnen und Bürger, die hergekommen waren, um diesen besonderen Tag zu feiern. Es waren deutlich mehr als im letzten Jahr. Dieses Mal vermischten sich die dunkel sowie hell gekleideten Gruppen sogar ein wenig miteinander. Auch, wenn es nicht so bedeutsam wirkte, war dies ein wichtiges Zeichen. Denn allmählich verschwammen die Grenzen von Licht und Schatten. Es würde noch dauern, bis sie zu einer vollständigen Einheit werden würden, aber das hier war ein Anfang.

»Arely?«

Meine Mutter stand plötzlich vor mir, sodass ich erschrocken aufsprang.

»Mutter!«, rief ich und griff mir an die Brust. »Erschrick mich doch nicht so!«

»Entschuldige, mein Kind.« Sie wirkte ein wenig zerstreut, aber seit der Erfüllung der Prophezeiung hatte sie keine Vorhersage mehr getroffen, die ihr den Verstand raubte. »Ich soll dir mitteilen, dass sie stolz auf dich ist. Sie ist immer hier und wacht über uns. Auch, wenn noch ein weiter Weg vor uns liegt, sollst du niemals aufgeben. Durch dich werden Licht und Schatten auf ewig vereint sein.«

Tränen traten mir in die Augen, als der vertraute Luftzug über die nackte Haut meiner Arme strich.

Sie würde bei mir sein, ganz egal, was vor mir lag.

Denn wo Licht ist, ist immer auch Schatten.

Danksagung

Bis aus einer Idee ein gedrucktes Buch wird, ist es ein weiter Weg. Und auf diesem haben uns unheimlich viele Personen begleitet, denen wir gern danken würden. Aber zunächst danken wir einander.

Denn zu zweit ein Buch zu schreiben, erfordert nicht nur gegenseitiges Vertrauen, Verständnis und – Moment, wir suchen eben ein Synonym, wie so oft in den letzten Monaten … ach ja – Rücksichtnahme, sondern auch eine Menge Geduld. Aber wir haben den Glauben an unser Werk nie verloren und nun sind wir hier. Wir könnten nicht stolzer sein.

Michelle: Also danke, liebe Alex. Dass du so verrückt und liebenswürdig bist und das Schreiben von Divided zu einem unglaublich tollen Erlebnis gemacht hast. Wir haben so viel gelacht und auch schwierige Momente zusammen gemeistert. Du hattest die Grundidee für Divided und ich bin immer wieder fasziniert, was daraus entstanden ist. Ich bin so dankbar, diese Reise mit dir gemeinsam machen zu dürfen, denn das macht es noch toller, als es sowieso schon ist.

Alex: Auch an dich ein großes Danke, liebe Michelle. Ohne dich hätte ich es wohl nicht durchgehalten, dieses Buch zu beenden und mich zu trauen, etwas an einen Verlag zu schicken. Danke für dein Vertrauen, danke für deine Ideen und die Lacher während des Lektorats. Danke, dass wir diesen besonderen Moment teilen können. Mir bedeutet das unheimlich viel.

Auch wenn wir zu zweit sind – ohne viele andere Menschen könntet ihr dieses Buch jetzt nicht in den Händen halten. Daher:

Vielen Dank an den VAJONA Verlag und vor allem an dich, Vanessa. Du hast an uns und unsere Geschichte geglaubt, obwohl sie so speziell ist. Es erfordert unheimlich viel Mut, einen Verlag selbst aufzubauen. Du hast unseren größten Respekt und machst das einfach toll!

Außerdem danken wir unserer wunderbaren Lektorin Patty, die uns zwar einiges abverlangt hat, uns dabei aber immer wieder zum Lachen gebracht und es geschafft hat, dass wir aus einem wirren Haufen letztlich diese Geschichte gezaubert haben.

Und was wäre ein Buch ohne ein tolles Cover? Danke, dass du Divided ein Gesicht gegeben hast, liebe Julia.

Alex: Außerdem danke ich meiner Familie, die immer hinter mir steht und mich unterstützt. Insbesondere meinen Eltern und meiner Schwester Christina sowie meiner Cousine Jessica, die immer ein offenes Ohr für mich hat. Zudem danke ich meinem Freund Tom, der mich auch während des Lektorats ertragen hat und immer hinter mir steht.

Auch den Partymäusen Laura, Sahra, Marcia, Lisa und Jaqueline danke ich. Danke, dass ihr immer da seid, und fast genauso aufgeregt wart wie ich, als die Zusage für Divided kam. Ebenso geht ein großer Dank an meine Mannheimer WG-Mädels Karo und Urata. Was würde ich bloß ohne euch machen?

Michelle: Thomas – dank dir habe ich überhaupt genug Zeit gefunden, das alles hinzubekommen. Ohne deine unglaubliche Unterstützung könnte ich meinen Traum nicht leben. Danke, dass du einfach du bist. Tony, ich bin so unendlich dankbar, dass ich deine Mama sein darf und all die wundervollen Momente mit dir erlebe. Ich liebe euch zwei so sehr. Und natürlich Mama und Papa. Ihr seid halt einfach die besten Eltern, die man sich nur vorstellen kann. Kimmi, selbst 15.022 Kilometer Entfernung können unserer Freundschaft niemals in die Quere kommen. Danke, dass du all meine Texte mit Begeisterung liest und mir deine ehrliche Meinung sagst. Du wirst auch weiterhin immer alles von mir zuerst lesen, versprochen. Und danke, liebe Jassy, dafür, dass du einfach die emphatischste und liebevollste Frau bist, die es gibt. Ich bin so froh, dich als beste Freundin zu haben.

Ein besonderer Dank geht an alle Buchhändler*innen und Blogger*innen, die uns unterstützen und Divided eine Chance geben. Und natürlich an Euch, unsere Leser*innen. Wir hoffen, euch hat die außergewöhnliche Reise von Noreia und Arely gefallen.

Und denkt immer daran: Wo Schatten ist, ist immer auch Licht.

Weitere Fantasyromane im VAJONA Verlag

EVENTORRA – Das schwarze Herz der Liebe

Ella C. Schenk
ca. 520 Seiten
Band 1
ISBN 978-3-948985-35-6
VAJONA Verlag

Veröffentlichung: 02. Februar 2022

»Sei dir bewusst, dass alle Geschichten, die man dich gelehrt hat, falsch und erlogen sind. Die wahre Geschichte ist eine andere. Eine brutalere.«

Vier Hexenschwestern werden ins dunkle Königreich geschickt, um die arrangierte Bluthochzeit zwischen dem Kronprinzen und der Prinzessin aus dem Finsteren Tal zu verhindern. Eine Verbindung, die niemals eingegangen werden darf, da Eventorra sonst gänzlich in Dunkelheit zu ersticken droht.

Mithilfe ihrer Magie sollen die Hexen versuchen, dem Kronprinzen den Kuss des Todes einzuhauchen. Allerdings gerät ihr Auftrag ins Wanken, da es scheint, als ob die Königsfamilie tief in ein grausames Schicksal verstrickt ist. Zu allem Überfluss entpuppen sich der Prinz und sein Bruder auch noch als äußerst charmant und anziehend, sodass Gefühle aufkeimen, die völlig fehl am Platz sind.

Doch schon bald müssen die Schwestern feststellen, dass das ihre geringsten Probleme sind. Denn sie geraten zwischen die Fronten dreier Göttinnen und mitten hinein in eine Fehde, so uralt und von Rache geprägt, dass die Vernichtung Eventorras nahe scheint …

Die griechische Mythologie in einem grandiosen, fantasyvollen Setting von *Ani K. Weise*

ORACULUM – Fall der Götter

Ani K. Weise
ca. 550 Seiten
Band 1
ISBN 978-3-948985-41-7
VAJONA Verlag

Veröffentlichung: 30. März 2022

»Was wäre, wenn es wahr ist und sie kein Mythos sind? Wenn es sie wirklich gibt? Die Götter in Olympia!«

Bei Ausgrabungen in Griechenland stößt die Archäologin Kyra Delany mit ihren Kollegen auf einen unglaublichen Fund einer längst vergessenen Zeit. Einen Tempel zu Ehren Ares, dem Gott des Krieges. Aber was Kyra in den Tiefen Griechenlands entdeckt, ist mehr als nur ein Stück Geschichte. Inmitten der Mythen und Legenden kommt sie einer Wahrheit auf die Spur, ohne zu ahnen, dass sie schon immer ein Teil davon ist.

Liebesromane im VAJONA Verlag

Ein Roman über Verlust, beißendem Gewissen und einem Foto, das alles ändert, von *Emma Vaughn*

Strangers Again

Emma Vaughn
Ca. 400 Seiten
ISBN 978-3-948985-31-8
VAJONA Verlag

Veröffentlichung: 05. Januar 2022

»Durch Jamie fühlte ich mich nicht weniger einsam, durch sie fühlte ich mich nach Jahren endlich wieder lebendig.«

Endlich eigene Entscheidungen treffen zu können, darauf freut Jamie sich am meisten, als sie zu ihrem Bruder Max nach Seattle zieht. Doch Max hatte mit keinem Wort seinen Mitbewohner Sam erwähnt. Dieser hat nicht nur ein Alkoholproblem, sondern lässt Jamie immer wieder spüren, dass sie unerwünscht ist. Denn sie ist das Letzte, was Sam gebrauchen kann. Ihre Anwesenheit erinnert ihn täglich an den größten Verlust seines Lebens. Trotzdem gelingt es ihr, sich in sein gebrochenes Herz zu schleichen und es Stück für Stück wieder zusammenzusetzen. Ihre anfängliche Feindseligkeit entwickelt sich zu einer tiefen Zuneigung, bis Jamie ein Foto findet, das alles ändert …

Irisches Setting und ein besonderer Weg zum ganz großen Glück von *Vanessa Schöche*

LEARN TO LOVE ME

Vanessa Schöche
452 Seiten
ISBN 978-3-948985-09-7
VAJONA Verlag

»Mein Leben war so gut gewesen, unkompliziert. Bis Allie auftauchte und alles durcheinanderbrachte. Mir jegliche Gleichgültigkeit nahm.«

Als ich den Trip nach Dingle zugesagt hatte, konnte ich ja nicht ahnen, wie diese Entscheidung mein verkorkstes Leben beeinflussen würde. Wie das Zusammentreffen mit Allie alles verändern sollte.
Allein ihre Nähe lässt Gefühle in mir aufleben, die ich mit Absicht tief in mir vergraben und freiwillig gegen pure Gleichgültigkeit eingetauscht hatte.
Ich weiß, dass ich diese bedeutungsvolle Art zu fühlen verabscheuen sollte. Denn es ist absolut ausgeschlossen, dass Allie und ich jemals eine gemeinsame Zukunft haben werden. Dieses Wissen wird irgendwann der Anfang sein. Der Anfang, lieber sterben, statt leben zu wollen.

Der fesselnde Auftakt einer royalen Geschichte von
Maddie Sage

IMPERIAL – Wildest Dreams 1

Maddie Sage
488 Seiten
ISBN 978-3-948985-07-3
VAJONA Verlag

»Wem sollen wir in einer Welt voller Intrigen und Machtspielchen noch vertrauen? Lassen wir unsere Gefühle zu, stürzen wir alle um uns herum ins Verderben.«

Nach einer durchzechten Nacht reist Lauren gemeinsam mit ihrer feierwütigen Freundin Jane für ein Jahrespraktikum ins Schloss des Königs von Wittles Cay Island. Und das, obwohl ihr der Abschied von ihrer Familie alles andere als leichtfällt, denn diese ist ihr größter Halt, nachdem ihr Vater vor fast vier Jahren spurlos verschwunden ist.

Am Hof sieht Lauren sich jedoch mit zahlreichen Problemen konfrontiert, allen voran mit Prinz Alexander, dessen Charme sie wider Willen in den Bann zieht. Dabei ist der Königssohn bereits der englischen Prinzessin versprochen worden, die vor nichts zurückschreckt, um ihren Anspruch auf Alexander und den Thron zu sichern. Dennoch kommen sich Lauren und der Prinz immer näher, ohne zu ahnen, in welche Gefahr sie einander dadurch bringen. Bis plötzlich Laurens verschollener Vater auftaucht und sie feststellen muss, dass die Folgen seines Verschwindens weiter reichen, als sie je für möglich gehalten hätte.

Der bunte Start der Elbury University – Reihe von
Stefanie R. Carl

A Galaxy FOR US

Stefanie R. Carl
484 Seiten
ISBN 978-3-948985-15-8
VAJONA Verlag

»Manche Menschen kommen in dein Leben und retten deine Welt, ohne es überhaupt zu merken.«

Addisons Prioritäten für ihre Zeit an der Elbury University sind klar: Spaß haben, das Leben genießen und keine Party auslassen. Dinge, die in Kians Leben keine große Rolle spielen. Zu tief sitzen seine Schuldgefühle. Zu groß ist der Schaden, den er in der Vergangenheit angerichtet hat. Als er auf Addison trifft, ist für ihn klar: Er darf sie auf keinen Fall zu sehr in seine Welt lassen, egal wie stark die Anziehungskraft zwischen ihnen ist. Addison aber denkt gar nicht daran, das Knistern zwischen ihnen zu ignorieren, und durchdringt mit ihrer fröhlichen Art Stück für Stück seine sorgfältig aufgebaute Mauer. Je näher sich die beiden kommen, desto klarer wird – ihre Geschichten gehen nicht so weit auseinander, wie es auf den ersten Blick scheint.

Warme Töne mit dem Start der Seasons of Music – Reihe von *Carolin Keck*

WINTER BLUES – Ein Song für dich

Carolin Keck
368 Seiten
ISBN 978-3-948985-16-5
VAJONA Verlag

»Seine ganze Art und sein Verhalten machten es mir von Tag zu Tag schwerer, nicht ständig in seiner Nähe sein zu wollen.«

Mit dem Job bei Sullivan Media glaubt sich Violet Harris endlich am Ziel. Wohnen und arbeiten in New York City und das auch noch bei der Firma, die die berühmte Rockband Rule of Three vertritt? Klingt wie ein wahr gewordener Traum – bis sie von ihrem Chef ins verschneite Kearney geschickt wird. In der kanadischen Einöde soll sie Xander King, den Drummer der Band, ausfindig machen und zurück nach New York schleppen. Die Suche nach dem introvertierten Superstar gestaltet sich jedoch schwieriger als gedacht. Xander will nicht gefunden werden. Stattdessen trifft Violet auf den attraktiven Alex, der ihr gehörig den Kopf verdreht. Zu diesem Zeitpunkt ahnt sie noch nicht, dass der begehrteste Junggeselle Kearneys gleichzeitig der verbotenste ist …

Romantasy-Romane im VAJONA Verlag

Ein tragischer Romantasy-Roman mit einem außergewöhnlichen Setting von *Miriam May*

DAS ERBE – Dein Leben für meine Krone

Miriam May
356 Seiten
ISBN 978-3-948985-14-1
VAJONA Verlag

**»Ein Reich, das von langen Nächten in Finsternis gehüllt wird.
Ein Herrscher, der sich seiner Krankheit beugen muss.
Eine Tradition, die ein grausames Opfer fordert.«**

Callora steht kurz davor, den Thron ihres Vaters zu besteigen. Sie kann es kaum erwarten, sich als Herzogin zu beweisen und das Reich aus der Dunkelheit zu führen. Doch zunächst steht ihr eine Prüfung bevor – eine Prüfung, die Neubeginn und Ende zugleich sein soll. Kann ein Blick in Thareks tiefblaue Augen sie davon abhalten, sein Blut zu vergießen?

Ein dramatischer Romantasy-Roman
von *Vanessa Krust*

Melody of Life – Unter deinen Flügeln

Vanessa Krust
314 Seiten
ISBN 978-3-948985-03-5
VAJONA Verlag

»SEITDEM SICH MEIN KÖRPER IN EIN SCHLACHTFELD VERWANDELT HAT, HABE ICH GELERNT, WIE WICHTIG DIE ORDNUNG IST.«

Ein sanfter Luftzug, der über ihre nackten Arme weht und die kleinen Härchen aufstellt. Ein tiefer Atemzug, der ihr dabei helfen soll, ihre Angst unter Kontrolle zu bringen. Aber es hilft nichts. Denn sie kann nicht fliehen. Nicht vor ihrem eigenen Körper und nicht vor dem Tod.

Thea hat ihr tödliches Schicksal akzeptiert.
Aber Natalis ist nicht gewillt, aufzugeben. Er wird seine Flügel ausbreiten und um Theas Leben kämpfen. Bis zum bitteren Ende. Denn die beiden verbindet etwas, das tiefer geht. Tiefer als das, was sie auseinanderzureißen droht.

Doch reicht Liebe aus, um den Fängen göttlicher Vorbestimmung zu entfliehen?

Folge uns auf:

Instagram: www.instagram.com/vajona_verlag
Facebook: www.facebook.com/vajona.verlag
Website: www.vajona.de